Mientras París dormía

Ruth Druart

Mientras París dormía

Traducción de
Laura Vidal

SUMA de letras

Papel certificado por el Forest Stewardship Council®

FSC
www.fsc.org
MIXTO
Papel procedente de fuentes responsables
FSC® C117695

Penguin
Random House
Grupo Editorial

Título original: *While Paris Slept*

Primera edición: marzo de 2023

Printed in Spain – Impreso en España

ISBN: 978-84-9129-543-3
Depósito legal: B-681-2023

Compuesto en Mirakel Studio, S. L. U.

Impreso en Rodesa
Villatuerta (Navarra)

SL 9 5 4 3 3

A Jeremy, Joachim y Dimitri,
mi inspiración para esta historia

Y en recuerdo de mi abuela, Diana White

Sacrifiquemos un día para quizá tener toda una vida.

VICTOR HUGO, *Los miserables*

PRIMERA PARTE

1

Santa Cruz, 24 de junio de 1953

Jean-Luc

Jean-Luc se lleva la cuchilla de afeitar al pómulo mientras mira su reflejo en el espejo del cuarto de baño. Durante una fracción de segundo no se reconoce. Se detiene con la maquinilla en el aire, estudia sus ojos y se pregunta qué ha cambiado. Ahora tiene un aire americano. Está ahí, en el bronceado saludable, en los dientes blancos y en algo más que no termina de identificar. ¿Será el gesto seguro con que levanta el mentón? ¿La sonrisa? Sea lo que sea, le agrada. Parecer americano es bueno.

Se enrolla una toalla alrededor de la cintura y vuelve al dormitorio. Le llama la atención una forma negra que hay fuera. Por la ventana ve un Chrysler circular despacio por la calle y detenerse detrás del roble de la entrada. Qué raro. ¿Quién puede ser a las siete de la mañana? Se queda distraído mirando el coche y entonces el olor a mantequilla de crepes recién hechas sube por las escaleras y le dice que es hora de desayunar.

Al entrar en la cocina, besa a Charlotte en la mejilla y a continuación alborota el pelo a su hijo a modo de saludo. Cuando mira por la ventana, ve que el coche sigue allí. Observa a un hombre desgarbado bajar del asiento del conductor y estirar el cuello para mirar a su alrededor. Parece un pelícano, se dice. Del lado opuesto del coche sale un hombre bajo y fuerte. Los dos echan a andar hacia la casa.

El timbre corta el silencio de la mañana como un cuchillo. Charlotte levanta la vista.

—Voy yo. —Jean-Luc ya está camino de la puerta. Quita la cadenilla de seguridad y abre.

—¿Señor Bouchamps? —pregunta el hombre pelícano sin sonreír.

Jean-Luc se queda mirándolo, se fija en el traje azul oscuro, la camisa blanca y la sencilla corbata, también en la expresión arrogante de sus ojos. La pronunciación errónea de su nombre es algo que suele pasar por alto, pero esta mañana algo le hiere en su orgullo.

—Beauchamps —le corrige—. Es francés.

—Sabemos que es francés, pero estamos en Estados Unidos. —Los ojos del hombre pelícano se entornan un milímetro mientras coloca un zapato negro reluciente en el umbral. Mira por encima del hombro de Jean-Luc y a continuación le chasquea el cuello cuando lo gira y ladea la cabeza para inspeccionar el garaje abierto bajo el que hay aparcado un Nash 600 nuevecito. Una de las comisuras de su labio superior se curva hacia arriba—. Soy el señor Jackson y este es el señor Bradley. Señor Bouchamps, nos gustaría hacerle unas preguntas.

—¿Sobre qué?

Añade entonación exclamativa para mostrar su sorpresa, pero le suena falsa, una octava demasiado aguda. De la cocina llegan sonidos amortiguados del desayuno: platos amontonados, la risa leve de su hijo. Los ruidos cotidianos reverberan alrededor de Jean-Luc como en un sueño. Cierra los ojos y se aferra a sus contornos fugaces. El chillido de una gaviota lo devuelve al presente. El corazón le late fuerte y deprisa dentro del pecho, igual que un pájaro atrapado.

El hombre de menor estatura, Bradley, se acerca a él y baja la voz.

—¿Estuvo usted ingresado en el hospital del condado hace seis semanas, después de un accidente de coche?

Alarga el cuello como si esperara obtener así información sobre la vida dentro de la casa.

—Sí. —A Jean-Luc se le acelera el pulso—. Me atropelló un coche que dobló la esquina a demasiada velocidad. —Calla un instante para tomar aire—. Perdí el conocimiento.

Le viene a la cabeza el nombre del médico, Wiesmann. Lo torpedeó a preguntas cuando acababa de volver en sí y todavía estaba desorientado. «¿Cuánto tiempo lleva en Estados Unidos? —le preguntó—. ¿Cómo se hizo esa cicatriz de la cara? ¿Nació con solo el pulgar y un dedo en la mano izquierda?».

Bradley tose.

—Señor Bouchamps, nos gustaría que nos acompañara al ayuntamiento.

—Pero ¿por qué? —Su voz es un graznido.

Los dos hombres parecen una barricada, con las manos detrás de la espalda, sacando pecho.

—Creemos que es un asunto para hablar en el ayuntamiento, no aquí en la puerta de su casa, delante de sus vecinos.

La amenaza velada le tensa el nudo que ya tiene en el estómago.

—Pero ¿qué he hecho?

Bradley frunce los labios.

—No es más que una investigación preliminar. Podríamos solicitar la colaboración de la policía, pero de momento preferimos... Preferimos esperar a tener toda la información. Usted me entiende.

«¡No entiendo nada! —quiere gritar Jean-Luc—. No sé de qué me habla». Pero hace un murmullo de asentimiento.

—Denme diez minutos.

Les cierra la puerta en las narices y vuelve a la cocina. Charlotte está sirviendo una crepe en un plato.

—¿Era el cartero? —pregunta sin levantar la vista.

—No.

Se vuelve hacia él; en su frente se ha formado una fina arruga y sus ojos castaños lo taladran.

—Son dos investigadores... Quieren que los acompañe para hacerme unas preguntas.

—¿Sobre el accidente?

Niega con la cabeza.

—No lo sé. No sé qué buscan. No quieren decírmelo.

—¿Cómo que no quieren decírtelo? Tienen la obligación. No pueden pedirte que los acompañes sin explicarte el motivo.

Se ha quedado pálida.

—No te preocupes, Charlotte. Creo que será mejor hacer lo que me piden. No es más que un interrogatorio.

El hijo de ambos ha dejado de masticar y los mira con el minúsculo entrecejo fruncido.

—Seguro que vuelvo enseguida. —La voz de Jean-Luc le suena falsa, como si fuera otra persona quien dice esas palabras de ánimo—. ¿Puedes llamar a la oficina para avisar de que llegaré tarde? —Se gira hacia su hijo—. Que pases un buen día en el colegio.

Todo se ha quedado quieto, como la calma que precede la tempestad. Jean-Luc da media vuelta y sale de la cocina. Normalidad. Tiene que actuar con normalidad. ¿Qué será lo que buscan?

Diez minutos. No quiere que llamen de nuevo al timbre, así que corre al dormitorio, abre el cajón del armario y mira sus corbatas enroscadas como serpientes. Saca una azul con lunares grises muy pequeños. Cuidar el aspecto es importante en una situación como esta. Coge la chaqueta de la percha y baja las escaleras.

Charlotte lo espera en la puerta de la cocina, tapándose la boca con una mano. Jean-Luc se la toma, besa sus labios fríos y la mira a los ojos. Luego se vuelve.

—¡Adiós, hijo! —dice en dirección a la cocina.

—Adiós, papá. Hasta luego, noruego.

—Hasta la vista, artista. —Se le quiebra la voz y vuelve a salirle un gallo.

Siente los ojos de Charlotte en la espalda mientras abre la puerta principal y sigue a los hombres hasta el Chrysler negro. Respira hondo y obliga al aire a llegar hasta el abdomen. Ahora recuerda haber oído la tormenta estallar en plena noche; nota el suelo empapado de agua que empieza a evaporarse. Pronto hará bochorno.

Ninguno habla mientras dejan atrás casas igual que la suya con anchos jardines de césped que llegan hasta la acera, la tienda de periódicos, la panadería, la heladería. Esa vida que ha llegado a amar.

2

Santa Cruz, 24 de junio de 1953

Charlotte

Miro por la ventana de la cocina, aunque hace varios minutos que se fue el coche negro. El tiempo parece haberse detenido. No quiero que avance.

—Mamá, huele a quemado.

—*Merde!* —Retiro la sartén del fuego y tiro la crepe ennegrecida al fregadero. Cuando el humo sube, me lloran los ojos—. Voy a hacerte otra.

—No, gracias, mamá. Estoy lleno.

Sam se baja de la banqueta de un salto y sale corriendo de la cocina.

Cuando miro a mi alrededor, los restos del desayuno interrumpido me llenan de pánico. Pero tengo que sobreponerme. Despacio, subo las escaleras y entro en el cuarto de baño. Me echo agua fría en la cara, me pongo el vestido que llevé ayer y vuelvo al piso de abajo.

De camino a la escuela, Sam no deja de saltar.

—Mamá, ¿qué crees que le preguntarán esos hombres a papá?

—No lo sé, Sam.

—¿Qué puede ser, mamá?

—No lo sé.

—Igual es por un robo en una casa.

—¿Qué?

—¡O por un asesinato!

—Sam, cállate.

De inmediato deja de saltar y empieza a arrastrar los pies. Siento un poco de remordimiento, pero ahora mismo tengo preocupaciones más importantes.

Cuando llegamos a la verja de la escuela, las otras madres ya están de vuelta.

—¡Hola, Charlie! Hoy llegas tarde. ¿Te pasas luego a tomar un café?

La voz de Marge resuena cantarina por encima de las demás.

—Claro —miento.

Después de dejar a Sam, remoloneo junto a la puerta para hacer tiempo mientras las demás se adelantan. Cuando están lo bastante lejos, vuelvo a casa despacio y la soledad amenaza con engullirme. Estoy medio tentada de unirme a ellas para tomar café. Pero sé que no podré contenerme y se me escapará algo. Es posible que nadie haya visto el coche que vino a por Jean-Luc esta mañana, pero, si no es así, necesito tener una explicación preparada. Todas querrán conocer los detalles. Sí, es mejor evitar cualquier contacto.

Una vez en casa voy de una habitación a otra, ahueco los cojines del sofá, friego los platos del desayuno, ordeno las revistas de la mesa de centro. Me digo que no tiene sentido preocuparme, que solo se lo han llevado para interrogarlo. Debería hacer algo práctico para mantener la cabeza ocupada. Podría cortar el césped, ahorrarle la molestia a Jean-Luc.

Me pongo los zapatos de jardinería y saco el cortacésped del garaje. He visto a Jean-Luc tirar del cordel de uno de los laterales para ponerlo en marcha, así que le doy un tirón. No ocurre nada. Tiro de nuevo; esta vez algo dentro chasquea, pero enseguida muere. Vuelvo a tirar, esta vez más fuerte y más deprisa. De pronto se pone en marcha y me arrastra. Apesta a gasolina, aunque es un olor que me gusta.

El ritmo resulta calmante y me decepciona terminar tan pronto. Guardo el cortacésped y entro en la casa.

Igual al cuarto de estar le vendría bien un repaso. Mientras saco la aspiradora de debajo de la escalera, me acuerdo de que la pasé ayer. Derrotada, me dejo caer hasta estar sentada en el suelo con el tubo de la aspiradora en la mano.

El pasado vuelve a raudales. Jean-Luc nunca me deja hablar de él. Siempre pragmático, me dijo que lo dejara atrás, donde le corresponde. Como si fuera tan fácil. Lo he intentado, de verdad que sí, pero cuando estoy dormida no puedo evitar tener sueños en los que veo a mi madre, a mi padre. El hogar donde crecí. La nostalgia de mi familia que me dejan estos sueños proyecta una alargada sombra. He seguido en contacto con ellos; les escribí cuando nos instalamos y encontramos casa. Mi madre contestó: una carta breve y sucinta informándome de que *papa* no estaba aún preparado para verme. Antes necesitaba perdonar.

Regreso a la cocina y miro por la ventana, deseando ver a Jean-Luc ya de vuelta. Liberado después del interrogatorio. Sospechas infundadas. Pero solo veo la calle desierta.

El ruido lejano del motor de un coche me acelera el pulso. Me inclino hasta casi pegar la nariz al cristal y miro a la calle. «Por favor, que sea él». Se me cae el alma a los pies cuando veo un sombrero azul que conozco muy bien doblar la esquina. Es Marge, mi vecina del otro lado de la calle. La veo pelearse con bolsas de la compra mientras uno de sus gemelos persigue al otro alrededor del coche. Mira hacia donde estoy. Me escondo deprisa detrás de los visillos. Secretos y mentiras. ¿Qué sabe nadie en realidad de las vidas de sus vecinos?

Hoy no me apetece cruzarme con nadie. Si alguien vio el automóvil negro, a estas alturas todas las madres estarán enteradas. Me las imagino haciendo hipótesis, disfrutando por adelantado. No, necesito salir de aquí, poner distancia. Podría ir a hacer la compra a otro pueblo, donde no me encontraré con nadie; algún sitio grande y anónimo, como uno de esos enormes supermercados.

Cojo el bolso, quito las llaves del gancho junto a la puerta principal y me meto en el coche antes de que me vea nadie. Mientras conduzco en dirección norte por la carretera costera con la ventanilla bajada, el viento me alborota el pelo. Me encanta conducir deprisa; me da sensación de libertad y de independencia. Puedo imaginar que soy otra persona, la que yo quiera.

Al cabo de media hora veo un letrero de Lucky Store. Tomo un desvío a la izquierda y sigo las flechas hasta un aparcamiento atestado de rancheras. Veo un local de hamburguesas y un tiovivo. A Sam le encantaría este sitio; quizá deberíamos traerlo un sábado y pasar el día. Por lo general evito estos supermercados tan grandes, prefiero hacer la compra en el vecindario, donde puedo pedir al frutero las manzanas más crujientes, o al carnicero la pieza más magra. Siempre se toman su tiempo para elegirme el mejor género, valorando el hecho de que me importe.

No me siento cómoda en estos supermercados gigantescos con sus pasillos interminables de comida expuesta en colores brillantes. Amas de casa con faldas de vuelo, elegantes tacones y pelo ondulado empujan enormes carros llenos hasta arriba de tarros y latas. Me llena de nostalgia, de anhelo por volver a casa, a París.

Pollo, me digo, eso es lo que voy a cocinar esta noche, pollo al limón. Es el plato favorito de Jean-Luc.

Dos bandejas de pechuga de pollo, una botella pequeña de leche y cuatro limones se ven escasos y desvalidos en el fondo del carro cuando llego a la caja. Me da vergüenza, pero no he sido capaz de concentrarme en lo que necesitamos para el resto de la semana.

La cajera me mira con extrañeza.

—¿Necesita ayuda para meter la compra en la bolsa, señora?

¿Está siendo sarcástica? Niego con la cabeza.

—No, gracias. Puedo sola.

El estómago me ruge mientras meto la única bolsa de papel marrón en el maletero. No he desayunado. Quizá debería tomarme una hamburguesa, pero solo pensar en ello me revuelve el estómago. Así que regreso a casa rezando por que ya esté Jean-Luc.

Aparco a la entrada y corro a la puerta principal. Sigue cerrada con llave. No puede estar en casa. ¿Cómo he pensado que podría ser así? En todo caso, habría ido directo al trabajo. Sé que le preocupaba llegar tarde.

Ya son las tres. Dentro de media hora tengo que recoger a Sam de la escuela. Quizá hoy será mejor llegar más tarde que pronto. Llegar temprano significa charlar con otras madres. Sam podría volver solo a casa andando —algunos niños lo hacen—, pero me encanta recogerlo, es mi momento preferido del día. Cuando era niña, en París, todas las madres venían a buscar a sus hijos con una baguette llena de varias onzas de chocolate negro puestas en fila. Es como una tradición familiar, esperar a Sam a la salida de clase. Pero hoy, por primera vez, llegaré cinco minutos tarde. Eso significa que tengo aún veinticinco minutos que matar.

Guardo el pollo en la nevera y me lavo las manos, me limpio las uñas con el cepillo de dientes viejo del alféizar de la ventana. Oigo la voz de mi padre en mi cabeza. «Unas uñas limpias son señal de que esa persona sabe cuidarse sola —decía cuando me sorprendía con las uñas sucias—. Igual que los zapatos —solía añadir—. Se sabe cómo es una persona por sus uñas y sus zapatos».

«No en Estados Unidos —le contestaría ahora si lo viera—. En Estados Unidos se fijan en el pelo y en los dientes».

Cuando devuelvo el cepillo a su sitio miro por la ventana, tratando de no hacerme ilusiones. La calle está desierta. Me vuelve a rugir el estómago. Estoy un poco mareada. Debería comer algo con azúcar. Cojo la lata que está en la balda superior, envuelvo una galleta de pepitas de chocolate en papel de aluminio para Sam y parto una en dos para mí. La mordisqueo, temiendo que me dé retortijones, pero me sienta bien, así que me como la otra mitad.

Me quedan veinte minutos. Voy al piso de arriba, a nuestro dormitorio, y me siento en el tocador. Saco el cepillo de cerdas auténticas del cajón superior y me cepillo el pelo hasta que me brilla. El espejo me dice que sigo siendo atractiva: ni arrugas ni canas, ni flacidez debajo del mentón. Por fuera, todo en orden. Mi corazón, sin embargo, es como si tuviera cien años.

Me levanto y aliso la colcha, hecha por los amish en Pennsylvania; cientos de hexágonos perfectos cosidos a mano. Nuestras primeras vacaciones juntos. Sam acababa de aprender a andar, pero todavía le costaba, y se cayó unas cuantas veces. Recuerdo correr delante de él, preparada para cogerlo antes de que llegara al suelo.

Ya solo faltan diez minutos. Bajo otra vez y paseo por las habitaciones. Por fin abro la puerta principal. La intensa luz del sol me golpea y entro a coger el sombrero. Mientras bajo por el camino de entrada me pregunto, no por primera vez, por qué dejan abiertos sus jardines los americanos, sin setos ni muros de ladrillo. Cualquiera podría entrar, ir hasta la casa y mirar por las ventanas. Los jardines franceses son completamente distintos, siempre cercados por altas vallas o espesos setos que disuaden a visitantes inoportunos.

A Jean-Luc le encanta esta accesibilidad. Dice que lo ocurrido en Francia no habría sido posible aquí porque las personas son francas las unas con las otras; nadie habría denunciado a un vecino y a continuación ido a esconderse detrás de puertas cerradas mientras se lo llevaban detenido. No me gusta cuando habla así, idealizando su país de adopción. No puedo evitar sentir que es desleal a Francia. Años de hambre, miedo, privaciones… son cosas que pueden convertir a una buena persona en mala.

—¡Charlie! —Marge me llama desde el jardín de enfrente e interrumpe mis pensamientos—. ¿Adónde has ido hoy? Hemos tomado café en casa de Jenny. Pensábamos que ibas a venir.

—Lo siento. —El corazón me da un salto y me tapo la boca con el dorso de la mano para disimular la mentira—. Necesitaba hacer compra grande. He ido a Lucky Store.

—¿En serio? ¿Hasta allí te has ido? Pensaba que odiabas esos centros comerciales gigantescos. Deberías habérmelo dicho. Te habría acompañado.

—Siento haberme perdido el café.

—No te preocupes. El viernes vamos a casa de Jo. Escucha, necesito pedirte un favor. ¿Podrías recoger a Jimmy? Tengo que llevar a Noah al médico. Está con fiebre y no consigo bajársela.

—Claro. —Intento sonreír, pero me siento como una traidora con estos vecinos que conozco desde hace años.

—Gracias, Charlie. —Me sonríe de oreja a oreja.

De camino al colegio, recuerdo lo bien recibidos que nos hicieron sentir los vecinos cuando llegamos a Santa Cruz, hace nueve años. Antes de terminar la semana nos habían invitado no solo a un aperitivo, sino a una barbacoa. Me conmovió cómo se congregaron todos para la ocasión, declarando con sus voces altas y alegres lo felices que se sentían de conocer a la familia nueva. En cuanto pusimos un pie en el jardín, a Jean-Luc le dieron un gran vaso de cerveza y a mí una copa de vino blanco. Hicieron carantoñas a Sam y le encontraron un rincón en sombra debajo de un árbol para sentarlo en su mantita, rodeado de juguetes de vivos colores. No parecía haber formalidades, o al menos yo no las vi. Era todo muy espontáneo, y, en cuanto estaba hecho un trozo de carne, los invitados acudían en tropel a la barbacoa. Me sentí agradecida cuando un hombre me pasó un plato lleno de comida. Cada uno se sentaba donde quería, arrimando sillas de madera a los distintos grupos.

Qué distinto era todo en París. En las pocas ocasiones en que mis padres recibían invitados, se decidía con antelación dónde se sentaría cada uno. Los invitados esperaban pacientemente y en silencio a que el anfitrión asignara los sitios. Y no se servía una sola bebida antes de que llegaran todos. *Maman* a menudo se quejaba de que fulanito llegaba tarde y hacía esperar a los demás una hora para tomar la primera copa. En cualquier caso, la guerra puso fin a esas cenas.

Aquí no parecía haber reglas. Las mujeres empezaron a hablar directamente conmigo derrochando risas; los hombres bromeaban diciéndome lo sensual que era mi acento. Yo estaba encantada, y Jean-Luc más aún. Se enamoró de Estados Unidos desde el primer momento. Si alguna vez echó de menos su país, nunca lo mencionó. Para él todo era estupendo y maravilloso: la abundancia de comida, la cordialidad de la gente, la facilidad para comprar cualquier cosa. «Esto es el sueño americano —no dejaba de decir—. Tenemos que aprender a hablar inglés perfectamente. A Samuel le resultará fácil, será su primera lengua; nos ayudará».

Samuel pronto se convirtió en Sam, Jean-Luc pasó a ser John y a mí me apodaron Charlie. Habíamos sido americanizados. Jean-Luc dijo que eso significaba que nos habían aceptado, y que, en reconocimiento por la cálida acogida que nos habían brindado, debíamos evitar hablar francés. Dijo que daría la impresión de que no queríamos integrarnos. Así que hablábamos solo inglés, incluso entre nosotros. Yo por supuesto entendía su lógica, aunque me rompía un poco el corazón no poder cantar a Sam las canciones de cuna que había aprendido de mi madre. Aquello me distanció aún más de mi familia, de mi cultura, y transformó nuestra forma de comunicarnos, nuestra manera de estar en el mundo. Yo seguía queriendo a Jean-Luc con toda mi alma, pero algo había cambiado. Ya no me susurraba *mon coeur*, *mon ange*, *mon trésor*. Ahora me llamaba *darling*, *honey* o, lo que era aún peor, *baby*.

Suena la campana en el patio desierto e interrumpe mis pensamientos. Salen los niños en tropel y buscan a sus madres con gran alboroto. A Sam se lo reconoce enseguida con ese pelo negro que brilla entre tanta cabeza rubia. Su piel olivácea y sus bonitos rasgos delatan su origen diferente. Un vecino dijo una vez que esas pestañas tan largas eran un desperdicio en un chico. Como si la belleza pudiera ser alguna vez un desperdicio. Qué pensamiento tan raro.

Sam me mira con su sonrisa ladeada, idéntica a la de Jean-Luc. A sus nueve años, es demasiado mayor para echar a correr como antes, y termina de hablar con sus amigos antes de caminar hacia mí con estudiada despreocupación.

Le doy un beso en cada mejilla, muy consciente de lo mucho que lo avergüenza, pero no me puedo contener. Además, pasar un poco de vergüenza de vez en cuando ayuda a formar la personalidad.

—Ve a decirle a Jimmy que se viene con nosotros —le pido.

—Bárbaro. —Echa a correr, pero de pronto se detiene y retrocede un poco—. ¿Está papá en casa?

—Todavía no.

Sin decir palabra, se va a buscar a Jimmy.

Cuando reaparecen, saco la galleta de pepitas de chocolate y la parto en dos. Jimmy engulle su mitad.

—Hay más en casa —digo.

—¡Sí! —Jimmy echa a correr—. ¡Venga, Sam!

Pero Sam camina a mi lado.

Jimmy corre por la acera y desaparece al doblar la esquina. Le pongo a Sam una mano en el hombro.

—No te preocupes, papá llegará enseguida.

—Pero ¿qué querían esos hombres?

—Luego hablamos, Sam.

—¡Bu! —Jimmy aparece delante de nosotros de un salto.

Se me sube el corazón a la garganta y doy un grito.

Jimmy se muere de risa.

—Perdón —consigue decir entre carcajadas.

Cuando los latidos de mi corazón se normalizan, simulo reír también para romper la tensión del momento.

Jimmy coge a Sam del brazo y echan a correr.

Cuando llegamos a casa, dejo la lata de galletas en la mesa de la cocina delante de los niños.

—Comed todas las que queráis.

Jimmy me mira con los ojos como platos y una sonrisa de oreja a oreja.

—¡Hala! Gracias.

Me reconforta un poco verlos comer, disfrutar de algo que he hecho yo.

—Te han salido como nunca, mamá.

Sam tiene migas en las comisuras de los labios. Jimmy asiente en silencio con la boca demasiado llena para decir palabra.

—¿Queréis que os haga más para llevaros a clase? —ofrezco.

—No, gracias, solo para nosotros.

Sam me mira con ojos oscuros, celosos.

Quiero estrecharlo contra mí, decirle que no tiene nada de que preocuparse. Que mi amor por él es más profundo que el océano, que durará para siempre. Pero lo que hago es preparar la cena. Rallo la corteza de los limones, los exprimo, añado el zumo a la ralladura. Corto las pechugas de pollo antes de macerarlas en el jugo. No sigo una receta; así es como preparaba *maman* el pollo al limón para la comida de los domingos, antes de la guerra.

3

Santa Cruz, 24 de junio de 1953

Jean-Luc

Aparcan delante del ayuntamiento. Jackson apaga el motor y durante un minuto sigue sentado, mirando a Jean-Luc por el espejo retrovisor. Luego los dos hombres bajan del coche y esperan a que Jean-Luc haga lo mismo. Pero este no tiene prisa, está incluso tentado de esperar hasta que uno de los dos le abra la puerta. Eso daría otra perspectiva a las cosas. Los detalles cuentan. Bradley da un golpe abrupto en la ventanilla con los nudillos. El sonido es áspero y tensa aún más el nudo de aprensión que tiene Jean-Luc en el estómago. Pero ¿por qué está tan asustado? Es algo completamente irracional; no ha hecho nada malo. Se inclina hacia delante, tira de la manija de la puerta y sale al sol de la mañana.

Suben los escalones en silencio y cruzan las grandes puertas dobles. Es temprano, lo que probablemente explica por qué no hay nadie. Le hacen bajar unas escaleras, enfilar un pasillo apenas iluminado y entrar en una habitación sin ventanas. Bradley acciona un interruptor y un tubo fluorescente zumba y, a continuación, inunda de luz la habitación. Los únicos objetos son una mesa de formica y tres sillas de plástico con patas metálicas.

—Esto puede tardar un rato. —Jackson se saca un paquete de cigarrillos arrugado del bolsillo del pecho y da golpecitos con él en la mesa—. Siéntese. —Le ofrece la cajetilla abierta a Bradley. Encienden un pitillo mientras miran a Jean-Luc.

Este se sienta, cruza los brazos y a continuación los descruza con una sonrisa forzada. Quiere darles a entender que está encantado de obedecer, preparado para contarles lo que quieran saber.

Los dos hombres se quedan de pie con expresión impenetrable. La piel grasienta de Bradley brilla bajo el tubo fluorescente, las rojeces de su cara atrapan la luz. Da una larga calada a su cigarrillo, se llena los pulmones y exhala despacio, creando una espesa niebla que por un momento flota en la habitación.

—Señor Bouchamps, ¿cómo se hizo esa cicatriz en la cara? Es bastante singular.

Jean-Luc se dice a sí mismo que, en situaciones así, es mejor no provocar. La pasividad es lo indicado; no debe dar la impresión de estar a la defensiva. «No discutas. Mantén la calma». Nota un reguero de sudor que le baja por las costillas.

—Me la hice en la guerra —murmura.

Bradley mira a Jackson con una ceja levantada.

—¿Dónde? —pregunta Jackson.

Jean-Luc vacila, se pregunta si puede contar la historia a la que ha recurrido hasta entonces, que resultó herido de metralla cuando cayó una bomba en París. De manera instintiva, sabe que aquí no le será de ayuda.

Bradley se inclina hacia él y lo mira atentamente a los ojos.

—¿Qué hizo usted durante la guerra?

Jean-Luc le sostiene la mirada.

—Trabajé en Bobigny, la estación de ferrocarril.

Bradley enarca una de sus pobladas cejas.

—¿En Drancy?

Jean-Luc asiente con la cabeza.

—¿El campo de concentración de Drancy?

Vuelve a asentir. Tiene la impresión de estar acorralado, obligado a mostrarse conforme con los datos. Pero los datos no cuentan toda la historia.

—¿Desde donde miles de judíos fueron enviados a morir a Auschwitz?

—Yo solo arreglaba las vías. —Sigue sosteniendo la mirada; no quiere ser el primero en apartarla.

—Para que los trenes funcionaran con normalidad.

—Solo hacía mi trabajo.

La cara de Bradley se pone más brillante y colorada.

—Así que solo hacía su trabajo. La excusa de siempre. Pero estuvo allí, ¿verdad? Ayudó y fue cómplice.

—¡No!

—Drancy era un campo de tránsito, ¿no es cierto? Y usted ayudaba a trasladar a los judíos a Auschwitz.

—¡No! ¡Yo quería impedirlo! Incluso intenté sabotear una vía. Terminé en el hospital por ese motivo.

—No me diga.

El tono de Bradley es irónico.

—Es verdad. Lo juro.

4

París, 6 de marzo de 1944

Jean-Luc

Después de cuatro años, la ocupación se había convertido en un modo de vida. Algunos se habían adaptado mejor que otros, pero Jean-Luc seguía despertando cada mañana con el corazón encogido. Aquella mañana salió a rastras de la cama para presentarse en la estación de Saint-Lazare, pero su superior no le dio la bolsa de las herramientas como de costumbre. Lo que hizo fue mirarlo fijamente.

—Hoy trabajas en Bobigny.

—¿Bobigny? —repitió Jean-Luc.

—Sí.

Su jefe lo miró a los ojos. Ambos sabían lo que Bobigny significaba.

—Pensaba que estaba cerrada.

—A los trenes de pasajeros sí, pero está abierta para otros usos.

El jefe hizo una pausa para dejar que Jean-Luc asimilara sus palabras.

—¿Cerca del campo de tránsito de Drancy? —A Jean-Luc se le escapó un gallo y se le aceleró el pulso mientras trataba de buscar una salida a aquella situación.

—Sí. Hay que hacer labores de mantenimiento en las vías. Tenemos órdenes de enviar a seis hombres. —Calló un instante—. Ándate con ojo allí. Los boches están ahora a cargo. Intenta que no te vean la mano.

Jean-Luc llevaba trabajando para la compañía nacional del ferrocarril, la SNCF, desde que había dejado la escuela seis años atrás, a los quince. Pero, como todo lo demás, ahora las vías férreas eran propiedad de los alemanes. Apartó la vista y se metió la mano deforme en el bolsillo. Apenas pensaba en ella; haber nacido con únicamente un pulgar y otro dedo en la mano izquierda no lo había frenado ni le había supuesto nunca impedimento alguno.

—No les gustan esas cosas. —La expresión del jefe se dulcificó—. Trabajas tan bien como el que más, mejor incluso, pero a los boches les gusta todo... Bueno, tú ya me entiendes. Debes evitar que te envíen a uno de sus campos de trabajo.

Jean-Luc se sacó la mano del bolsillo y la entrelazó con la buena, repentinamente inseguro.

Su padre había sido un buen amigo del capataz y ese contacto lo había ayudado a conseguir su primer empleo a pesar de su discapacidad. Había tenido que trabajar más que los demás para demostrar su valía, pero sus colegas y sus superiores no tardaron mucho en darse cuenta de que su desfiguración no afectaba a su destreza, que era capaz de asir cualquier cosa con un firme gesto de pinza del dedo y el pulgar de la mano izquierda y usar la mano buena para trabajar.

—¿Tengo..., tengo que ir?

Volvió a meterse la mano en el bolsillo.

El jefe se había limitado a levantar una ceja antes de dar media vuelta y echar a andar. A Jean-Luc no le quedó más remedio que seguirlo hasta el camión del ejército que esperaba fuera. Se dieron un firme apretón de manos antes de que Jean-Luc subiera a la parte de atrás. Ya había allí cinco hombres más; Jean-Luc los saludó con una inclinación de cabeza, pero ninguno habló.

Conforme circulaban por calles desiertas, los hombres se miraban los unos a los otros con expresión sombría. Jean-Luc supuso que ninguno estaba entusiasmado por tener que trabajar tan cerca del infame campo. Miles de judíos, algunos comunistas y miembros de la *Résistance* habían sido enviados allí. Nadie sabía lo que había sido de ellos, aunque corrían rumores. Los rumores eran algo habitual aquellos días.

Mientras cruzaban a gran velocidad las calles desiertas de París y después una carretera en dirección nordeste, hacia Drancy, se encontraron algún que otro vehículo militar. Jean-Luc miró al conductor francés saludarlos al pasar. ¡Era un *collabo*! Lo supo enseguida. Era un juego al que le gustaba jugar consigo mismo: adivinar quién era colaboracionista y quién no. Claro que a menudo la frontera se desdibujaba. Tenía amigos que conseguían cosas en el mercado negro. Pero ¿quién gestionaba el mercado negro? Por lo general solo los boches y los *collabos* tenían acceso a determinados artículos. Era una zona gris y él prefería aceptar cosas únicamente cuando sabía con certeza de dónde salían: un conejo o un pichón cazados por un amigo, hortalizas de un conocido con granja.

Un bache en la carretera lo devolvió al presente. Cuando miró a los otros hombres, solo encontró rostros impenetrables. Atrás habían quedado los días de camaradería franca, espontánea. Ahora solo reinaba un silencio sombrío.

Silencio. Era un tipo de arma, y la única de la que disponía Jean-Luc. Se negaba a hablar con los boches, ni siquiera cuando su aspecto era amable y le pedían educadamente instrucciones para ir a alguna parte. Hacía oídos sordos. Otra costumbre que tenía era doblar en forma de uve su billete del Métro antes de tirarlo al suelo en alguno de los túneles. La uve de victoria. Pequeños gestos de desafío eran todo lo que le quedaba, pero no cambiaban nada. Estaba desesperado por hacer más.

Cuando los boches tomaron el control de la SNCF había sido muy claro con sus padres.

—No pienso trabajar para esos malnacidos. Me voy a despedir —les comunicó pocas semanas después de la ocupación.

—No puedes hacer eso. —Su padre le había puesto una firme mano en el hombro, señal de que lo que estaba a punto de decir no admitía discusión—. Encontrarán la manera de castigarte. Pueden mandarte a combatir a alguna parte. Al menos ahora estás en París y seguimos juntos. Vamos a esperar a ver cómo van las cosas.

Papa. Cada vez que pensaba en él, Jean-Luc sentía una mezcla de vergüenza y nostalgia. Había hecho lo que le había pedido su padre y trabajado a las órdenes de los boches, pero lo había sobrellevado mal y le había guardado rencor por obligarlo a aceptar algo así. Y, de hecho, todo había sido exactamente como lo había imaginado: la amabilidad cortés y el profesionalismo de los alemanes se había tornado poco a poco en desdén y superioridad. ¿Qué otra cosa cabía esperar? La ignorancia e ingenuidad de algunos al pensar que las cosas podían no resultar tan mal lo dejaban atónito.

Entonces, en el verano de 1942, los alemanes hicieron algo que terminó con las dudas de todos. Empezaron a reclutar a hombres franceses para el Service du Travail Obligatoire: trabajos forzados en Alemania. *Papa* había sido uno de los primeros. Una semana recibió los papeles y a la siguiente se lo llevaron. Jean-Luc no había tenido ni el tiempo ni las palabras necesarias para decirle que lo quería y respetaba. No lo habían criado con la clase de lenguaje necesario para expresar cosas así.

Miró por la ventana y vio dos altísimas moles, de al menos quince pisos de altura. Detrás de ellas había un gran complejo en forma de U.

—*Voilà le camp!* —El conductor los miró por el espejo retrovisor—. ¿A que es feo? Se construyó para gente pobre, pero no estaba terminado aún cuando llegaron los alemanes, que decidieron convertirlo en esto. —Calló un instante—. Pobre gente.

Jean-Luc no estaba seguro de si hablaba o no con ironía. Su tono era frívolo, burlón incluso.

—Hay miles de judíos esperando a ser trasladados —siguió diciendo el conductor mientras doblaba el recodo y cambiaba de marcha—. Está atestado.

Jean-Luc se volvió para mirar el complejo en forma de U, de cuatro pisos de altura y rodeado por alambradas de espino. En lo alto de las dos torres de vigilancia había guardias con fusil.

—¿Adónde los llevan? —preguntó.

—A Alemania.

—¿A Alemania? —Trató de aparentar naturalidad.

—Sí. Allí hay mucho trabajo. Ya sabes, de reconstrucción.

—¿Reconstrucción? —Empezaba a sentirse como un papagayo. Pero el conductor no pareció darse cuenta.

—Sí, ya me entiendes, por los daños de guerra. Los ingleses no paran de bombardearlos.

—¿Y qué pasa con las mujeres y los niños? ¿También se los van a llevar?

—*Bien sûr*. Necesitarán que cocinen y hagan las tareas domésticas. Y así los hombres estarán más contentos, ¿no te parece?

—Pero ¿y las personas mayores?

El conductor miró a Jean-Luc por el espejo retrovisor.

—Haces demasiadas preguntas.

Jean-Luc miró a los otros trabajadores y se preguntó qué estarían pensando, pero todos tenían la vista fija en sus zapatos. Circularon unos minutos más en un silencio incómodo, hasta que el conductor habló otra vez.

—Los boches no son tan malos. Mientras trabajes duro y no muestres simpatía por los judíos, te tratan bien. Incluso se tomarán un trago contigo. Al otro lado de la carretera hay un café bastante agradable. Solemos ir a tomar una cerveza. ¡Les encanta la cerveza! —Hizo una pausa—. Cuando empecé a trabajar aquí, hace dos años, no había ni un alemán, pero supongo que decidieron que no éramos lo bastante eficientes, así que mandaron a Brunner y a sus hombres. —Calló de nuevo—. Bueno, pues ya estamos. Aquí os vais a alojar.

Se giró en su asiento mientras aparcaba delante de uno de los edificios de mayor altura.

Los hombres en la trasera del camión intercambiaron expresiones de nerviosismo. ¿Cuánto tiempo estarían allí? Jean-Luc sabía que su madre pensaría que lo habían detenido o llevado a un campo de trabajo. Tenía que mandarle recado; estaría loca de preocupación. Solo quedaban ellos dos, después de que su padre fuera enviado a Alemania. Estaban muy unidos y Jean-Luc era el principal apoyo, tanto económico como emocional, de su madre. Había desarrollado un fuerte instinto de protección hacia ella y eso le había hecho madurar.

El guardia que los recibió les fue tirando mochilas pequeñas a medida que bajaban del camión, a continuación los guio hacia uno de los edificios. Un ascensor los llevó hasta los dormitorios en el piso quince, el último. Cuando miraron por las ventanas comprobaron que no daban al campo. Jean-Luc escrutó el cielo gris y a continuación las diminutas carreteras y las vías de tren que salían y entraban de la ciudad. No se veía ningún tren.

Estaba deshaciendo la mochila, que contenía un pijama y un cepillo de dientes, cuando entró un boche.

—*Willkommen*. Bienvenidos a Drancy.

Jean-Luc soltó la bolsa encima de la cama y se volvió para mirarlo. La pálida cara del soldado tenía un brillo enfermizo y en sus labios no había color alguno. Era joven, probablemente de no más de veinte años. Jean-Luc se preguntó por qué enviarían a un niño como aquel a Drancy. Con todo, no sonrió al soldado, ni siquiera le dirigió la palabra. Se limitó a seguirlo hasta el ascensor.

Fuera los esperaba el mismo conductor junto al mismo camión militar.

—*Salut, les gars!*

Les hablaba como si fueran amigos de toda la vida. Jean-Luc lo detestó por ello.

Esta vez, cuando pasaron delante del campo, Jean-Luc alargó el cuello y se preguntó cómo sería por dentro, recordando las historias que había oído sobre interrogatorios, deportaciones. El conductor se detuvo delante de un apeadero de tren, se volvió y les repartió monos azules.

—Tomad. Tenéis que llevarlos siempre puestos. ¡No sea que os confundan con los prisioneros!

Mientras cruzaban la estación, Jean-Luc se preguntó por qué reinaba el silencio y dónde estaban los trenes. Sus ojos recorrieron el andén. Un objeto marrón atrajo su atención. Dio unos pasos hacia él. Era un oso de peluche, aplastado, como si un niño lo hubiera usado de almohada. Algo más lejos, en el andén, vio un libro abierto con las hojas agitadas por la brisa.

—*Schnell! Schnell!*

Una mano le dio un empujón. Jean-Luc se reunió a trompicones con los otros hombres, que entraban en la caseta del jefe de estación. Dentro reinaba el silencio, a excepción del sonido de máquinas de escribir cuyas teclas pulsaban con determinación mujeres sentadas con la espalda muy recta.

—¿Nombre? —ladró el boche sentado detrás del mostrador.

—Jean-Luc Beauchamps.

El alemán lo apuntó en su libro de cuentas y a continuación miró largo rato a Jean-Luc. Este bajó los ojos, avergonzado por estar frente a un boche, presentándose para trabajar.

—A trabajar duro y nada de cháchara —dijo el boche sin dejar de mirarlo.

Jean-Luc asintió con la cabeza para demostrar que había entendido.

—Ahora id a comprobar las vías. Están mal..., mal trabajo. Hay herramientas en caseta de andén.

Jean-Luc se encogió de hombros y dio media vuelta sin decir palabra.

5

París, 24 de marzo de 1944

Jean-Luc

Los días se convirtieron en semanas y se estableció una rutina. Empezaban la jornada a las ocho de la mañana, a las doce había un descanso de media hora para almorzar y terminaban a las seis, cuando anochecía. El trabajo de Jean-Luc consistía en revisar las vías, asegurarse de que los durmientes no estaban demasiado gastados, de que las eclisas que unían los raíles estaban en su sitio y de que los tornillos estaban bien apretados. A continuación otro hombre supervisaba su trabajo. Si había pasado algo por alto, le reducían su mísera paga y debía trabajar una hora más a la luz de una linterna. Pero tenía los domingos libres y cada sábado por la tarde cogía el tren en Bourget, la estación de pasajeros de Drancy, e iba a París a ver a su madre.

Cuando anochecía estaba exhausto, demasiado cansado para ir a beber al café que había frente al campo de haber tenido ganas. Pero no las tenía. ¿Quién podía querer relacionarse con los boches? De manera que pasaba las veladas solo, leyendo en su habitación a la luz de una lamparita. El resto de los hombres tampoco eran demasiado sociables. Pero, en ocasiones, la necesidad de contacto humano los unía, y entonces se juntaban en alguna de las habitaciones. La conversación derivaba inevitablemente al tema de la estación.

—¿Cómo es que no vemos ningún tren? —Marcel dio una calada apurando su cigarrillo.

—Salen antes de que amanezca.

Jean-Luc paseó la vista por la espartana habitación. Las paredes grises desnudas le devolvieron la mirada; los hombres tenían los ojos fijos en el suelo de cemento. Entendía que no quisieran participar en aquella conversación. Cualquiera podía ser acusado de *collabo*, de haber sido puesto allí para espiar a los demás.

—Sí, pero ¿por qué?

Marcel terminó por renunciar a seguir fumando y dejó que la colilla diminuta se le deslizara entre los dedos hasta el frío suelo.

—Porque no quieren que los veamos. —Jean-Luc sacó un Gitane de una cajetilla arrugada y se lo pasó a Marcel. Casi sentía lástima de él, incapaz de entender lo que ocurría delante de sus narices—. Están deportando prisioneros —continuó—. Centenares, probablemente miles de ellos.

—*Merci*. —Marcel se apresuró a coger el cigarrillo e inclinó la cabeza en gesto de agradecimiento.

Jean-Luc notaba los ojos de los otros hombres taladrándolo. Nadie regalaba preciados cigarrillos así como así, a cambio de nada. Jean-Luc no fumaba, pero siempre le gustaba llevar encima una cajetilla para momentos como aquel. Aliviaba la tensión. Se la ofreció a los demás.

—Pero ¿por qué tanto secreto? —insistió Marcel mirando su cigarrillo como si no terminara de dar crédito a su suerte—. Todos sabemos lo que hacen.

Jean-Luc miró las caras de los hombres. Tan plácidas. Tan crédulas. Tan calladas. Inspiró hondo y decidió olvidar toda precaución.

—¿Por qué crees tú que no quieren que los veamos? ¿Eh?

El silencio en la habitación se hizo más tenso, oprimió a Jean-Luc, lo hizo sentir desvalido, impotente. Dio un paso hacia Marcel, le puso una mano en el hombro y acercó la boca a su oído.

—Porque podríamos empezar a hacer preguntas. Si de verdad «supiéramos» lo que está pasando, nos pondríamos furiosos.

—¿Cómo que furiosos? —gritó Frédéric—. *Putain!* Si ya lo estamos. ¡Nos han quitado nuestro condenado país! Furiosos es poco.

Sus ojos pasearon nerviosos por la habitación, de un hombre a otro. Pero nadie quiso sostenerle la mirada. Cambiaron el peso de una pierna a otra. Alguno tosió. Otro expulsó humo hacia el centro de la habitación. El silencio se volvió asfixiante.

—¿De verdad lo estamos? —Jean-Luc habló despacio y en voz queda—. ¿De verdad estamos tan furiosos? Si es así, ¿qué hemos hecho para demostrarlo? —Se calló, consciente de que la conversación bordeaba lo peligroso, pero ya no podía echarse atrás—. Por el amor de Dios, ¡si estamos trabajando para ellos! —Calló de nuevo al darse cuenta de que Philippe estaba de pie contra la pared con expresión impenetrable.

—No es culpa nuestra. No teníamos ejército con el que hacerles frente —dijo Jacques con voz queda desde un rincón de la habitación—. Antes no teníamos un ejército como es debido, y ahora ni siquiera tenemos uno.

—Bueno, tenemos a De Gaulle en Londres. —El tono de Frédéric era irónico.

—Para lo que nos sirve... —Jacques dio un paso adelante.

—Pero ¿adónde los llevan? —Marcel paseó la vista por la habitación.

Los hombres volvieron a mirar al suelo.

—A algún sitio muy lejos de aquí... —La voz de Jean-Luc adoptó un tono ensimismado, como si estuviera describiendo algo imaginario—. Algún lugar lejos de la civilización.

—¡Exacto! —De la boca de Frédéric salió una rociada de saliva—. Luego, en la frontera, cambian al conductor francés por un boche. No quieren que sepamos adónde los llevan. Y no quieren que lo sepamos porque... —Vaciló.

—¿Porque qué? —Marcel lo miró.

—No lo sé. —Frédéric apartó la vista.

—¿Tú qué piensas? —Los ojos de Marcel se volvieron a Jean-Luc.

—Lo que pienso es que estoy cansado y me voy a la cama. Jean-Luc quería poner fin a aquella conversación antes de que alguno expresara con palabras lo que todos pensaban. Podían detenerte por hablar.

—¡Pero si son vagones de transportar ganado, por el amor de Dios! —prosiguió Frédéric—. Y luego están los objetos personales que nos encontramos en el andén cuando se van los trenes. Apuesto a que los boches les hacen creer que pueden llevarse algunas cosas con ellos para que los ayuden a aclimatarse. Y luego...

Un silencio opresivo se instaló mientras imaginaban la suerte de los prisioneros.

—*Putain!* Los están matando. —Frédéric dio una palmada a la pared—. Lo sé.

Jean-Luc miró a Philippe, pero la expresión de este seguía siendo hermética. Se volvió hacia Frédéric, sabiendo que era el momento de poner fin a la conversación. Todos estaban arriesgándose al hablar de aquella manera.

—Eso no lo sabemos. No sabemos nada. No con seguridad.

6

París, 25 de marzo de 1944

Jean-Luc

Los sábados podía salir del campo. En cuanto terminaba la jornada cogía el tren en Bourget hasta París. Le gustaba salir del Métro en Blanche y admirar Le Moulin Rouge antes de subir por la rue Lepic, donde vivía con su madre.

Pero aquella noche no estaba preparado para enfrentarse a la ausencia de su padre en el apartamento. Aún no. De modo que se detuvo a tomar un pastís en el café de la esquina.

—*Salut*, Jean-Luc. —Thierry le sirvió un vaso de la fuerte bebida anisada y dejó al lado una jarrita con agua. Jean-Luc añadió un poco y miró el pastís teñirse de color amarillo turbio. Apoyó los codos en la barra, se entrelazó las manos detrás de la nuca y movió el cuello de un lado a otro como si le doliera—. *Quoi de neuf?*

—¿Qué hay de nuevo? —Jean-Luc juntó las cejas—. Nada, que yo sepa.

Thierry se acercó más a él.

—¿Alguna noticia de tu padre?

—Tuvimos hace dos meses. —Jean-Luc calló un momento—. Nos mandó una carta pidiendo que le enviáramos calcetines abrigados y comida. Dice que está bien, solo más flaco y más viejo.

—Qué cosa más terrible... Llevarse así a los hombres. Tuve suerte de que me consideraran demasiado mayor, y tú..., tuviste suerte de que necesitaran trabajadores del ferrocarril. Pero ¿cómo se supone que vamos a salir adelante aquí? No queda nadie para trabajar las tierras.

—Lo sé, lo sé.

Había tenido esa misma conversación cien veces.

—Qué Service du Travail Obligatoire ni qué ocho cuartos. Son trabajos forzados para los boches.

—Eso desde luego. Pero al menos sabemos que está en Alemania.

Jean-Luc dio un largo trago de su bebida. Había hecho todo lo posible por llenar el vacío que había dejado su padre, pero en el estrecho apartamento que compartía con su madre parecía faltar algo, como si su padre hubiera sido reemplazado por un gran agujero y se colara por él un viento cruel que soplaba por las habitaciones. Cada domingo iba a misa en Sacré-Coeur con su madre y encendían una vela por *papa*. A Jean-Luc le gustaba imaginar que esa llamita daba ánimos a su padre, dondequiera que estuviera. Pensaba a menudo en su padre, pero el pensamiento lo dejaba malhumorado y melancólico. *Papa* era un hombre tan fuerte e independiente que la idea de que estuviera sometido a los boches y a su brutalidad le llenaba el corazón de pesar. No se merecía algo así.

Thierry bajó la voz.

—No te preocupes. Volverá. ¿Has oído lo de los americanos?

—¿El qué?

Thierry se inclinó aún más sobre la barra y habló en susurros, a pesar de que el café estaba vacío.

—Van a desembarcar en Francia. ¡Sí! Están preparando las tropas y después van a desembarcar aquí y a echar a los nazis.

Jean-Luc lo miró fijamente mientras se preguntaba dónde había podido oír algo así.

—Pues esperemos que sea verdad.

Apuró su bebida de un trago.

—¿Otro? —Thierry ya le había quitado el tapón a la botella—. Y entonces todas esas familias a las que han mandado fuera podrán volver... Tu padre también.

—Esperemos que sea así. —Jean-Luc hizo girar el pastís en el fondo del vaso.

—Igual los Cohen vuelven pronto. El chico, Alexandre, era un demonio descarado. Me gustaría verlo de nuevo.

Justo entonces dos boches entraron en el café y Jean-Luc salió sin terminarse la bebida. Ya en la calle, lo invadió un sentimiento de soledad. De pronto echaba mucho de menos a su antigua novia. Habían salido casi durante un año y él se lo había tomado en serio; incluso había considerado pedirle matrimonio. Le gustaba la forma en que se empeñaba en disfrutar de la vida a pesar de la guerra; le encantaba bailar y siempre parecía estar enterada del siguiente *bal clandestin*. También a Jean-Luc le gustaban esas veladas de baile secretas; eran como pequeñas victorias sobre los boches. Cuando su padre tuvo que irse, ella le dijo que no se preocupara, que se lo llevaban a Alemania porque allí necesitaban mano de obra, así que lo cuidarían bien. Jean-Luc se había bebido sus palabras, se había permitido creerlas, pero a medida que pasaba el tiempo empezó a dudar de ellas. Empezó a dudar de si vería otra vez a su padre. Entonces se volvió pesimista y reservado. ¿Cómo podía andar divirtiéndose cuando lo más probable era que su padre estuviera pasando frío y hambre en un país extranjero? Era imposible.

Cuando empezó a rechazar las peticiones para ir a bailar, ella comenzó a salir con amigos. Jean-Luc debería haber sabido que era solo cuestión de tiempo que encontrara a otra persona, pero se había consolado con el hecho de que apenas quedaban hombres disponibles. Esperaba que no se hubiera emparejado con un *collabo* apestoso, o, algo peor, con un boche. Ella no quiso decirle de quién se trataba, pero no podía ser tan estúpida. Colaboración horizontal, lo llamaba la gente con desdén, como si fueran moralmente superiores. Todos somos culpables en mayor o menor grado, era lo que opinaba Jean-Luc. De haber tenido que definir su propio colaboracionismo, lo habría llamado de supervivencia. Uno tenía el deber de sobrevivir por todos aquellos que no podían.

El pastís le había abierto el apetito y empezó a pensar con agrado en la cena. *Maman* siempre guardaba sus raciones durante la semana para poder cocinarle una comida como es debido, con verduras y, si había suerte, un pichón. Los domingos, después de misa, siempre improvisaban una comida en casa de algún vecino o en la suya. Cada uno contribuía con lo que podía: hortalizas de su huerto, encurtidos del año anterior y en ocasiones aparecía alguien envuelto en una nube de emoción con carne dentro de una bolsa de papel: quizá una pieza que había cazado un amigo, o ellos mismos. El momento de descubrir la carne era sagrado y los sumía a todos en un silencio cargado de expectación. Los alimentos compartidos siempre parecían cundir más.

Pero últimamente esas comidas se habían convertido en una tortura para Jean-Luc. Había descubierto que no tenía nada que decir, y el chismorreo de los vecinos, con su mezquindad, le hacía sentirse fuera de lugar. Parecían más preocupados por quién había conseguido mantequilla en el mercado negro o quién había cazado un conejo que por saber a quién habían asesinado. Su cháchara era insustancial, y, cuando abordaban el tema de las redadas, nunca llegaban a ninguna conclusión. Jean-Luc tenía la sensación de estar desapareciendo dentro de sí mismo, como si no pudiera recordar quién era, o quién se suponía que debía ser.

Aquel domingo tocaba comer en casa de los Franklin. El hermano de monsieur Franklin había ido a cazar al campo y vuelto con dos conejos. El estofado de conejo fue bien recibido y, con la barriga llena de carne para variar, la conversación se animó.

Fue la madre de Jean-Luc quien sacó el tema.

—Cuando termine esta maldita guerra, ¿creéis que quedará vino?

Monsieur Franklin se apresuró a contestar:

—Marie-Claire, sabes que tenemos un poco escondido.

—No tenía ni idea.

—¡Ja! Muy aguda. Entonces yo tampoco. Pero, cuando termine esta maldita guerra, tú y yo iremos a buscarlo, ¿eh?

—Brindo por ello. —La madre de Jean-Luc levantó su vaso de agua.

—Bueno, Jean-Luc, ¿y qué tal el nuevo trabajo? —Monsieur Franklin trasladó su atención de la madre de Jean-Luc a Jean-Luc.

A este se le aceleró el pulso, como siempre que oía mencionar su trabajo.

—Para mi gusto, está demasiado cerca de los boches.

—*Mais oui*, estás en el centro de la acción, ¿verdad?

—¿Qué es lo que se hace ahí en realidad? —interrumpió madame Franklin.

Jean-Luc la miró durante unos instantes, se fijó en sus labios finos y sus ojos de halcón. No se le escapaba una y sabía que cualquier cosa que le dijera la repetiría al día siguiente en las colas de alimentos.

—No lo sé. —Miró por la ventana para evitar los ojos inquisitivos de su madre.

—Vamos, hijo. Tienes que saber algo. ¿Qué hacen con todos esos prisioneros? ¿Adónde los llevan?

Monsieur Franklin miró a Jean-Luc con los ojos entrecerrados.

—No he visto nada. Nunca veo los trenes, ni a los prisioneros...

—Tengo entendido que son trenes para transportar ganado, no pasajeros —interrumpió madame Franklin—. Y que los prisioneros viajan tirados en la paja, como animales.

Siempre parecía disponer de más información que el resto.

—Yo he oído lo mismo —añadió madame Cavalier—. Y también que no hay retretes. Que tienen que hacer pis en un cubo.

—¡Eso es asqueroso! ¿Cómo lo sabes? —Era la primera vez que la madre de Jean-Luc abría la boca—. Tiene que ser una exageración.

Madame Cavalier se encogió de hombros.

—Ya habéis visto de lo que son capaces. No me extrañaría nada viniendo de ellos. ¿O no han detenido a miles de personas?

—Por eso precisamente tienen que estar sacándolas del país a miles. —Monsieur Franklin frunció el ceño y miró a Jean-Luc—. Tal vez podrías enterarte de qué hacen con ellas.

Jean-Luc lo miró.

—¿Qué?

—Bueno, estás justo donde tiene lugar la acción. ¿No puedes enterarte de qué está pasando?

—Ya les he dicho que nunca veo los trenes cuando se van. Entro a trabajar más tarde.

—¿Y no puedes llegar un poco antes?

—¡No! —Calló e intentó serenarse, hablar en un tono neutral—. Nos llevan a la estación en un camión del ejército a las siete y media todas las mañanas.

—Pero te alojas cerca de la estación, ¿no? ¿No puedes acercarte andando? ¿Echar un vistazo?

Jean-Luc frunció el ceño.

—No lo sé. —Pensó un instante—. Sería peligroso. Nos vigilan constantemente. —Levantó la vista y leyó la desilusión en las caras de los presentes. Le hizo sentir como un cobarde—. Igual... Igual si me levanto muy temprano y me escapo sin que se den cuenta, conseguiré ver salir uno de los trenes.

Su madre dio un respingo y se llevó una mano a la boca.

—¡Así se habla! —Monsieur Franklin sonrió—. Podrías sacar una fotografía. Tengo una cámara.

¿Una fotografía? ¿De qué serviría una fotografía? Se estaría jugando la vida por una maldita instantánea. Tenía que haber otra forma de hacer las cosas.

Cuando estuvieron en casa, su madre puso a hervir una bebida repugnante a base de achicoria tostada y bellota. Jean-Luc aceptó la taza y simuló beber.

—*Maman*, he estado pensando.

—Oh, cielos —rio esta—. Otra vez no.

—No, en serio. Tengo que hacer algo más que sacar una fotografía.

—¿Qué quieres decir, hijo?

—Pues que necesito hacer algo. —Jean-Luc frunció el entrecejo—. Algo que cambie las cosas.

La madre se inclinó hacia delante y susurró:

—¿Qué me dices de la *Résistance*?

—Pero es que no conozco a nadie que forme parte.

—No, yo tampoco. —La madre se llevó una mano a la frente—. Debemos estar moviéndonos en los círculos equivocados.

Jean-Luc levantó una ceja.

—Tampoco es algo que pueda preguntarse así como así, ¿no te parece? «¿Está usted en la *Résistance*? Porque me gustaría unirme». Me parece que son ellos lo que se ponen en contacto contigo.

—¿Y no lo han hecho?

—No, *maman*. ¿Y contigo?

La madre negó con la cabeza.

—Conmigo tampoco. Pero, si lo hubieran hecho, no lo habría dudado. Claro que ¿de qué les iba a servir una anciana como yo?

Tenía razón. No era a las mujeres mayores a las que correspondía luchar, sino a jóvenes como él. Y Jean-Luc quería luchar; quería detener esos trenes que deportaban prisioneros a Dios sabía dónde. Pero también estaba la promesa que le había hecho a su padre cuando este se fue.

Papa había hecho un aparte con él mientras su madre estaba en la cola del pan.

—Hijo, prométeme una cosa.

—Claro.

—Prométeme que cuidarás de tu madre mientras yo esté fuera.

La mirada de Jean-Luc sostuvo la de su padre sin vacilar.

—Te lo prometo.

—Ahora puedo irme tranquilo, sabiendo que los dos estaréis a salvo aquí. Me ayudará a volver a casa.

Papa había sujetado a Jean-Luc por la nuca y acercado su cara a la suya. Jean-Luc había abrazado a su padre y habían permanecido así un instante. A continuación el padre se había separado y enjugado los ojos con el dorso de la mano.

Papa. Jean-Luc entró en su dormitorio y miró las paredes y las estanterías que su padre había cortado, lijado y montado. Los libros estaban ordenados en primer lugar por tema: historias de aventuras en un lado, fantasía en otro; después por tamaño, de mayor a menor, con todos los lomos verticales. Podía ordenar sus libros de una manera en la que no podía ordenar su vida.

7

París, 30 de marzo de 1944

Jean-Luc

—*Eh, les gars.* ¿Qué tal estamos esta mañana?

El conductor miró a los hombres por el espejo retrovisor. Jacques se encogió de hombros, Frédéric gruñó. Los demás guardaron silencio y se miraron los pies mientras el camión del ejército cruzaba a toda velocidad las calles oscuras y desiertas hacia la estación de Bobigny.

—Recordad lo afortunados que somos —continuó hablando el conductor—. Mejor aquí que en un campo de trabajo en Alemania.

Jean-Luc lo miró por el retrovisor. ¿Por qué no podía dejarlos en paz? *Putain de collabo!*

—Estamos cansados, eso es todo —murmuró Philippe frotándose los ojos.

—¿Cansados? ¡Pero si el día no ha empezado aún!

El conductor cambió de marcha con un desagradable chirrido de metal contra metal. Jean-Luc se estremeció como solidarizándose con la palanca de cambios. El conductor suspiró.

—Es posible que hoy os canséis más de lo habitual.

Dejó que el comentario flotara en el aire a la espera de que alguien hiciera una pregunta. Pero nadie quiso darle esa satisfacción.

—Esta mañana el tren se ha retrasado. —El conductor miró a Jean-Luc—. Sí, ha habido problemas a la hora de hacer subir a los pasajeros. Algunos decidieron que preferían no viajar.

Apartó la vista del espejo y cambió de marcha antes de doblar un recodo. Esta vez lo hizo con suavidad y un silencio expectante llenó el camión. Querían saber lo ocurrido, pero ninguno estaba dispuesto a participar en la conversación.

—Así que —empezó de nuevo el conductor— el andén está hecho un desastre. —Aparcó en su lugar habitual—. *Enfin, les gars.* Hora de bajar.

Los seis hombres salieron de la parte trasera del camión arrastrando los pies, encorvados igual que soldados derrotados batiéndose en retirada. Cuando subieron al andén, una ráfaga de viento transportó algo pálido por la estación y a continuación contra la cara de Jean-Luc. Oyó la risa infantil de Marcel. ¿Cómo podía reír en un momento así?

Entonces la risa cesó. Jean-Luc se quitó el objeto de la cara y lo alejó para verlo. Era un camisón. Delicado. Femenino. ¿Cómo había terminado allí, flotando por el andén igual que un fantasma? Su mirada viajó al andén. Vio un zapato rojo al que le faltaba un tacón de aguja. Un elegante sombrero morado. Dos sombreros hongo negros. Un bastón. Unos anteojos rotos. Una muñeca de porcelana con una pierna rota. Un mono de peluche con un desgarrón en el cuello por el que se escapaba un relleno de color rosa.

El estómago se le hizo un nudo apretado y se le llenó la boca de bilis. Miró a los otros cinco hombres en un intento por detectar sus reacciones. Philippe suspiró antes de entrar en la caseta del jefe de estación para fichar. Frédéric palideció y cerró los ojos. Los otros miraron al suelo y cambiaron el peso del cuerpo de una pierna a otra. Jean-Luc quería oírlos decir alguna cosa, algo que lo ayudara a encontrar sentido a la escena ante sus ojos. Pero no había sentido posible. El mundo se había vuelto loco.

Volvió la vista al andén e inspeccionó el suelo. Al fondo había un objeto de mayor tamaño que atrapó su atención. Lo reconoció instintivamente: demasiado grande para ser un peluche o una muñeca, pero tenía la forma de uno. Se dijo a sí mismo que era imposible. Tenía que ser un oso de peluche. Sí, uno muy grande. Perdió la capacidad de pensar y miró la escena como si fuera el plano congelado de una película. Entonces la acción se reanudó y no hubo duda posible.

—¡A la caseta! —gritó el guardia.

Jean-Luc entró tambaleándose en la caseta del jefe de estación. Alguien le puso un trozo de pan en una mano y una taza de sucedáneo de café en la otra. Dejó caer ambas cosas. Cuando la taza se estrelló contra el suelo y el líquido caliente le salpicó, miró a las caras sorprendidas a su alrededor esperando —temiendo— lo que vendría a continuación.

Sintió una porra sobre un hombro, pero no hizo gesto alguno para protegerse.

—*Achtung!* ¡Fuera! —le gritó alguien al oído—. ¡Fuera ahora mismo! ¡A limpiar el andén!

Salió dando traspiés y empezó a recoger objetos: dos pares de anteojos rotos, el zapato de tacón, el sombrero. Se acercaba al final del andén y sentía curiosidad por lo que había visto antes. Levantó la cabeza e inspeccionó la zona. Ya no lo veía. ¿Podían haber sido imaginaciones suyas? Sin duda. Entonces vio a unos hombres que arrastraban algo por el suelo hacia un contenedor cercano. Dio unos pasos, preguntándose si lo que arrastraban no sería una bolsa llena de ropa o de basura. Pero en su fuero interno sabía que no era ninguna de las dos cosas. Los hombres levantaron el bulto y lo tiraron al contenedor.

Aquel sábado volvió a casa en un estado de aturdida desesperación. Apenas saludó a su madre y fue directo a su habitación, la misma que tenía desde que era pequeño. Se sentó en la cama y miró las estanterías. *Les Trois Mousquetaires* le devolvió una mirada llena de desdén. Cuando era un niño había soñado con crecer hasta ser alto y fuerte como un mosquetero, alguien de quien su padre se sintiera orgulloso. No el hombre pusilánime en que tenía la sensación de haberse convertido.

La puerta se entreabrió y su madre entró en silencio.

—¿Qué pasa, hijo?

Jean-Luc la miró, miró las arrugas que tenía alrededor de la boca, las oscuras ojeras. Y supo que no sería capaz de contárselo.

—No puedo seguir. —Calló un momento—. No puedo formar parte de eso.

—Sé que es duro. Esta condenada guerra está siendo dura para todos.

—Tú no lo sabes todo, *maman*. No lo sabes.

La madre se sentó en la cama a su lado, le puso una mano en el hombro.

—¿Qué es lo que no sé?

Jean-Luc negó con la cabeza como si así pudiera ahuyentar sus pensamientos.

—Quiero saber qué te tiene tan disgustado, hijo.

Jean-Luc la miró a los ojos, brillantes de preocupación.

—No quieres. En realidad no.

—Déjame que sea yo quien decida eso. Soy una mujer fuerte, lo sabes.

—Nadie es tan fuerte, *maman*.

—Venga. —La madre le apretó la mano izquierda—. Siempre me lo has contado todo. No dejes de hacerlo ahora. Nos necesitamos el uno al otro más que nunca y veo que estás sufriendo.

—Los están matando. —Las palabras le salieron en tropel—. Los he visto. Los he visto en el andén. Cuerpos. Un niño de pecho. Había un niño muerto en el andén.

Notó cómo su madre se ponía rígida. Le soltó la mano y entrelazó las suyas hasta que se le pusieron blancos los nudillos.

—¿Un niño de pecho? ¿Estás seguro? Sabemos que están fusilando a los adultos. A miembros de la *Résistance*, a inmigrantes judíos, pero...

—Lo he visto, *maman*, tirado en el andén, después de irse el tren. Luego se lo llevaron.

—Quizá lo imaginaste. Estás sometido a mucha presión, trabajando para los boches. No es de sorprender. Necesitas descansar. —Levantó una mano para ponérsela en el hombro a Jean-Luc, pero este se encorvó hacia delante y enterró la cara en las manos.

—Sabía que nadie me creería.

—No es eso. Creo que piensas que has visto un niño, pero ¿estás seguro de que estaba allí? Por el amor de Dios, ¿por qué iban a matar a una criatura?

Jean-Luc se quitó las manos de la cara y miró a su madre.

—¿Tú qué crees? ¿Por qué crees que hacen todo esto? ¿Detener hasta el último judío, llevárselos para «reasentarlos»? ¿Qué crees que hacen realmente con ellos?

—Los envían a campos de trabajo.

—Ah, ¿sí? ¿A mujeres mayores? ¿Ancianos? ¿A niños de pecho? —Se quedó pensativo—. Se han llevado a *papa* a un campo de trabajo, ¿verdad? A ti no. A mí tampoco. Me quieren aquí, trabajando en el ferrocarril, y a ti no te llevaron porque no eres lo bastante fuerte. Entonces ¿por qué llevarse a los judíos? Incluso a los ancianos y a los débiles. No les van a servir de nada.

Su madre negó con la cabeza.

—Piénsalo, *maman*.

—No, hijo. Estás yendo demasiado lejos. Tienes que dejar de imaginar esas cosas. No sirve de nada.

—¿Cómo que no sirve de nada? —Se levantó de un salto de la cama. La exasperación le oprimía la garganta, lo asfixiaba—. ¿Por qué no quieres ver lo que está pasando?

Sacó los libros de la estantería y los fue tirando al suelo, uno detrás de otro.

Le daba igual lo que le ocurriera. Solo sabía que tenía que hacer algo.

8

París, 3 de abril de 1944

Jean-Luc

—*Salut, les gars.* —El conductor los saludó con una inclinación de cabeza cuando subieron a la parte trasera del camión.

Como de costumbre, los hombres hicieron caso omiso. En circunstancias normales, después de ver al mismo hombre cada día, Jean-Luc le habría preguntado su nombre. Pero no quería saber nada de él. Miró por la ventanilla. Era uno de esos días de primavera anticipada. El sol empezaba a brillar en un cielo sin nubes, luminoso, pero no lo bastante cálido para calentar el aire. Movió las rodillas con energía inquieta. Se puso las manos detrás de la nuca y movió la cabeza de un lado a otro en un intento lamentable por tranquilizarse. Necesitaba hacer algo. Se lo había prometido a sí mismo. Y había empezado a darle vueltas a una idea. Solo era eso, una idea, y dudaba de poder ponerla en práctica, pero empezó a pensar como si así fuera.

¿Y si lograba hacer descarrilar un tren? Solo necesitaba aflojar las tuercas de las eclisas, luego desviar los raíles con ayuda de una palanca y sacar así al tren de la vía. Tal vez no fuera tan difícil. Pero no podía hacerlo solo; necesitaba que Frédéric fuera su cómplice, que diera el visto bueno a su trabajo al final de la jornada. Sabía que si le presentaba a Frédéric el hecho consumado, no le quedaría otra elección que seguirle la corriente; no era de esos hombres que delatan a un amigo. ¿O sí?

Miró a su colega mientras intentaba decidirlo. Saltaba a la vista que Frédéric no soportaba trabajar para los boches más de lo que lo soportaba Jean-Luc. Pero ¿cometer un acto de sabotaje? Eso requería valor. Si los cogían, podrían terminar ante un pelotón de fusilamiento, no sin que antes los interrogaran y torturaran. ¡Torturados! Cerró los ojos y ahuyentó el pensamiento antes de que se instalara en su cabeza.

De pronto Frédéric levantó la vista y las miradas de ambos se cruzaron en un instante de mutua comprensión. ¿Qué diablos hacían allí?

Los pensamientos de Jean-Luc volvieron a su idea. ¿Merecía la pena? Lo más probable era que solo retrasara el tren, pero eso ya era algo. Y enfadaría a los boches, eso seguro. El pulso se le aceleró al imaginar al tren descarrilando, el caos que se formaría. La idea lo estimuló. ¿Podría ser esa su oportunidad de hacer algo? Mientras imaginaba la ejecución del plan, la ira impotente que había sentido hasta entonces se transformó en furia. Furia por que se hubieran llevado a su padre, furia al ver un niño de pecho muerto en un andén, como si fuera una maleta abandonada. Después furia contra sí mismo y todos los que habían guardado silencio, preocupados por salvar su propio pellejo.

—Ya hemos llegado a Bobigny, un día más —anunció el conductor.

Como de costumbre, fueron a la caseta del jefe de estación a fichar y recoger su exiguo desayuno: una taza de sucedáneo de café y un mendrugo de pan duro. Jean-Luc se bebió el líquido marrón de un trago y tiró el pan a las vías. Tenía un nudo en el estómago. ¿Sería capaz de hacerlo?

Fue hasta la caseta de las herramientas y cogió la llave para las tuercas de las eclisas y una palanca grande. Después de mirar de reojo a los otros hombres, que seguían masticando pan, echó a andar por los raíles en busca del lugar en que una serie de vías se encontraban. Se acuclilló y examinó de cerca la eclisa. Los tornillos parecían adheridos por el óxido. Si iba a seguir adelante con su plan, debía hacer una prueba antes: se cronometraría para ver cuánto tardaba en aflojar un tornillo y multiplicaría el resultado por cuatro. Calculó que disponía de un cuarto de hora largo. Los guardias parecían hacer las rondas cada media hora más o menos.

Le temblaban las piernas y las dobló debajo del cuerpo cuando se sentó en el suelo, mientras miraba fijamente los tornillos oxidados y trataba de respirar con normalidad. Le sudaban las axilas y de pronto tenía la boca seca. Sabía que era ahora o nunca. Y tendría que vivir el resto de su vida con su cobardía.

Inspiró hondo en un intento por tranquilizar su acelerado pulso, cogió la llave y la encajó en el primer perno. Se subió la manga y consultó su reloj: eran exactamente las 7.41. Giró el perno. Estaba duro. Empujó con fuerza apoyando todo el peso en la llave. Con un jadeo, logró que girara una vez, y otra. Después de aquello, avanzó deprisa. Con el perno ya suelto, miró el reloj: 7.43 y cuarenta segundos. Casi tres minutos. Eso significaba un total de nueve minutos para los otros tres pernos. Podía hacerlo.

—¡Jean-Luc! —La voz de Frédéric lo recorrió igual que una descarga eléctrica—. ¿Qué haces? Se supone que hoy tenemos que trabajar en el otro extremo de la vía.

La llave se le cayó de la mano y rebotó en los raíles. Todavía de rodillas, Jean-Luc miró a su alrededor para comprobar si los oía alguien. Pero era aún temprano y cerca solo había una pareja de guardias fumando y charlando. Lo miraron a los ojos y Jean-Luc contuvo la respiración. Pero apenas parecieron reparar en él, estaban muy juntos y claramente absortos en su conversación. Jean-Luc respiró despacio y se volvió hacia Frédéric. Se concentró en hablar en voz baja y calmada.

—Esta eclisa está floja.

—¡Pues date prisa! —Frédéric se alejó.

Jean-Luc volvió a coger la llave, la colocó en el segundo perno y lo giró, sujetándose la mano derecha con la izquierda para aplicar más presión. El perno giró y giró perfectamente y sin obstáculos. En solo tres minutos estuvo suelto. Pasó al tercero. Se le resbalaba la llave y tenía el mono de trabajo pegado al cuerpo. Pasaron tres minutos y cuarenta segundos.

Colocó la llave en el cuarto y último perno. Se le puso un nudo en la garganta. Aquel perno estaba completamente oxidado. No cedía. Empujó más y más y la muñeca le dolió por el esfuerzo. Miró su reloj. Ya había pasado un minuto y no había avanzado nada. Necesitaba aflojar los cuatro o no funcionaría. Se detuvo e inspiró hondo. Lo intentaría una vez más. Esta vez golpeó el óxido antes de encajar la llave en el perno y a continuación empujó el asa metálica con todas sus fuerzas. Empezó a aflojarse. Habían pasado tres minutos y medio más.

Ahora solo disponía de dos minutos para usar la palanca. Con el corazón desbocado, la cogió y la hundió todo lo que pudo en la tierra debajo de la vía. Era incapaz de respirar; abrió mucho la boca y tragó aire a bocanadas. Oyó órdenes gritadas: «*Achtung! Vorwärts marsch!*», pero no se atrevió a mirar. Empujó la palanca con todas sus fuerzas. El riel empezó a ceder. Lo desplazó.

Entonces un ruido a su espalda lo sobresaltó. Sonoras pisadas. Se giró para mirar.

Era el jefe del campo, que caminaba hacia él. *Merde!* Jean-Luc se giró de nuevo hacia la vía. Por favor, Dios mío, rezó. Por favor, haz que se vaya.

Las pisadas se acercaron. Cada vez más. Con mano temblorosa, Jean-Luc sacó la palanca y la encajó debajo del otro riel como si tuviera intención de enderezar la vía.

Giró el cuello y miró a Brunner. Estaba hablando con uno de los guardias. Se oyó una carcajada gutural. Luego se alejaron. Jean-Luc volvió a las vías con manos aún temblorosas. Clavó de nuevo la palanca en el otro lado y se preparó para desviar una vez más el riel.

Ocurrió tan deprisa que no lo vio venir. La palanca se resbaló. Rebotó. El dolor le rasgó la mejilla igual que una cuchillada. Soltó todo y se llevó las manos a la piel herida. Se le cubrieron de sangre. No veía nada. Entonces un golpe en la pierna lo derribó. Dio un grito.

Unas manos bruscas lo sacaron a rastras de la vía. Luego dos hombres lo levantaron y lo tiraron dentro de un camión.

9

París, 3 de abril de 1944

Charlotte

—Otra vez tarde. —*Maman* me puso un trozo de pan en la mano cuando yo ya salía por la puerta—. Tienes que madrugar más.

Decía lo mismo cada mañana, pero para mí, francamente, levantarme a las seis y media ya era mucho madrugar. El trayecto hasta el Hôpital Beaujon, en Clichy, desde nuestro apartamento en la rue Montorgueil era largo, pero no me importaba: ese desplazamiento diario me hacía sentir muy madura para tener dieciocho años.

Maman me había encontrado un trabajo. Me quería fuera de casa, donde, según ella, «se me iba la vida leyendo». También quería la cartilla de racionamiento extra que venía con el empleo. Al principio *papa* se opuso: después de todo se trataba de un hospital alemán, pero *maman* lo convenció. Dijo que no era como divulgar secretos de Estado o denunciar a un vecino. Vino a decir que «sanar a los heridos» era una ocupación recomendable para las muchachas en tiempos de guerra. Yo secretamente me preguntaba si no sería más adecuada para los muchachos: era posible que les hiciera pensárselo dos veces antes de alistarse. En cualquier caso, no todos los pacientes eran alemanes; también había bastantes soldados franceses que se habían alistado. Había numerosas oficinas de reclutamiento por todo París.

Me pasaba los días fregando suelos, dando de comer a aquellos que habían perdido la vista o el uso de las manos, o sentada escuchando a los pacientes franceses. Los casos más duros eran los de aquellos que habían perdido una extremidad pero seguían notándola en forma de un dolor insoportable; «síndrome del miembro fantasma», nos explicó uno de los médicos. No había nada que lo aliviara.

Me di cuenta de que, acostados en una cama de hospital, todos los hombres tenían el mismo aspecto. Vulnerable. Inofensivo. Solo delataba su procedencia el idioma que hablaban. El hospital tenía rutinas muy estrictas, pero se nos animaba a consolar a los enfermos y esta ocupación me gustaba, aunque seguía deseando que aquel no fuera un hospital alemán. No se me escapaba la ironía de la situación: allí estaba, ayudando al enemigo a restablecerse mientras otras personas francesas y más patrióticas se jugaban la vida haciendo justo lo contrario.

Cuando por fin llegué al hospital aquella mañana, fui a la taquilla, saqué mi uniforme, me lo puse y comprobé en el espejo de cuerpo entero que estaba limpio y planchado. Casi llegaba tarde, pero solo casi, de manera que me tomé un minuto y giré a un lado y a otro para estudiar mi cuerpo. La palabra que lo definía era «plano». Ni protuberancias ni curvas que indicaran que me estaba convirtiendo en una mujer. Cuatro años de ocupación me habían dejado con una profunda sensación de vacío. No era solo el hambre física continua; había también un hambre emocional. Me moría por vivir la vida. Sabía que había un mundo ahí fuera, un mundo con personas que reían, bailaban, bebían, besaban, hacían el amor, y yo me lo estaba perdiendo.

Cuando me pasé las manos por el pecho, las palabras de *maman* resonaron en mis oídos. «No merece la pena comprarte un sostén». Recordé la emoción de la primera menstruación, luego la decepción cuando desapareció solo tres meses después, como si hubiera sido una equivocación. «No sabes la suerte que tienes —dijo *maman*—. Es una auténtica maldición». Pero yo quería que mi cuerpo cambiara, anhelaba ser tocada en sitios que no me atrevía a nombrar.

Me giré para verme la cara, traté de sonreír. Sí, así estaba mucho mejor. Pero no tenía ganas de sonreír. Ni siquiera cuando los pacientes intentaban coquetear conmigo. Además, la mayoría no tenían ninguna gracia; me daban dentera con sus tontos comentarios del tipo «manos frías, corazón caliente» o «bonito uniforme». Prefería a los callados y me compadecía de los que sufrían dolores pero ponían buena cara y se tragaban las lágrimas cuando los ayudaba a incorporarse.

Me alisé el pelo y deseé habérmelo lavado. Lo tenía grasiento, pero el jabón escaseaba y *maman* me lo había racionado a una vez a la semana. Tampoco me permitía maquillarme, pero eso no me importaba tanto; tenía unas pestañas bastante largas y oscuras y, si me pellizcaba las mejillas, parecía que llevaba colorete.

—*Allez! Allez!* —La enfermera jefe entró en el cuarto de taquillas. Miró mi reflejo en el espejo y yo miré el suyo. Ponía una distancia entre las dos de lo más conveniente—. No es momento de mirarse en el espejo —dijo con frialdad—. Hay trabajo que hacer.

—Perdón —farfullé y le cogí la fregona y el cubo.

10

París, 3 de abril de 1944

Jean-Luc

—*Ruhig zu halten!*

A Jean-Luc le metieron un trozo de cuero en la boca y lo mordió con fuerza, tragándose el grito. Ay, Dios, ¿qué le iban a hacer? Se sentía como si le estuvieran partiendo la cara en dos.

Se le aceleró el corazón al recordarlo todo. Brunner acercándose por la espalda. La palanca. El destello del metal ante sus ojos antes de estrellársele en la cara, a continuación el golpe en la pierna. ¿Le había pegado alguien? ¿Se habían dado cuenta de lo que hacía? No podían haber averiguado que estaba intentando sabotear la vía. ¿O sí? Ay, Dios, ¿y si así era?

Miró el tubo fluorescente del techo y atisbó un brillo de metal color plata. Se movía en dirección a su cara. Escupió el trozo de cuero y gritó.

—*Ruhig zu halten!* —volvió a gritar alguien—. *Halte ihn fest!*

La cabeza le daba vueltas. Unos rostros desdibujados aparecieron en su campo visual y enseguida desaparecieron, los reemplazó una luz blanca cegadora. El olor a lejía y a desinfectante se le pegó al fondo de la garganta y le dio ganas de vomitar. En su cabeza rebotaban palabras en alemán.

—Por favor —suplicó—. Paren. Paren. Lo diré to...

—*Es ist aus*. Ya está.

¿Cómo que ya estaba? Así que habían terminado con él. Se preguntó qué les habría contado. Sabía que había farfullado cosas, llorado, suplicado. Tenía los ojos húmedos y la boca seca. La herida de un lado de la cara le cortaba como un cuchillo dentado y el dolor de la pierna le reverberaba en todo el cuerpo. De pronto tuvo frío. Empezó a temblar violentamente y deseó que alguien lo tapara con una manta.

Alguien lo sujetó por los hombros y tiró de él hacia delante, como si quisiera sentarlo. Trató de levantar la cabeza, pero tenía convulsiones y no podía controlar sus movimientos. Entonces notó una mano en la parte posterior de la cabeza. Un vaso de agua en los labios. Dio un sorbo y cayó en la cuenta de que alguien le había puesto tres grageas en la mano. Las miró desdibujarse y hacerse nítidas en su mano temblorosa. Eran blancas, pero no tenía ni idea de para qué servían.

—Analgésicos —dijo una voz con acento alemán.

Se las tragó enteras con más agua, luego cerró los ojos mientras exhalaba despacio por el dolor y rezó por que le hicieran efecto pronto.

¡La pierna! ¿Qué le había pasado en la pierna? Intentó sentarse y comprobarlo.

—*Nein! Non!*

Una mano lo obligó a recostarse.

Estaba sujeto a alguna clase de aparato con ruedas. Notaba cómo se lo llevaban rodando. Recostó la cabeza y se concentró en el techo blanco en un intento por ahuyentar el dolor. Oía una combinación de gemidos, conversaciones y gritos, incluso alguna que otra carcajada. A veces captaba una frase entera en francés, luego el alemán volvía a irrumpir y entonces se perdía. ¿Dónde demonios estaba?

Mientras se lo llevaban giró la cabeza y miró a su alrededor con ojos llorosos. Vio hileras de camas blancas. ¡Gracias a Dios! ¡Aquello debía de ser un hospital!

No lo estaban interrogando. Le estaban prestando cuidados médicos.

El dolor pasó a segundo plano. Ya no le pesaba la cabeza. Solo quería olvidar, así que desistió de oponer resistencia y se dejó llevar.

Cuando se despertó, estaba entumecido y aún le dolían la mejilla y la pierna. Se llevó una mano a la cara y comprobó que la tenía toda vendada. Dios, ¿qué se había hecho a sí mismo? Le rugió el estómago; se preguntó vagamente cuándo había comido por última vez. Se incorporó un poco y miró a su alrededor. Enfermeras de blanco recorrían el pasillo central y en ocasiones se detenían junto a un enfermo, casi siempre con un termómetro en la mano.

—*Willkommen* —dijo una voz en alemán a su izquierda.

Jean-Luc se volvió a mirar a su dueño.

—*Bonjour*.

—Eres francés. ¿Cómo te llamas?

—Beauchamps.

—¿Y qué te ha pasado?

—Accidente ferroviario.

—Bueno, pues vas a tener una bonita cicatriz que enseñar a tus hijos.

—No tengo hijos.

El boche rio.

—Me refiero a tus futuros hijos. Soy soldat Kleinhart, por cierto. Encantado de conocerte. Me pegaron un tiro en la pierna... dos terroristas chiflados.

—Lo siento.

¿Qué otra cosa podía decir?

—No te preocupes. Los cogieron y van a recibir su merecido.

Jean-Luc cerró los ojos y trató de ahuyentar la imagen de hombres torturados que invadió sus pensamientos. No soportaba la idea de más dolor.

Abrió los ojos. Kleinhart lo miraba. Tenía que decir algo. Aquel no era el momento de hacerse el héroe.

—Pues sí, necesitan una buena lección.

—Y que lo digas. —Kleinhart se recostó en su almohada—. El miedo siempre funciona. Es increíble la rapidez a la que aprenden las personas cuando es a base de miedo.

La mera palabra le dio náuseas a Jean-Luc. Intentó no imaginar lo que podrían hacerle a él y no pudo evitar mirarse las uñas de las manos para comprobar que aún las tenía.

Se acercó una enfermera agitando un termómetro.

—*Guten Morgen, Krankenschwester* —dijo el boche con una sonrisa.

—Buenos días, monsieur. —La enfermera se volvió a Jean-Luc y lo miró a la cara con ojos cálidos de color chocolate—. Abra la boca, por favor, monsieur.

Jean-Luc obedeció y miró a la enfermera mientras esta le colocaba el termómetro debajo de la lengua. Notó tirantez en el corte de la mejilla, como si fuera a abrírsele otra vez. Cerró la boca alrededor del cilindro de cristal y trató de respirar con normalidad mientras estudiaba a la enfermera. Parecía muy joven; su piel tersa y pálida era impoluta y le recordó a un lienzo en blanco.

La enfermera lo sorprendió mirándola cuando le quitó el termómetro y se apresuró a apartar la vista.

—¿Dónde estoy?

Trató de mirarla a los ojos, pero la enfermera no apartaba la vista del termómetro. De pronto se giró y lo miró con sus ojos oscuros brillando.

—En el Hôpital Beaujon. —Su voz era íntima, como un susurro, como si solo le hablara a él.

— ¿Hôpital Beaujon? —Jean-Luc le sostuvo la mirada.

—Es un hospital alemán.

A Jean-Luc se le aceleró el corazón y le atronó en los oídos. ¡Pues claro! Por eso hablaban todos en alemán. Pero ¿por qué lo habían enviado a un hospital alemán? Paseó la vista por el pabellón, observó la eficiencia ajetreada de los boches, la blancura almidonada del entorno. Probablemente estaba en buenas manos. Pero ¿por qué no le habían puesto un anestésico antes de coserle la herida? ¿Era por ser francés? ¿O es que sospechaban de él?

Sin duda, de saber que había intentado sabotear la vía del tren, lo habrían enviado a un hospital francés público, o incluso directamente a ser interrogado. No sospechaban. Era imposible. Pero ¿qué le había pasado a su pierna?

La enfermera estaba ocupada remetiendo las esquinas de los pies de la cama. Jean-Luc esperó a que terminara y cuando se volvió a mirarlo preguntó:

—¿Sabe qué..., qué me pasa en la pierna?

Sin decir palabra, la enfermera cogió la tablilla que había colgada a los pies de la cama. La consultó con el ceño fruncido.

—Lo siento, no lo sé. Está todo en alemán.

—Déjeme ver —interrumpió con voz sonora el boche de la cama vecina.

Sin mirarlo a la cara, la enfermera le pasó la tablilla.

—Fractura de fémur. —El boche calló—. ¿Te atropelló un tren?

—No. —Jean-Luc se sentía mareado otra vez—. Se soltó un trozo de vía y me golpeó.

—¿Trabajas en el ferrocarril?

—Sí, señor.

—Pues ten más cuidado la próxima vez.

Jean-Luc asintió con la cabeza y se volvió a mirar a la enfermera. Sabía que estaba a punto de irse, pero su presencia lo reconfortaba. Al menos era francesa.

—¿Cuánto tiempo voy a estar aquí, enfermera? —Trató de sonreír, pero le dolía demasiado.

—No lo sé. Tendrá que preguntárselo al médico.

Y se fue, dejándolo solo con el boche.

11

París, 4 de abril de 1944

Charlotte

Como si no fuera bastante con el toque de queda de los boches, mis padres me habían impuesto otro. Tenía que estar en casa a las ocho, aunque, a mis dieciocho años, me moría por salir por las noches... a cafés, o a bailar en alguno de los *bals clandestines* de los que hablaba la gente en susurros nerviosos. Mi única distracción llegaba los viernes por la noche, cuando se me permitía invitar a unas cuantas amigas a casa. *Maman* nos dejaba usar la biblioteca, que era mucho más acogedora que el salón, con sus rígidos sofás tapizados estilo Luis XVI. Los de la biblioteca procedían de nuestra casa de campo y eran de cuero gastado y suave. Nos gustaba recostarnos en ellos simulando fumar y ser decadentes, cuando lo único que hacíamos en realidad era masticar regaliz y beber té que había hecho traer *maman* de Inglaterra antes de la guerra.

—¿Sabíais que Marc se ha ido? —Agnès succionó su bastón de regaliz y me miró de reojo.

—Pero si es católico. —El corazón se me aceleró—. No han podido llevárselo.

—No, tonta. Se ha unido a los maquis.

—¡No!

—¿No vino a despedirse de ti?

Me gustaba Marc y Agnès lo sabía. Negué con la cabeza. Mis dos amigas me miraron con ojos llenos de compasión.

—No te preocupes —dijo Mathilde—. No se despidió de nadie. Nos hemos enterado solo porque su madre se encontró a la mía en las colas de alimentos. Está disgustadísima, claro. Los boches los matan si los encuentran.

Me pregunté cómo podía decir cosas así con tanta naturalidad.

—Bueno, por lo menos está haciendo algo. —Callé un momento mientras ordenaba mis pensamientos—. ¿No queréis vosotras hacer algo?

Miré a las dos alternativamente, pero solo encontré caras inexpresivas.

—Es demasiado peligroso —dijo por fin Agnès—. Yo no pienso irme a las montañas a unirme a los maquis. Viven como salvajes, durmiendo a la intemperie. ¿Os lo imagináis?

—Pero al menos intentan hacer algo, ¿no? Ayudan en lo que pueden.

Quería defenderlos.

—Me parecen muy valientes —comentó Mathilde—. Yo no podría hacerlo. Y, en cualquier caso, se me daría fatal; revelaría todos sus secretos en cuanto me detuvieran. —Se estremeció—. Los boches les hacen unas cosas horribles si los cogen.

—Imaginaos tener que llevar un mensaje secreto. Yo me pondría nerviosísima —dijo Agnès con voz queda.

Suspiré.

—Yo también. Pero, si alguien me lo pidiera, creo que lo intentaría.

—¿Has sabido algo de Jacques? —Agnès cambió bruscamente de tema.

Jacques había desaparecido una noche del mes anterior. Ya lo habían expulsado de la Sorbonne por sus raíces judías, y Mathilde había estado pasándole apuntes de otros estudiantes, pero, la última vez que habían quedado para verse, Jacques no se había presentado. Más tarde supimos que lo habían detenido y llevado a Drancy.

—Ojalá me lo hubiera traído a vivir a mi casa. —Mathilde sonaba abatida.

—Habría sido demasiado peligroso. —Agnès le posó la mano en el codo—. De haberlo encontrado en tu casa, os habrían detenido también a ti y a tu familia.

—Espero que podamos seguir siendo amigos cuando vuelva.

A Mathilde se le quebró la voz y comprendí su angustia. ¿Cuántas veces habíamos guardado silencio mientras nuestros vecinos y amigos eran deportados a Dios sabía dónde? Todos nos sentíamos cómplices de alguna manera, aunque no lo dijéramos en voz alta. Después de todo, ¿qué podíamos hacer?

—¿Os habéis enterado de lo de aquel hombre que disparó a un nazi en Printemps?

Agnès cambió de nuevo el rumbo de la conversación. Siempre parecía enterarse de las cosas antes que nadie. Trabajar en una *boulangerie* probablemente ayudaba; la gente se ponía a hablar mientras esperaba durante dos horas para una barra de pan. La miramos, aguardando a que nos contara más.

—Pues sí, a pleno día. —Hizo una pausa teatral—. Sabía que lo iban a detener y ejecutar, pero aun así lo hizo. —Calló un instante—. ¿No os parece muy valiente?

—Pero luego ejecutaron a soldados franceses a modo de represalia —dijo Mathilde—. ¿Creéis que valió la pena? —Se levantó de la butaca—. Yo no estoy tan segura.

Pensé un instante.

—Creo que esas cosas solo consiguen irritar a los boches y que nos traten peor aún a los demás.

—Estoy de acuerdo. —Mathilde me miró—. Matando boches no vamos a ganar la guerra.

Volvió a hundirse en la butaca.

—He oído que De Gaulle está intentando reunir un ejército en Inglaterra —susurró Agnès—. Un día vendrán y nos ayudarán a combatir a los boches.

—Deberíamos estar preparados para cuando eso ocurra —contesté.

Deseé que hubiera algo que yo pudiera hacer.

—¿Preparados? —Agnès rio—. Yo pienso estar preparadísima. ¡Más que eso! Como se presenten aquí les pienso besar.

—¡Yo también! —se unió Mathilde—. No le haría ascos a un inglés guapo.

Rieron.

—Me gustaría tener uno de esos bolsos con forma de máscara antigás —dijo Agnès cambiando de tema una vez más.

Mathilde sonrió.

—Sí, son el último grito, pero muy caros.

—Y también me gustaría recogerme el pelo con un turbante. —Agnès se tocó la melena suelta ondulada—. Me resulta de lo más chic, pero mi madre no me deja. Dice que parecen de campesina.

—Bueno, es que tienes que ponértelo bien y complementarlo con unos pendientes.

A Mathilde se la veía disfrutar del rumbo que estaba tomando la conversación, pero yo me pregunté cómo podíamos estar hablando de peinados y de moda en un momento así. Todo parecía tan trivial, tan frívolo. ¿De verdad éramos tan superficiales las chicas? Solo de pensarlo me deprimía.

—¿Sabíais que madame Clermont, la de la farmacia, sale con un nazi? —Agnès volvió a cambiar de tema.

Asentí con la cabeza. Había oído los rumores.

—Es de las SS —añadió en tono de conspiración.

—Qué asco. —Mathilde escupió las palabras y los ojos le brillaron de furia—. Esa mujer merece morir.

Agnès se puso de pie y fue hasta el piano, lo abrió y pulsó con fuerza una tecla. Empezó a tocar *Mon légionnaire*. Mathilde se puso de pie y se unió, inclinada sobre el piano, pero aquella tarde yo no estaba de humor para cantar.

De pronto Agnès dejó de tocar.

—Charlotte. —Se giró para mirarme—. Espero que no te importe que te lo pregunte, pero ¿por qué trabajas en un hospital para boches?

Me ardieron las mejillas.

—Para que te enteres, no todos son boches; en realidad hay bastantes franceses.

—Sí, pero son colaboracionistas, así que en realidad es lo mismo.

—Yo creo que es peor —intervino Mathilde—. No tenían por qué unirse, ¿no? Lo eligieron.

—El empleo me lo consiguió *maman*. Quería que me pusiera a trabajar —dije haciendo caso omiso del último comentario. Mathilde siempre lo veía todo o blanco o negro.

—¿Tu madre? Pero si yo creía que odiaba a los boches.

—Pues claro que los odia. Pero dice que cuidar a los enfermos es una buena ocupación para una muchacha en tiempos de guerra.

Imité la voz autoritaria de mi madre y las dos rieron.

—¡Pues no deberías! —Mathilde me miró con frialdad—. Eres una mujer adulta. No tienes que hacer todo lo que te dice tu madre.

Le devolví la mirada pensando que no le faltaba razón; debería empezar a tomar mis propias decisiones.

—Pensaba que ibas a ir a la Sorbonne después de los exámenes. Creía que querías estudiar literatura. En la *baccalauréat* lo hiciste de miedo.

Agnès cerró el piano con un golpe sordo que me produjo un escalofrío. *Maman* me había enseñado a cerrarlo con suavidad, sin hacer ruido.

—Pues sí. Echo mucho de menos estudiar.

—Bueno, puedes leer por tu cuenta. Para eso no hace falta ir a la universidad, ¿no te parece?

—No es lo mismo. Un libro es algo más que palabras en una página.

Agnès se encogió de hombros.

—Y, en cualquier caso, ahora no tiene demasiado sentido.

—Te entiendo —convino Mathilde—. Ponerse a estudiar parece fútil cuando están deteniendo y matando a personas. Igual tu madre tiene razón.

—Sí. *Maman* dice que no ve motivos para continuar estudiando cuando el futuro es tan incierto, y, en cualquier caso, son más útiles las cartillas de racionamiento extra. —Callé un instante—. La educación es un lujo que ya no podemos permitirnos.

—¿Eso dijo tu madre? —Mathilde frunció el ceño.

—No, lo digo yo.

—Pues qué raro, ¿no? Precisamente vosotros, que sois ricos.

—Me refería a moralmente.

Mathilde arrugó aún más el ceño.

—¿Moralmente?

—Bueno, ahora mismo tenemos otras prioridades, ¿no crees?

Confié en no haberla ofendido.

—Sí, pero ¿qué podemos hacer?

Agnès se puso de pie, como si la conversación la aburriera.

—Yo no sé vosotras, pero me paso la vida con hambre. —Se dio palmaditas en el vientre plano—. Aunque, por lo menos, así nos mantenemos delgadas, ¿no?

—Demasiado. —El estómago me rugió como a modo de asentimiento.

—¡El domingo pasado comimos cordero! —Agnès bajó la voz—. *Maman* empeñó su collar de perlas y lo consiguió en el mercado negro. Era el cumpleaños de *papa*.

Noté que una arruga me atravesaba la frente.

—A mi madre no le gusta comprar en el mercado negro.

—¿Pero no le importa que trabajes en un hospital boche? Mis padres nunca me dejarían hacer algo así. —Agnès entornó los ojos—. Ten cuidado, no vayas a meterte en un lío.

La miré preguntándome qué querría decir.

—Ya sabes cómo son los soldados. Harán lo que sea por...

—¿Por qué? —preguntó Mathilde.

—Ya me entendéis. —Agnès se tocó la nariz con el dedo y me miró con complicidad.

Justo entonces entró *maman* con té recién hecho.

—*Bonsoir, les filles.*

De inmediato nos incorporamos y nos sentamos con las espaldas muy rectas.

—*Bonsoir,* madame De la Ville.

Mi madre sirvió el té en las tazas de porcelana con ayuda de un colador.

—Earl Grey.

—*Merci,* madame De la Ville.

Suspiré y esperé a que mi madre saliera de la habitación para reanudar la conversación. Pero no parecía tener prisa y siguió allí con su traje a medida de cintura de avispa. Deseé tener un trajecito como ese en lugar de los vestidos sueltos que me hacía. Supuse que aún me consideraba una niña.

—¿Cómo está tu madre? —*Maman* se volvió hacia Agnès con una arruga de preocupación en su por lo general tersa frente.

—Muy bien, gracias. —Noté cómo Agnès se ponía tensa. Su madre había sido amiga de la mía, pero entonces algo ocurrió. Algo relacionado con la guerra y el mercado negro. —Yo sigo ayudando en la *boulangerie*, cuando hay pan, claro.

—Sí, las colas parecen más largas cada día, ¿verdad? —*Maman* se giró de nuevo—. Y ¿cómo vas con los estudios, Mathilde?

—Muy bien, gracias. Claro que no siempre es fácil; algunas asignaturas se han cancelado.

Maman asintió con la cabeza.

—Tienes los libros, pero no es lo mismo, ¿verdad?

—No, sobre todo en ciencias.

—Sí, claro.

Dio la impresión de que *maman* había olvidado lo que estudiaba Mathilde.

—*Très bien*, pues os dejo. Volveré a las ocho para que tengáis tiempo de sobra de volver a vuestras casas.

—Pero, *maman*, para eso falta solo una hora. Tampoco viven tan lejos.

—Hay que evitar riesgos absurdos.

Mi madre dio media vuelta, salió y cerró la puerta detrás de ella.

—No te preocupes, Charlotte. —Mathilde habló en tono comprensivo—. Mi madre prefiere que llegue a casa antes del toque de queda.

—Charlotte. —Agnès me miró con ojos de preocupación—. De verdad que deberías andarte con cuidado en ese hospital boche. Me sorprende que tus padres te permitan trabajar allí. Hay quienes pueden hacerse una idea equivocada.

—¿Qué quieres decir? —El corazón se me había acelerado.

—Pues ya sabes. Pueden pensar que eres colaboracionista.

—¡No!

—Ya sabes cómo es la gente.

—¡Para, Agnès! Todo el mundo sabe que Charlotte no es de esas.

Mathilde miró a Agnès con los ojos echando chispas.

—¡Pues claro que no! Nosotras te defenderemos. —Agnès se puso de pie, se alisó el vestido y miró el cuadro que había en la pared—. ¿Eso es un Picasso?

—Sí. Lo trajo *maman* la semana pasada.

Se acercó a la pintura.

—Es muy moderno. Ahora no se le permite exponer, no sé si lo sabéis. Los nazis dicen que es degenerado.

—¿Degenerado? —repuso Mathilde riendo—. Me pregunto quiénes son los degenerados aquí.

—Tiene que haber costado una fortuna. —Agnès seguía mirando el cuadro.

—Fue un regalo.

—¿Un regalo? —Agnès levantó una ceja—. Tu madre debe de conocer a personas muy interesantes.

La miré preguntándome qué estaría pensando en realidad.

12

París, 5 de abril de 1944

Jean-Luc

Dos días después, Jean-Luc se disponía a dar cuenta de su desayuno a base de tostadas con mantequilla —¡había mantequilla!— cuando vio al jefe de estación.

—*Bien, bien.* ¿Se puede saber qué te has hecho?

Jean-Luc se tocó el vendaje de la cara en un acto reflejo.

El jefe de estación seguía de pie con aspecto incómodo y mirando de reojo la cama que Kleinhart acababa de dejar libre. Debía de haber ido al cuarto de baño.

Jean-Luc apartó su tostada. De pronto se había quedado sin apetito.

—No, no. Termina de comer. Solo he venido a ver cómo estás y a hacerte unas preguntas. ¿Te importa…?

Con un gesto de la mano indicó que quería sentarse en la cama.

—Por supuesto. Por favor, siéntese. Hay sitio de sobra.

Merde! Debería haberse preparado para esto. ¿Cómo iba a explicar lo sucedido?

Primer paso: no parecer nervioso.

Colocó de nuevo la tostada delante de él y se obligó a dar un mordisco, pero cuando la masticó estaba ya fría y seca.

—Parece que te tratan bien aquí.

—Sí.

—¿Qué tal la pierna?

—Tengo fracturado el fémur. Se curará pronto.

—Me alegra oírlo. Fue algo muy… desafortunado.

Jean-Luc frunció el ceño. Aquello sonaba a eufemismo deliberado.

—No…, no estoy seguro de cómo pasó.

—Fue después de que recibieras el golpe en la cara. Uno de los bo… Quiero decir, los soldados alemanes… Uno de ellos, bueno…, pensó que necesitabas un escarmiento.

—¿Un escarmiento?

El corazón le aporreaba las costillas.

—Pensó que habías cometido una equivocación. —El jefe de estación calló un momento—. Bueno, en cierto sentido tenía razón, ¿no? Ese trozo de vía estaba perfectamente derecho. Lo había comprobado yo mismo el día anterior. ¿Qué hacías con la palanca?

Jean-Luc se devanó los sesos en busca de las palabras adecuadas. Paso dos: tener respuestas preparadas.

—Quería… Los raíles no estaban del todo rectos. Tenía que mover uno hacia dentro.

—¿Cómo que hacia dentro? ¡Pero si pusiste la palanca en el otro lado!

Justo entonces apareció la joven enfermera.

—¿Una visita? Qué bien. —Sonrió a los dos—. Solo tengo que tomarle la temperatura, enseguida me voy.

Pero Jean-Luc no quería que se fuera y lo dejara solo con el jefe de estación. Abrió la boca y levantó un poco la lengua para recibir el termómetro. Comprobó con alivio que no podía continuar la conversación mientras sujetaba el cilindro de cristal.

Se recostó en la almohada y miró a la enfermera charlar con el jefe de estación. Le pareció entender que hablaban de racionamiento y se preguntó cómo habrían llegado a ese tema.

Trató de concentrarse de nuevo en la respuesta a la pregunta sobre la palanca.

Paso tres: estar centrado y dar respuestas coherentes.

La enfermera le quitó el termómetro de debajo de la lengua.

—Treinta y siete y medio —anunció orgullosa, como si su temperatura se debiera únicamente a sus cuidados—. Enseguida vendré a llevarme la bandeja del desayuno.

—Es bonita. —El jefe de estación le guiñó un ojo a Jean-Luc en cuanto la enfermera se fue—. Estás mejor aquí que en Drancy. —Calló un instante—. Entonces ¿mereció la pena?

—¿El qué? —Se le había quedado un trozo de tostada seca en la garganta. Empezó a toser, y el jefe de estación tuvo que darle palmadas en la espalda—. ¿Qué quiere decir? —preguntó cuando recobró el aliento.

—¿Que qué quiero decir? —repitió el jefe de estación—. Bueno... —Se inclinó hacia Jean-Luc para que solo él pudiera oírle—: ¿En qué estabas pensando?

Jean-Luc lo miró con ojos muy abiertos por el miedo.

El jefe de estación se acercó aún más, tanto que Jean-Luc olió el café que debía de haber desayunado.

—Escucha, dentro de poco vendrá a verte un inspector alemán. Te hará la misma pregunta: ¿qué hacías con esa condenada palanca? ¿Qué vas a contestar?

¡Le estaba dando una oportunidad! Estaba de su parte y lo estaba ayudando a salir del paso. Jean-Luc sintió un inmenso alivio. El jefe de estación era un camarada.

—Escucha, dile lo que me acabas de decir a mí. Que había que enderezar el raíl para alinearlo con el contiguo. Pero no te pongas nervioso ni des impresión de dudar. Por suerte para ti, ese día llovió y el agujero que hiciste se llenó de barro. Para cuando lo inspeccionó al día siguiente, era imposible ver dónde habías empezado. Podría funcionar. Tienes un historial limpio. —El jefe de estación se interrumpió—. Diga lo que diga él, tú atente a tu versión.

Justo entonces, Kleinhart volvió a su cama. Los miró.

—¿Qué es esto? ¿La extremaunción?

—No, solo he venido a ver a uno de nuestros trabajadores. Pero creo que va a sobrevivir.

—Esperemos que sí. Tiene que volver a ver a esa enfermera.

Kleinhart rio.

Cómo envidió Jean-Luc su despreocupación. Claro que él no iba a tener visitantes que le hicieran preguntas difíciles.

Después de la visita del jefe de estación, Jean-Luc no se quitaba de encima una constante sensación de angustia, de nudo en el estómago. Pero pasaron los días y no apareció ningún inspector. En ocasiones Kleinhart trataba de entablar conversación, con la condición tácita de que él dictaba los términos y solo cuando estaba de humor.

—Me gusta Francia —declaró una mañana mientras les servían pan y jamón.

Jean-Luc había aprendido a esperar a que le hiciera una pregunta antes de hablar, de manera que solo asintió.

—¿Sabes por qué?

Jean-Luc supuso que se trataba de una pregunta retórica, así que siguió esperando.

—Pues porque todo es condenadamente bueno. Demasiados vinos deliciosos, mujeres maravillosas, hermosas obras de arte. En Alemania no tenemos nada de eso. Solo trabajo, trabajo y más trabajo. Qué duro es todo. Nunca teníamos tiempo de sentarnos y disfrutar como se hace aquí. De crear. De soñar. Siempre me ha encantado Francia.

Sus ojos azules taladraron a Jean-Luc como si esperara descubrir alguna cosa.

Jean-Luc se esforzó por poner cara inexpresiva.

—¿Tienes novia?

—No.

—¿Y por qué no? Hay un montón de muchachas por ahí sin un hombre. Un joven bien parecido como tú no debería tener problemas para encontrar una.

—Bueno, estoy toda la semana en Drancy.

—Hum. No es el mejor sitio para conocer mujeres, ¿verdad? Pero ¿y aquí? Algunas de las enfermeras son muy bonitas.

Jean-Luc supo que se estaba poniendo colorado.

—¡Lo sabía! Te gusta, ¿a que sí? Yo lo he intentado, pero se niega a charlar conmigo, y eso que hablo francés.

—No. —Tenía que defenderla—. A mí tampoco me da conversación.

—¡Menuda tontería! He visto cómo te mira.

Cuatro días más tarde lo cambiaron de pabellón. Esta vez había una silla junto a su cama. Se dejó caer en ella, agradecido. Cojear de un pabellón al otro había sido agotador, a pesar de que la enfermera le había cogido del brazo... o quizá precisamente por ello. La proximidad, el ligero roce de su cuerpo contra el suyo le había dejado el corazón acelerado, como si acabara de hacer una carrera.

La enfermera lo miró.

—Ahora voy a quitarle el vendaje de la cara.

Jean-Luc miró sus delgadas manos y las imaginó en su piel.

—¿Cómo se llama?

—Charlotte.

—Charlotte —repitió sin poder evitarlo—. Yo soy Jean-Luc.

—Ya lo sé. —La enfermera sonrió y aparecieron dos hoyuelos en sus mejillas.

Jean-Luc le devolvió la sonrisa a pesar de que le tiraba la herida. Se miraron los dos muy sonrientes.

—Intentaré tener cuidado.

—*Merci*, Charlotte.

Quería añadir que no la imaginaba capaz de hacerlo de otra manera, pero supo que no debía tentar a la suerte.

Charlotte se acuclilló delante de él y le acercó una mano a la cara. Llevaba las uñas limpias y cortas y no usaba joyas. El pelo le asomaba de la pequeña cofia blanca sujeta en la coronilla. Era oscuro y liso, cortado en bob, con las puntas onduladas hacia delante hasta tocarle la barbilla. Jean-Luc cerró los ojos, notó sus uñas palpando los extremos de la venda, retirándosela de la cara. Respiró hondo; un ligero perfume a limón le entró por la nariz. Respiró de nuevo y saboreó su olor.

—Ahora voy a desinfectar la herida. Escocerá un poco.

No se había dado cuenta de que le había quitado la venda. La miró coger un frasco, volcarlo sobre un trozo de algodón. No pudo evitar dar un respingo cuando la mano con el algodón se acercó a él.

De los labios de ella salió una suave risa.

—Será solo un momento.

El dolor lo atravesó como una herida recién hecha y de manera instintiva se llevó la mano a la mejilla. Pero Charlotte fue más rápida y le sujetó la muñeca antes de que pudiera tocarse.

—¡No debe tocársela! Se le puede infectar.

No le soltó la muñeca enseguida y, sin pensarlo dos veces, Jean-Luc giró la mano y le cogió la suya.

13

París, 12 de abril de 1944

Jean-Luc

Charlotte tenía algo que atraía a Jean-Luc. Tumbado en su cama de hospital, mirándola barrer el pasillo central, se preguntó qué sería. Tal vez eran sus maneras cálidas y amables; era tan natural, tan humilde, tan desconocedora de su atractivo. No se daba ninguna clase de aires, nada de aleteos de pestañas ni de sonrisas falsas.

De pronto Charlotte levantó la vista del suelo. Lo sorprendió mirándola y sonrió, una sonrisa ancha, espontánea. Jean-Luc se la devolvió con una ligera inclinación de cabeza, una invitación a ir a hablar con él.

La vio mirar a su alrededor para comprobar que la enfermera jefa no andaba cerca. Todo estaba tranquilo y el vecino de cama de Jean-Luc estaba bajo las mantas, de espaldas. Su cuerpo subía y bajaba al ritmo acompasado de su respiración; dormía a pierna suelta.

—¿Todo bien? —preguntó Charlotte aún con una sonrisa en los labios.

—Sí, gracias. Solo necesito un poco de compañía.

—Si quiere pregunto si hay alguien que pueda jugar a las cartas con usted.

—Me refería a su compañía. —Vio que se ponía colorada y entendió que debía de haber crecido en un entorno muy protegido—. ¿Siempre ha sido enfermera?

Trató de guiar la conversación a un terreno en el que se sintiera cómoda.

—No soy enfermera —contestó.

—Ah, ¿no? Pues lo parece.

—Es solo por la guerra. Se suponía que iba a ir a la universidad a estudiar literatura.

—¿Y por qué no lo hizo?

Charlotte se encogió de hombros.

—Mis padres querían que me pusiera a trabajar.

Jean-Luc levantó una ceja.

—Es por la guerra. —Charlotte calló un momento—. El futuro es incierto y ahora mismo estamos pasando hambre. Desde que trabajo aquí tenemos más raciones de comida.

—Claro, lo entiendo. Entonces ¿le gusta leer?

—Me encanta leer.

—¿Cuál es su libro favorito?

—*Le Comte de Monte Cristo*.

Jean-Luc sonrió.

—¿Alexandre Dumas?

Charlotte asintió con la cabeza.

—¿Lo ha leído?

—Sí. De niño. Me lo leía mi padre. Le encantaban... Le encantan las historias. Me hizo unas estanterías. Por mi cumpleaños y en Navidad siempre me regalaba un libro. —Calló un momento recordando a su padre, su amor por la lectura. Luego continuó—: Es una gran historia, ¿verdad? Le Comte nunca se rinde.

Sintió que la brecha entre él y los héroes de su infancia se agrandaba.

—No. —Charlotte calló un momento—. Pero ¿es realista? Que siga adelante después de cada cosa atroz que le sucede.

—Pues no lo sé. Pero nos hace soñar, ¿no?

—¿Soñar con ser mejores?

Cuando Jean-Luc la miró a los ojos comprendió cuánto deseaba ella ser mejor, más valiente, como si estuviera escrito en blanco y negro.

—Sí. Se mantuvo fuerte a pesar de la crueldad de que fue víctima. Cuando era pequeño me encantaban *Les Trois Mousquetaires*. De mayor quería ser D'Artagnan. —Rio con ironía—. Y aquí estoy, en un hospital alemán.

—¿Siempre ha trabajado en el ferrocarril?

—Sí. Cuando cumplí quince años decidí que no quería ir más a la escuela. Preferí aprender un oficio.

—¿Y a sus padres no les importó?

Jean-Luc sonrió.

—No. Mi padre siempre ha trabajado en las carreteras y mi madre... pues nos cuidaba. Les gustó que encontrara trabajo en la SNCF.

—Pero ahora la SNCF la gestionan los alemanes.

—Sí. —La vio apartar la vista y supo que le preocupaba que apareciera la enfermera jefe, pero no quería que se fuera—. Sí, los boches están al mando —susurró—. Y no debería haberme quedado.

—Yo tampoco debería estar aquí.

No había sido su intención hacerla sentir mal.

—Creo que es muy valiente por su parte.

—¿Cómo?

—Hace falta valor para venir aquí cada día a ver tanto dolor y sufrimiento. Mire a su alrededor. —Hizo una pausa—. La mayoría son hombres jóvenes, como yo. No son el verdadero enemigo. El verdadero enemigo son los que están al mando, los que dan las órdenes. Y apuesto a que no terminan en un hospital.

Charlotte se volvió a mirarlo.

—Pero el resto los obedece, ¿no?

—¿Sabe cuánto valor hace falta para enfrentarse a un sistema? —Calló y, a continuación, respondió a su propia pregunta—. Más del que tiene la mayoría, y me incluyo.

—Y yo también. Debería dejar de trabajar aquí.

—No, no lo haga... Bueno, por lo menos hasta que me den el alta. Es la única alegría de este lugar. Brilla igual que una...

—Chis —lo interrumpió Charlotte.

Justo entonces su vecino de cama se dio la vuelta en sueños y tosiendo.

Charlotte dio un paso atrás y, con una última mirada, se alejó rápidamente.

14

París, 14 de abril de 1944

Charlotte

—¡Charlotte!

Miré a Mathilde al otro lado de la mesa e intenté concentrarme en lo que acababa de decir, pero sus palabras se habían deslizado por encima de mi cabeza. En lugar de escucharla, había estado pensando en Jean-Luc.

—Entonces ¿qué te parece? ¿Hablo con él?

Me obligué a prestar atención a Mathilde. «¿Con quién?», quería preguntar, pero no me atreví.

—No has escuchado una sola palabra, ¿verdad?

Paseé la vista por el café destartalado, miré los viejos carteles de Edith Piaf e Yves Montand en las paredes desconchadas.

—Perdona. Estaba distraidísima.

—¡Ya me he dado cuenta! ¿Qué te pasa? ¿Con quién sueñas despierta?

Supe que me estaba poniendo colorada.

—Con nadie.

—¿Y cómo se llama ese nadie?

Sonrió. No pude evitar devolverle la sonrisa.

—Alguien que he conocido en el hospital.

—¿Cómo? ¿En el Hôpital Beaujon? ¿Un médico?

—No.

—Por favor, no me digas que te has enamorado de un boche —susurró.

—¡Pues claro que no! Es francés.

—¿Un *collabo* entonces?

—¡No!

Di un trago de agua de mi vaso. Estaba segura de que Jean-Luc no era colaboracionista; no tenía la culpa de trabajar en el ferrocarril que ahora controlaban los alemanes.

—Entonces ¿qué hace en un hospital alemán?

—Eso mismo podrías preguntármelo a mí.

Fijé la vista en las manchas de vino y café en la vieja mesa de madera.

—Podría, pero a ti te conozco. A él no.

Entonces la miré. Le brillaban los ojos de preocupación.

—Trabaja en el ferrocarril. Tuvo un accidente; un raíl le golpeó en la cara.

—¿Es trabajador del ferrocarril?

Su tono de voz delataba decepción.

—Sí. —Callé un momento—. Aunque no estoy segura de si en realidad le gusto.

—Yo no me preocuparía demasiado, Charlotte. No te veo teniendo una relación seria con un trabajador del ferrocarril.

—¡No seas tan esnob!

Le di una patada por debajo de la mesa.

—Vale, vale. ¿Qué aspecto tiene?

—Mira que eres superficial. —Sonreí—. Tiene pelo oscuro y abundante, peinado con raya al lado izquierdo.

—Así que el lado izquierdo. No te has perdido detalle.

—Y ojos marrones... Bueno, marrones solo no. Tienen motitas amarillas y verdes, pero de lejos parecen marrones.

—Debes de haberte acercado mucho a él.

—Bueno, tengo que tomarle la temperatura todos los días.

—¿Y le sube cuando estás tú cerca? —dijo Mathilde entre risas.

—No seas tonta. Solo me gustaría saber si le intereso. Seguramente está aburrido de pasarse el día en la cama y por eso habla conmigo.

—Pero, Charlotte, ¿cómo no vas a interesarle? Eres bonita, inteligente…

—De eso nada. Soy flaca y fea.

—Por el amor de Dios, Charlotte. Lo único que te falta es maquillarte un poco. Y también podrías lavarte el pelo.

—Ya lo sé. Lo tengo apelmazado y sucísimo. *Maman* solo me deja lavármelo los domingos por la noche. Dice que no hay suficiente jabón.

—No entiendo a tu madre. Tenéis un Picasso colgado en vuestro apartamento, pero ¡os falta jabón!

—Los Picassos no están racionados. El jabón sí.

—Tu madre se niega a comprar en el mercado negro, pero tiene el cuadro de un artista prohibido colgado de la pared de su casa. —Mathilde se inclinó hacia delante—. ¿Dónde está la lógica?

—Sí, ya lo sé. Ya lo sé. Pero ella tiene sus principios. —Hice una pausa—. Solidaridad. Cree que debemos estar unidos y que, si hay racionamiento, tiene que ser igual para los ricos que para los pobres.

Por unos instantes ninguna hablamos. Mi madre podía resultar severa, pero no era más dura conmigo de lo que lo era consigo misma.

—Yo puedo conseguirte jabón —dijo Mathilde—. Si quieres, claro.

—No, no te preocupes.

—En cualquier caso… —Estiró las piernas debajo de la mesa—. No estoy segura de que merezca la pena. No lo veo el hombre apropiado para ti.

—Es muy interesante y me pregunta muchas cosas.

—Eso es porque quiere halagarte. ¿Habla también con las otras enfermeras?

—Sí.

Mi emoción disminuyó. Era cierto... Hablaba con todas las enfermeras. Lo había visto.

Mathilde levantó una ceja.

—Pues eso.

—Sí, seguramente tienes razón. No debería hacerme ilusiones.

—La culpa es de la escasez de hombres, Charlotte. No es normal, así que, cuando uno te hace un poco de caso, te ilusionas.

—Sí, tienes razón. Voy a olvidarme de él.

—Bien dicho. —Se inclinó sobre la mesa y susurró—: Pronto terminará la guerra, lo presiento. Conocerás a alguien mejor.

—¿Más sucedáneo, chicas? —La camarera se detuvo en nuestra mesa.

—*Non, merci.* Solo un poco de agua, por favor.

Mathilde miró el cartel que había en la pared, a mi lado.

—Edith Piaf actúa este fin de semana. Habíamos dicho que iríamos.

—Ya lo sé, pero todavía no he pedido permiso a mis padres. *Maman* lleva toda la semana de un humor pésimo.

—Podemos ir a la sesión de tarde. No pidas permiso, di solo que vas a ir.

—Vale, vale. Lo haré.

—Y olvídate de él, ¿de acuerdo?

Mathilde no entendía que yo no quería olvidarme de él ni conocer a otra persona. No había habido ocasión de explicarle lo fácil que era hablar con él, que era quien aparentaba ser y que yo tenía la sensación de poder ser mucho más con él. No es que hablara gran cosa, pero dejaba huecos para que yo los llenara. Y mientras hablábamos me miraba con atención, como si quisiera absorber hasta el último detalle de mí. Me encantaban sus preguntas; me daban la sensación de estar descubriéndome a mí misma tanto como a él. Antes nadie se había interesado por mis opiniones, y los pensamientos me salían en bruto, a medio formar, pero él me guiaba con paciencia, atento a cada palabra. Me daba igual que fuera trabajador del ferrocarril y no hubiera aprobado ningún dichoso examen. Estaba convencida de que los habría aprobado de haber querido, pero había elegido hacer algo más práctico, más útil.

Sus sentimientos respecto a la ocupación eran los mismos que los míos. Tampoco él quería trabajar para los boches. Los dos estábamos atrapados dentro de un sistema y necesitábamos encontrar una salida. Yo me moría por hacer algo más por mí país y sabía que a él le ocurría lo mismo. Intentaba pensar en cosas que pudiera hacer yo sola, cosas que constituyeran pequeños actos de resistencia. Podía ir sumándolos poco a poco hasta reunir el valor de hacer algo más audaz, más peligroso. Podía empezar por doblar mi billete del Métro en forma de uve y tirarlo luego al suelo, como hacían algunas personas. Hasta el momento no me había atrevido, no desde que vi cómo pegaban a una mujer en la cabeza por hacerlo. La obligaron a ponerse a cuatro patas para recogerlo y alisarlo. Yo había pasado vergüenza por ella, pero ahora deseaba haber hablado, haberle dicho lo valiente que era.

15

París, 17 de abril de 1944

Charlotte

Me pasé todo el concierto de Edith Piaf pensando en Jean-Luc, sobre todo cuando cantó *On danse sur ma chanson*, «Bailamos al son de mi canción». Jean-Luc hacía bailar mi corazón y pensar en él me sostuvo durante el fin de semana.

Cuando llegué al hospital el lunes por la mañana, cogí la fregona y el cubo y me puse a fregar el suelo de su pabellón, como cada mañana. Una vez a la altura de su cama miré a mi alrededor y confié en que la enfermera jefe no estuviera observándome. Sabía que se iban a llevar a sus vecinos de cama a rehabilitación en algún momento de la mañana y me preguntaba si podría arañar unos minutos con él. Mientras pasaba la fregona de lado a lado vi acercarse al equipo de rehabilitación. Contuve la respiración cuando pasaron de largo. ¡Sí! Estaban recogiendo pacientes y Jean-Luc no se encontraba entre ellos. Me concentré en el palo de la fregona y me obligué a no mirar. Cuando el camino estuvo despejado, empecé a alejarme con la fregona del pasillo central, en dirección a su cama.

Estaba sentado en la silla junto a la cama, leyendo una hoja volandera. Cuando levantó la cabeza y me vio se le iluminaron los ojos.

—¿Querría sentarse conmigo un momento? ¡Por favor!

—¡No! No puedo. Tengo que hacer su cama.

Dejé la fregona, fui a los pies de la cama y me concentré en eliminar todas las arrugas de la sábana, alisándolas con la mano arriba y abajo.

—Char-lotte.

La forma en que pronunció mi nombre, despacio, deliberadamente, deteniéndose en el último sonido como si lo paladeara, hizo que el corazón me saltara dentro del pecho.

—¿Sí?

Me esforcé por sonar despreocupada.

—Hay algo que quiero decirle.

Mi mano dejó de moverse y lo miré. La intensidad de sus ojos me quemó.

—Por favor, siéntese, Charlotte. Solo un minuto. Ahora mismo no hay nadie por aquí.

Me senté en el borde de su cama, preparada para levantarme de un salto si alguien nos miraba.

—No era mi intención hacer que se sintiera mal —dijo con voz suave—. El otro día, cuando comentó que no debería estar aquí. —Bajó la voz aún más y tuve que acercarme a él para oírle—. En un hospital alemán. Usted no ha hecho nada malo. Hace lo que tiene que hacer.

—Pero es verdad. No debería estar aquí.

Su mirada se oscureció y las motas de luz abandonaron sus ojos.

—Y yo no quería trabajar para «ellos». Estoy decepcionado conmigo mismo, no con usted.

Asentí con la cabeza y con una ojeada comprobé que no había nadie cerca. Me quedé tranquila. La enfermera jefe y mis compañeras estaban ayudando en rehabilitación.

—Le hice una promesa a mi padre… —continuó con la mirada en algún punto distante situado a mi espalda—. Cuando se lo llevaron para el STO…

—¿En Alemania?

Sus ojos miraron de nuevo a los míos y habló con voz monótona.

—Sí, se lo llevaron hace casi dos años. Antes de irse, me hizo prometer que cuidaría de mi madre.

Asentí.

—Podía no haberle hecho caso, pero me sentía muy mal.

—¿Por qué?

—Habíamos discutido, justo antes de que se fuera. —Calló un momento—. Fue horrible.

Esperé a que siguiera hablando.

—Le dije que no debíamos agachar la cabeza y dejar que los boches nos pisotearan. —Se enjugó el sudor de la frente—. Lo siento, no tendría que contarle esto.

—No. Siga.

Miré de nuevo a nuestro alrededor, pero el pabellón seguía tranquilo.

—No hacía más que proteger a su familia. Esa era su prioridad.

—Es importante mantener las promesas. Su padre estaría orgulloso de usted. —Le toqué el hombro—. Solo hizo lo que consideraba correcto.

Negó con la cabeza.

—El problema es que lo correcto ha cambiado, ¿no le parece? Mi padre no sabía lo feas que iban a ponerse las cosas. Creo que ahora preferiría verme más activo. Quiero que esté orgulloso de mí cuando vuelva.

Asentí otra vez.

—Lo comprendo. Yo también me he decepcionado a mí misma.

—Ninguno de los dos deberíamos estar aquí.

Se puso de pie apoyando el peso en la pierna buena. Yo hice lo mismo, con la cara tan cerca de la suya que sentí su respiración en la mejilla. Me hacía cosquillas en la piel.

—Charlotte —susurró—, somos capaces de algo mejor que esto. Lo sé.

El corazón me dio un vuelco. Su presencia era como una fuerza física que tiraba de mí y me abandoné a su atracción. Cerré los ojos y, durante un largo instante, noté sus labios en mi frente. Cualquiera que nos hubiera visto habría pensado que se trataba de un beso paternal. Solo yo supe que era mucho más que eso. Era un beso de amor.

16

París, 18 de abril de 1944

Charlotte

—¿Se puede saber por qué estás tan contenta? —me soltó *maman*.

Caí en la cuenta de que había estado canturreando. Me callé de inmediato.

—Será mejor que espabiles, Charlotte. Vas a llegar tarde a trabajar. Ya son las seis y media.

Ahora tenía una razón para levantarme por las mañanas. Salté de la cama, deseosa de llegar al hospital. Y ya no tenía hambre; de hecho, había perdido por completo el apetito, como si mi corazón lleno a rebosar alimentara mi estómago vacío. Por supuesto, me decía a mí misma que debía tranquilizarme, intentaba no dejar traslucir mi emoción, me repetía que probablemente él hablaba así a todas las muchachas que conocía. Pero daba igual. Con él tenía la sensación de estar mudando mi vieja piel por la de una mujer más madura, más hermosa. La mujer que quería ser. No solo eso, me hacía sentir más valiente que nunca en mi vida. Mi corazón era más fuerte, latía con más energía. Con él me sentía capaz de dar un paso al frente por lo que me parecía justo, de enfrentarme a peligros a los que jamás me habría sentido capaz de plantar cara sola. Quería ser valiente por él. Quería ser mejor persona por él.

Mientras el Métro circulaba por los túneles en dirección al hospital, mi emoción iba en aumento. Miraba los rostros hastiados, inexpresivos de los pasajeros y me decía: «Tengo un secreto que no conocerán jamás». Aunque mis ojos debían de estar delatándome. Ardía de amor.

Era el día en que le daban el alta. La excitación corría por mis venas. Estaba impaciente por verlo fuera, en la vida real. Podríamos pasear por París. Por las Tuileries quizá, de la mano. La idea me llenaba de felicidad.

Cuando fui a despedirme lo encontré sentado en la cama, aún en pijama. No había reparado todavía en mi presencia y supe que algo iba mal. Estaba pálido como un muerto. Y había un boche sentado en la silla junto a su cama. ¿De qué podían estar hablando? Jean-Luc escuchaba mientras el boche hablaba. Me esforcé en captar lo que decía.

—... sabotaje... interrogatorio...

Merde! ¿Qué estaba pasando? El boche parecía muy serio.

De pronto se volvió y me miró a los ojos.

—¿Quería algo, enfermera?

—Tengo que tomarle la temperatura al paciente.

Me saqué el termómetro del bolsillo delantero con mano temblorosa y lo sostuve como si fuera una prueba.

Jean-Luc me miró con ojos como platos por la sorpresa. Abrió la boca para recibir el termómetro sin darme los buenos días, como acostumbraba. Me habría gustado sorprenderlo con un beso, pero lo que hice fue acercarme y ponerle el termómetro debajo de la lengua. El boche nos miró y suspiró, como si estuviera hastiado de la rutina hospitalaria en general.

—Pensaba que el paciente se iba hoy —me dijo.

—Sí, así es.

—Entonces ¿por qué le toma la temperatura?

Odiaba a los boches que hablaban francés más incluso que a los que no lo hablaban.

—Es el protocolo —mentí, esforzándome por usar un tono de voz tranquilo y neutral—. Solo estoy comprobando que no ha cogido una infección antes de darle el alta.

Hablé a Jean-Luc con voz queda.

—Parece usted cansado. ¿Se encuentra bien como para irse hoy?

El boche me miró.

—Está perfectamente. Lo que necesita es volver a sus funciones.

¿Sus funciones? A veces la forma que tenían de hablar me daba risa. Le di la espalda y miré a Jean-Luc, pero sus ojos paseaban nerviosos por la habitación sin detenerse en nada en particular. Hablé con calma y aparentando un valor delante del boche que en realidad no sentía.

—La pierna aún no está curada. Deberá tener cuidado.

Esta vez Jean-Luc me miró y asintió con la cabeza, pero me di cuenta de que todo lo que quería era salir de allí, recuperado o no.

El boche se inclinó hacia delante y miró fijamente a Jean-Luc.

—Eso sin duda. Tenga cuidado. No podemos permitirnos más accidentes como este. Solicitamos buenos trabajadores, no hombres que no saben sujetar una palanca como es debido. Quizá es por estar lisiado. Esa mano deforme no es lo bastante fuerte para manipular herramientas tan pesadas. Haríamos bien en enviarlo a un campo de trabajo en Alemania, donde las tareas no requieren destreza.

Jean-Luc tosió y el termómetro se movió. Lo saqué, lo agité y volví a ponérselo bajo la lengua. Al retirar la mano dejé que mis dedos rozaran la piel áspera y rugosa que más tarde sería una cicatriz.

El boche me miró con los ojos entornados.

—¿Cuida con tanto mimo a todos sus pacientes, enfermera?

No pude evitarlo y me ruboricé. El boche rio.

—Ja. He avergonzado a la pobre muchachita.

Saqué el termómetro que colgaba de los labios de Jean-Luc sin mirarlo a los ojos. Cuando comprobé la temperatura me temblaban las manos.

—¿Y bien? —El boche se recostó en el respaldo de su silla—. ¿Se puede ir?

—Treinta y siete grados. —Traté de parecer segura de mí misma—. Un poco baja, pero está bien.

—¿Un poco baja? —El boche rio sonoramente—. Seguro que consigue usted subirle la temperatura, enfermera.

Se estaba divirtiendo, el condenado boche. Tenía que hacerme dueña de la situación. Me volví hacia Jean-Luc y, mirándolo a los ojos esta vez, le dije con voz clara y serena:

—En cuanto esté vestido le traeré los papeles para que los firme. —A continuación miré al boche—. Adiós, monsieur.

—Por mí no tenga prisa. Ya me voy. —Se volvió hacia Jean-Luc—: Otro accidente y tendremos que cuestionarnos si está capacitado para el puesto. —Calló un momento—. No creo que le interese algo así.

Se puso de pie bruscamente y nos hizo el saludo nazi.

Tuvimos que devolvérselo. Estábamos en un hospital alemán. Luego lo miramos alejarse y oímos los remaches metálicos de sus botas resonar en el pasillo.

En cuanto desapareció de la vista, Jean-Luc apoyó la cabeza en la almohada.

—Gracias a Dios. Quería que le hablara de mi accidente. —Calló y me miró, como si quisiera añadir algo—. Creo que me acabas de salvar, Charlotte.

17

París, 22 de abril de 1944

Charlotte

Acordamos vernos a las seis de la tarde del sábado siguiente. La noche anterior no podía dormir, estaba nerviosa y agitada y no paraba de dar vueltas en la cama. Y cuando llegó el sábado tenía el estómago tan lleno de mariposas que apenas podía comer. *Papa* achacó mi falta de apetito a molestias femeninas y, aunque no era así, dejé de buena gana que me quitaran la comida de delante.

No sabía qué ponerme. Necesitaba ropa que no me hiciera parecer una colegiala crecida, así que, en cuanto *maman* se marchó a las colas de comida, fui a saquear su armario. Allí encontré una falda de tweed y un viejo par de zapatos de piel negra con suelas delgadas ya como papel y los tacones completamente gastados por uno de los lados. Los revestí con trozos de cartón y confié en no clavarme cada piedrecita del suelo con ellos puestos. A continuación, con ayuda de chinchetas, reforcé los tacones descompensados con más cartón y los pinté de negro. El resultado no era precisamente cómodo, pero vistos desde arriba no quedaban tan mal.

Ya por la tarde, me concentré en mí misma. Me lavé el pelo con un trocito de jabón que me había guardado y añadí una cucharadita de vinagre al cubo de agua fría antes de aclarármelo, para que me brillara más. Luego usé la pintura roja de mi vieja caja de pinturas del colegio para darme color a los labios y la fijé con un pellizco de grasa de pato que encontré en el fondo de la nevera.

A las seis menos diez estaba lista. Gracias a Dios, *papa* había salido. En casa solo estaba *maman*, rallando algo encima de un periódico en la mesa de la cocina.

—*Maman*, me voy a casa de Mathilde.

Se giró para mirarme y supe que me estaba ruborizando. Me di cuenta de que se fijaba en el cuidado con que me había arreglado.

—Sabes que no me gusta que andes por las calles cuando ha oscurecido. Creo que debería acompañarte.

—¡No! —Respiré hondo—. *Maman*, tengo dieciocho años y Mathilde vive a dos calles de aquí. Puedo ir sola.

—¿Esa falda no es mía?

Noté que me ardían las mejillas.

—Es que mis faldas me quedan demasiado cortas, *maman*. Me da vergüenza llevarlas con todos esos soldados que andan por ahí.

—Hum, llevo un tiempo pensando en arreglar esa falda. Tiene demasiada tela, es un despilfarro, por no hablar de que está pasada de moda. —Chasqueó la lengua y me pregunté qué sería peor: no ir a la moda o despilfarrar—. ¿Qué llevas en los labios? ¡Te los has pintado! Ya sé yo lo que van a pensar los soldados de algo así. Ve a limpiártelos.

Noté que me ruborizaba aún más pero no pude evitar defenderme.

—Solo quería estar guapa, por una vez.

—¿Estás segura de que has quedado con Mathilde? ¿Quién más va a estar?

—Nadie. Solo Mathilde y Agnès.

Fui corriendo a buscar mi abrigo antes de que pudiera hacerme más preguntas.

Qué ridiculez, me dije mientras salía del apartamento. No debería haber dedicado tanto tiempo y esfuerzo en arreglarme. Solo había conseguido llamar más la atención.

Pero también tenía la sensación de estar cayendo por la madriguera igual que Alicia en el País de las Maravillas, demasiado curiosa y feliz para detenerme. No podía pensar en otra cosa que no fuera él. Todo lo demás palidecía en comparación: la escasez, los omnipresentes soldados no significaban nada. Siempre que tuviera a Jean-Luc, nada tenía importancia. Con él era capaz de dominar mis miedos y preocupaciones. Podía plantar cara a mis padres y decirles que no seguiría trabajando en un hospital para los boches. Juntos, nos daríamos fuerzas el uno al otro. Estaba impaciente por volver a verlo. Tenía grabada en la memoria cada una de las frases que me había dicho en el hospital igual que un rastro dentro de mi cabeza. Un rastro que ya nunca podría borrar.

Mientras bajaba por la rue Montorgueil, recordé con nostalgia su aspecto de antes de que llegaran los boches. Había sido una calle llena de mercados multicolores, en la que el olor a pan caliente y pollo asado flotaba en el aire. Hombres con boina sentados en las terrazas de los cafés fumaban puros y hablaban de política mientras sus mujeres se disputaban las mejores piezas de carne y las frutas y hortalizas más frescas.

Ahora, un olor avinagrado a sudor rancio, el olor del miedo, había sustituido al del pan caliente. También los sonidos habían cambiado. Las botas con remaches marcaban el paso de las horas y, cuando no había eco de pisadas, en la calle reinaba un silencio profundo.

Me gustaba pararme a la puerta de la *patisserie* Stohrer e imaginar que retrocedía a un tiempo en el que llenaba los escaparates hilera tras hilera de *pains au chocolat* recién horneados, bollos de pasas glaseados y *croissants* ligeros como el aire. Aspiraba el olor imaginario a chocolate aún caliente y bollería fresca. *Maman* lo llamaba ir a ver escaparates. Pero si mirar escaparates era fingir ir de compras, entonces ¿qué era fingir mirar escaparates?

Fingir que finges. Era lo que hacíamos todos. Nadie sabía ya de quién fiarse. Miré el escaparate de la pastelería e intenté sosegarme. El estómago me rugía sonoramente, pero no sentía el hambre, solo la emoción por ir a ver a Jean-Luc.

Entonces llegó y dijo mi nombre, «Charlotte». Estaba guapísimo, con un abrigo largo de lana y los zapatos relucientes.

—*Bonjour.*

La voz me salió seca y rígida y no conseguí pronunciar su nombre.

Me besó una mejilla y después la otra. No fueron como esos besos al aire que son pura formalidad. Noté sus labios en mi piel y una descarga eléctrica me recorrió.

—¿Paseamos? —Esbozó su sonrisa ladeada.

Noté cómo se me curvaban los labios con voluntad propia hasta que una enorme sonrisa se extendió por mi cara de oreja a oreja. Asentí con la cabeza y las palabras se me quedaron atrapadas en la garganta.

Echamos a andar juntos, él con bastón. Se movía con agilidad impropia de alguien que se ha roto una pierna solo tres semanas antes. Con su mano izquierda me cogió la mía. Aquella mano pequeña y deforme hacía parecer enorme y torpe la mía y la envolví con mis dedos mientras admiraba secretamente la manera en que Jean-Luc se comportaba, como si fuera perfectamente normal. Su seguridad en sí mismo le hacía más fuerte.

—¿Damos un paseo hasta el Pont Neuf?

Asentí.

—*Oui.*

—¿Qué tal has pasado estos días?

—Echándote de menos. —Las palabras se me escaparon.

—Yo también te he echado de menos. No he dejado de pensar en ti.

El corazón se me aceleró y le apreté la mano.

De pronto un grupo de soldados cruzó la calle. Me puse tensa.

—Documentación —ladró el más alto de todos.

Jean-Luc se apoyó en su bastón con una mano y con la otra se abrió el largo abrigo y sacó sus papeles del bolsillo interior. El soldado se los quitó con brusquedad.

—Jean-Luc Beauchamps, SNCF.

Su tono era irónico y alargó la mano para que le diera yo mis documentos. Los tenía preparados y se los tendí sin mirarlo.

—Charlotte de la Ville. Dieciocho años de edad. ¿Saben tus padres que andas por la calle a estas horas?

—Sí —mentí.

—¿Con monsieur Beauchamps y aquí?

Moví la cabeza con los ojos fijos en el suelo.

—Qué románticas, las citas secretas.

Miró al otro soldado y los dos rieron. Luego me devolvió los papeles.

—Buenas noches.

Seguimos bajando por la rue Montorgueil y ninguno hablamos hasta que no llegamos a la iglesia de Saint-Eustache, al final de la calle. Jean-Luc rompió el silencio.

—¿Sabes que una vez un boche me paró por la calle aquí y me preguntó si esto era Notre-Dame?

—¡No! ¿Qué le dijiste?

—Le dije que por supuesto —respondió riendo.

Me uní a su risa y el corazón se me alegró otra vez.

—Vamos a entrar —propuso.

—De acuerdo.

En realidad no tenía ganas de entrar en una iglesia, pero no podía negarme.

Una vez dentro, paseamos por las naves laterales y nos asomamos a las capillas que tenían velas encendidas. Jean-Luc metió una moneda en el cepillo y, en silencio, cogió una vela y me la dio.

—Recemos por que esta guerra termine pronto.

Me santigüé y dije una plegaria en silencio.

Después de salir de la iglesia atravesamos la plaza hacia la rue Rivoli y allí cruzamos la calle a la altura de los almacenes La Samaritaine. Pont Neuf estaba casi desierto y nos sentamos en uno de los bancos circulares de piedra que daban al Sena. Miré el agua oscura y recordé los días en que había barcos navegando por el río. Ahora solo había crestas de olas que se rizaban y chocaban entre sí.

—¿Te apetece un trago?

Lo miré meter la mano en el bolsillo trasero y sacar una petaca plateada.

—¿Qué es?

—Pruébalo.

Di un sorbito. Tenía un sabor intenso que me recordó a cenas familiares de otro tiempo.

—¡Vino! Está riquísimo. ¿De dónde lo has sacado?

—No te preocupes por eso y disfrútalo.

Di otro sorbito y empecé a sentirme menos nerviosa. Todo iba a salir bien. Jean-Luc me miraba por el rabillo del ojo. Di otro sorbo, esta vez más largo, un buen trago en realidad. Luego le devolví la petaca.

—También he traído comida.

Sacó un bulto envuelto en papel y me lo dio. Me lo acerqué a la nariz y aspiré su olor.

—Queso.

—Sí. Comté.

Olía tan bien y de pronto notaba el estómago tan vacío... Le quité el papel enseguida y pasé los dedos por la superficie completamente lisa.

—Venga, come.

Me sonrió y me pasó un brazo por los hombros.

Di un mordisco y fue como si probara el queso por primera vez. Era cremoso y sabroso. Di otro mordisco y se lo devolví.

Negó con la cabeza.

—¿Qué pasa?

—Nada. Estoy disfrutando de verte comer. —Me acarició la mejilla—. ¿Qué hacemos?

—¿Cuándo? ¿Ahora? A mí me gusta estar aquí sentada contigo.

Me acerqué y apoyé la cabeza en su hombro.

—Vamos a bailar. —Se puso en pie de un salto y tiró de mí.

Dejé el queso en el banco.

—¿Qué? —dije riendo—. ¿Aquí?

—Sí, aquí. —Me rodeó la cintura con un brazo, me cogió una mano y me la besó—. ¿Me concede este baile, señorita?

—Será un honor —contesté sonriendo.

Entonces me hizo girar apoyado en la pierna buena y tarareando una melodía que no reconocí. Poco a poco nos fuimos deteniendo y apoyé la cabeza en su pecho.

—Char-lotte —me susurró al oído y una descarga eléctrica me recorrió la espalda.

—Mmm —murmuré.

—Cómo me gusta estar contigo.

Le acaricié la espalda y me pegué más a él.

—Cuando estoy triste y me pregunto cuándo terminará esta condenada guerra, pienso en ti y me siento… Me da esperanza. Me levanta el ánimo.

Me besó la coronilla. A continuación me puso una mano en la nuca y me acercó a él. Sus labios encontraron los míos, su lengua aleteó contra ellos y los separó. Sentí su respiración acelerarse mientras nuestros cuerpos se enroscaban uno en el otro.

Me sobresaltó un dedo en el hombro. Me di la vuelta.

—¡Documentación!

Un gendarme me miraba furioso.

Mientras rebuscaba en mi bolso, otro gendarme se llevó a Jean-Luc a un lado.

—¡Deprisa! —El gendarme se daba golpecitos en la palma de la mano con la porra.

Le enseñé mis papeles con mano temblorosa.

Me los cogió y los miró. Entonces levantó la vista y sus ojos despedían un brillo de pedernal en la oscuridad.

—No debería andar por la calle a estas horas igual que una ramera.

La cabeza me daba vueltas. No tenía palabras.

—Podría llevármela para interrogarla. ¿Qué me lo impide?

No sabía cómo defenderme. Miré a Jean-Luc, desamparada. Estaba enfrascado en una conversación con el otro gendarme.

—Dime, ¿eh? ¿Qué me lo impide? —volvió a preguntar el gendarme, esta vez en voz más alta.

—No… Aún falta para el toque de queda.

—Ja. —Rio—. Aún falta, sí. Así que corriendo a casita, Cenicienta. A casita.

Me devolvió los papeles. Miré de reojo a Jean-Luc, pero no le veía los ojos en la oscuridad y seguía ocupado hablando con el otro gendarme. Vacilé.

—Vete a casa, Cenicienta. No esperes a tu príncipe.

La sonrisa del gendarme me asustaba.

—¡Venga! ¡A casa ahora mismo!

Eché a andar con el pulso acelerado. No me atrevía a volver la cabeza. ¿Qué pretendían hacerle a Jean-Luc? Me dije que no eran más que gendarmes. No agentes de la Gestapo. ¿Qué iban a hacerle, si Jean-Luc no había cometido ningún delito? Sin duda no podían detenerlo por besar. Traté de convencerme de que estaría bien, de que volvería a buscarme. Pero aquellos días no había garantías de nada.

De camino a casa, entré de nuevo en la iglesia y encendí una vela, rezando por que lo dejaran ir, por volverlo a ver.

18

París, 22 de abril de 1944

Jean-Luc

Dale un poco de poder a un hombre pusilánime y abusará de él. Los gendarmes eran un ejemplo típico. A Jean-Luc lo tranquilizó ver alejarse a Charlotte, pero ahora debía enfrentarse a ellos. Aunque no tenían motivos para detenerlo, sabía que utilizarían la poca autoridad que les quedaba contra él.

—¡Conducta indecente! —El que había hecho un aparte con él rio—. ¡De llegar cinco minutos más tarde, les podríamos haber multado!

Jean-Luc se sacó un paquete de Gitanes del bolsillo del pantalón y le ofreció un cigarrillo al gendarme que acababa de hablar.

—Bueno, de haber tenido suerte con la chica, me habrían detenido. Pero, vamos a ver, ¡esto es Francia! Tenemos el deber de honrar a nuestras mujeres.

La atmósfera cambió de inmediato. El gendarme volvió a reír y aceptó un cigarrillo, Jean-Luc le ofreció la cajetilla al otro y dio fuego a los dos con un mechero de plata heredado de su padre. Luego, para sellar el pacto de hermandad, fumó él también.

—No pueden ustedes detener a un hombre por querer divertirse un poco, ¿no les parece? —Calló un momento—. Acabo de salir del hospital. Heridas en la pierna y en la cara. —Se tocó la cicatriz—. Era mi enfermera.

—Mira qué bien. —El gendarme exhaló el humo del cigarrillo en dirección de Jean-Luc—. Seguro que lo cuidó de maravilla.

—No lo dude —dijo Jean-Luc riendo.

Los gendarmes rieron con él y, después de un rato más de cháchara sobre mujeres, lo dejaron ir. Miró su reloj; faltaban solo treinta minutos para el toque de queda. Aquella noche no tenía ganas de coger el Métro; necesitaba pensar. Bueno, en realidad lo que quería era pensar en Charlotte. «Char-lotte, Char-lotte». Acarició mentalmente el nombre y se preguntó qué tenía aquella muchacha. Quizá eran las contradicciones que veía en ella: seguridad mezclada con inseguridad; ingenuidad teñida de audacia. Percibía un coraje que aún no había aflorado. Imaginó que crecer en una familia estricta con pocas oportunidades de expresar sus propias ideas lo había ahogado. Era como una mariposa que no ha abandonado todavía el capullo y no ha desplegado todavía sus bellas alas. Charlotte rebosaba de algo que Jean-Luc tenía la sensación de haber perdido. Esperanza. Alegría de vivir. Lo percibía en su voz cuando le hablaba. Y percibía también que quería transmitírsela, ponerla en su mano indigna, esperando que él la aceptara y se llenara también de ella.

Y luego había algo en su manera de moverse, algo enternecedor en cómo levantaba el mentón cuando le hablaba, en un intento por simular más aplomo del que sentía. Le encantaba mirarla de perfil. Tenía un perfil perfecto: una frente inteligente, ni muy estrecha ni muy ancha, con pestañas largas y sedosas que temblaban sobre unos ojos marrón intenso, de un tono algo más claro que las enormes pupilas que encerraban. La nariz era elegante, quizá un poco larga para ser perfecta, algo que la hacía aún más perfecta a sus ojos.

Torció a la izquierda por el *quai* del río y miró los cafés y bares cerrados. La calle estaba desierta, faltaban veinte minutos para el toque de queda; estaba apurando el tiempo. ¿Quería tentar a la suerte? ¿Que lo detuvieran? Cualquier cosa sería mejor que trabajar en Bobigny. Ahora tenía todavía menos posibilidades de encontrar una salida. Había despertado sospechas, de modo que no podría hacer nada en una buena temporada. Tendría que apretar los dientes y obedecer. Pero ¿era eso posible? ¿Debería ser posible? Tal vez debería desaparecer; eso sería aún mejor que trabajar para los boches. Se escaparía al campo, trataría de encontrar a los maquis que se escondían en las colinas. Con sus conocimientos del ferrocarril podría ayudar a hacer descarrilar trenes. Pero entonces ¿quién cuidaría de su madre? ¿Quién le procuraría un mínimo sustento?

Pronto llegó a Notre-Dame, en la Île de la Cité; brillaba en la noche, atemporal e indiferente a la guerra. Pensó en entrar y encender una vela, pero ya casi era la hora del toque de queda y, en cualquier caso, no le gustaban las gárgolas monstruosas que salían de los muros y te miraban al entrar. Que te juzgaban. De manera que siguió andando. Aquella noche tenía ganas de estar solo en la oscuridad, en aquella ciudad que una vez había sido la suya.

19

París, 28 de abril de 1944

Charlotte

Suspiré cuando vi a nuestra criada, Clothilde, rallando un nabo gigantesco en la mesa de la cocina.

—No suspires tanto, Charlotte. —*Maman* se agachó y sacó un bulto envuelto en periódico de debajo del fregadero—. Esta noche tenemos pichón. Pierre mató dos esta tarde y le cambié uno por el azúcar que nos quedaba. —Se interrumpió para mirarme—. Un poco de carne de pichón es justo lo que necesitas. Mírate. Estás más pálida que de costumbre.

Le cogí el bulto envuelto en periódico y lo abrí un poco. En efecto, era un pichón muerto completo, con la cabeza y las patas. Cerré el paquete y lo dejé en la mesa de la cocina, delante de Clothilde. Solo verlo me había dado náuseas. Debí de suspirar otra vez.

—¿Qué pasa, Charlotte? —*Maman* frunció el ceño.

—Nada.

—Claro que sí. Llevas toda la semana distraída.

—Es esta guerra. Me tiene harta.

—¿Y te crees que a los demás no? Pero sabes que no puede durar eternamente.

—¿Y qué pasa con las personas que han desaparecido? ¿Van a volver? ¿Los judíos que se han llevado?

Clothilde levantó la vista de su tarea y se me quedó mirando. *Maman* arrugó más el ceño.

—Espero que sí.

—¿Solo esperas? No pareces tener demasiada confianza.

—Tampoco es que podamos hacer gran cosa al respecto, Charlotte.

—¿Qué quieres decir?

—Pues que no está en nuestras manos. Es mejor no darle muchas vueltas.

—¡Pero es que es difícil no darle vueltas!

—Cuando seas mayor, Charlotte, entenderás que hay cosas que no puedes cambiar, así que es mejor seguir con tu vida y aceptarlas.

—Pero ¿y si no son justas?

—Eso da lo mismo si no puedes cambiarlas.

—¿Así que lo sabes? ¿Sabes lo que hacen con los judíos?

—No, ¡no lo sé! Pero tú da las gracias por no ser judía.

—¿Y qué me dices de nuestros conocidos, los Levi? ¿No quieres saber lo que ha sido de ellos? ¿Si volveremos a verlos algún día? Madame Levi era amiga tuya.

—Sí, éramos amigas y me entristece saber que se han ido, quizá muy lejos.

—Pero ¿adónde, *maman*? ¿Adónde se han ido?

—¡Charlotte, ya está bien! ¡No sé adónde han ido!

Clothilde no me quitaba los ojos de encima. Tuve la impresión de que quería decir algo, pero pensaba que no le correspondía hablar.

Aquella noche cenamos en silencio sopa de pichón; en el pequeño comedor solo se nos oía masticar y tragar. Mis padres rebañaron sus tazones con los dedos porque no teníamos pan. Yo miré mi cuenco de caldo grisáceo en cuya superficie flotaban huesecillos y lo aparté.

Papa puso los ojos en blanco, cogió mi tazón, se lo llevó a los labios y bebió.

Antes de irme a la cama busqué la palabra «colaboracionismo» en mi viejo diccionario escolar. Decía: «Cooperar con un enemigo invasor, o trabajar con alguien en un proyecto común». De manera que la policía francesa estaba colaborando con el enemigo, pero yo eso ya lo sabía. Así pues, ¿dónde estaba el límite? Por lo que yo veía, todos colaboraban con el enemigo, quizá no lo hacían de forma voluntaria, pero lo hacían: pasaban hambre mientras servían carne a los boches en los restaurantes, les daban indicaciones por la calle, se hacían a un lado en la acera para dejarlos pasar.

Había personas encantadas de colaborar, como las que te saludaban con una inclinación de cabeza cuando iban camino de denunciarte, aunque la mayoría de las denuncias se hacían por carta. A menudo circulaban rumores sobre quién había denunciado a quién y qué favores había recibido a cambio.

Una tarde estaba con una amiga cuando vimos disparar por la espalda a un vecino al que conocíamos de vista por saltarse un puesto de control. Los que pasaban por allí se subieron el cuello del abrigo hasta más arriba de la barbilla y corrieron a sus casas. ¿No era eso colaboracionismo? ¿Fingir que no había pasado nada?

Luego estaban las mujeres..., pero yo no creía que estuvieran revelando secretos de Estado, ni siquiera denunciando a nadie. Probablemente solo intentaban conseguir raciones extra para sus familias; era posible incluso que algunas de ellas se enamoraran. No me habría atrevido a decirlo en voz alta a nadie, ni siquiera a mis amigas, pero a mí algunos de los soldados me parecían bastante agradables y normales. Uno me sonrió una vez y me alejé de él con el corazón acelerado. No supe con seguridad si por miedo o por la emoción de que un hombre apuesto me sonriera.

En cualquier caso, nuestro gobierno nos había ordenado colaborar. Nos había dicho que cooperáramos con los alemanes para juntos construir una Europa más fuerte y unida.

Cuando los soldados alemanes desfilaron por los Champs-Élysées, *papa* me llevó a verlo. «Es un momento histórico —había dicho— y tenemos que verlo con nuestros propios ojos». Había personas agitando banderas, dando la bienvenida a los soldados con sus elegantes uniformes oscuros; otras guardaban silencio con los labios apretados. *Papa* no llevaba bandera y su expresión era sombría. «Vamos a tener que andarnos con mucho cuidado», me había susurrado al oído.

Yo miraba los tanques, los camiones y los hombres mientras me preguntaba qué debía sentir y respecto a qué exactamente debía tener cuidado. Pero eso fue hace ya cuatro años; yo solo tenía catorce. Desde entonces habían ocurrido muchas cosas.

20

París, 29 de abril de 1944

Jean-Luc

Desesperado por ver a Charlotte la tarde del sábado siguiente, Jean-Luc decidió no precipitarse y trabajar una semana más en Bobigny. Sabía que estaría preocupada por él y también que lo estaría esperando a la puerta de Stohrer a las seis de la tarde del sábado por la tarde. Esta vez sí le contaría su plan de unirse a los maquis. Era posible que quisiera acompañarlo. Sabía que quería dejar el hospital alemán, que estaba deseosa de hacer más. Sabía que tenía espíritu y coraje; solo que no había tenido aún ocasión de demostrarlo. Era posible. Cualquier cosa era posible, solo había que creer. Y Charlotte lo había ayudado a volver a creer. Le hacía recordar un tiempo en el que la emoción de estar vivo lo colmaba, un tiempo en el que se había atrevido a tener esperanza.

De regreso a París aquella tarde en tren, recostó la cabeza contra la ventana dura y fría y miró la noche. Campos baldíos, sin cultivar, abandonados al picoteo de los pájaros, centelleaban en la oscuridad. No quedaban vacas, se las habían comido los boches, a quienes les gustaba la carne poco hecha. ¿Por qué, se preguntó Jean-Luc, no protegimos mejor nuestro país? Ahora estaba enfrentado, dividido en dos. Cuando terminara aquella guerra habría cuentas que saldar, familias rotas.

Charlotte estaba donde la había imaginado, mirando el escaparate vacío de la pastelería. Jean-Luc se paró en seco y se caló más el sombrero para observarla. Con las manos en los bolsillos del abrigo, se lo cerraba, se lo ceñía al cuerpo acentuando su cintura de avispa. Llevaba las piernas desnudas. Jean-Luc sentía lástima de las mujeres, que ya no tenían medias. Al menos los hombres usaban pantalones. Charlotte se sujetó un mechón rebelde detrás de la oreja. Qué ganas tenía de hacer él ese gesto. Entonces Charlotte se sacó la otra mano del bolsillo y se la llevó al estómago. Jean-Luc sabía del hambre que pasaba siempre y se llenó de compasión. Si pudiera llevarla a un restaurante y verla disfrutar de una verdadera comida... Él también tenía hambre, pero esta vez no había podido conseguir nada. Dio un paso atrás, sacó su cartera y contó los billetes delgados y manoseados. Si aquel domingo no le daba dinero a su madre, entonces podría permitirse una cena para dos en una *brasserie*. La idea lo ilusionó. Solo por esta vez, se dijo. Los gendarmes no los molestarían en una *brasserie* y podría hablar con Charlotte tranquilamente.

Se guardó la cartera y fue a su encuentro. Charlotte se dio media vuelta y lo miró. Jean-Luc la rodeó con un brazo, la atrajo hacia sí y la besó en los labios. Pareció sorprendida y notó que se ponía tensa.

La soltó.

—Charlotte, esta noche te voy a llevar a cenar.

—¿Cómo?

Le acarició el pelo y le susurró al oído.

—Sí. Yo invito.

La cogió del brazo y tiró de ella.

—¿Qué pasó con los gendarmes?

—Nada. Les di un Gitane a cada uno y me dejaron en paz.

—Gracias a Dios. Estaba preocupadísima.

Se volvió y lo besó en la mejilla.

Bajaron por la acera empedrada de la rue Montorgueil en busca de una *brasserie*. Pronto encontraron una en una esquina y Jean-Luc aflojó el paso.

—¿Qué tal esta? ¿Le gusta a mademoiselle?

—Eh... No estoy segura. —Charlotte le habló al oído—. Me parece recordar que me dijo *papa* que aquí comen *collabos*.

—*Collabos*? Pues quizá hasta es mejor.

—¿Qué quieres decir?

—A veces es mejor estar dentro del avispero.

—Pero ¿y si alguien nos ve entrar?

Jean-Luc miró a su alrededor.

—Ahora mismo no hay nadie. Deprisa.

Abrió la puerta y la sujetó para que entrara Charlotte.

Una vez dentro, dos hombres mayores con boina encorvados sobre copas de vino tinto en la barra se giraron para mirarlos. El más menudo levantó su copa y les guiñó un ojo.

—*Bonsoir, messieurs.* —Jean-Luc fingió una sonrisa mientras notaba que Charlotte se ponía rígida.

Pasó un minuto, no fue nadie a sentarlos y Jean-Luc empezó a pensar si no habría sido demasiado impulsivo al elegir aquella *brasserie*. Su mirada se detuvo en un espejo de recargado marco dorado que había detrás de la barra y que los reflejaba a ambos en su luna moteada. Charlotte parecía pequeña y asustada a su lado. Le pasó un brazo por los hombros y cuando las miradas de ambos se encontraron en el espejo, le guiñó un ojo. Vio cómo el nerviosismo desaparecía de su expresión y sonreía.

La camarera pasó a su lado con un *pichet* de vino y unos vasos.

—*Asseyez-vous. J'arrive tout de suite.*

Jean-Luc inspeccionó el estrecho local. La enorme barra de zinc ocupaba gran parte del espacio y frente a ella había un par de mesas. Había más mesas en la parte trasera, que tenía menos luz y más intimidad. Cogió a Charlotte de la mano y fue hasta la mesa más alejada de la única otra pareja que había sentada. Le sacó la silla, le cogió el abrigo y a continuación se quitó el suyo y se sentaron.

—¿Qué te apetece comer, Charlotte?

—No lo sé. Hace siglos que no voy a un restaurante. ¿Qué hay?

Jean-Luc sonrió.

—No es más que una *brasserie*. ¿Te apetece carne?

—Sí, muy bien.

—*Mademoiselle, s'il vous plaît?* —Jean-Luc llamó a la camarera fingiendo una seguridad que no sentía.

—*Monsieur?*

—Dos filetes y una frasca pequeña de vino tinto.

—Hoy no tenemos filetes.

—¿Y qué tienen?

—*Croque monsieur*, quiche, ensalada de endivias.

—Charlotte, ¿qué te apetece?

—Un *croque monsieur*, por favor.

—Dos *croques-monsieur*, por favor, y un *demi-pichet* de tinto de la casa.

La camarera se marchó sin dar señales de haberle oído. Jean-Luc confió en que no les escupiera en la comida. Él quizá lo habría hecho de pensar que estaba sirviendo a *collabos.*

Al cabo de un par de minutos la camarera reapareció con una jarrita de vino y dos vasos. No les sirvió, pero sí dejó un platito de aceitunas. Jean-Luc se las ofreció a Charlotte y la observó mientras se ponía una entre los dientes con delicadeza, mordía la piel brillante y a continuación sacaba el hueso y lo depositaba en el borde del platillo, junto al que acababa de sacarse él de la boca. Era un gesto íntimo, lo que había estado en la boca de ella al lado de lo que había estado en la suya. La miró con atención y se preguntó si estaría pensando lo mismo que él.

—No como aceitunas desde... Debía de tener catorce o quince años, cuando todavía pasábamos el mes de agosto en la Provenza.

—Qué maravilla. Yo nunca salía de París. ¿Qué tal es?

Sirvió un vaso de vino a cada uno.

—Pues... está bañada de luz del sol y si vas en junio ves campos y más campos de lavanda. Plantan de todo: girasoles que miran al sol y campos de olivos con hojas de dorso plateado.

—¿Me llevarás algún día? —Jean-Luc levantó el vaso de vino a la luz antes de aspirar su aroma y brindaron mirándose a los ojos—. Por nosotros, en Provenza —susurró.

Charlotte hizo girar el vino en su copa como si dudara de que aquello fuera una buena idea.

—Pruébalo. —Jean-Luc dio un sorbo—. No está mal, para ser un vino de la casa.

La miró llevarse la copa a la boca y dar un sorbo con tiento.

—Está riquísimo. —Se pasó la lengua por los labios.

Reapareció la camarera y, sin mediar palabra, les puso la comida delante. El estómago de Jean-Luc rugió al ver el queso fundido rezumar por los bordes del pan tostado.

Charlotte abrió mucho los ojos.

—Qué buena pinta.

—*Bon appétit*.

La miró coger cuchillo y tenedor y cortar un cuadradito. Entonces, justo antes de llevárselo a la boca, lo miró.

—Gracias, Jean-Luc.

—Gracias a ti. Ojalá pudiera darte más. Cuando termine la guerra, te llevaré a algún sitio especial.

—Este es especial. —Charlotte comió otro bocado—. Qué placer comer comida de verdad.

Jean-Luc la observó comer. Luego dar otro sorbo de vino mientras lo miraba por el rabillo del ojo.

—¿No tienes hambre?

Jean-Luc sonrió y miró su comida sin tocar.

—Ahora mismo tengo otras cosas en la cabeza. —Se inclinó sobre la mesa—. Te he echado de menos, Charlotte.

Las comisuras de la boca de esta se torcieron hacia arriba y le brillaron los ojos.

—¿Cuánto?

—Todo esto. —Jean-Luc abrió las manos a ambos lados de la mesa y a continuación le tocó la mejilla a Charlotte.

—¿Qué tal has pasado la semana?

—Pues echando de menos ver tu sonrisa todos los días.

—Yo también he echado de menos la tuya. Más de lo que te imaginas. —Calló un momento—. Vamos a comer.

Comieron en silencio cordial y disfrutando del sabor de la comida de verdad.

—¿Qué hay de nuevo en el hospital?

No había sido su intención llevar la conversación por aquel derrotero; las palabras habían salido de su boca sin pensar.

Miró desaparecer la sonrisa de la cara de Charlotte.

—Tengo que irme de ese sitio. No me gusta estar trabajando ahí. —Calló un instante—. Solo necesito reunir valor para decírselo a mis padres.

Miró nerviosa a su alrededor como si le preocupara que alguien pudiera oírla.

—No te preocupes. Nadie nos oye. Pero no te sientas mal. Todos somos cómplices de una manera u otra.

—¿Qué quieres decir? —Charlotte arrugó el ceño.

—Bueno, dejamos que se queden con nuestra comida, nuestro vino, nuestra tierra, nuestras casas. Para los civiles como nosotros es difícil, imposible, rebelarnos contra una presencia militar como la suya; solos no podemos hacer gran cosa.

Le rellenó el vaso, a pesar de que Charlotte solo había dado dos sorbos de vino.

—Sí, pero deberíamos intentar hacer algo, ¿no?

Jean-Luc asintió con la cabeza.

—Sabes dónde trabajo, ¿verdad?

—En el ferrocarril.

—Sí, pero ¿sabes dónde?

—No exactamente. Creo..., creo que no me lo has dicho.

Jean-Luc se frotó los ojos y paseó la vista por la *brasserie*. No había entrado nadie nuevo y los dos viejos se habían marchado, así que solo quedaba la otra pareja a varias mesas de distancia; y, en cualquier caso, parecían interesados solo el uno en el otro. Se inclinó hacia delante y bajó la voz.

—Trabajo en Bobigny, la estación de Drancy, el campo desde el que deportan a los judíos. —Dio un sorbo de vino. Se limpió la boca con el dorso de la mano y siguió hablando—. Charlotte, los están deportando por miles, y no sabemos dónde los envían.

—¿No van a campos de trabajo en Alemania?

Jean-Luc negó con la cabeza.

—Creo que se los llevan a algún lugar lejano y después... se deshacen de ellos.

—¿Cómo? ¿Qué quieres decir?

—Lo siento, Charlotte. No era mi intención sacar este tema.

Apoyó la cabeza en las manos. Charlotte le tocó la mano.

—Explícame lo que quieres decir.

Jean-Luc se preguntó si debía seguir. Tal vez haría mejor en rebajar el tono de la conversación; hablar de ella, halagarla, como había hecho en el hospital. Había sido divertido y ahora mismo tenía asuntos más apremiantes en la cabeza. Se acababa el tiempo para las frivolidades. Miró los ojos castaño oscuro de Charlotte y deseó poder tener con ella una conversación distinta.

—Los apiñan en vagones de ganado, a tantos como pueden, y luego se los llevan. Sin agua. Sin comida. Alguien me dijo que había oído a un boche jactarse de que en el último tren habían conseguido meter a más de mil.

Vio que Charlotte se ponía blanca.

—No puedo seguir así, Charlotte.

Esta negó con la cabeza, como si intentara sacarse de ella lo que acababa de oír.

—Pero no es posible. ¿Por qué iban a hacer algo así?

—Chis.

Se acercó la camarera.

—*Tout va bien?*

—Sí, gracias. ¿Nos trae una jarra de agua, por favor?

—Claro.

La camarera dio media vuelta y se alejó.

—No te preocupes, no ha oído nada. —Jean-Luc bajó la voz y se inclinó más hacia Charlotte—. ¿Me preguntas por qué? —repitió con una risa amarga—. Pues porque estamos en guerra y el inmigrante judío es el enemigo.

—Pero han empezado a llevarse también a judíos nacidos en Francia, ¿no? —Charlotte apoyó la barbilla en las manos y su mirada se ensombreció—. Ojalá pudiera hacer algo.

Volvió la camarera con el agua. Miró fijamente los platos de comida a medio terminar.

—*Merci, mademoiselle.* ¿Nos trae un poco más de vino?

Jean-Luc le alargó la jarrita vacía y la camarera la cogió.

—*Bien sûr.*

Jean-Luc la miró desaparecer detrás de la barra y se volvió hacia Charlotte.

—Deberíamos terminarnos la comida.

—He perdido el apetito.

—No nos conviene llamar la atención.

Esta vez la camarera llegó sin hacer ruido y dejó la jarra de vino en la mesa sin decir palabra. Jean-Luc se sirvió un poco, el vaso de Charlotte seguía lleno. Lo cogió con un gesto brusco y se lo bebió como si fuera agua, luego lo dejó vacío en la mesa y se puso a trabajar cortando el *croque monsieur* ya frío en cuadraditos, sujetando con fuerza el cuchillo y el tenedor. Jean-Luc vio que tenía blancos los nudillos.

—Charlotte —susurró.

Esta no contestó, siguió cortando el pan en cuadrados cada vez más pequeños. Jean-Luc le cogió una mano pálida. Ella la retiró, como si se hubiera quemado. Entonces Jean-Luc oyó uno arcada y la vio encorvarse hacia delante. Charlotte agarró la servilleta de la mesa y enterró la cara en ella.

Jean-Luc se levantó, fue hasta ella y la abrazó.

—Vámonos.

21

París, 29 de abril de 1944

Charlotte

Una vez fuera de la *brasserie* de los *collabos*, empecé a sentirme mejor. Debió de ser el vino lo que me alteró tanto. Necesitaba tranquilizarme, pero la cabeza me daba vueltas y mis pensamientos eran un torbellino. Jean-Luc seguía rodeándome con un brazo y con el otro usaba el bastón. Me hacía sentir a salvo. Claro que nadie estaba a salvo. Nadie. Caminamos un rato en silencio y, poco a poco, dejé de sorberme la nariz. Enseguida llegamos a la rue Saint-Denis.

—Ven, vamos a entrar aquí.

Me cogió de la mano y me metió en un bar. A mí no me apetecía beber más; tenía la sensación de no poder controlar mis sentimientos. Mi cabeza bullía de una mezcla de pérdida, culpa y anhelo. No sabía cuál iba a ser mi siguiente reacción.

Pero Jean-Luc pidió vino para los dos.

Y me lo bebí.

Nos sentamos en dos taburetes de la barra; las consumiciones eran más baratas así y, en cualquier caso, en las tres mesas a nuestra espalda había boches con mujeres. Los miré durante un instante, estudié los uniformes oscuros de los hombres y las piernas al aire de las mujeres; se habían pintado finas líneas en la parte de atrás de las pantorrillas en un triste intento por dar la impresión de que llevaban medias. Me pregunté a quién querían engañar. Y por qué se tomaban la molestia. Debían de pensar que les daba un aspecto distinguido. ¡Distinguido! Seguro que también los boches se creían distinguidos con aquellos uniformes tan elegantes. Qué falso era todo. Sentí lástima de las mujeres, fingiendo delante de los alemanes. Confié en que una sonrisa superficial y una risa falsa fueran el único precio que tuviera que pagar a cambio de favores.

Aturdida, miré a Jean-Luc. Miré sus cálidos ojos castaños que no eran exactamente castaños y sentí una agitación interior, como una fuerza magnética que tiraba de mí hacia él. No había un ápice de falsedad en Jean-Luc. Perdí el equilibrio y tuve que apoyar las manos en sus rodillas. Enderecé la espalda, quité las manos y lo miré de nuevo a los ojos. Pero eso solo me desestabilizó más.

—Charlotte.

Cerré los ojos y saboreé el sonido de mi nombre en su boca.

—Me parece que has bebido demasiado. Es culpa mía. Perdóname, debería llevarte a casa.

—¡No! —Reí, sorprendida por la repentina determinación en mi voz—. Me gusta estar aquí. Vamos a tomar un poco de vino. —Esta vez me caí del taburete y terminé en sus brazos. Levanté la cara y vi su sonrisa ladeada. Aquello fue mi perdición. Su sonrisa. Me puse recta, le pasé los brazos por los hombros. Y lo besé. No fue un beso suave, como los que me había dado él. Fue un beso apasionado. Desesperado. Quise que me transportara. Lejos de allí.

Nos interrumpieron silbidos y risas. Noté que Jean-Luc se apartaba. Los boches aplaudían. Uno de ellos exclamó:

—¡Eso sí que es un beso de tornillo!

Jean-Luc dejó unas monedas en la barra y me cogió de la mano.

—Vámonos —dijo.

Me di cuenta de que estaba enfadado y de que le había hecho pasar vergüenza.

Cuando estuvimos fuera me hizo doblar la esquina. A continuación me soltó la mano y oí su bastón caer al suelo. Me rodeó con sus brazos y me estrechó con fuerza. Sus labios encontraron los míos y sentí su respiración jadeante. Sabía a sal, como el mar. Sabía a libertad. No sé cuánto tiempo estuvimos así, respirándonos el uno al otro como si temiéramos ahogarnos, con los corazones desbocados. Cuando sus labios por fin se despegaron de los míos solo quise fundirme con él y olvidarme de todo.

—Charlotte —me susurró al oído—, ¿y si nos fugamos?

Era justo lo que quería oír en aquel momento.

22

París, 30 de abril de 1944

Charlotte

—Me gustaría que lo conocierais.

Sabía que era una locura, pero, si me iba a fugar con él, quería que al menos pudieran comprobar que era un buen hombre.

Maman me miró con dureza.

—No es el momento, Charlotte.

—¡No puedo cambiar el momento! ¡Esta guerra no la he empezado yo!

—Charlotte, ya está bien. No podemos invitarlo a almorzar. Sabes que apenas tenemos comida para nosotros tres, y mucho menos para otro comensal.

—No pasa nada, *maman*. Puede venir por la tarde a tomar un sucedáneo de café. Podemos fingir que es *goûter*.

—Quizá traiga algo. —*Papa* se giró en su silla—. Apuesto a que un muchacho así, que trabaja en Drancy, tiene contactos. Seguro que sabe dónde conseguir cosas.

La palabra *collabo* no se pronunció, pero flotó en el aire, sobreentendida.

Yo había dado por hecho que mis padres no querrían invitarlo a comer y había tenido la inteligencia de decirle a Jean-Luc que viniera a las cuatro. Nadie tenía nunca nada que hacer un domingo a las cuatro de la tarde y Clothilde no trabajaba ese día. Mi invitación había sorprendido a Jean-Luc y, una vez la aceptó, a mí también. Era una idea impulsiva y he de reconocer que empezaba a cuestionarme mis motivos. ¿Quería demostrar algo a mis padres? ¿Probar que ya no era su niña pequeña? O tal vez solo quería irritarlos llevando a casa a un trabajador del ferrocarril, sabiendo lo importantes que eran para ellos la educación y la clase social.

—Traer algo sería de buena educación —continuó *papa*, interrumpiendo mis pensamientos—. Imagino que querrá causarnos buena impresión.

Solo pensaban en comida. Comida. Comida. Comida. ¿No había cosas más importantes en juego? Les di la espalda a los dos, fui hasta el fregadero y me puse a mirar por la ventana, al patio.

—¿Por qué lo mandaron a un hospital alemán? —Mi madre me habló a la espalda.

—No lo sé. —Me giré—. Probablemente porque trabaja en Drancy.

Papa frunció los labios.

—Yo trabajo en un hospital alemán, ¿no? ¿Cuál es la diferencia?

—Ese tonito, Charlotte. —*Maman* me miró con los ojos entrecerrados.

Jean-Luc llegó a las cuatro en punto y el timbre me aceleró el corazón y me encogió el estómago. *Papa* abrió la puerta y le estrechó la mano con solemnidad. *Maman* se limitó a mirar con los brazos cruzados.

Jean-Luc le tendió la mano y yo contuve la respiración.

Despacio, *maman* descruzó los brazos y alargó una mano. Luego Jean-Luc se volvió hacia mí y le di la mano antes de que pudiera besarme en la mejilla. Resultaba todo ridículamente solemne, pero no quería que me besara delante de mis padres. Vi su sonrisa y, al corresponderla, me puse colorada.

Permanecimos así unos instantes, como si no estuviéramos seguros de qué hacer a continuación. Entonces Jean-Luc abrió su bolsa.

—He traído algo. —Revolvió en el interior y por fin sacó algo envuelto en papel de periódico—. *Saucisson.*

De inmediato la atmósfera se animó. No me pareció que el *saucisson* tuviera muy buen aspecto —gris rosáceo y arrugado—, pero a *maman* le brillaron los ojos cuando lo cogió y lo guardó para más tarde.

—¿Le apetece un café? —preguntó.

Papa soltó una carcajada.

—¡Café, dice! Es bellota molida, lo que bebe todo el mundo. —Se volvió hacia Jean-Luc—. Vamos al salón. Llévanos el «café» allí, Beatrice.

Dejé a *maman* en la cocina y los seguí al cuarto de estar. *Papa* se instaló en su butaca, Jean-Luc y yo en el sofá. Me resistí al impulso de cogerle la mano y miré a mi padre para ver cómo empezaba la conversación. Pero se reclinó en su butaca como si quisiera distanciarse.

—Charlotte me cuidó muy bien en el hospital —dijo Jean-Luc.

Papa tardó un momento en contestar.

—Sí. Me contó que tuvo usted un accidente. —Hizo una pausa—. En Drancy.

—El café. —*Maman* entró en el salón llevando una bandeja con tres tazas y unas galletas que no sabía que tuviéramos. No pude evitar preguntarme por qué quería impresionar a Jean-Luc, pero decidí tomármelo como una buena señal.

—*Merci, madame.* —Jean-Luc cogió su taza y su plato y una delgada galleta—. Sí —continuó—. Llevo trabajando en Drancy... dos meses ya. —Se miró los pies con el café en equilibrio sobre una pierna. Dio un sorbo despacio y me miró por encima del borde de la taza.

—Es usted trabajador del ferrocarril. —Las palabras de mi padre sonaron como una acusación más que como una pregunta.

—Sí, y yo soy enfermera ayudante.

Hablé sin pensar, no soportaba la idea de que lo hicieran sentir inferior.

—Eso ya lo sabemos, Charlotte. —La voz de *maman* era suave y pausada, como si hablara a un niño pequeño—. En tiempo de guerra todos hacemos lo que podemos. —Se volvió hacia Jean-Luc—. ¿Cómo ocurrió el accidente?

—Estaba trabajando en una de las vías y una palanca me golpeó en la cara. Me caí y me rompí la pierna. —Calló un momento—. Fue un accidente tonto.

Papa levantó una ceja, como si estuviera de acuerdo.

—Sí —dijo mi madre mirando a Jean-Luc—. Tiene usted una buena cicatriz.

Jean-Luc se llevó la mano a la cicatriz y tocó sus bordes rugosos. Imaginé su aspereza bajo las yemas de mis dedos.

—¿Cuánto tiempo lleva trabajando en la SNCF?

Papa se llevó su taza a los labios. Recé por que fuera amable.

—Desde los quince años.

—Así que dejó el colegio a los quince.

—*Oui, monsieur.*

—¿Antes del *baccalauréat*?

—Sí.

Jean-Luc apartó la mirada.

La insinuación de *papa* me avergonzó. Dejar los estudios antes del *baccalauréat* significaba estar condenado a una vida de trabajo manual o menor. Un silencio incómodo se instaló en la habitación.

—Y dígame —*papa* dejó su taza—, ¿qué hace en Drancy?

Me revolví, incómoda, y miré de reojo a Jean-Luc. Se puso colorado.

—Me ocupo del mantenimiento de las vías.

Papa tosió y *maman* bajó la vista a su taza. Siguió un nuevo silencio. Me devané los sesos en busca de la manera de romperlo.

—Dice Jean-Luc que de Drancy salen muchos trenes. —Miré a mi padre, quien levantó una ceja—. Están deportando a los prisioneros desde allí —añadí.

Papa me miró con expresión pétrea. *Maman* se quedó paralizada, con la taza a medio camino de su boca, y Jean-Luc se sentó más cerca de mí en el sofá. La atmósfera se volvió tensa.

—Charlotte está en lo cierto —rompió Jean-Luc el silencio—. Últimamente salen muchos trenes. A veces con hasta mil prisioneros.

—¿Mil? —*Papá* se quedó pensativo—. ¿En un solo tren?

—*Oui, monsieur.*

—¿Cómo pueden caber mil personas en un tren?

Jean-Luc se encogió de hombros.

—Deben de ir apiñadas.

Maman seguía con la vista fija en el sucedáneo de café. La conocía muy bien y sabía que no soportaba conversaciones como aquella.

—¿Adónde los llevan?

—A algún lugar del este, creo.

Papa pestañeó.

—Bueno, han detenido a miles de personas y tienen que estar deportándolas a alguna parte. Lo del este tiene lógica. Imagino que será Polonia.

—Sí, es lo más probable. —Jean-Luc me miró—. Pero, una vez allí, ¿qué es de ellos?

—¿Qué es de ellos? —*Papa* arrugó el ceño.

—Sí, sé que los apiñan en vagones de ganado, sin espacio para sentarse. —El tono de voz de Jean-Luc se hizo más firme y me preocupó el rumbo que tomaba la conversación—. Y he visto... He visto el andén después de que salgan los trenes. Es... un caos.

—¿Qué quiere decir?

—Pues que hay cosas…, pertenencias; libros, sombreros, maletas, juguetes. Creo que los suben a los trenes por la fuerza…

—¿Juguetes? —lo interrumpió *papa*.

Maman lo miró con el ceño fruncido.

—Ya sabías que se llevan también a los niños. —Calló y me miró—. ¿No te acuerdas de aquella gigantesca redada, cuando llevaron a familias enteras al Vélodrome d'Hiver, hace ya casi dos años?

Papa dejó su taza en la bandeja y se recostó otra vez en su butaca. Miré a Jean-Luc con la esperanza de que él hiciera lo mismo, pero tenía la vista fija en el suelo.

—Bien —dijo mi madre—. Esperemos que pase pronto el invierno.

Jean-Luc la miró mientras se acercaba la taza a los labios.

—Es un trabajo horrible. —Dejó la taza en el platillo—. No sé si puedo seguir haciéndolo.

El corazón se me iba a salir del pecho. No había sido mi intención que Jean-Luc fuera tan franco, tan directo con mis padres.

Papa frunció el ceño.

—¿Qué quiere decir?

—Bueno, estoy ayudando a los boches a hacer su trabajo, ¿no es verdad? Los estoy ayudando a deportar a personas a Dios sabe dónde solo porque son judías.

—¿Y qué? ¿Desde cuándo es eso un delito? —solté, deseosa de romper la tensión.

Papa me miró como si me viera por primera vez.

—Los judíos quitan puestos de trabajo a ciudadanos franceses. Y han intentado controlar nuestra economía, igual que hicieron en Alemania.

—¡Eso no es verdad! —Jean-Luc dejó la taza en la mesa con brusquedad y el líquido marrón se derramó—. No es más que propaganda.

—¿Cómo vamos nosotros a saberlo? ¿Es usted político? ¿Entiende algo de economía? —*Papa* miró a Jean-Luc con frialdad—. No es más que un simple trabajador.

—Sé identificar lo que está mal cuando lo veo. —Jean-Luc le devolvió una mirada furiosa.

—Ah, ¿sí? Y dígame, joven, ¿qué piensa hacer al respecto?

—Se me han ocurrido unas cuantas ideas.

Papa se enderezó.

—Escuche, muchacho. —Su tono era firme—. Debe usted agachar la cabeza y seguir con su trabajo. No tiene elección. Ninguno la tenemos.

Maman le tocó el codo, señal de que quería que se tranquilizara.

—Ah, ¿no? —Jean-Luc me miró—. Pues yo creo que siempre tenemos elección. El problema es que no suele ser fácil.

—No me venga con esas. Ahora mismo no tenemos elección. Estamos atrapados. Pero esta guerra no durará eternamente. Las cosas no van bien para Alemania. Usted siga haciendo lo que le mandan.

—¿Eso cree que debo hacer? —Jean-Luc se puso de pie—. ¿Cree que debo apretar los dientes mientras deportan y probablemente asesinan a miles de compatriotas nuestros? —Subió el tono de voz—. ¿Piensa que eso debo hacer?

Papa se puso también de pie, con la cara roja.

—¡Ya está bien! No me gusta su tono.

Se me heló la sangre. Jean-Luc se había ganado la enemistad de mis padres.

—Pues a mí no me gusta lo que está pasando. Y no me gusta quedarme sentado sin hacer nada dando gracias por no ser judío. —Calló un momento y bajó la voz—. Siento que no comparta usted mis opiniones.

Papa se volvió hacia él y sacó pecho.

—Me parece que debería irse.

El corazón me latía como si fuera el único órgano vivo dentro de mi cuerpo. Me aterrorizaba que aquello fuera el fin, no volver a ver a Jean-Luc. Me puse de pie con rodillas temblorosas. Le rodeé el cuello con las manos, temiendo caer al suelo si lo soltaba.

—¡Charlotte! —gritó *maman*.

—No te vayas a ningún sitio sin mí —le susurré a Jean-Luc deprisa en el oído.

La mano de *papa* se posó en mi hombro y me obligó a separarme de él.

Miré a Jean-Luc irse en silencio. No había contestado a mi petición.

23

París, 30 de abril de 1944

Charlotte

—No vas a volver a verlo. ¡Nunca! ¿Me oyes?

Fijé la vista en el suelo de parquet y dejé que las palabras de *papa* cayeran sobre mí como la lluvia, pero notaba los ojos de *maman* taladrándome, ordenándome obedecer, ser una buena hija. Aun así, mi lengua seguía paralizada dentro de mi boca.

—Mírame cuando te hablo. —*Papa* dio un paso hacia mí y el olor a bellota rancia en su aliento me repelió. Debí de retroceder, porque dio un paso más. —¡Eres una cría ignorante! —Me miró furioso—. ¡No puede ir por ahí diciendo esas cosas! ¿Quién demonios se cree que es? —Calló y levantó las manos al cielo—. ¡Y en nuestra propia casa!

Se volvió a mirar a mi madre.

—Te dije que eras demasiado blanda con ella. —Me miró a mí—. No entiende las consecuencias que puede acarrear hablar de esa manera.

—Pero es la verdad. —Yo tenía el corazón acelerado—. No se lo está inventando. Lo que dijo es verdad.

—Me importa un cuerno si es verdad o no. —El vozarrón de *papa* resonó en todo el cuarto de estar. Resistí el impulso de taparme los oídos—. Esa no es la cuestión. No se puede ir por ahí diciendo esas cosas. —Me puso la mano en el hombro—. ¿Lo entiendes?

Rechacé la mano, corrí a mi dormitorio y me encerré de un portazo.

Volvería a ver a Jean-Luc. Pues claro que lo haría. Y nadie me lo iba a impedir.

Oí cerrarse la puerta de la calle. Gracias a Dios, mi padre había salido. Pero ya era demasiado tarde para ir detrás de Jean-Luc. Me subió un terror desde el vientre al imaginarlo escapando para unirse a los maquis sin mí. ¿Cómo lo encontraría?

Dios, cómo odiaba a mi padre. ¿Por qué no había sido capaz de escuchar a Jean-Luc y hablarle como a un igual? ¿Por qué siempre tenía que considerarse superior a los demás? Lo había llamado «simple trabajador». Jean-Luc sabía más de la guerra que *papa*; después de todo estaba en Drancy, dentro del avispero, como le gustaba decir. Estaba mejor situado para saber lo que en realidad ocurría, pero nadie había querido escucharlo. *Maman* siempre tomaba partido por *papa*, dijera lo que dijera. En realidad yo no conocía sus opiniones sobre nada.

Me tiré sobre la cama y cogí mi oso de peluche viejo y aplastado. Me lo había hecho mi abuela cuando era una niña de meses y cada vez que me sentía sola o incomprendida sus formas tan queridas me reconfortaban. Había empapado muchas lágrimas mías a lo largo de los años, pero ahora el relleno se le empezaba a salir por el cuello; me gustaba pellizcarlo mientras me preguntaba dónde habría encontrado mi abuela todos esos trozos de tela multicolor que iba sacando. Los últimos meses habían sido vertiginosos. Las circunstancias habían cambiado. Yo misma estaba cambiando. Había llegado el momento de tomar mis propias decisiones, de dejar atrás la infancia. Con determinación, hice una bola con el oso y lo metí debajo de la almohada.

Se abrió la puerta de mi habitación y entró mi madre, tan pálida y desencajada que casi sentí lástima por ella.

—Charlotte, ¿estás más tranquila?

Me volví a mirarla.

—¿Cómo? —Callé un momento y me fijé en las arrugas de preocupación alrededor de su boca—. No soy yo la que necesita tranquilizarse.

—¡Charlotte! ¿Qué manera de hablar es esa?

—Estoy diciendo la verdad. El que perdió los estribos fue *papa*, no yo. —Le di la espalda—. No sé para qué me molesto.

Mi madre se acercó y supe que estaba buscando las palabras que disculparan a *papa*, aunque creo que sabía que yo no quería oírlas. Se sentó en la cama, a mi lado.

—¿Por qué no se puede hablar con sinceridad en esta familia? —pregunté.

—¿A qué te refieres?

—Nadie quiere hablar de lo que está ocurriendo. —Le di la espalda y bajé la voz—. El problema es que no deseáis saberlo, ¿verdad?

—¡Charlotte, eso no es verdad!

—¡Claro que lo es! Preferís esconder la cabeza debajo del ala. —Me volví y la vi tragar saliva y morderse el labio, pero seguí hablando—. Deberíamos ser más activos, resistirnos más a lo que está pasando ante nuestras propias narices.

Me miró con pupilas como grandes charcos negros. Era la primera vez que le plantaba cara.

—Charlotte, no lo entiendes. —Levantó una mano como si fuera a tocarme, pero di un respingo y enseguida la retiró—. Eres demasiado joven. Es imposible que comprendas la situación.

Suspiré con fuerza. Ya estábamos otra vez andándonos por las ramas.

—Por favor, Charlotte. Tienes que ser más comprensiva con tu padre y también conmigo. Ha sufrido más de lo que crees. Quizá deberíamos haberte contado más cosas, pero... él no quería. —Calló un instante—. No tenía más que dieciocho años cuando lo enviaron a Verdún en la última guerra. Vio cosas que nadie debería ver. Yo lo sé por sus pesadillas. —Me cogió la mano—. ¿Sabes por qué no es capaz de poner un pie en una carnicería? ¿Te lo has preguntado alguna vez?

Negué con la cabeza, aunque creí adivinar la respuesta.

—El olor a sangre. —Me soltó y se frotó la frente con el dorso de la mano—. Al igual que muchos de nosotros, creía que Pétain era un héroe, que había hecho bien en negociar la paz con Hitler a cualquier precio. —Calló un momento—. Pétain sabía lo que es una guerra. E hizo lo que tenía que hacer para salvarnos de entrar en otra.

—Pero en realidad no fue así, ¿verdad, *maman*? No nos salvó. Ahora mismo estamos inmersos en una guerra.

Miré la arruga de su entrecejo hacerse más profunda y supe que para ella no estábamos inmersos en ninguna guerra. Nos estábamos librando de una.

—Para tu padre fue difícil —continuó—. No imaginábamos que las cosas tomarían este rumbo. Los dos pensamos que era mejor unir fuerzas con Alemania que combatir contra ella.

—¿Unir fuerzas?

—No teníamos ejército para enfrentarnos a ella.

—Pero… ¿no nos convierte eso en colaboracionistas?

—No, Charlotte. ¡No! —Me cogió de nuevo la mano y esta vez me la apretó—. Somos población civil. Y hacemos lo que podemos para sobrevivir: mantenemos a nuestras familias, seguimos adelante porque…, porque es nuestra obligación. Lo que nos corresponde. No somos soldados.

Me pregunté si era el momento de abrazarla, pero la violencia del estallido de *papa* seguía reverberando en mi cabeza. No estaba segura de cómo comportarme a partir de aquel momento, qué pensar de mis padres. Tenía la sensación de estar alejándome de ellos, arrastrada por una corriente opuesta.

Solo quería estar con Jean-Luc.

SEGUNDA PARTE

24

Santa Cruz, 24 de junio de 1953

Jean-Luc

—Drancy. Cuéntenos qué hacía allí.

Jackson saca una silla y se deja caer en ella; estira sus largas piernas. Jean-Luc lo estudia. La frente prominente y la nariz fina le dan aspecto de depredador. Y ahora mismo parece que su presa es él.

—Era trabajador del ferrocarril. Trabajaba para la SNCF desde los quince años.

—¿La red nacional de ferrocarriles de Francia?

—Sí.

—La que requisaron los nazis.

—Sí.

—De manera que en Drancy trabajaba para los nazis.

—No exactamente. —Calla un momento y se rasca la cabeza. ¿Es esto lo que quieren de él? ¿Que confiese haberse prostituido a los nazis?—. No tenía elección. Ninguno queríamos estar allí.

—Ya supongo. —Jackson se inclina hacia delante y lo mira a los ojos—. Supongo que los que menos querían estar allí eran los judíos. ¿Sabía usted que los estaban enviando a campos de exterminio?

—No.

Bradley suspira.

—¿Había oído alguna vez la expresión «campos de exterminio»?

—¡No! ¡Nunca! —Jean-Luc coge aliento y se toma un minuto para preparar su respuesta—. Aunque sí tenía claro que muchos de los prisioneros morirían en el tren o una vez llegaran a su destino.

—Pero está diciendo que no «sabía» que estaban siendo enviados a un campo de exterminio.

Jean-Luc no pestañea, no mueve un músculo. Está intentando dilucidar la diferencia entre saber y comprender. Se lleva los dedos al espacio entra las cejas en un intento por calmar el dolor de cabeza.

—¿Sabía usted que Auschwitz era un campo de exterminio? —insiste Jackson en voz cada vez más alta.

—¡No! No lo sabía.

Lo miran con frialdad. Jean-Luc se da cuenta de que no le creen. Lo odian sin ni siquiera conocerlo.

Jackson se pone de pie bruscamente.

—Señor Bouchamps, ¿hay algo que quiera contarnos?

A Jean-Luc se le acelera el pulso. ¿Qué es lo que saben? Tiene el ojo negro y brillante de Jackson fijo en él, pero se concentra en permanecer inexpresivo.

—Así que no tiene nada que decir. —Jackson se vuelve hacia Bradley y hace una inclinación de cabeza—. Nuestra investigación sigue abierta. Debemos pedirle que no abandone el estado de California. Por si necesitamos hacerle más preguntas. De momento puede irse.

El corazón de Jean-Luc late a mil por hora mientras lo acompañan por el pasillo, escaleras arriba y hasta las puertas dobles. Una vez fuera, inspira hondo y paladea el sabor de la libertad. Todo saldrá bien.

Desearía haber preguntado si podía llamar a Charlotte, pedirle que fuera a recogerlo, pero su zozobra le ha impedido pensar en detalles prácticos como ese. Quizá pase pronto un autobús. La impaciencia le corre por las venas, diciéndole que ya ha esperado bastante. Decide no pensar en el dinero y coger un taxi que lo lleve directamente a trabajar. Ya ha perdido más de media jornada.

Telefonea a Charlotte desde el trabajo hacia el final de la tarde. Ella descuelga enseguida y su voz apresurada delata preocupación.

—Gracias a Dios que eres tú. ¿Qué ha pasado? ¿Qué querían?

—No te preocupes. Ahora mismo estoy en el trabajo, pero tengo que quedarme hasta más tarde para recuperar las horas. Hablaremos cuando esté en casa.

—¿Y cuándo va a ser eso?

—No hasta la noche.

—De acuerdo. Te guardaré comida caliente.

Cuando el taxi lo deja delante de su casa a las ocho y media de la noche, reprime el impulso de correr hasta la puerta. Alguien podría estar mirando. Una vez se cierra la puerta principal a su espalda, suspira aliviado. Se queda allí un minuto y saborea el olor a limón y romero. A hogar.

Sale Charlotte del cuarto de estar.

—¿Qué ha pasado? ¿Qué querían?

Las palabras le salen en tropel. Ni siquiera saluda antes.

—No lo sé.

—¿Cómo que no lo sabes?

Jean-Luc la mira con ojos doloridos de fatiga.

—Pero ¿qué te dijeron? —insiste Charlotte.

—En realidad nada. Solo me hicieron preguntas sobre lo que hacía en Bobigny.

—¿Nada sobre...?

—No. Nada.

—Pero ¿qué pasará si se enteran?

—No se van a enterar. Es prácticamente imposible.

—¡Prácticamente! —Charlotte se lleva las manos a la cabeza y coge puñados de pelo con los ojos cerrados. Entonces de pronto los abre y sus pupilas crecen hasta ser charcos negros—. Prácticamente significa que es posible. ¡Posible!

Sus gritos susurrados suben de volumen.

Jean-Luc da un paso hacia ella con las manos extendidas, queriendo tranquilizarla.

—Chis, Charlotte. ¿Está Sam dormido?

Charlotte asiente con la cabeza mirando hacia las escaleras.

—Vamos al cuarto de estar.

Le tiende un brazo. Charlotte no lo coge, pero lo sigue al cuarto de estar. Jean-Luc ve el vaso encima del aparador.

—¿Te has tomado una copa? —La frase le sale en tono acusador. Lamenta haberla pronunciado e intenta rebajar la tensión—. Creo que yo también me voy a tomar una. ¿Tú quieres otra?

—¡No!

Jean-Luc abre el aparador y saca la botella de Southern Comfort. Desenrosca la tapa con Charlotte a su espalda.

—Deberíamos habérselo contado. Deberíamos habérselo contado al llegar aquí. Es todo culpa mía.

—Charlotte, por favor.

—Pero es verdad, ¿no es cierto? Hemos tenido que vivir una mentira. Y ahora alguien nos va a descubrir. Lo sé.

—Pues claro que no lo van a descubrir. ¿A quién le va a interesar después de tantos años? Han pasado nueve.

Lo último que le apetece ahora es discutir; todavía tiene los nervios a flor de piel. Suspira y da un buen trago a su bebida. Cuando levanta la cabeza ve a Sam en el umbral. Parece tan pequeño, tan vulnerable con su pijama.

—Sam. —Le tiende una mano.

—¿Qué pasa? ¿Dónde estabas? —Sam se frota los ojos.

—No pasa nada. He tenido que ayudar con una investigación. Ven aquí.

Jean-Luc abre los brazos.

Pero Sam se queda donde está.

Jean-Luc se acerca a él y se agacha hasta colocarse a su altura.

—No pasa nada, Sam. Los hombres que han venido esta mañana querían hacerme unas preguntas. Solo eso.

—Pero ¿preguntas sobre qué?

—Sobre cosas que ocurrieron hace mucho tiempo.

—¿Qué cosas? —Sam no parece dispuesto a cambiar de conversación.

—Cosas que ocurrieron antes de que tú nacieras, durante la guerra.

Sam arruga el ceño.

—¿Qué sucedió?

Ahí estaba. La pregunta. Salida de los labios de su hijo.

—No necesitas saberlo, Sam. —Jean-Luc hace una pausa—. *On ne voit bien qu'avec le coeur.*

—¿Qué has dicho, papá?

—Que solo se ve bien con el corazón. Es de *Le Petit Prince*. ¿Te acuerdas? Es el libro que te regalamos el año pasado, cuando cumpliste ocho años.

—¿Me lo puedes leer? Esta noche no me has leído.

Jean-Luc asiente con la cabeza y pestañea para reprimir las lágrimas.

25

Santa Cruz, 3 de julio de 1953

Jean-Luc

Jean-Luc mira a Sam correr en círculos en la arena, tiene la piel olivácea suavemente bronceada por el sol californiano.

—¿Qué te parece si practicamos un poco los cien metros lisos?

—¡Se dice yardas, papá! —Sam da saltos de excitación mientras su padre dibuja una línea en la arena.

Jean-Luc levanta un brazo.

—Preparados, listos..., ¡ya!

Baja el brazo en un gesto rápido.

Sam corre a toda velocidad, impulsándose con sus extremidades larguiruchas y con la frente arrugada de determinación. Su bañador amarillo nuevo aletea alrededor de sus delgadas rodillas, entonces adelanta las piernas una última vez para cruzar la meta. Se dobla jadeante y deja que la cabeza le cuelgue entre las rodillas, sin resuello; es la versión en miniatura de un verdadero atleta.

—Veinticinco segundos. Bien hecho, hijo.

—¡Toma ya! Es poco tiempo, ¿a que sí, papá?

—Desde luego. ¡Podría ser un récord!

Incapaz de resistirse, Jean-Luc abraza al niño y se empapa de su calor. Pero Sam no tarda en librarse y echar a correr hacia el mar. A medio camino se detiene, se vuelve con la cabeza ladeada y los brazos en jarras para esperar a su padre.

Jean-Luc corre hacia él todo lo rápido que le da de sí la pierna buena. De pie entre las olas, aspira profundo y saborea el olor a sal y a algodón de azúcar proveniente del muelle. Mira hacia la ancha extensión turquesa que llega hasta el horizonte. Millones de diamantes diminutos centellean a modo de saludo. Es todo tan alegre y hermoso, de líneas tan limpias... Esto es América, la tierra de colores puros y claros. De cielos azules y dorados. Por el contrario, cuando recuerda París solo ve tonos apagados encontrándose unos con otros, vetas de gris y negro mezcladas, contornos difusos y engañosos. Está enamorado de su país de adopción.

Y de su hijo. Cada minuto que pasa con Sam borra otro minuto de su vida pasada. Abre la boca e inspira el sabor de la felicidad. Acto seguido, contiene el aliento para zambullirse en el mar y nadar entre las olas.

Sam patalea detrás de él, pero la marea lo empuja. Jean-Luc deja de nadar y tiende una mano a su hijo. Los dedos de ambos se encuentran y Jean-Luc tira de él hacia aguas más profundas. Con una mano debajo del estómago del niño, lo sostiene a flote para que pueda practicar su braza.

—Vamos a jugar a los tiburones, papá.

—¿Cómo se juega?

—Cierras los ojos y cuentas hasta cincuenta y yo tengo que irme nadando y luego me persigues e intentas cogerme.

Siguiendo las instrucciones de su hijo, Jean-Luc cierra los ojos y cuenta mientras Sam se escabulle. Al llegar a cincuenta abre los ojos. *Merde!* Sam se ha ido demasiado lejos, donde no hace pie. Está agitando los brazos. De inmediato Jean-Luc nada hasta él. Cuando lo alcanza, lo atrae contra su pecho y mueve las piernas para no hundirse mientras lo sujeta.

—Qué miedo, papá. ¡Estaba muy hondo!

—Te has ido demasiado lejos. Hay que volver.

—Pero, ahora que me has cogido, me tienes que comer.

—Yo no como niños. Mejor volvemos y comemos comida de verdad.

—No tengo hambre. ¿Podemos quedarnos un poco más? ¡Por favor!

—No. Es la hora de comer.

—Por favor.

—No supliques, Sam.

Cuando vuelven a la playa, Charlotte tiene una toalla preparada para Sam y lo envuelve con ella. Se lo sienta en el regazo y le besa la coronilla.

—¿Estaba fría?

—No. Está calentita. ¿Te vas a bañar? —Sam levanta la cabeza para mirarla.

—Después de comer.

Charlotte saca un termo y sirve vasos de limonada hecha en casa, con nubes de pulpa flotando en la superficie. Le da a Jean-Luc su sándwich preferido, de jamón y tomate, y a Sam el suyo: mantequilla de cacahuete y mermelada.

—¿El fin de semana que viene podemos ir de acampada? —La cara de Sam brilla de ilusión.

—Qué buena idea. ¿Adónde quieres ir?

—A Francia.

Jean-Luc casi se atraganta con la limonada.

—¿A Francia? Pero si eso está en la otra punta del mundo.

—¿Cómo se te ha ocurrido eso de repente? —pregunta Charlotte.

—La señora Armstrong nos dijo que teníamos que hablar con nuestros abuelos y preguntarles cómo era todo cuando eran pequeños y luego escribirlo. Mis abuelos están en Francia, ¿no?

Jean-Luc da un mordisco a su sándwich y mira al mar.

—Sí —contesta Charlotte—, pero está muy lejos. Yo te puedo contar cómo era la vida de tus abuelos en Francia.

Le pone a Sam una mano en la rodilla. Jean-Luc sabe que intenta calmarlo.

—¿No puedo escribirles yo y preguntárselo?

—No, Sam. Son demasiado mayores.

Charlotte retira la mano y se rasca el hombro derecho. Jean-Luc reconoce el gesto. Lo hace cuando está incómoda o quiere ganar tiempo.

—¿Demasiado mayores para escribir una carta? —insiste Sam.

—Sí. —Charlotte se gira y busca algo en la nevera.

—Pero ¿por qué nunca vienen a visitarnos? Todos mis amigos tienen abuelos y yo es como si no los tuviera.

—Sam —dice Jean-Luc—, acuérdate de que te contamos que la guerra en Francia fue dura para todos. Nosotros conseguimos escapar contigo, pero a las personas que se quedaron, como tus abuelos, no les gusta mirar atrás. Quieren olvidar.

—¿Olvidar qué? ¿A nosotros?

Jean-Luc cruza una mirada con Charlotte.

—No, a nosotros no, pero cuando nos fuimos se pusieron tristes. —Se queda pensativo—. Quizá volvamos a verlos algún día. Viajar en avión es muy caro, no sé si lo sabes.

—Vale. —Sam mordisquea la corteza de su sándwich.

Jean-Luc se vuelve a mirar a Charlotte. Está encorvada sobre la neverita, lleva el pelo oscuro y sedoso sujeto en una coleta floja con un pañuelo morado. Le preocupa que la conversación la esté entristeciendo.

—¿Qué más tienes ahí, cariño? —pregunta.

Charlotte saca una bolsa de papel marrón y se la pasa, pero sin mirarlo a los ojos. La atmósfera es tensa, cargada de cosas no dichas.

Entonces Sam rompe el silencio.

—¿Hay galletas?

Jean-Luc abre la bolsa.

—Sí, de tus preferidas. Con pepitas de chocolate.

—¡Bárbaro! —Sam coge una.

Gracias a Dios por las galletas con pepitas de chocolate, piensa Jean-Luc con ironía.

Más tarde, cuando Sam se va a cavar hoyos en la arena, Charlotte y Jean-Luc se tumban en la manta de pícnic. Jean-Luc se coloca de lado, apoya la cabeza en una mano y mira a Charlotte.

El silencio se abate sobre ambos y se pregunta si será ella la primera en abordar el tema. Mira el mechón suelto que le cae a uno de los lados de la cara. Le gusta que siempre lleve un pañuelo encima y lo use para anudárselo al cuello o sujetarse el pelo; en ocasiones también se lo ata alrededor de la cintura. Originalidad. Es lo primero que lo atrajo de ella. Nunca pasaría desapercibida, aunque quisiera.

—Jean-Luc.

—Dime. —Presiente que el momento está cerca.

—Sam empieza a hacer preguntas otra vez. Todos sus amigos tienen familia: abuelos, tíos, tías, todo eso. Y él no tiene a nadie.

—Nos tiene a nosotros. —Jean-Luc le pasa un dedo por la mejilla siguiendo la curva del pómulo—. Solo debemos asegurarnos de que es suficiente.

Desea una vez más haber podido darle hermanos a Sam. Una gran familia feliz habría ayudado a Charlotte a combatir la añoranza del hogar, la habría hecho sentirse más aclimatada, pero no fue posible. Incluso fueron a ver a un médico; dijo que las privaciones que había pasado Charlotte durante la ocupación le habían retirado la menstruación, pero que no podía saber si le volvería. Quiso hacerle algunas pruebas, pero Charlotte se negó, aduciendo que debían contentarse con lo que ya tenían. A Jean-Luc no le pareció bien insistir; era una cuestión compleja y delicada, y lo dejó estar.

Cuando sus cuerpos ya no soportan más el calor y están cansados de nadar, recogen las cosas y se van de la playa. Pasan junto a un barrendero con mono azul apoyado en una gran escoba, en cuyas cerdas hay enredada una colección de restos de la diversión del día: envoltorios de helados, colillas y cajas de cartón rotas. El hombre no parece tener prisa por trabajar.

—Va a cambiar el tiempo. —Señala las nubes aborregadas que se acercan—. Igual hay tormenta.

Siguen con los ojos la dirección de su dedo y miran las nubes que se amontonan. Corren al coche. El capó abombado y las líneas limpias del Nash 600 azul oscuro siempre hacen sentirse orgulloso a Jean-Luc. Nunca se imaginó siendo propietario de un coche tan bonito, pero aquí, en América, cualquier cosa es posible. Mete la llave en el contacto y de inmediato empieza a sonar la música.

How much is that doggie in the window?

Empiezan a cantar mientras se incorporan al tráfico.

Esa noche, el aire cálido se les pega a la piel. Una quietud pegajosa cuelga de las hojas, que han dejado de agitarse, y el gato está tumbado panza arriba a la sombra del sauce llorón. Jean-Luc y Sam están en el porche delantero meciéndose lánguidos en el balancín en un intento por crear algo de brisa. Charlotte les lleva limonada fría en vasos altos dentro de los que tintinean cubitos de hielo. Jean-Luc coge un cubito y se lo pone en la nuca. De inmediato se derrite y le baja por la espalda, proporcionándole un momento de respiro del calor del verano californiano.

Por las ventanas abiertas del vecino llegan sonidos de *The Ed Sullivan Show*.

Jean-Luc mira al cielo.

—Ojalá estalle pronto la tormenta.

26

Santa Cruz, 4 de julio de 1953

Charlotte

Me he despertado demasiado temprano, una preocupación no dejaba de rondarme. Las obligaciones del día acuden a mi cabeza en tropel. Los Caley hacen una barbacoa para celebrar la independencia de Estados Unidos. Nunca me ha gustado demasiado el Cuatro de Julio. Me recuerda que este no es en realidad mi hogar, que la historia de Estados Unidos no es mi historia. Supongo que simplemente echo de menos mi país. Me pasa algunos días. A veces tengo la sensación de que me arrancaron de mi hogar antes de que fuera lo bastante mayor para saber lo que de verdad significaba eso. Con ello no quiero decir que no sea feliz aquí. ¿Cómo no iba a serlo? La gente es hospitalaria, puedes comprar todo lo que necesites y la calidad de vida es buena. Pero en mi corazón hay a veces una añoranza del hogar, de mi familia, de mi país.

También hay algo en la necesidad institucionalizada de celebrar que me perturba. Quizá es la presión por ser tan condenadamente feliz. Anchas sonrisas por doquier, hamburguesas, helado, Coca-Cola y cerveza en abundancia desde el mediodía hasta entrada la noche. Es agotador, pero no dejan a nadie irse a casa antes de la apoteosis final con fuegos artificiales. Sería poco patriótico.

Supongo que me recuerda al Día de la Bastilla, el 14 de julio. Me hace darme cuenta de lo lejos que estoy de casa. No puedo evitar preguntarme cómo lo celebrarán *maman* y *papa*. Quizá vayan al Champs de Mars a ver cómo los fuegos artificiales iluminan la torre Eiffel, o quizá pasearán por la ribera del Sena. Me encantaría ir a visitarlos, pero Jean-Luc es reacio. «Nuestro hogar ahora es este, Charlotte. Nuestra vida está aquí —dice—. Lo tenemos todo. Olvida el pasado».

A veces estoy tentada de decirle que mi «todo» puede no ser el mismo que el suyo, pero sé que eso solo conducirá a una discusión inútil y odio los enfrentamientos. El pasado no se olvida tan fácilmente; no puedes arrinconarlo y fingir que no existe. Sigue ahí, como una sombra que me acompaña a todas partes y me recuerda lo que hicimos.

Miro el hueco en la cama a mi lado. Hoy ha madrugado todavía más que yo. Cuando entro en la cocina lo encuentro sentado a la mesa, leyendo el periódico con una tazón de café en la mano. Sé que será casi todo leche, la versión infantil de un café de verdad: más grande y más insípido. Por algún motivo esto me irrita. ¿Por qué no puede beber café normal, como hacen los adultos?

—Jean-Luc, no quiero ir hoy a lo de los Caley.

Levanta la vista y abre mucho los ojos, sorprendido.

—¿Qué pasa?

—No me apetece.

—Pero si siempre vamos. A Sam le encanta.

—Pues entonces llévalo tú. Yo no pienso ir. Ni siquiera estoy segura de que me caigan bien.

—¿Qué quieres decir? —Su voz tiene ahora un matiz afilado—. Siempre han sido de lo más amable con nosotros.

—Josh me pone nerviosa.

—¿Qué?

—Nada.

—Venga, Charlotte. Deberíamos ir.

Miro por la ventana.

—Estoy demasiado cansada.

Suspira con exageración.

—Entonces me llevaré a Sam. ¿Qué les digo?

—Que odio el Cuatro de Julio y todo ese despliegue de comida y bebida. ¿Por qué nunca celebramos el Día de la Bastilla?

—¿Y por qué íbamos a celebrarlo? No estamos en Francia.

—¡Pues por eso!

—¿Por eso qué, Charlotte?

Igual es que necesito un café. Cojo la cafetera y vuelvo a dejarla. El café me pondrá más nerviosa. Lo cierto es que no sé lo que quiero. Tal vez un vaso de agua fresca me tranquilice. Abro el grifo, pero no lo cierro cuando el vaso está lleno y dejo que el agua me moje la mano. La miro, hipnotizada mientras me empapo de su frescor.

Siento a Jean-Luc a mi lado. Cierra el grifo y me coge el vaso de la mano.

—Charlotte, por favor, ¿qué pasa?

—Supongo que echo de menos Francia.

Le oigo quedarse sin respiración y deseo no haber dicho nada. Nunca lo entenderá. Salgo al porche y me dejó caer en el balancín. Sé que debería ser más constructiva. Hay unos folletos de cursos de traducción que he pensado hacer. Si me formara y tuviera un trabajo, quizá me sentiría más aclimatada, como Jean-Luc con su trabajo en la estación. Le resultó muy fácil adaptarse a las costumbres americanas: tomar cerveza con los muchachos, jugar a béisbol con los niños, comer hamburguesas con kétchup..., y todo lo hace con un placer irritante. A mí me habría gustado continuar con mis estudios en alguna universidad. Sé que tienen programas de literatura francesa, pero las universidades aquí son caras y lo cierto es que puedo estudiar por mi cuenta.

Ha salido al porche. Ojalá me dejara sola.

—Charlotte —empieza a decir. Se me encoge más el corazón. No quiero que sea siempre don razonable y tampoco quiero oír su opinión. Me la sé de memoria—. Sabes que a mí también me gustaría volver —continúa—. Algún día, cuando hayamos ahorrado dinero suficiente y dejado la guerra completamente atrás, iremos de visita. A ver a tus padres. Y a los míos.

Mis dedos pellizcan el borde del cojín. No quiero tener esta conversación, que siempre discurre en círculos. De pronto me compadezco de Jean-Luc. No puede evitarlo. Solo está siendo práctico. Sensato y práctico, como siempre.

—¿No te molesta? —Callo un momento y me pregunto por qué me he levantado hoy con tantas ganas de discutir—. ¿No te molesta que Sam no tenga la misma cultura que nosotros?

—¿Qué quieres decir?

—Bueno, somos franceses y nunca ha estado en Francia. No habla francés. ¿No te preocupa que Estados Unidos sea el único hogar que conoce?

—No, no me preocupa. Su hogar somos nosotros y eso es lo único que importa.

Intento creerle, pero no puedo evitar sentir que falta algo; que hemos pasado por alto algo vital.

—Me gustaría haberle hablado en francés cuando llegamos aquí. Así por lo menos podríamos llevarlo a Francia algún día y se sentiría más aclimatado. ¡Yo quería leerle los clásicos franceses en francés!

—Charlotte, esto ya lo hemos hablado. Necesitábamos integrarnos y aprender el idioma. Si hubiéramos seguido hablando francés, nos habríamos aislado, habríamos sido la pobre familia francesa que escapó de la guerra. Necesitábamos dejar eso atrás, empezar de nuevo. Ya sabes cómo es la gente. Nos habrían considerado orgullosos y estirados.

—Sí, sí, ya lo sé, pero a veces tengo la impresión de que es un precio demasiado alto. Renunciar a nuestra cultura. A veces me hace sentir… nostálgica.

Jean-Luc se tira del lóbulo de la oreja.

—Quizá para mí fue más fácil. Creo que no tenía ese vínculo tan fuerte con Francia. De hecho me gustó renunciar a mi cultura, a mi nacionalidad. Me resultó liberador.

—Pero ¿y tu familia? ¿Tus padres?

—Mis padres se alegran por mí. —Calla un momento—. Además, ahora mi familia eres tú. —Se acerca y me pasa un brazo alrededor del cuello—. Tú eres todo lo que necesito. Tú y Sam.

27

Santa Cruz, 10 de julio de 1953

Jean-Luc

Chillan las gaviotas y el potente sol californiano traspasa las cortinas. Jean-Luc siente que el mundo real lo llama mientras hace esfuerzos por salir de debajo de capas de sueño. Atrapado en ese espacio entre el sueño y la vigilia, le gustaría regresar al sueño. Es el mismo que lo persigue últimamente, el que le deja con sensación de vacío, como si estuviera en el lugar equivocado, viviendo la vida de otra persona, y quiere saber cómo termina. Hay un bebé que llora y una mujer con los brazos extendidos, esperando. Entonces cae en la cuenta de que la mujer es su madre, con su pelo oscuro cayéndole sobre los hombros, su sonrisa cálida. Se vuelve a hablarle y es entonces cuando se despierta. Desearía permanecer en el sueño para oír lo que dice.

El primer sol matutino proyecta haces de luz oblicua en la habitación. A Jean-Luc le gustaría tener contraventanas; está convencido de que la luz del sol no lo ayuda a dormir. Se levanta siempre demasiado temprano, pero nunca consigue recuperar el sueño perdido. Aun así, no tiene sentido seguir acostado y darle vueltas. Será mejor que se levante.

Son solo las seis, pero hace café y empieza a lavar los platos de la noche anterior. Acaba de abrir el grifo cuando oye un automóvil subir por la calle.

Se inclina y toca con la frente el cristal mientras sigue el vehículo con la vista. Se está acercando y aflojando la marcha. Ahora lo ve bien. Es azul y blanco. Respira hondo y se aparta de la ventana mientras intenta calmarse. ¿Un coche patrulla? ¿A las seis de la mañana? Un escalofrío le sube por la nuca. Oye el automóvil detenerse y, por alguna razón, sabe que ha aparcado detrás del roble. Se queda a un lado de la ventana espiando, esperando a ver quién es.

De la parte delantera salen dos agentes uniformados. Entonces Jean-Luc reconoce la constitución robusta de Bradley saliendo del asiento trasero.

Charlotte y Sam siguen dormidos. Odiaría que se despertaran así, de modo que sale de la cocina, va hasta el recibidor y entorna un poco la puerta. Espera.

Los agentes consultan sus relojes. Uno de ellos se encoge de hombros y a continuación se separan para que Bradley camine entre los dos por el sendero del jardín en dirección a la casa.

Con el pulso atronándole en los oídos, Jean-Luc abre más la puerta y los deja pasar antes de que toquen el timbre.

Los tres hombres parecen sorprendidos de encontrárselo tan repentinamente.

—Buenos días, señor Bouchamps. —Bradley lo mira desde debajo de sus cejas pobladas.

—Hola. —Jean-Luc contiene la respiración.

—Nos gustaría que nos acompañara a la comisaría para hacerle más preguntas.

Jean-Luc se agarra a la puerta y se apoya en ella. La respiración que ha estado conteniendo sale ahora y le late en los oídos.

—¿Por qué?

De repente están dentro. El agente de menor estatura cierra la puerta principal detrás de ellos. Jean-Luc da un paso atrás. Se han metido en su casa. ¿Cómo ha podido permitir que suceda algo así?

—Señor Bouchamps, este no es lugar para hablar. Tiene que venir a comisaría.

Jean-Luc se vuelve a mirar la escalera mientras piensa en Charlotte y Sam dormidos. Mira de nuevo a los hombres.

—¿Les importa esperar fuera? No quiero que alteren a mi familia.

El agente de mayor estatura abre la puerta y salen.

—Tiene diez minutos.

Jean-Luc va hasta la escalera y sube peldaño a peldaño agarrado al pasamanos. ¿Qué es lo que saben? El corazón se le acelera al imaginar lo que pueden haber descubierto.

Cuando entra en el dormitorio, ve que Charlotte duerme profundamente y de su boca sale un suave silbido. No quiere despertarla. Todavía existe la posibilidad de que consiga arreglarlo. Piensa en dejarle una nota, pero no sabe qué decirle.

Abandona la idea, se pone los pantalones y la camisa del día anterior, pero no se molesta en coger una corbata.

Sin decir palabra, sigue a los agentes de policía hasta su coche. Ve moverse la cortina de la ventana de la cocina de Marge. ¿Habrá estado mirando?

Quince minutos después, aparcan delante de la comisaría. Suben las escaleras, recorren un largo pasillo a los lados del cual hay celdas vacías y llegan a una pequeña habitación con una mesa gris y cuatro sillas de plástico.

—Siéntese.

El agente de menor estatura se saca una cajetilla de tabaco del bolsillo del pecho, coge un cigarrillo y ofrece otro a su compañero. Los dos fuman. El alto se sienta y echa la ceniza en un cenicero de aluminio. El otro la tira al suelo.

—Venga, hombre, Jack. Piensa en la mujer de la limpieza.

—Así no se queda sin trabajo, compañero.

Jean-Luc los mira exhalar nubes de humo. Se toman su tiempo, como si disfrutaran de la situación.

—¿Por qué estoy aquí?

Ha hecho todo lo posible por obedecer, por estar tranquilo, pero ahora necesita saber.

Bradley por fin se sienta y apoya las manos en las rodillas para inclinarse hacia Jean-Luc.

—¿Sabía usted que hay una persona buscándolo desde hace nueve años?

Jean-Luc niega con la cabeza. Tiene un nudo en la garganta. No va a conseguir hablar. Ni siquiera puede tragar.

—Se llama Sarah Laffitte. Es la madre de Sam.

TERCERA PARTE

28

París, 2 de mayo de 1944

Sarah

Acuclillada, con la cabeza apoyada contra la cama, Sarah se dice mentalmente: «Respira». Pero en lugar de una respiración tranquila, del estómago le sube un gemido histérico. Quiere vomitar, pero no tiene fuerzas. Regueros de sudor le entran en los ojos, irritándolos. Se los enjuga y enseguida vuelve a llevarse la mano al abdomen duro con la esperanza descabellada de así mitigar el dolor.

David le toca el pelo sudoroso.

—Deberías echarte, Sarah. ¡Por favor!

—No..., no me puedo mover.

—Tienes que tumbarte en la cama.

Le pone las manos en las axilas y tira de ella hacia él. Sarah se muerde con fuerza el labio inferior y reprime el grito que le sube por la garganta. Cuando aterriza en la cama, se tumba de costado y encoge las rodillas entre gemidos.

—¿Viene ya la comadrona? —dice jadeando.

—No he conseguido ninguna.

—¡Por favor, David, haz que venga una!

—Sarah, todo va a ir bien. Podemos hacerlo solos. Conozco el procedimiento. Lo tengo todo preparado.

Tres golpes secos en la puerta delantera seguidos de una pausa y de un cuarto golpe la hacen tragarse su siguiente protesta. Ve un destello de miedo en los ojos de David. Solo una persona llama así a la puerta: su leal amigo Jacques. David sale de la habitación sin decir palabra.

Sarah se obliga a tumbarse boca arriba y mira el techo mientras intenta dominar el dolor mediante la respiración. «Ahora no —suplica en silencio—. Por favor, ahora no».

Oye abrirse la puerta delantera y a continuación el susurro apremiante de Jacques.

—Tenéis que iros, esta misma noche.

—¿Esta noche? ¡No podemos! ¡Sarah está de parto!

El pánico que detecta en la voz de David le produce una nueva contracción a Sarah. Es tan fuerte que la levanta de la cama igual que una energía terrible luchando por salir.

—Vuestros nombres están en la lista. Van a venir a buscaros. Esta noche.

Oye el gemido desesperado de David. El dolor sigue con ella, pero es casi secundario respecto a lo que está por venir.

David regresa al dormitorio, cierra la puerta y se apoya en ella.

—¿Has oído?

Sarah asiente con la cabeza, incapaz de hablar mientras otra contracción la atraviesa y la silencia con su fuerza. Las lágrimas se mezclan con el sudor que le cae por la cara. Entonces David va hasta ella y Sarah nota el frescor de la toalla húmeda que le ha puesto en la frente. Le coge la mano y se prepara para apretarla mientras espera la siguiente oleada.

—Sarah, todo va a salir bien. Te lo prometo. Te voy a proteger.

David hace una mueca de dolor cuando Sarah le aprieta la mano con todas sus fuerzas.

Las contracciones son ya muy seguidas y Sarah mira al cielo y reza: «Por favor, Dios, que pase rápido». Suelta la mano de

David para que pueda ver qué ocurre. Ahora sus respiraciones se han hecho más cortas, se oye a sí misma jadear.

—¡Veo la cabeza! ¡Empuja!

Sarah aprieta los dientes y empuja con todas sus fuerzas. Una y otra vez. Está exhausta, pero ahora siente que el momento se acerca. Da un último empujón.

—¿Se encuentra bien, David?

Le preocupa que las pesadillas que ha estado teniendo sobre dar a luz a una criatura deforme se hayan hecho realidad.

—Es perfecto.

Sarah percibe la emoción en su voz y el alivio se apodera de ella.

—Gracias, Dios mío.

Oye ruido de tijeras y se da cuenta de que David ha cortado el cordón. Cuando levanta la cabeza, lo ve sosteniendo una criatura diminuta en sus manazas. Ya no siente ningún dolor.

—Cógelo. Tengo que comprobar la placenta.

David se inclina y le pone al niño, aún húmedo, a Sarah en el pecho. Esta le toca la cabeza, acaricia el pelo ralo y a continuación mira la carita arrugada. Ojos oscuros que se mueven hacia todos los lados, aún sin enfocar, pero ya aprendiendo. Por espacio de un segundo se encuentran con los suyos y Sarah nota tensión en el útero, un vínculo invisible en formación. Con las yemas de los dedos acaricia el cuerpecito por todas partes y se maravilla de la carne suave y perfecta. Lo que más quiere en el mundo es que este niño viva. Lo estrecha contra su pecho y reza.

29

París, 2 de mayo de 1944

Sarah

David le da a Sarah un vaso de agua y se sienta en la cama a su lado. Miran al niño, que resopla y abre la boca buscando el pezón. Sarah nota cómo se agarra a él durante un momento y lo suelta. Sabe que la leche tardará un día o dos en subirle e intenta no preocuparse.

David se acerca más a ella.

—Este momento es un tesoro. Los tres juntos, en nuestro hogar. Pase lo que pase tenemos que recordar esto.

Cierra los ojos, apoya la cabeza en la pared y respira hondo. Sarah cae en la cuenta de que el parto ha debido de ser agotador también para él. Toda esa responsabilidad sobre sus hombros y con un libro sobre dar a luz por toda ayuda. Se acerca a él y aspira en silencio su olor, a almizcle y un poco a sudor también.

David la besa en la cabeza.

—Tenemos que irnos en cuanto anochezca, hacia las seis.

—¿Qué hora es ahora?

Ha perdido por completo la noción del tiempo, no sabe si es aún por la mañana o por la tarde ya.

—Casi las doce. Jacques ha dicho que vendrá sobre las cuatro.

—Cuatro horas. Tengo que dormir algo antes de irnos. Estoy cansadísima.

—Pues claro. Te voy a preparar algo de comer y a empaquetar unas cuantas cosas.

El niño tiene los ojos cerrados y la boca un poco entreabierta. David lo levanta del pecho de Sarah y lo apoya contra el suyo mientras con la mano le sujeta la diminuta espalda. Sarah comprende que necesita sentirlo cerca. Antes de dormirse pasea la vista por la habitación, sabedora de que puede ser la última vez que la ve. A pesar del peligro que corren, siente paz al mirar la gran cómoda de madera de roble que fue de sus padres; el cuadro de los acantilados y la playa de Étretat, con la roca puntiaguda que sobresale del mar. Pasaron allí la luna de miel y David le compró el cuadro a un artista de la localidad. Había sido un día perfecto; nadaron en el mar, luego treparon por el acantilado hasta la iglesia y se sentaron en la hierba a la puerta de esta muy juntos. «Quiero comprarte algo para recordar este día», le susurró David al oído. Y luego, cuando bajaron al pueblecito, encontraron el estudio de un artista. El cuadro costaba más de lo que podían permitirse, pero lograron negociar el precio. Después de todo, estaban de luna de miel.

Deja que se le cierren los párpados y se adormece, feliz con sus recuerdos. Todo saldrá bien. Dios los protegerá.

Cuando se despierta, David le acaricia la mejilla con dulzura.

—Toma. He preparado algo de comer.

Con una mano sujeta al niño dormido, que ha vestido con un blusón blanco limpio, y con la otra le ofrece un plato con patatas nuevas asadas, puré de zanahoria y un muslo entero de *confit de canard*.

Sarah abre mucho los ojos.

—¿Se puede saber de dónde has sacado todo esto?

David sonríe y se toca la nariz.

—Tú come y no te preocupes. Lo he estado guardando para hoy. Necesitas recuperar fuerzas.

Sarah le da un beso rápido en la mejilla y coge el plato. Cuando aspira el aroma de la comida caliente se da cuenta de que está muerta de hambre y ataca el pato con cuchillo y tenedor.

Entonces deja los cubiertos.

—¿Y tu plato?

¿Cómo ha podido no darse cuenta de que él no estaba comiendo?

—He comido antes, en la cocina.

Sarah sabe que está mintiendo y, después de dar unos cuantos bocados, deja el tenedor.

—Estoy llena —miente—. Ya no estoy acostumbrada a comer tanto. ¿Me ayudas?

Levanta el tenedor con un trozo de pato y se lo mete en la boca a David, de modo que comparten la comida mientras el niño duerme a pierna suelta en brazos de su padre. Cuando terminan, David coge el plato y se agacha para dejarlo en el suelo. Sarah le da otro beso.

—Gracias. Estaba riquísimo.

—Sí, ahora la leche te va a saber a pato.

—Mejor eso a que sepa a nabo, polvo y bellotas.

El niño se agita en sueños y extiende las manos como si fueran estrellas marinas. Sarah le coge una y la coloca sobre la suya, estudia los dedos diminutos, las uñas perfectas.

—¿Y si lo llamamos como mi padre?

—Samuel. Por supuesto. —David se inclina y besa al niño en la cabeza—. Tiene los dedos largos. Igual es violinista, como su madre. —Se rasca la barba como si reflexionara sobre algo—. Me acuerdo de la primera vez que te vi. Tocabas el violín en aquella orquesta. Fue tu expresión, de total concentración. —Calla un instante—. Quise que me miraras a mí así. —Sonríe—. Hasta que un día lo hiciste. Aunque tardaste un tiempo.

—Sí. —Sarah sonríe—. ¡Todos los conciertos dominicales a los que tuviste que ir!

—Me encantaron.

—Y a mí me encantaba verte entre el público, saber que estabas allí.

David ríe.

—¿Te acuerdas de cuando por fin me invitaste a tu casa y tu padre me hizo un examen sobre conciertos de violín?

—Sí. No tenías ni idea.

—¿Recuerdas lo que dijo? «Parece usted más interesado en la violinista que en el violín».

—Así era su sentido del humor.

Se le han llenado los ojos de lágrimas.

—Sé cuánto lo echas de menos.

Sarah mira a su hijo recién nacido y ahuyenta las lágrimas.

—¿Crees que Samuel se le parece?

—¿A tu padre? —David acaricia la cabeza del niño—. Sí, tiene su misma frente despejada, pero me parece que los ojos son los tuyos y los de tu madre. —Hace una pausa—. En cambio la barbilla es de mi padre, mira cómo le sobresale. Va a ser un cabezota.

—Cómo les gustaría verlo ahora mismo. Estarían orgullosísimos. —Sarah calla un momento—. ¿Crees que lo conocerán algún día? ¿Encontraremos alguna vez a las personas que hemos perdido? —Recorre la frente de Samuel con el dedo—. ¿Adónde han ido?

—No lo sé, Sarah. Pero debemos conservar la esperanza. Seguir rezando.

—¿Y si nos cogen? Nos quitarían a Samuel. Sé que lo harían. Nos mandarían a un campo de trabajo y a él lo meterían en un orfanato.

Solo de pensarlo se le llenan los ojos de lágrimas.

—Sarah, no nos van a coger. Somos supervivientes.

Sarah lo mira y se pregunta qué le hace pensar que es más superviviente que cualquier otra persona judía.

Unas sonoras pisadas en las escaleras de fuera la sobresaltan. Coge la mano de David.

—¿Y si vienen ya a por nosotros?

David le aprieta la mano.

—Jacques está pendiente. No van a venir ahora. Sabes que siempre vienen de noche o por la mañana temprano.

—No siempre.

Nunca están a salvo. Es algo a lo que jamás logrará acostumbrarse, al miedo constante. El nudo de nervios en el estómago es algo permanente, pero al menos la ayuda a reprimir el hambre.

—¿Recuerdas nuestra primera comida juntos? —David vuelve a apretarle la mano.

Sarah sabe que intenta distraerla, y hace bien. Su preocupación no ayudará a nadie. Cierra los ojos y retrocede en el tiempo, se esfuerza por ahuyentar los pensamientos sobre el presente.

—Me pasé todo el día arreglándome.

—¿De verdad?

—Sí. —Abre los ojos y mira a los de David—. Pero entonces, justo antes de salir, me quité los zapatos de tacón alto que me había prestado *maman*, me limpié el colorete de las mejillas y me quité el carmín de los labios.

—¿Por qué? —La perplejidad de David parece sincera.

—No me sentía yo.

David le coge la mano y se la lleva a los labios.

—Me encanta cómo vistes. Siempre pareces cómoda. Me refiero a que…

Una risa liviana le burbujea en la garganta a Sarah.

—¿Cómoda? No suena muy…

—¿Sensual? —David termina la frase por ella.

Sarah se ruboriza. David no suele hablar así.

—No hay nada más atractivo que una persona que se siente bien *dans sa peau*, que está cómoda siendo quien es. Siempre me has dado esa sensación.

Sarah le coge la mano y le besa los dedos.

—Contigo nunca he sentido que tenía que demostrar algo. Nunca me has juzgado ni preguntado por qué hacía esto en lugar de aquello. Era como si me aceptaras tal y como soy.

—Es que no quería que fueras de ninguna otra manera.

El niño se revuelve en brazos de David y arruga la nariz. Sarah le acaricia la mejilla y la cara del pequeño se alisa y calma de nuevo.

—Solo quiere comprobar que sigues aquí. —David sonríe.

—Siempre lo estaré. Nunca lo abandonaré.

Las lágrimas vuelven a asomar a sus ojos cuando se da cuenta de que es posible que no pueda cumplir esa promesa. Ya no.

Como si le leyera el pensamiento, David le acaricia la parte posterior de la cabeza y le susurra al oído:

—Lo mantendremos a salvo.

Sarah asiente con la cabeza y unas lágrimas silenciosas le ruedan por las mejillas.

Jacques llega a las cuatro en punto. Sarah lo oye hablar en cuanto se cierra la puerta delantera.

—Os hemos encontrado un sitio donde quedaros, solo una noche o dos y luego os buscaremos algo mejor. Está en el Marais, en la rue du Temple.

—Gracias, Jacques. No sé cómo vamos a poder pagártelo. ¿Tienes un momento para entrar y conocer a nuestro hijo?

Sarah detecta el orgullo en la voz de David y eso le hace sonreír. Va a ser un padre maravilloso.

—¡Pues claro! ¿Y qué tal está la madre?

David lleva a Jacques al dormitorio. Primero se inclina a besar a Sarah en la mejilla y a continuación retira la manta blanca de lana.

Sarah observa los ojos de Jacques humedecerse. La mira y da un paso atrás.

—No te preocupes. No pienso dejar que esos desgraciados se lo lleven.

Sarah sonríe con tristeza.

—Sé que no lo harás, Jacques.

—Lo siento, no puedo quedarme más tiempo.

—Por supuesto. Tienes que irte ya.

Le Marais está lejos para que Sarah vaya caminando, así que deciden coger el Métro en Passy con la idea de hacer transbordo en Étoile. David ha insistido en llevarse su violín Amati. «Hay cosas demasiado valiosas para dejarlas atrás. Antes que tuyo fue de tu padre y antes de eso de su padre. No es un simple violín. Es nuestra historia». Así que Sarah lleva a Samuel y él, una cartera y el instrumento, como si fueran de camino a una velada musical en casa de un amigo. Y no huyendo para salvar la vida.

Estos días casi nunca salen y se les hace raro. Las calles están desiertas; solo unos pocos soldados hacen guardia con los fusiles apuntando al cielo. David y Sarah caminan pegados a los edificios, permanecen en las sombras, dan un rodeo en cuanto ven un soldado. Pero Sarah está exhausta. Le duelen los pulmones con cada respiración ronca; le falta el aire. Y, a cada paso que da, el abdomen se le contrae dolorosamente.

Cuando por fin llegan a la estación del Métro comprueban aliviados que no hay soldados. Se suben al último vagón, reservado a los judíos. Está vacío, a excepción de un anciano, un rabino. Levanta la cabeza cuando se sientan igual que una tortuga que se asoma de su caparazón.

—*Bonsoir, madame. Bonsoir, monsieur.* —Esboza una sonrisa desdentada.

—*Bonsoir, monsieur.*

Se inclina hacia delante.

—Tengan cuidado. Esta noche están en Étoile igual que un enjambre de langostas.

—Gracias —dice David con una inclinación de cabeza.

—¿Es eso un niño? —El hombre alarga el cuello hacia delante, hacia Sarah.

—Sí, es nuestro hijo. —David sonríe.

El hombre asiente con la cabeza, solemne.

—Es muy pequeño. ¿Qué tiempo tiene?

—Unas seis horas.

El hombre tose, tiene los ojos llenos de lágrimas.

—¡Seis horas! Y han tenido que irse. —Se levanta con piernas temblorosas, pone una mano arrugadísima en la cabeza del bebé y con la otra se tapa los ojos. Murmura una plegaria en hebreo. Luego se sienta y cierra los ojos. Cuando los abre le brillan alegres bajo los pliegues de piel—. Dios velará por su hijo. No se preocupen. Pero no se bajen en Étoile. Está infestado.

Hacen caso de su consejo y se bajan en la parada siguiente, Trocadéro, y de nuevo en Marbeuf para por fin salir del Métro en Hotel de Ville. A Sarah le da vueltas la cabeza, la aterroriza que puedan detenerlos. Tiene la respiración acelerada y nota humedad entre las piernas; le preocupa estar sangrando, pero no dice nada.

Al fin llegan a la dirección que les ha dado Jaques; un edificio alto junto a lo que en otro tiempo fue una *boulangerie*. David empuja la gruesa puerta de madera y la sujeta para que pase Sarah. En cuanto entran en el patio se dan cuenta de que los boches han estado allí. Hay postigos abiertos y macetas volcadas esparcidas por el suelo con las raíces al aire. Prendas de vestir que agita la suave brisa nocturna, una media solitaria color beis, una camisa de bebé y una blusa desgarrada. Una ráfaga de viento atrapa la media y la transporta hasta una planta volcada. Sarah se agacha a cogerla y endereza la planta en su maceta. Es como si el lugar hubiera sido violado.

—David, ¡no podemos quedarnos aquí!

—No tenemos elección. Por aquí ya han pasado y lo han saqueado. No queda nada de interés. Estaremos a salvo.

Mira a su alrededor y Sarah hace lo mismo, preguntándose si habrá alguien. Vigilándolos. Reina un silencio inquietante.

—Vamos. —David echa a andar hacia la puerta en el lado izquierdo del patio—. Es el tercer piso.

Sarah solo quiere tumbarse. Cuando sube las escaleras nota que algo le baja por la cara interna del muslo. A cada paso que da la cabeza le da vueltas. Se agarra del grueso pasamanos de madera y se endereza, pero un dolor agudo le atraviesa el vientre y la obliga a doblarse hacia delante.

David deja el violín en el suelo y usa la mano que tiene libre para levantarla, pero Sarah no tiene fuerzas para moverse.

—Sarah, voy a subir a Samuel al apartamento. Enseguida vuelvo.

—¡No! No podemos dejarlo solo.

Sarah mira a su alrededor. Tiene la sensación de que están siendo observados. ¿Por qué habrán evacuado todos los apartamentos? No podía haber solo judíos viviendo allí. Las paredes sin brillo la miran en silencio. Entonces ve los agujeros de bala. Han debido de oponer resistencia. Por eso habrán vaciado el edificio entero; quizá vivían allí miembros de la *Résistance*. Se estremece al imaginar dónde estarán ahora.

David le coge a Samuel y la ayuda a levantarse, dejando el violín y la cartera en las escaleras. La conduce despacio hasta el apartamento, dos pisos más arriba.

—¿Me das un poco de agua? —Sarah busca la cocina con la mirada, pero los armarios están destrozados y la puerta del horno cuelga de una bisagra; los cajones están dados la vuelta, su contenido está desperdigado por el suelo y en las paredes hay salpicaduras de sangre. Aparta los ojos y se traga la bilis que le sube por la garganta—. No te preocupes —dice.

David la lleva hasta el pequeño dormitorio. A continuación se saca una llave del bolsillo y la inserta en una diminuta cerradura en la pared que Sarah ni siquiera había visto. Empuja la puerta camuflada y enciende una pequeña linterna. Sarah contiene la respiración, medio esperando ver a personas acuclilladas dentro, pero el escondite está vacío. Se deslizan con cautela en su interior a la luz de la linterna. En realidad es un armario, con apenas sitio para tumbarse. Pero al menos está vacío y solo huele a polvo.

—Voy a buscar un colchón. —David le da a Samuel—. Espera aquí.

Sarah se deja caer al suelo con su hijo en brazos, demasiado exhausta para contestar.

30

París, 3 de mayo de 1944

Sarah

Samuel llora quedamente en sueños. Sarah desearía darse la vuelta y seguir durmiendo profundamente. El poder curativo del sueño parece haber mitigado sus calambres. Pero sabe que su hijo debe de estar ya hambriento y quiere darle de comer antes de que llore más fuerte. Es importante que hagan el menor ruido posible, pero no es solo eso. No soporta la idea de que llore. De que sufra. Es lo que más la asusta. Intenta no pensar en ello, pero las ha visto. Criaturas de pecho arrancadas de sus madres.

En la oscuridad como boca de lobo del angosto espacio, coge al niño y se incorpora hasta sentarse. Hace tanto calor que ha dormido desnuda. Le separa los labios con un dedo y lo guía hasta el pezón. El pequeño no se agarra enseguida, sino con interrupciones, y se revuelve como si estuviera irritado. A Sarah sigue preocupándola no tener leche suficiente.

Qué afortunada ha sido teniendo un alumbramiento rápido: solo el dolor ha sido una conmoción. Pero ¿cuánto les durará la suerte? Deberían haber estado a salvo en su apartamento en el acomodado *arrondissement* 16. Por el amor del cielo, si nadie sabía siquiera que eran judíos hasta que tuvieron que empezar a llevar esa condenada estrella amarilla, igual que una herida abierta, o una diana. Ahora que lo recuerda, desearía no haberse sometido, no habérsela puesto, pero en cierta perversa manera no llevarla habría sido un acto de cobardía. Después de todo, no se avergüenza de ser judía; es su herencia, su origen. Nadie conseguirá nunca que se avergüence de algo así. De modo que se cosió la estrella tal como le habían ordenado y salió a la calle con la cabeza bien alta. Menuda ingenuidad. De inmediato había cambiado quién era. La gente miraba la estrella primero y a ella después.

La primera vez que cogió el Métro después de que la estrella se convirtiera en obligatoria, el controlador la habló con aspereza: «Señorita, al último vagón». De manera que se bajó en la siguiente parada y fue hasta el último coche tragándose el nudo de autoconmiseración que tenía en la garganta.

Una semana después arrestaron a su padre por llevar la estrella grapada en lugar de cosida. Había pensado que así le sería más fácil pasarla de una prenda a otra. Un soldado lo vio y lo enviaron derecho a Drancy, sin juicio, sin investigación, sin posibilidad de apelación. Durante los seis meses siguientes recibieron cartas suyas y, a su vez, enviaron paquetes y palabras de ánimo. Después nada, no había rastro de él, como si no hubiera existido. Sarah pestañea para contener las lágrimas que le vienen a los ojos cada vez que piensa en él.

A su lado, David no se mueve. Debe de estar agotado. Pero Sarah tiene mucha sed, y también hambre. Quizá por eso no le sube la leche.

—David —susurra—. David, ¿estás despierto?

—No, ¿por qué?

—¿Puedes traerme un poco de agua, por favor?

—¿Cómo está Samuel? —murmura.

—Hambriento, pero me parece que no tengo leche suficiente.

—No te preocupes, la tendrás. —Sarah lo oye sentarse—. Voy a buscar un poco de agua.

—Gracias, tengo mucha sed.

David coge la linterna y sale del espacio minúsculo.

Sarah tiene ganas de llorar cuando el bebé se retuerce y gime, se agarra durante un instante al pezón y al siguiente lo suelta. ¿Y si no puede alimentarlo como es debido?

David vuelve a los pocos minutos y le da un gran vaso de agua a la luz de la linterna.

—Son las tres de la mañana, ¿sabes? Nuestro hijo ha dormido cinco horas. Está muy bien para un recién nacido. La otra buena noticia es que no rompieron todos los vasos. Bébete esto mientras voy a buscar algo de comer.

Sarah se bebe el agua agradecida. Estaba muy sedienta. Ese debía de ser el problema. Sin duda ahora empezará a tener leche.

Mientras David está fuera, intenta tranquilizarse, diciéndose que allí está a salvo, que esta locura pasará pronto, que un día la vida volverá a la normalidad. Solo tienen que resistir un poco más.

Regresa David y Sarah percibe la euforia en su voz.

—¡Adivina lo que he descubierto!

—¿Qué?

—Tenían comida escondida en la cisterna del retrete.

—¿Y se podrá comer?

—Sí. Son todo conservas. Mermelada de grosella negra, atún, aceitunas, pepinillos en salmuera.

Calla e, igual que un mago, saca un plato lleno de comida.

Disfrutan juntos del extraño surtido.

—Me encanta el atún con mermelada de grosella. —Sarah le aprieta la mano a David—. Gracias, no sé cómo no lo habíamos probado antes.

Mientras da buena cuenta de la comida, sostiene al niño en su pezón con la otra mano, pero deja de preocuparse por que coma. Al cabo de un rato nota que ha dejado de revolverse y que está tragando. Está mamando. Se recuesta contra la pared y disfruta de la nueva sensación de llenarse de leche. Todo va a salir bien.

Después se queda dormida, satisfecha y con el estómago saciado para variar.

Debe de dormirse profundamente porque sueña que alguien llama repetidamente a la ventana suplicando que le dejen pasar. Está a punto de abrir cuando se despierta.

Alguien llama. Pero no a la ventana. Se le acelera el pulso. El ruido procede del otro lado del armario.

—¡David! —susurra apremiante mientras lo sacude para despertarlo.

—¿Qué pasa?

—Chis. Escucha. Hay alguien ahí fuera.

David guarda silencio. Sarah casi puede ver cómo aguza el oído.

Le aprieta con fuerza el brazo. El ruido empieza de nuevo. Tres golpes cortos seguido de uno espaciado.

—Es Jacques.

David abre la puerta y Sarah deja de contener la respiración.

—Tranquilos —dice Jacques—. No hay peligro. Podéis salir.

Jacques les trae provisiones; sobre todo comida, camisas para el niño y algunos pañales.

—Mi mujer quería darme más, pero no podía venir demasiado cargado por si me paraban. —Calla un momento—. Mañana tendréis que cambiar de escondite.

—¿Por qué? —David frunce el ceño—. A Sarah le vendría bien descansar unos días.

—Ya lo sé, pero es demasiado peligroso. Me preocupa tener un traidor en nuestras filas. Los boches están descubriendo nuestros escondites demasiado deprisa, con demasiada facilidad. No puedo evitar pensar que alguien les está dando el soplo. Solo dos personas de mi confianza y yo sabemos que estáis aquí, así que no debería pasaros nada. Pero es más seguro que os trasladeis. —Sonríe—. Y esta vez os he encontrado una casa en el campo. En

Saint-Germain-en-Laye. No queda muy lejos, pero tendréis que ir en coche. Lo estoy organizando todo. Vosotros solo tenéis que estar preparados para salir mañana por la tarde.

David le pone una mano en el hombro a Jacques.

—Gracias, Jacques. Nunca olvidaremos lo que estás haciendo por nosotros.

Jacques no dice una palabra; se limita a cubrir la mano de David con una de las suyas.

31

París, 4 de mayo de 1944

Sarah

Algo despierta a Sarah. Aunque el armario está a oscuras, sabe que ha amanecido. Su primer pensamiento es para su hijo. Es como si le hubiesen hecho un regalo —el regalo mejor, más emocionante del mundo— y en cuanto abre los ojos quiere verlo, tocarlo, asegurarse de que es real, de que no lo ha soñado.

Dentro del oscuro agujero no puede distinguirlo, pero sí lo nota tumbado junto a ella, oye su respiración leve y regular. De manera instintiva sabe que duerme profundamente. Entonces un chasquido la sobresalta. Suena como si hubiera alguien en la escalera.

—David —susurra—, ¿oyes algo?

—No.

David se da la vuelta y le tiende la mano. Sarah la coge y entrelaza sus dedos en los de él y se dice que han sido imaginaciones suyas, que debería intentar dormir mientras el niño esté descansando. Debe reunir fuerzas para lo que los espera. A partir de ahora es posible que tengan que desplazarse cada día. Pero no se siente segura pensando que «ellos» están ahí fuera buscándolos.

Un fuerte golpe hace temblar la pared. Sarah suelta la mano de David y se incorpora hasta quedar sentada, la frente se le ha cubierto de sudor. Coge al bebé en brazos y lo estrecha contra su pecho.

David también se ha sentado. Sarah no lo ve, pero nota la rigidez de su cuerpo, como una estatua, y también ella se queda completamente quieta.

Oye puertas que se abren y cierran con fuerza, gruesas botas que suben por la escalera, órdenes gritadas en alemán:

—*Schnell! Bewege dich schneller!*

Quiere susurrarle algo a David, algo sobre la puerta secreta, sobre la llave que usaron para abrirla. ¿La ha cerrado desde dentro? ¿Están encerrados? ¿Los van a descubrir? Pero casi no se atreve a respirar, mucho menos a susurrar. Desearía poder verle la cara. Si pudiera verlo se sentiría más segura.

Una puerta se cierra con estrépito…, con más estrépito que las demás. Parece la puerta principal del apartamento. Sarah oye a David contener la respiración. En silencio, reza: «Por favor, Dios, protege a nuestro hijo y nunca te pediré nada más».

Oye sonoras voces en alemán al otro lado de la puerta del armario. David le pasa un brazo por los hombros en la oscuridad. La sujeta con fuerza contra él y ella hace lo mismo con el niño mientras esperan temblando.

—*Hier drin!* —grita una voz en alemán.

Sarah no sabe lo que significa, pero sabe que la voz está junto a la puerta del armario. Abraza a Samuel y reza otra vez en silencio: «Por favor, Dios, protégelo».

Samuel sigue profundamente dormido y a Sarah le extraña que no se haya despertado con todo el estrépito. Entonces gime con suavidad. Sarah se queda inmóvil, con cada tendón, cada músculo de su cuerpo en tensión. Se lleva un dedo a los labios y trata de comunicarle que tiene que estar callado. Histérica, se lo coloca al pecho, pero Samuel aparta la cabeza y se queda dormido otra vez.

Sarah escucha la conversación gritada en alemán al otro lado de la delgada pared. Cómo desearía conocer la lengua. David le clava los dedos dolorosamente en el hombro, pero Sarah no se inmuta. Casi agradece el dolor, la distrae del terror que crece dentro de ella.

Samuel se retuerce en sus brazos y gimotea quedamente. Quizá lo está apretando demasiado, como David a ella. Afloja los brazos y suelta el aire que ha estado conteniendo. El niño no debe notar su tensión. Podría romper a llorar.

Los gimoteos suben de volumen. A Sarah se le paraliza el corazón. Se lo coloca en el pecho e intenta que agarre el pezón, que se calle. Pero el niño echa la cabeza atrás y emite un quejido. Alto y agudo.

Un fuerte estruendo reverbera en la puerta. Lo sigue otro, y otro. En el armario entran grandes botas negras.

32

París, 29 de mayo de 1944

Sarah

Los ratones corretean de un lado a otro noche y día, aunque a saber lo que encuentran para comer. Quizá es el hedor a suciedad humana lo que los atrae, lo que los retiene allí. Sarah lo olió en cuanto entró en el bloque de las mujeres. Le recordó a los establos cuando montaba a caballo de niña, un olor húmedo y estancado, a sudor y a podrido.

No deja a Samuel ni un minuto, aterrada de que pueda ser presa de los ratones depredadores. Su proximidad la reconforta y recuerda las palabras del rabino en el Métro: «Dios velará por su hijo». Se aferra a esta llamita de esperanza diciéndose que es una profecía. La ayuda a mitigar sus propios temores.

Hay cuarenta mujeres apretadas en una pequeña habitación rectangular, apiñadas en literas con un poco de paja por todo colchón, pero se muestran amables con ella cuando ven que tiene un recién nacido. Siempre se aseguran de que dispone de agua para beber y algunas incluso comparten con ella sus raciones de comida. Sarah no tiene nada que darles a cambio, excepto una débil sonrisa. Descubre que no puede hablar. Hablar la agota, y necesita reservar sus energías para alimentar a Samuel. Es lo único que importa ahora mismo. Mantenerlo con vida.

En Drancy solo hay dos letrinas para los miles de prisioneros —una para las mujeres y otra para los hombres— y pueden usarse únicamente a determinadas horas. Cada vez que Sarah lo hace, escruta los rostros de la larga cola con la esperanza de ver a David, pero nunca ocurre. Y todos los días lee la lista de los próximos transportados temerosa de ver sus nombres en ella. Si lograran resistir, piensa. Esta guerra no durará para siempre.

Pero el 29 de mayo sus nombres aparecen en la lista de deportados para la mañana siguiente: David Laffitte, Sarah Laffitte, Niño Laffitte. Ni siquiera han preguntado por el nombre del niño. Como si pensaran que no va a necesitarlo.

33

París, 30 de mayo de 1944

Jean-Luc

Jean-Luc duerme a pierna suelta cuando oye los gritos: «*Raus! Raus!* ¡Hora de levantarse!». Primero piensa que es un sueño; luego, a medida que se va despertando, cae en la cuenta de que las voces proceden del otro lado de la puerta de su habitación.

—¡Philippe! —dice—. ¡Philippe, despierta!

Palpa la pared en busca del interruptor de la luz.

De pronto la puerta se abre de una patada y entra a raudales la luz del pasillo.

—*Achtung!* ¡Arriba todo el mundo!

Se quita el pijama y se pone como puede el mono de trabajo. Siente a Philippe hacer lo mismo. El guardia los espera, a continuación los empuja hacia el ascensor. Dentro ya están los otros cuatro hombres.

—Problema en tren —dice el guardia mientras se aprieta también en el ascensor—. Atascado.

Cuando salen aún es noche cerrada y hace frío, no hay signos del amanecer. Los seis trabajadores guardan silencio mientras el camión circula veloz por calles desiertas. Por fin van a ver un tren. Ahora sabrá si son de verdad vagones para ganado. Deduce que han debido de cargar el tren antes de darse cuenta de que está atascado, así que esta vez quizá vea a los prisioneros con sus propios ojos.

Le ruge el estómago y Frédéric lo mira.

—¿Crees que nos darán de desayunar?

—Lo dudo. —Xavier menea la cabeza—. Querrán que ese tren salga lo antes posible.

—Sí, antes de que se haga de día. —Frédéric consulta su reloj—. No son más que las cinco.

—*Merde!* —Marcel levanta la cabeza—. Por eso estoy tan cansado.

El camión se detiene con un frenazo abrupto.

—*Achtung!* —El guardia baja de un salto y todos lo siguen.

Cuando llegan al andén se paran en seco. Frédéric se da de bruces con la espalda de Jean-Luc.

—Dios mío.

—Pero ¿qué diablos...? —Marcel le pone a Jean-Luc una mano en el hombro como para conservar el equilibrio.

Oyen gritos, chillidos, llantos procedentes del tren para ganado que espera en la vía con las puertas cerradas.

—¡Venga! ¡Moveos!

El guardia los empuja por detrás con su porra. Jean-Luc la nota en la espalda. Reprime el impulso de darse la vuelta, quitársela y golpearlo con ella en su asquerosa cara. En lugar de eso avanza, levantando los pies para no pisar prendas de vestir desparramadas por el andén: abrigos, sombreros, bolsos. Mira el tren y ve una mano alargada y flaca asomando por una pequeña rendija en la parte superior de un vagón, a continuación otra, y otra más, sujetando trozos de papel. Las manos se abren y sueltan los papeles, que se lleva la brisa. Jean-Luc se detiene para coger uno, pero en la penumbra no consigue descifrar lo que hay escrito. La única luz que hay procede de un enorme reflector dirigido al tren. Se guarda el papel en el bolsillo suponiendo que debe de ser una carta dirigida a alguien, a un ser querido. Ya no le queda ninguna duda. Estas personas viajan hacia su muerte.

Una mano lo obliga a seguir andando.

—*Aussehen!* ¡Mira! —Hay un guardia detrás de él enfocando las vías con una linterna. Jean-Luc sigue el haz de luz. Identifica el problema de inmediato: una rueda ha caído en el hueco entre dos raíles. La eclisa que normalmente los sujeta está suelta. No sabe cómo van a poder levantar la rueda y devolverla al raíl. Se da media vuelta. La cara de Frédéric brilla en la media luz y Jean-Luc distingue un atisbo de sonrisa en sus labios. ¿Es esto obra de Frédéric? Confía en que así sea. Pero ¿qué pueden hacer ahora? Mira a los soldados y guardias en el andén; son muchos, unos cuarenta quizá. Y todos van armados. También hay perros que gruñen y tiran de sus correas. No hay nada que hacer.

Una mano empuja de nuevo a Jean-Luc.

—¿Ves problema? —Pero Jean-Luc está paralizado. La mano vuelve a empujarlo—. ¡Mira!

Se vuelve hacia el guardia furioso.

—¿Qué quiere que haga?

—Arreglarlo. Devolver tren a vía.

—No puedo. La eclisa está rota. Tenemos que vaciar el tren y sacarlo de la vía para volver a unir los raíles.

—¿Qué? —El guardia arruga más el ceño.

Se acerca otro guardia hablando en alemán; lo que dice suena a traducción de las palabras de Jean-Luc. El primer guardia niega con la cabeza.

—No bajar tren. No descargar.

—¡Entonces es imposible! ¡Pesa demasiado! —Jean-Luc levanta las manos para demostrar lo inviable de la idea.

—De acuerdo. De acuerdo.

El primer guardia desaparece y regresa un minuto más tarde con un grupo de hombres de aspecto enfermizo, todo huesos y palidez demacrada.

—¡No!

Jean-Luc mira el pequeño grupo de hombres escuálidos. No puede funcionar; hasta un tonto se daría cuenta. Se acerca un grupo mayor de hombres y los seis trabajadores dan un paso atrás y los miran discutir acaloradamente en alemán.

—*Ja*, ¡descargar tren! —grita alguien.

De inmediato se descorren cerrojos, las puertas se abren rodando sobre rieles y bajan prisioneros tambaleándose al andén. Lloran y gritan nombres mientras se abrazan los unos a los otros.

Entonces suena un disparo.

—¡Silencio!

El ruido cede, el llanto y los gritos se convierten en lloriqueos y gemidos. Pero los niños pequeños que hay entre los prisioneros no obedecen las órdenes alemanas, tampoco las madres que intentan hacerles callar, y sigue habiendo un lamento de fondo.

Suena otro disparo. Los ladridos de los perros se pierden en la noche.

—¡Silencio he dicho!

Alguien se desploma. Más gritos. Otro disparo. Entonces se instala un silencio casi total, solo se oye a los perros. Los soldados recorren el andén empuñando sus armas, gritando órdenes en alemán, mientras sigue saliendo gente del vagón.

—Dios mío, pero ¿cuántos hay? —Frédéric toca a Jean-Luc en el hombro.

—¡Solo en este vagón deben de ir unos cien!

Los soldados guían a los prisioneros con armas y porras hacia el fondo del andén.

Jean-Luc sigue paralizado. La multitud de prisioneros pasa a su lado esquivando las arremetidas de las porras alemanas. Alguien le pone un papel en la mano. Otros se los tiran. Él sigue sin moverse. Nunca en su vida ha sentido tal impotencia. Quiere gritar «¡basta!». Quiere apuntar a los soldados con sus armas. Pero está paralizado mientras mira lo que sucede, atónito. Los mira abrir otro vagón. Bajan dando tumbos centenares de personas más. El volumen del ruido vuelve a subir cuando se abrazan las unas a las otras en medio de gritos y llantos.

Entonces nota una mano que le tira del cuello del mono. Baja la vista y ve a una mujer joven con ojos color verde intenso. Lo obliga a bajar la cabeza y a acercarse mucho a ella.

—¿Quién es usted? No es prisionero.

Jean-Luc la sujeta por la cintura para que no se la lleve la multitud. Le susurra al oído:

—Soy trabajador del ferrocarril. ¿Quiere que le dé un mensaje a alguien?

—No.

La mujer está llorando, le ruedan lágrimas por las mejillas. Jean-Luc quiere cogerla, no soltarla nunca. Se gira para protegerla del creciente tumulto. A medida que bajan más personas del tren, el estruendo aumenta. Espera a que suene otro disparo.

La mujer le pasa un brazo por el cuello y pega los labios a su oído. Jean-Luc desea enjugarle las lágrimas, pero se da cuenta de que ella quiere decirle algo.

—Por favor —murmura la mujer.

Jean-Luc nota que algo presiona contra su pecho. Algo caliente y blando. Baja la vista.

Una nariz chata asoma por entre capas de tela y unos ojos oscuros se abren y lo miran. Los ruidos de fondo parecen desaparecer cuando el niño lo observa con semblante serio.

—¡Por favor, llévese a mi hijo!

34

París, 30 de mayo de 1944

Jean-Luc

—Se llama Samuel. —Las lágrimas siguen rodando por el rostro de la mujer—. ¡Lléveselo!

Jean-Luc intenta retroceder, pero también hay una aglomeración a su espalda. Un hombre de gran tamaño choca con ellos y aleja a la mujer. Jean-Luc nota cómo aumenta la distancia entre los dos. La mujer se está dejando llevar. Si no coge al niño, se caerá, morirá pisoteado. Levanta una mano para agarrarlo y le tiende la otra a la mujer, pero el gentío ya la ha engullido. Busca sus ojos verde intenso en el mar de personas. Pero no la ve.

La gente lo rodea y él sigue allí, clavado al suelo. La multitud ha disminuido y los soldados que estaban lejos ya se acercan. Tiene que esconder al niño. Lo sujeta con la mano izquierda y con la derecha se suelta los botones del mono de trabajo. Mete dentro al niño y se abotona de nuevo. Cae en la cuenta de que el pequeño no ha emitido sonido alguno, pero nota el calor que irradia su cuerpo y que le calienta el pecho. La indecisión lo invade y una oleada de pánico le sube por la espina dorsal. ¿Qué demonios se supone que debe hacer ahora?

Mira a su alrededor. Casi no quedan prisioneros en el tren.

Pronto estará a la vista de todos. Camina hacia ellos y se adentra en el gentío en un intento por pasar desapercibido.

¡La caseta del jefe de estación! Debe ir allí. Tiene que empujar a un anciano para abrirse camino. Dos mujeres agarradas la una a la otra le cierran el paso. Las rodea y camina deprisa por el andén.

Suena otro disparo y, por un momento, el gentío se detiene. Luego se pone en marcha otra vez. Jean-Luc sigue andando. Abre la puerta de la caseta del jefe de estación. Está vacía. «¿Ahora qué? ¡Piensa!». El tiempo es precioso. Sube las escaleras lo más deprisa que le permite su pierna herida. No sabe qué hacer, dónde ir.

Los retretes están en el primer piso. Podría esconderse allí mientras piensa en cómo diablos salir. La caseta tiene una puerta trasera que da a la estación. Suele estar vigilada, pero con este alboroto es posible que hoy no lo esté. Mira por la ventana; da a la parte trasera de la estación y solo se ve oscuridad.

Está a punto de marcharse cuando oye pasos que suben las escaleras. Mira los cubículos y se pregunta si debería esconderse en uno, pero es demasiado tarde. Se abren las puertas y entra un soldado.

—*Verdammt nocht mal was machst du da?* —El boche lo mira ceñudo—. ¿Qué haces aquí? Estas letrinas son solo para alemanes. *Raus!*

El bebé llora.

—¿Qué es eso? —El ceño del boche es cada vez más profundo.

Jean-Luc reacciona con rapidez. Suelta la mano derecha con la que sujeta al niño, después se abalanza contra el alemán y le quita la pistola de la funda abierta. Es más ligera de lo que habría imaginado. La agita para cogerla mejor. Es la primera vez que empuña una pistola y necesita mirarla un segundo para ver dónde está el gatillo. Una vez lo encuentra, apoya el dedo con cuidado de no apretar. Aún no. Apunta al alemán con el arma mientras con la mano izquierda sujeta al niño contra su pecho.

El boche palidece.

—*Dafür konntest du erschossen werden!* ¡Ta van a fusilar por esto!

Jean-Luc no se mueve.

—Desnúdate.

—¿Qué?

Jean-Luc le pone la pistola en la frente al alemán.

—¡Desnúdate! *Schnell!*

Mientras el soldado se desprende con torpeza de su uniforme, el llanto del niño sube de volumen. Jean-Luc no debe permitir que lo distraiga. Los minutos siguientes son cruciales. Sin dejar de apuntar al prisionero, va hasta los lavabos. Saca al niño y lo deja en uno. El llanto del pequeño se hace desesperado ahora que ha perdido el contacto humano.

Jean-Luc tiene que hacer oídos sordos mientras empuña la pistola con las dos manos. Ha llegado el momento de tomar una determinación. Fuera suenan más disparos. Ya deben de estar buscándolo. Tiene que darse prisa. Le tiembla el dedo en el gatillo y nota el corazón desbocado. Es mejor no dejar testigos. Pero primero necesita el uniforme y no quiere que esté ensangrentado.

El soldado termina de quitarse el uniforme y tiembla en ropa interior.

—No me mates. Te daré tiempo de escapar.

Jean-Luc lo mira fijamente, repara en su pecho blanco y enclenque y en los delgados brazos. No es mayor que él, sino más joven incluso. En realidad casi un niño. Suenan nuevos disparos. El llanto del bebé le taladra los tímpanos. Jean-Luc tiene los nervios a flor de piel. Con tanto ruido no puede tomar una decisión.

—El niño está hambriento —susurra el soldado—. Te puedo conseguir leche.

—¡Cállate! ¿Cómo salgo de aquí?

Jean-Luc vuelve a colocarle la pistola en la frente.

—Por la puerta de atrás de la estación. No hay guardia ahora. Llévate mis papeles.

Sin dejar de apuntar al prisionero, Jean-Luc se quita el mono. Vestirse sin bajar el arma va a ser más complicado. Otra opción sería matarlo ahora mismo y tener así las dos manos libres. Pero alguien podría oír el disparo.

Hace caso omiso del llanto del niño y se pone los pantalones con la mano izquierda, a continuación la chaqueta y la gorra. Después mete los pies en las botas. Ya casi lo tiene; se abotonará después. Primero debe ocuparse del boche. Le apunta a la cabeza.

De pronto el hombre se arrodilla y empieza a suplicar.

—¡No dispares, por favor! ¡Tengo familia!

—¡Y a mí qué coño me importa! ¿Te crees que esas personas no la tienen?

—¡Lo siento! Lo siento. Yo no…

—*Ferme ta gueule!* ¡Cierra el pico o te pego un tiro!

El soldado guarda silencio. El niño, en cambio, sigue llorando. Algo en su llanto le impide a Jean-Luc disparar. Coge al niño del lavabo con la mano izquierda y usa la otra para seguir empuñando el arma.

—¡No, por favor! —El soldado está llorando—. ¡Me quedo aquí! ¡No marcho!

Jean-Luc cuenta hasta tres y aprieta el gatillo.

35

París, 30 de mayo de 1944

Charlotte

—¿Quién llama así al timbre? —*Maman* me mira.

—Voy yo.

Me separo del fregadero y me seco las manos con el trapo de cocina. El timbre vuelve a sonar y corro a la puerta principal. Oigo un llanto de recién nacido. Vacilo un momento antes de abrir.

Es Jean-Luc. Vestido con un uniforme alemán. Con un bebé en brazos. Mi mano suelta el tirador de la puerta. Noto que me pongo pálida y se me cae el alma a los pies. ¡Un bebé! Debe de ser suyo.

Entra y cierra la puerta detrás de él.

—¡Charlotte, tienes que ayudarme!

Estoy boquiabierta. No sé por dónde empezar a hacerle todas las preguntas que me vienen ahora mismo a la cabeza. ¿De quién es el niño?

—¡Hay que darle de comer!

Jean-Luc mira nervioso en todas las direcciones.

Tengo la lengua gorda y torpe. La ordeno moverse, pero no forma palabras. Entonces notó a *maman* detrás de mí.

—¿Qué está pasando? —Mira a Jean-Luc—. ¿Qué está haciendo aquí?

Jean-Luc entra en el apartamento, el niño llora desconsolado.

—Una mujer en Drancy me entregó a su hijo. No sé qué hacer con él.

Mi madre levanta la voz.

—No debería haber venido aquí.

—¡Por favor! Necesita comer. No tenía otro sitio adonde ir.

Maman se vuelve hacia mí y me habla en tono brusco y expeditivo.

—Charlotte, ve corriendo a casa de madame Deschamps en el quinto piso. Acaba de tener otro bebé. Pregúntale si puede amamantar a este. —Me sujeta del brazo antes de que pueda moverme—. No le digas nada de lo de Drancy. Di que lo hemos encontrado en las escaleras de la vieja *boulangerie*.

La miro coger al niño de brazos de Jean-Luc.

—Escóndase en el dormitorio. Ella no debe verlo aquí.

Salgo corriendo con los pensamientos agolpándose en mi cabeza. ¡Jean-Luc se ha quedado con un recién nacido!

Cuando llamo al timbre de madame Deschamps, estoy sin resuello. Abre la puerta su hijo pequeño.

—¿Está tu madre en casa?

Se da media vuelta y grita:

—*Maman!*

—*Oui* —oigo desde el salón—. ¿Quién es?

El niño me mira y en su carita se dibuja un profundo ceño.

—Dile que soy Charlotte, del tercero.

No espero y voy directa al cuarto de estar.

—Madame...

—Hola, Charlotte. —Me sonríe desde una gran butaca con un bebé dormido al pecho—. Hacía mucho que no te veía, desde que empezaste a trabajar en el hospital. ¿Cómo estás?

—Pues... necesitamos su ayuda. Hay una criatura... Está muerta de hambre. ¿Puede darle el pecho? Por favor.

—¿Cómo? ¿Qué criatura?

—La han abandonado. A la puerta de la vieja *boulangerie.*

—Pues no lo sé. Ya me cuesta trabajo alimentar a la que tengo.

—Le daremos nuestras raciones —digo sin pensar—. ¡Por favor!

—Bueno. Dame cinco minutos.

La miro quitarse con cuidado a su bebé dormido del pecho y dejarlo en el sofá.

—Laurent —le dice a su hijo pequeño—, cuida de tu hermana, ¿de acuerdo?

El niño asiente solemne con la cabeza y se sienta junto al bebé.

Espero mientras madame Deschamps se abotona la blusa. Cuando bajamos deprisa las escaleras oímos llorar al niño.

—Suena a que está muy hambriento. Espero tener leche suficiente. —Se toca los pechos como si quisiera calcular su contenido. Yo no los veo demasiado grandes y me pregunto cómo se las va a arreglar.

Maman sale del cuarto de estar con el niño llorando en brazos.

—Micheline. *Merci.* ¿Nos puedes ayudar?

—No estoy segura. No sé si tengo leche suficiente. Acabo de amamantar al mío y hoy no he comido aún.

—Charlotte, ve a buscar un poco de pan y el *saucisson*. Trae agua también.

Cuando vuelvo con las provisiones, madame Deschamps está en la butaca de *papa*, soltándose los botones. *Maman* le da al niño. Miro a madame Deschamps meterse la cabecita por la blusa entreabierta. Pero el llanto continúa, acompañado de agitación y forcejeo. Se quita al niño del pecho y mira su carita roja y arrugada de furia. A continuación se levanta el pecho y le mete el pezón en la boca. Pero el niño se aparta y chilla más fuerte. Madame Deschamps suspira y mira a *maman* con la ceja levantada.

—Menudo cabezota tenemos aquí —dice.

—Por favor, inténtelo otra vez. —A mi madre le tiembla la voz de preocupación.

Yo también estoy asustada. ¿Y si no logramos darle de comer? ¿Morirá?

Madame Deschamps mece al niño de un lado a otro y creo que va a darse por vencida. Entonces, esta vez canturreando con voz queda, vuelve a intentarlo. Poco a poco el llanto cede y lo sustituyen ruiditos de succión. El alivio me invade; me vuelvo a sonreír a *maman*, pero tiene los ojos fijos en la criatura y los labios fruncidos. Sé que está tratando de decidir qué hacer a continuación.

—*Maman* —susurro—, le he prometido nuestros cupones de comida.

Con un suspiro, va hasta la mesa y coge el sobre que guardamos en el primer cajón. Saca los cupones y se los da a madame Deschamps.

—Pobre criatura. Supongo que han detenido a sus padres —dice madame Deschamps mirando a *maman*.

—No lo sé. Lo encontramos en la calle, delante de la vieja *boulangerie*.

Madame Deschamps chasquea la lengua.

—Las cosas que nos obligan a hacer últimamente…

Maman asiente con la cabeza y mira a madame Deschamps a los ojos.

—¿Puede quedárselo? ¿O quedársela? Ni siquiera sé si es niño o niña. ¿Puede quedarse a la criatura?

—¡No! —Su voz es áspera—. No puedo correr ese riesgo, no con cuatro hijos en casa. —Suaviza el tono—. ¿Y si lo están buscando?

—¿A un recién nacido? —*Maman* la mira con el ceño fruncido—. ¿Por qué iban a molestarse?

Madame Deschamps baja la voz.

—¿Y si es judío? —Toca el trasero del niño—. Me parece que hace mucho que no le cambian el pañal. Está empapado. Y el pobrecito ha dejado de mamar. Duerme, pero me parece que no ha comido mucho.

Maman me mira.

—Charlotte, trae un paño de cocina.

—¿Un paño de cocina?

—Sí. Servirá.

Cuando vuelvo con el paño, *maman* está sentada en el sofá, inclinada hacia delante y hablando en cuchicheos con madame Deschamps. La miro coger con cuidado al bebé y dejarlo en el suelo. Retira las capas de lana en que está envuelto. Bajo ellas lleva una camisita azul. La desabotona y se la quita. Debajo, la piel del pequeño parece casi traslúcida y deja ver las costillas.

—Dios mío, qué sucio está. Vamos a tener que bañarlo. —Calla y le limpia la porquería viscosa y amarillenta alrededor de la entrepierna—. No está circuncidado. —Se vuelve hacia madame Deschamps—. ¿No se lo puede quedar? Se lo pido por favor. Nosotros la ayudaríamos.

—Ya le he dicho que no. —Parece pensar—. ¿Por qué no se lo quedan ustedes? Charlotte podría echar una mano.

—¡Nosotros no podemos! —*Maman* es brusca.

—¡Pero, *maman*, sí podríamos!

—No, Charlotte. Ni hablar.

—Yo podría darle leche. —Madame Deschamps se muestra compasiva ahora.

—¿Y un orfanato? —Vacilo cuando veo cómo se miran *maman* y madame Deschamps—. ¿No podríamos dejarlo a la puerta de uno?

—Estaría muerto antes de una semana —dice madame Deschamps sin entonación alguna.

Maman asiente con la cabeza.

—Los orfanatos son peligrosos ahora mismo. Este niño ya está malnutrido, y bastante débil. —Se vuelve a mirarme—. Ve a llenar el balde de la cocina con agua templada.

Hago lo que me dice y, cuando el balde está medio lleno, entra *maman* con el niño en brazos.

—Le he dicho a Micheline que se vaya. Va a sacarse un poco de leche. Será más fácil eso que conseguir leche de vaca, y seguramente le sentará mejor al niño.

—Por favor —digo tratando de no sonar suplicante—. ¿No podemos quedárnoslo? Yo te ayudaré. Me puedes enseñar lo que hay que hacer.

—Es imposible, Charlotte. —Le brillan los ojos y oigo el pesar en su voz—. ¿No te das cuenta de que una vez descubran el vínculo entre Jean-Luc y tú vendrán directos aquí? Puede que incluso manden a la Gestapo.

—¿A la Gestapo? ¡No!

—Sí. Hablarán con los vecinos. Espero que Micheline no diga nada, pero quién sabe de lo que son capaces las personas bajo presión. —Suspira—. Ya no estamos seguros. —Hace una pausa—. Por culpa de Jean-Luc.

Siento un escalofrío en la nuca. Jean-Luc ha puesto a mi familia en peligro.

—Lo siento, *maman*. ¿Y si mandan a la Gestapo? ¿Y si nos detienen?

—Dile que salga. Tiene que aprender a cuidar al niño. Que empiece por darle un baño.

—Jean-Luc —susurro mientras abro la puerta del dormitorio—. Ya puedes salir.

Sale con expresión abatida.

—Dios mío, lo siento muchísimo, Charlotte. No se me ocurría otro sitio adonde ir.

Intento sonreír, pero tengo un fuerte nudo en el estómago. No dejo de imaginar a la Gestapo subiendo por las escaleras a mi casa.

—Se llama Samuel. —Jean-Luc me mira a los ojos.

Asiento con la cabeza.

—Sí, acabamos de comprobar que es un niño.

Cuando entramos en la cocina, *maman* se dirige a Jean-Luc.

—Hay que bañarlo —dice con frialdad—. Le voy a enseñar cómo se hace.

Nos ayuda a bañar a Samuel y a continuación enseña a Jean-Luc a ponerle colcrem en la piel irritada de las piernas. Lo miro extender la crema como si le diera miedo tocarlo. Sé por qué hace esto *maman*. Quiere que Jean-Luc se responsabilice del niño. Veo cómo lo mira y sé que está furiosa con él, a pesar de que procura aparentar calma. Los hombres no saben cuidar de niños de pecho. ¿Qué hará Jean-Luc?

Cuando el pequeño está limpio e instalado sobre la butaca, *maman* se vuelve hacia Jean-Luc.

—¿Cómo es que lleva uniforme alemán?

—Era la única manera de salir de la estación.

—¿De dónde lo ha sacado? —El tono de *maman* es gélido.

—Le quité la pistola a un boche y le obligué a dármelo.

—¿Le disparó?

—En la pierna solo.

—Pues debería haberlo matado. Ahora hay un testigo. Irán a por usted. —*Maman* camina de un lado de la habitación a otro y mira a Jean-Luc con desprecio—. Mi marido estará aquí esta tarde. No puede enterarse de esto.

Jean-Luc asiente con la cabeza.

—Si me están buscando, irán primero a mi casa. No sabrán que estoy aquí.

—¿Cómo sabe que no lo han seguido? —*Maman* frunce el ceño.

—Lo comprobé. No había nadie cerca.

—Pero saben que conoce a Charlotte del hospital. No tardarán en atar cabos. Podrían presentarse aquí en cualquier momento. —Arruga el ceño—. Tiene que irse. Y llevarse al niño. A estas alturas ya sabrán que se lo ha quedado y lo estarán buscando. No podemos arriesgarnos. Ya hemos involucrado a Micheline. —Sigue caminando de un lado a otro del cuarto de estar—. Es el cabo suelto que puede delatarnos. Tendré que inventarme algo, pero ya se sabe cómo es la gente. Hablará. —Suspira—. No debí pedirle ayuda. No estaba en mis cabales.

—Pero, *maman*, teníamos que darle de comer. Estaba chillando. No es culpa tuya.

—Charlotte, ¿no te das cuenta de que nos hemos puesto en peligro?

—Lo siento. No debí venir.

Jean-Luc se pasa una mano por el pelo. Mi madre recibe su disculpa con un gesto de indiferencia.

—Tenemos que borrar cualquier rastro. —Se inclina a mirar al niño—. ¿Qué piensa hacer? —Calla y fija la vista en Jean-Luc—. Supongo que tendrá un plan.

Sé que es su manera de decirle que sabe que no lo tiene.

—*Maman*, por favor, tenemos que ayudarlo. Encontrar la manera.

La miro juntar la cejas. Miro de reojo al pequeñín, que duerme plácidamente, como si el mundo fuera un lugar pacífico.

—Muy bien —dice *maman* con decisión y sin apartar la mirada de Jean-Luc—. Quizá pueda ayudar. Pero no debéis repetir nunca lo que estoy a punto de explicaros.

36

París, 30 de mayo de 1944

Charlotte

—No debería decirte esto. —Mi madre mira furiosa a Jean-Luc, sentado a mi lado en el sofá—. Si se descubre, habrá muchas vidas en peligro.

—Lo entiendo. —Jean-Luc traga saliva.

Maman lo mira con ojos entornados.

—Sí, pero ¿será lo bastante fuerte para mantener la boca cerrada si le detienen?

—Prefiero morir antes que poner a alguien en peligro.

Jean-Luc se inclina hacia delante con las manos en las rodillas.

—Estupendo, qué palabras tan bonitas. —*Maman* calla un instante—. En fin. Tendré que arriesgarme. No veo alternativa.

Jean-Luc asiente con la cabeza.

—Tengo un tío llamado Albert. Vive en Ciboure, un pueblo cerca de San Juan de Luz. —Se frota la nuca antes de seguir hablando—. Es muy activo. Está ayudando a personas a escapar cruzando los Pirineos; a pilotos británicos que vuelven a Inglaterra, a judíos.

¿Ha estado mi madre ayudando a gente a escapar? La miro fijamente y me pregunto quién es realmente. Se me llenan los ojos de lágrimas de vergüenza. Parpadeo para ahuyentarlas y la miro bajo una luz nueva.

—Quizá pueda ayudarle —continúa—. Le voy a dar su dirección y tiene que memorizarla. Nunca la escriba en ninguna parte. —Taladra con la vista a Jean-Luc—. ¿Está preparado?

Jean-Luc asiente con la cabeza.

Maman coge al niño de la butaca y vacila un segundo, como si no supiera qué hacer con él. A continuación y con un gran suspiro, se sienta y se lo pone en el regazo.

—Avenue de l'Océan número veinticuatro…

—*Maman* —la interrumpo—. ¿Has ayudado a personas antes? ¿Les has dado esa dirección?

Me mira durante un instante antes de contestar.

—Sí.

—Pero… ¿por qué…, por qué no me lo contaste?

—¡Charlotte! —Su tono es áspero—. Deberías saber que no son cosas que se puedan ir contando por ahí.

Otra vez soy la niña ignorante a la que se le ocultan las cosas. Parte de mí está furiosa con ella y la otra mitad, a su pesar, rebosa admiración. Solo me habría gustado saberlo. Podría haberlo cambiado todo.

—¿Lo…, lo sabe *papa*?

—No es el momento de hablar de esto, Charlotte. Tenemos que actuar deprisa.

Ahora soy la niña egoísta, tan absorta en mi mundo que no tengo ojos para nadie más.

Maman se vuelve hacia Jean-Luc.

—Será peligroso. Muy peligroso. Entiendo que no habla usted alemán.

—No.

—Tendrá que quitarse ese uniforme, entonces. Puedo conseguirle un documento de identidad falso. Podemos cortarle el pelo, las cejas, para que se parezca a la fotografía. Ya lo he hecho antes. —Calla un momento—. Tendrá que llevarse al niño con usted. Nadie va a querer quedárselo, y esconderse con él sería demasiado peligroso. —Mira a la criatura, que duerme plácidamente en su regazo—. Ni siquiera estoy segura de que vaya a sobrevivir.

Sé lo que está pensando, pero no digo nada.

—Tendrá que coger un tren hasta Bayona —continúa—, y de ahí continuar a pie hasta Ciboure. Son unos cuarenta kilómetros. El tren será lo más peligroso, pero si no habla con nadie...

—Pero ¿no se extrañará la gente al ver a un hombre viajar solo con un niño de pecho? —interrumpo de nuevo. Me viene a la cabeza el horrible pensamiento de que quizá mi madre solo busca librarse de él. Ya no la conozco; no sé de lo que es capaz.

—Podemos darle leche materna para dos días; en ese tiempo debería poder llegar a un lugar seguro. —Mira de nuevo a Jean-Luc—. Tendrá que limitar al máximo el contacto con los demás.

—Pero, *maman*... —La miro fijamente—. ¡Es una locura! Alguien lo parará. Estoy segura.

—Charlotte —dice Jean-Luc con voz suave y tocándome la mano—. Todo irá bien. Tendré el documento de identidad falso.

—¡No! —Me pongo de pie. Se me acaba de ocurrir una idea. Me acerco a mi madre, le cojo el niño del regazo y me lo acerco. Es tan pequeño, tan liviano. Miro a mi madre por encima de su cabecita y hablo con tono calmado, por miedo a despertarlo—. Una pareja que viaja con un bebé despertará muchas menos sospechas que un hombre solo.

Un destello atraviesa su mirada y sé que sabe que tengo razón.

—¡No, Charlotte!

El destello se transforma en feroz enfado. Jean-Luc se pone de pie también.

—Qué valiente eres —me susurra al oído mientras me pasa el brazo por los hombros. A continuación se gira hacia mi madre—. Haré todo lo que pueda por mantenerla a salvo.

—¿A salvo? —dice *maman*, furiosa—. ¿Se ha vuelto loco? ¡Si ni siquiera es capaz de cuidar de sí mismo!

Jean-Luc me coge el niño con cuidado y mira a *maman*. Habla con voz monótona y calmada, como si buscara aplacar un animal salvaje.

—Sé que no quiere perder a su hija. Y va a ser peligroso. Pero le juro que los protegeré a ella y a este niño con mi vida.

—¡Mi hija no va a ir a ninguna parte!

Maman nos mira alternativamente a Jean-Luc y a mí. Me acerco a ella.

—*Maman*, por favor. Piénsalo. Podemos fingir que somos amantes secretos y que nos estamos fugando para casarnos porque tenemos un hijo ilegítimo...

—¡No! —Me coge por los hombros—. Puede ocurrir cualquier cosa. ¡Es posible que no volvamos a verte! —Traga saliva—. No puedes irte.

La miro y me doy cuenta de que me quiere de verdad. ¡Pues claro que sí! Tengo el corazón a punto de estallar de vergüenza y de pena. ¿Cómo no lo vi antes?

Pero no puedo no ir. Una urgencia me empuja a actuar ya, a hacer algo.

—Tienes que dejarme hacer esto. Por favor, *maman*.

—No entiendes los peligros. No tienes ni idea...

La voz tiembla y se le quiebra, como si supiera que ya me ha perdido.

—Entiendo que es peligroso. Pero quiero hacerlo. Necesito hacerlo.

37

París, 30 de mayo de 1944

Charlotte

En la Gare Montparnasse reina el caos. Hay soldados y gendarmes por todas partes, parando a personas, comprobando documentación y gritando órdenes. Los adultos miran nerviosos hacia los andenes desde los que salen trenes, mientras que niños pálidos y cansados, que hace tiempo dejaron de llorar, esperan, aturdidos. Y constantemente hay pasajeros a los que no se les permite subir al tren.

—¡Esto está lleno de policía, Charlotte!

Muy consciente de esta triste realidad, me pego el niño al pecho y miro a mi alrededor.

—¡No mires! Finge naturalidad.

Jean-Luc está tan nervioso que me estoy asustando. Si no se tranquiliza, vamos a empezar a llamar la atención. Me detengo un momento y miro sus ojos desorbitados. El corazón me late con fuerza y me sudan las manos, entonces me acuerdo de que se supone que somos dos amantes que se fugan con su hijo ilegítimo. ¿Qué harían dos enamorados?

Me pongo de puntillas y le paso una mano a Jean-Luc por la nuca de modo que el niño quede entre los dos. Lo acerco a mí y levanto mi cara hacia la suya.

—Bésame —le susurro al oído.

Al principio sus labios están rígidos y fríos, pero a medida que los beso noto que ceden y me dan la bienvenida. Los sonidos a nuestro alrededor se desvanecen. Mientras nos respiramos el uno al otro, a lo lejos oigo silbatos de tren, llanto de niños, gritos de hombres. Mi corazón se llena de felicidad. Todo va a salir bien. Lo sé.

Entonces Jean-Luc se aparta.

—Vamos, es el andén número quince.

Me coge del brazo y tira de mí. Juntos vamos hasta el soldado que está comprobando billetes y documentación a la entrada del andén. Echa un vistazo rápido a los documentos de Jean-Luc y le señala la pierna con un gesto de la cabeza.

—¿Cómo se hirió? —pregunta con acento alemán.

—En un accidente de trabajo.

La cara de Jean-Luc es tan inexpresiva como su tono de voz.

A nuestra espalda se amontonan los viajeros, pero el soldado no parece tener prisa. Mira el documento de identidad de Jean-Luc, a continuación lo mira a él a la cara y de nuevo el documento. ¿Es que algo no le encaja? *Maman* tuvo que trabajar deprisa cuando le cortó el pelo imitando el de la fotografía.

—¿Michel Cevanne?

—Sí. —Jean-Luc consigue controlar el nerviosismo en su voz.

—¿Fecha de nacimiento?

—5 de julio de 1922.

El soldado me mira.

—¿Qué relación tiene con este hombre?

—Soy... Somos..., somos amigos.

—¿Amigos? Su documentación, mademoiselle.

Se la doy.

—¿Eso es un niño?

En lugar de comprobar mis documentos, mira al niño.

—Sí.

Levanta un poco la manta con dedos largos y delgados.

—¿Tienen el certificado de nacimiento?

—Yo... No... No hemos tenido tiempo aún de sacarlo.

—Todos los nacimientos han de registrarse en los tres días siguientes.

Estoy tan tensa que pienso que me voy a romper. No sé qué decir.

Entonces aparece un agente de policía y le dice algo al oído al soldado. Entablan una conversación susurrada y que parece urgente. Jean-Luc me mira. Sé lo que está pensando. Ahora es el momento.

Me coge de la mano y echamos a correr por el andén sin mirar atrás. Subimos al tren por la primera puerta que encontramos, que resulta ser de un coche vacío con capacidad para ocho pasajeros. Jean-Luc cierra la puerta.

—Siéntate. Compórtate con normalidad.

Me siento junto a la ventana con el niño en el regazo. Jean-Luc se sienta a mi lado. Estoy jadeando, pero los pulmones no parecen llenarse. Me da vueltas la cabeza.

De pronto se abre la puerta. Se asoma un guardia.

—¡Aquí! —grita volviendo la cabeza.

Le cojo la mano a Jean-Luc. No puedo respirar. Miro aterrorizada al guardia que sujeta la puerta.

Entra un hombre con una maleta grande, seguido de una mujer y tres niños pequeños. Jean-Luc me suelta la mano. Respiro. El hombre nos saluda tocándose el sombrero y se sienta frente a nosotros, con su mujer al lado. Los niños se pelean por los dos asientos libres junto a sus padres y el más pequeño y último se queda de pie, sin saber qué hacer.

—No seas bobo, Henri. Siéntate —le regaña el padre.

El niño se sienta sin decir palabra frente al resto de la familia, al lado de Jean-Luc. Hace un puchero y empieza a pellizcarse una costra que tiene en la rodilla.

Ninguno hablamos. Todos tenemos secretos. Cuando el tren se pone en marcha, los dos niños mayores empiezan a revolverse, pinchándose y dándose codazos.

—Chis. Estaos quietos, niños. Intentad dormir. —La madre los mira furiosa, pero los niños continúan pellizcándose mutuamente las rodillas—. Díselo, Georges.

—Estaos quietos, niños. Intentad descansar. —El padre levanta la cabeza sin mirarlos apenas.

—*Papa*, tengo hambre. No hemos desayunado.

—¡Silencio!

El niño mira por la ventana. Sigo su mirada, hacia los edificios grises con el cielo azul de fondo. «Por favor, Dios mío —rezo mentalmente—. Por favor, Dios mío, déjanos llegar a Bayona».

De pronto se abren las puertas del compartimento y entra un gendarme de aspecto cansado.

—Documentación —dice y mira primero a la familia y a continuación a nosotros.

Se me acelera otra vez el corazón.

Jean-Luc se mete la mano en el bolsillo y saca sus papeles. Tiene el pulso firme y su expresión es tranquila, afable. Yo saco los míos con mano temblorosa y me rebullo en mi asiento mientras esbozo mi sonrisa más dulce, para compensar.

—Monsieur Cevanne y mademoiselle De la Ville, viajan ustedes con un niño pequeño. —El gendarme levanta una ceja.

—Vamos a Biarritz, a casarnos —suelta Jean-Luc.

Mi sonrisa falsa se hace más ancha.

El gendarme me mira a mí y después a Jean-Luc con el ceño cada vez más fruncido.

—¿No saben que estamos en guerra?

—Es por el niño —digo—. Mi padre iba a matarme si nos quedábamos. A mí y al niño.

Suelto unas lágrimas. Soy consciente de la expresión escandalizada de la familia. Esto le ha dado una nueva dimensión a su viaje.

El silencio llena el coche.

—¡Se están fugando! —El gendarme deja escapar una carcajada obscena—. Será mejor que salga, monsieur. Usted y yo tenemos que hablar.

Jean-Luc me da una palmadita en la mano cuando coge su cartera.

—Por supuesto, monsieur.

Lo observo salir del compartimento y a continuación dirijo la mirada al padre de familia sentado enfrente de mí. Este vuelve la cabeza y mira por la ventana.

«Por favor, Dios, por favor». Me muerdo el labio inferior mientras los segundos se convierten en minutos.

Después de lo que parece una eternidad, Jean-Luc vuelve y se sienta. Me inunda una deliciosa oleada de alivio. Vuelvo a respirar. Jean-Luc me habla al oído.

—Quería dinero. Cree que nos ha descubierto y quería dinero para mantener la boca cerrada. Un secreto para ocultar otro. —Me toca la rodilla y me mira a los ojos—. La mejor mentira es una verdad a medias.

38

El sur, 30 de mayo de 1944

Charlotte

El tren se detiene por fin en Bayona y al bajar solo encontramos oscuridad y silencio. Hay edificios altos de apartamentos que dan a la estación, pero tienen los postigos cerrados, como si sus habitantes se hubieran ido, aunque lo más probable es que solo estén escondidos dentro.

—Vamos hacia el río. El centro de la ciudad debe de estar pasado el puente. —Jean-Luc me coge la mano. Cuando doblamos la esquina, vemos a una pareja de gendarmes que viene hacia nosotros. Me paro en seco—. Tú sigue. —Jean-Luc me empuja un poco con el hombro.

A medida que subimos por la calle que serpentea en dirección a la catedral, la ciudad cobra algo de vida y las pocas personas que hay sentadas en la terraza de un café nos miran con caras inescrutables. Dejamos atrás la catedral y llegamos a un pequeño hotel que hay nada más doblar la esquina.

—Probemos aquí.

Jean-Luc empuja la puerta, que cruje sonoramente e interrumpe la siesta de media tarde de una señora mayor que atiende la recepción. Nos mira con ojos legañosos.

—Queríamos habitación para una noche, por favor.

A Jean-Luc le sale un gallo y tose para disimular.

—Documentación —dice la mujer y alarga los dedos huesudos en espera.

Saco mis papeles y me los quita igual que un gato hambriento, a continuación se saca unos anteojos diminutos del bolsillo superior de la blusa y los escruta. Me los devuelve sin comentarios, a continuación extiende otra vez la mano para recibir los de Jean-Luc. Arruga la nariz mientras los estudia y de pronto levanta la vista y su boca tensa sonríe traviesa.

—¡No están casados! —dice con voz chillona.

—Vamos de camino a casarnos. —Jean-Luc la mira con su sonrisa más encantadora.

—Entonces querrán habitaciones separadas, ¿verdad?

—Si lo prefiere…

Jean-Luc suspira audiblemente y yo aparto la vista, incómoda.

—Lo prefiero. ¿Cuánto tiempo se van a quedar?

—Solo una noche.

—Así que dos habitaciones para una noche… Son cinco francos cincuenta, desayuno y cena incluidos.

Jean-Luc busca en su bolsillo y saca unas monedas. Cuando empieza a contarlas, los ojos de la mujer se iluminan.

—¿Sería posible comprar un poco de leche? —pregunto.

—¿Leche? —El ceño de la mujer se surca de profundas arrugas.

—Para el niño.

—¿Qué niño?

Toco el bulto en mis brazos. Esta mujer está más ciega que un topo.

—¡Un niño! ¡Sin estar casados! ¡Y con una criatura!

Espero que nos suba el precio de la habitación, pero lo que hace es preguntar:

—¿Por qué no le da el pecho? Ya sabe lo difícil que es conseguir leche.

—He estado enferma. No puedo amamantarlo.

—¿Enferma?

Me arden las mejillas.

—Sí, muy enferma. Con una infección muy fea.

Se aparta del mostrador.

—¿No sería tuberculosis?

—No, nada de eso.

Sigue un silencio incómodo, que interrumpe la mujer con un graznido.

—La leche es muy cara.

—Lo sabemos. —Jean-Luc vuelve a sonreír—. Pero es para el niño y podemos pagarla.

—Veré si encuentro una poca. Deme otro franco y le preguntaré a mi sobrino. Es granjero.

—Gracias. Agradecemos su ayuda. —Jean-Luc saca la moneda.

—¿Cómo se llama la criatura?

La mujer se quita las gafas y se las guarda en el bolsillo.

—S... —empiezo a decir, pero Jean-Luc me interrumpe enseguida.

—Serge —dice.

Cierro la boca y me guardo dentro el nombre de Samuel. Tengo que aprender a pensar más deprisa; pues claro que su nombre judío puede delatarlo.

—Serge —repite despacio la mujer como si lo estuviera digiriendo—. Bonito nombre.

Sale de detrás del mostrador y la seguimos escaleras arriba. Al final de un oscuro pasillo del primer piso, se detiene y coge una llave que lleva colgada del cuello en una cadena.

—*Pour monsieur* —dice y abre la puerta dejando ver una camita pegada contra una ventana.

—*Merci, madame.*

Jean-Luc entra en la habitación y la mujer cierra la puerta

enseguida y se vuelve a mirarme antes de enfilar otro pasillo hasta otra puerta.

—*Et pour madame.*

Su pronunciación de la palabra *madame* está cargada de sarcasmo, pero mantengo la cabeza alta mientras la inspecciono. Hay una cama individual.

—Para usted y el niño —dice mirándome fijamente.

Entro en la habitación y siento un escalofrío en la nuca. Sin añadir palabra, la mujer sale y cierra la puerta. De pronto me siento muy sola. Miro la cama, cubierta con una manta marrón fea y raída, y me siento en ella con el niño aún en brazos. Unos golpes suaves en la puerta me sobresaltan. Entra Jean-Luc.

—¿Se ha despertado?

—No. —Separo al niño de mi pecho y miro el pelo sedoso que le cubre la coronilla—. ¿Cuánto suelen dormir los recién nacidos?

—No estoy muy seguro, pero ya lleva casi doce horas.

Jean-Luc extiende los brazos y le doy al niño. ¿Qué le daría exactamente *maman* antes del viaje para que durmiera tanto? Espero que supiera lo que hacía. Miro a Jean-Luc dejar al niño en la cama y retirar capas de manta y ropa hasta dejarlo solo con la camiseta de lana gris. Miro sus piernecitas regordetas, parecen de mármol, con una red de finas venas debajo de una piel casi transparente. En los piececitos lleva patucos de lana; tiene los brazos caídos a ambos lados del cuerpo, lo que le da un aire desvalido. Le toco una pierna. Está caliente, pero no se mueve. Me inclino sobre él y le soplo con suavidad en las pestañas.

No se inmuta.

Me vuelvo a mirar a Jean-Luc.

—Estará bien, ¿verdad?

—Respira. Pero me gustaría que se despertara. Lleva mucho tiempo durmiendo. —Levanta el cuerpecito, se lo pone al hombro y le da palmaditas en la espalda. Pasea por la habitación mientras sigue frotándole la espalda—. Samuel, *réveille-toi*. Despierta, por favor.

Contengo la respiración.

Lo separa con cuidado del hombro y lo sostiene delante de él.

—Dame una toalla húmeda.

Cojo uno de los paños que nos dio *maman* y corro al cuarto de baño del pasillo. Mientras lo empapo en agua fría rezo en silencio: «Por favor, Dios mío. No volveré a pedirte nada nunca más, solo haz que se despierte. Por favor, Dios mío».

Cuando vuelvo a la habitación, Jean-Luc está sentado en la cama muy pálido y con el niño en las rodillas. Me coge la toalla y se la pasa a Samuel por la cara haciendo hincapié en los párpados. Solo oigo la respiración de Jean-Luc, profunda y sonora.

El niño arruga la nariz. Este pequeño gesto se hace más grande y lo acompaña frunciendo la frente diminuta. De pronto un llanto estridente rompe el silencio.

Jean-Luc sonríe, visiblemente aliviado.

—Supongo que es normal que esté de mal humor después de dormir tanto. Hay que darle de comer.

Dejo de contener la respiración. «Gracias, Dios mío. Gracias».

Preparo un biberón con la leche que hemos traído y se lo paso a Jean-Luc. Lo miro sentarse en la cama y meter la tetina en la boca abierta del niño.

—Chis, pequeñín. Ya está aquí la cena. Chis.

El llanto da paso al sonido rítmico de tragar. De inmediato me noto más tranquila y me siento en la cama. Me preguntó por qué le he dado el biberón a Jean-Luc, cuando podía haber intentado dar de comer a Samuel yo misma. Supongo que no me siento capaz aún.

Cuando se termina el biberón, Jean-Luc se recuesta en la cama y apoya la cabeza en el cabecero con el niño en su pecho.

Samuel levanta las dos torpes manitas en un intento por metérselas en la boca a la vez.

Un golpe en la puerta me sobresalta.

—Le traigo una cuna —dice una voz chillona detrás de la puerta.

Me obligo a apartar la vista del niño y voy a la puerta. La mujer la abre antes de que me dé tiempo a llegar. Tiene la mano apoyada en una cunita de madera.

—Y es hora de cenar.

—Gracias, es usted muy amable, madame.

Le cojo la cuna y cierro la puerta antes de que pueda entrar y preguntar qué hace Jean-Luc en mi habitación.

—Nos vigila. —Jean-Luc se pone de pie—. Vamos a dejar al niño aquí y bajar a comer algo. Estará bien; no tardaremos mucho.

—¿Dejarlo aquí? ¿No podemos llevárnoslo? Me preocupa.

—No nos interesa llamar la atención.

—¿No puedo llevarlo yo en brazos?

Jean-Luc deja al niño en la cuna, pero no parece en absoluto cansado, sigue intentando meterse todos los dedos en la boca.

—Creo que tiene más hambre. —Miro a Jean-Luc—. No me parece bien dejarlo aquí solo. Por favor, vamos a llevárnoslo.

—No creo que debamos, Charlotte. Quienes nos vean se fijarán más en nosotros si llevamos un recién nacido.

—Samuel... Serge —susurro inclinada sobre la cuna, ensayando los nombres. Por un momento se queda quieto, deja de moverse frenéticamente para mirarme. Le froto con suavidad la barriga. Me coge la mano y me mira—. Permíteme que le coja en brazos.

—Luego. Tenemos que irnos o no quedará nada de comer. Esa cacatúa estará encantada de dejarnos sin cena. Venga. No tardaremos mucho.

El entrante de la cena es un paté grisáceo inidentificable. ¿De perro? ¿Gato? Con suerte de conejo. Lo sigue un estofado de verduras agradablemente caliente, y abundante. Salta a la vista que aquí es más fácil cultivar hortalizas que en París. Tres damas de avanzada edad están sentadas a una mesa redonda en la esquina y, en el centro del comedor, dos parejas también mayores comen encorvadas sobre sus platos. Como deprisa, engullendo a grandes bocados, ansiosa por volver junto a Samuel. Los recién nacidos a veces mueren mientras duermen y ese pensamiento me aterroriza.

—Charlotte, deja de preocuparte. Voy a ver cómo está.

Pero antes de que a Jean-Luc le dé tiempo a levantarse, entra un boche.

—*Bonsoir, mesdames, messieurs.*

Su saludo es recibido con murmullos y por el rabillo del ojo lo veo sujetarse la servilleta debajo de la barbilla mientras toma asiento. Los otros huéspedes siguen comiendo más en silencio incluso que antes.

La recepcionista, que al parecer es también camarera, entra arrastrando los pies. Cuando ve al boche, da un paso atrás y se queda pálida.

Luego se sobrepone.

—*Bonsoir*, herr Schmidt.

Se acerca al alemán con una mano tendida y en los labios una sonrisa falsa que le desfigura el arrugado rostro.

—*Bonsoir, madame.* ¿Y dónde está su encantadora hija esta noche?

—Está enferma. Una indisposición gástrica, me temo.

Me concentro en no dirigir la vista hacia ellos mientras siento escalofríos.

—Qué lástima.

Sin necesidad de mirarlo, sé que el boche se ha recostado en el respaldo de su silla y ha extendido las manos como pezuñas encima de la mesa.

—Transmítale mis sinceros deseos de una pronta recuperación y dígale que espero verla antes de mi marcha.

Las últimas palabras las pronuncia con firmeza, dejando claro que se trata de una orden más que de una petición.

—Le ha dado fuerte. No querrá usted contagiarse.

—Me arriesgaré. Más peligroso es comerse este paté rancio que sirven aquí.

—Vámonos —susurro a Jean-Luc.

—¿Y qué pasa con la leche? Nos va a hacer falta pronto. Vuelve tú a la habitación, yo voy a preguntar en la cocina.

El boche carraspea sonoramente y da un mordisco a su tostada, que cruje. Salgo del comedor sin darme la vuelta y subo deprisa las escaleras, feliz de reencontrarme con la tranquilidad de nuestra estrecha habitación.

El pequeño murmura en su cuna. Lo cojo y lo acuno despacio mientras tarareo una canción que solía cantarme *maman*.

Dodo, l'enfant do
L'enfant dormira bien vite
Dodo, l'enfant do
L'enfant dormira bientôt.

Siento una repentina punzada de añoranza. Ya echo de menos a mi madre; su constante preocupación por conseguir la próxima pieza de carne, su ceño perpetuamente fruncido, su sutil pero profundo amor por su familia.

A los pocos minutos entra Jean-Luc.

—Tengo la leche. No te preocupes.

—¿Y qué ocurre con el boche? ¿Te ha dicho algo?

—No. Nosotros no le interesamos. Solo la chica esa de la que anda detrás.

—Pobre muchacha. —No logro imaginar lo que debe de ser irte a la cama con una persona a la que odias, verte obligada a tocarla, besarla. Un escalofrío me recorre la espalda, aunque mi verdadera preocupación es otra—. Me parece que el niño vuelve a tener hambre.

—No es posible. Ha comido hace una hora. Prueba a meterle un dedo en la boca.

Con cuidado le meto el meñique en la boca y me sorprende la energía con que succiona. Me siento en la cama y lo acuno en mi regazo. Me asalta un fuerte instinto de protección y se me encoge el estómago.

—Jean-Luc, todo va a salir bien, ¿verdad?

—Por supuesto. Es lo mejor que he hecho nunca. —Se inclina sobre el niño y le besa la coronilla. Luego me mira—. Gracias por todo, Charlotte. —Me besa suavemente en los labios.

—¿Y qué me dices de sus padres? ¿Qué crees que les pasará?

Me siento mal, siendo tan feliz mientras los padres de Samuel son llevados a Dios sabe dónde.

—Es una tragedia, pero al menos no tendrán que ver a su hijo sufriendo las atrocidades que los esperan a ellos. Nuestro deber ahora es cuidar del pequeñín.

Me quita al niño con amabilidad y lo deja en la cuna, luego vuelve a la cama, se sienta a mi lado y se recuesta en el cabecero. Me mira con su sonrisa ladeada. Le devuelvo la sonrisa mientras siento calor y paz correr por mis venas. Es como si fuéramos una familia. Claro que no somos una familia de verdad y Samuel no es hijo nuestro, pero me hago la ilusión de que es así porque me hace sentir bien. Quiero cuidarlos a los dos, mantenerlos a salvo, abrigados y queridos. Miro hacia la cuna en el rincón, de la que salen gorjeos.

—Lo digo de verdad, Charlotte. —Jean-Luc se enreda un mechón de mi pelo alrededor del dedo—. Es la mejor decisión que he tomado nunca. —Hace una pausa—. Y no habría podido sin ti. Bueno, quizá sí habría podido, pero no habría sido igual.

—Me besa la mejilla—. Sabía que tenías ese lado. Lo leí en tus ojos.

Le pongo una mano en la pierna. Me sorprende lo natural que me resulta, tener la mano encima de la pierna de un hombre. Hace solo unas semanas no lo habría imaginado siquiera.

—¿De qué lado hablas?

—De este. El lado atrevido. El salvaje.

No estoy segura de tener un lado salvaje y por un momento me preocupa que Jean-Luc me crea más audaz de lo que soy. «¿Qué pasará ahora?», me pregunto. Por las venas me corre nerviosismo mezclado con agitación y mi respiración jadeante me atruena en los oídos. Quiero decir algo, pero las palabras se me quedan agarradas a la garganta.

—Creo que deberíamos dormir un poco. —Jean-Luc me besa en la frente—. Mañana nos espera un día largo. Me llevo al niño; puede que haya que darle de comer por la noche.

Lo miro mientras se guarda el biberoncito en el bolsillo y después coge al pequeño con una mano y la cuna con la otra.

39

El sur, 31 de mayo de 1944

Charlotte

A la mañana siguiente, el desayuno se sirve en el comedor: un cestillo de pan rancio con un tazón de un líquido marrón en el que mojarlo. Parece que la mantequilla y la mermelada escasean aquí tanto como en París. Comemos deprisa y emprendemos viaje a San Juan de Luz. Primero tenemos que ir a Biarritz, a solo ocho kilómetros. Desde allí podríamos haber cogido la carretera costera, pero los alemanes la cerraron cuando establecieron el Muro Atlántico. Ahora tendremos que atravesar los campos de cultivo que hay detrás de la costa.

Caminamos a campo través atentos a encontrarnos camiones nazis, pero solo nos cruzamos con una anciana cogiendo leña. De la hierba alta cuelgan gruesas gotas de rocío que nos mojan los zapatos cuando pisamos campos sin labrar. Guardamos silencio, solo se oyen nuestras pisadas, nuestra respiración, trinos de pájaros. Jean-Luc lleva a Samuel en un canguro que ha hecho con una funda de almohada atada alrededor de su cuerpo.

Al cabo de un par de horas llegamos a la costa de Biarritz. Observo el mar, que se extiende hasta el horizonte; a continuación las montañas a mi izquierda.

—Mira. —Jean-Luc señala la más alta—. Eso es España.

—¡España ya! No parece tan lejos.

Las nubes bajas sobre algunos de los picos dificultan ver su verdadera altura y el sol las atraviesa con rayos de luz brillante e ilumina porciones de verde que se vuelven color lima.

Oigo un coche que se acerca a gran velocidad.

—¡Al suelo! —Jean-Luc se acuclilla en la hierba crecida.

Me tiro al suelo con el pulso acelerado.

—No pasa nada; ya se ha ido. —El ruido del motor se aleja—. Más adelante hay árboles. Estaremos más seguros.

Me pongo de pie con el corazón desbocado. Tenemos que recorrer unos quince kilómetros más antes de que anochezca, pero los zapatos me rozan muchísimo los talones. Me maldigo por haber traído unos zapatos que casi no me he puesto. Son planos y feos, pero las suelas me parecieron resistentes y todos mis otros zapatos estaban demasiado gastados para caminar distancias largas. Quiero parar y quitármelos, pero me da miedo lo que pueda encontrarme. Noto humedad en los talones.

Jean-Luc camina delante de mí hasta que no pueden vernos desde la carretera y entonces me coge la mano. Intento sonreír, pero solo me sale una mueca. Trato de seguir, pero al cabo de una media hora el dolor es tan insoportable que me siento incapaz. Me detengo.

—¿Podemos parar un momento?

Se vuelve a mirarme con el ceño fruncido.

—Todavía nos queda mucho trecho por recorrer. ¿No puedes aguantar una hora más?

Reprimo la autoconmiseración que amenaza con apoderarse de mí.

—No —susurro—. Creo que me ha salido una ampolla.

—De acuerdo, hacemos un pequeño descanso. Voy a darle el biberón a Samuel aprovechando que está despierto.

Se quita el hato, lo desanuda y se sienta recostado contra un árbol con el niño apoyado en las rodillas.

—¿Ha sido él o es que el campo huele así? —digo con la nariz arrugada.

Jean-Luc le olisquea y el niño le agarra mechones de pelo de la parte posterior de la cabeza. Jean-Luc le quita el pañal y lo usa para limpiarle la caca pegada antes de desecharlo. Lo miro sacar un pañal limpio de la mochila. Contengo la respiración y me desato los cordones de los zapatos. En cuanto saco el primer pie, veo que en el cuero de la parte del talón hay una mancha oscura de sangre.

Jean-Luc me mira.

—¡Charlotte, cómo tienes los pies! ¿No has traído otros zapatos?

Niego con la cabeza y los ojos se me llenan de lágrimas. «¡Qué idiota soy!».

—Toma. —Me pasa un pañuelo—. Envuélvete el tobillo con esto y dame los zapatos.

Me quito un calcetín con cuidado y examino el talón. La piel se ha levantado y está en carne viva y sangrando. Ahora que ha desaparecido el instrumento de tortura no siento dolor y me pregunto si no sería mejor ir descalza.

Con el niño en el regazo, Jean-Luc frota el duro cuero con los dedos pulgar y corazón.

—Vamos a hacer una almohadilla con el pañuelo. Deberías habérmelo dicho; habríamos parado antes.

Me devuelve los zapatos. Decido no probármelos hasta que tenga que levantarme. Sé que me van a hacer daño incluso con el pañuelo.

—Voy a dar de comer a Samuel.

Busca la botella de leche que lleva en la mochila para llenar el biberón.

—¿Me dejas que lo haga yo?

—Claro, perdona. No era mi intención acapararlo. Es que me siento responsable.

Me pone al niño en brazos y me da el biberón.

Lo inclino y caen unas gotas en la mejilla del niño. Se está retorciendo y es difícil conseguir que se agarre a la tetilla. Le cae más leche en la cara.

—Esto es leche de vaca, ¿verdad?

—Sí. La otra se ha terminado.

—Dijo *maman* que podía ser difícil conseguir que la tomara. ¿Esperamos a la próxima parada?

—Pues no lo sé. —Calla un instante—. Igual no es buena idea esperar a que tenga demasiada hambre. Y ya han pasado tres horas. Intenta incorporarlo un poco; creo que así le será más fácil tragar.

Siguiendo sus consejos, cambio de postura y meto despacio la tetina en la boca de Samuel. Succiona un poco, pero enseguida gira la cabeza, como si no le gustara.

—Creo que se la tomará mejor si tiene hambre. —Le acaricio la mejilla y dejo que me chupe el dedo—. Podemos hacer otro descanso dentro de un rato.

—Sí. A la siguiente parada comeremos los tres.

Jean-Luc se coloca de nuevo al niño en el canguro. Esta vez Samuel no es tan dócil, y se retuerce y gimotea mientras Jean-Luc anuda la tela alrededor de él.

—Vamos, vamos, pequeñín —lo tranquiliza Jean-Luc—. Todavía tenemos un largo camino por delante.

Meto con cuidado los pies en los rígidos zapatos de cuero mientras Jean-Luc tira el pañal sucio detrás de una roca.

Cuando echamos de nuevo a andar por entre los árboles, los gemidos de Samuel se convierten en sollozos. Yo también tengo ganas de llorar, cada paso que doy es una tortura. Me invade el pánico al pensar en la enormidad de mi empresa. «Impulsiva», era la palabra que a menudo usaba *papa* para describirme y tenía razón, lo soy. Pero también soy valiente. En mi corazón, sé que hemos hecho lo correcto. Juntos, Jean-Luc y yo vamos a salvar a este niño y eso es lo más importante.

Si por lo menos no me hubiera traído estos condenados zapatos...

—Jean-Luc, vamos a parar un momento y a organizarnos, por favor.

Me mira sorprendido, con ojos como platos.

—Solo llevamos unos minutos andando; Samuel se tranquilizará en cuanto cojamos ritmo.

Asiento con la cabeza y me trago las lágrimas que se están formando en la garganta; después me paro y me agacho para sacarme los zapatos.

—Charlotte, ¿qué haces? —Jean-Luc se detiene en seco y el niño llora más fuerte.

—Voy a ir en calcetines. Tú sigue.

El suelo es blando y esponjoso y es un alivio no notar la rozadura de los zapatos. Solo de cuando en cuando un palo o una piedra se me clavan en la planta. El llanto de Samuel va cediendo a medida que se queda dormido. Caminamos en silencio amigable un rato y vuelvo a sentirme animada. Todo saldrá bien, pienso, aunque todavía hay un par de cosas sobre las que tengo dudas.

—Jean-Luc, ¿deberíamos llamarlo Samuel o Serge?

—¿Cómo?

—Es verdad que Samuel suena judío.

Solo decir la palabra «judío» en voz alta parece un delito y levanto la cabeza sintiéndome culpable.

Jean-Luc se detiene y me mira.

—Pero es el nombre que le puso su madre. Ahora no podemos usarlo, pero, en cuanto salgamos de Francia, sí.

—La verdad es que me gusta.

—A mí también. Es un buen nombre, rotundo. ¿Qué tal los pies?

—Sin los zapatos, mejor.

—Te encontraremos calzado en cuanto crucemos los Pirineos. —Me coge la mano, se la lleva a los labios y la besa con suavidad—. No sabes cómo me alegra que vinieras conmigo, Charlotte. Nunca olvidaré estos días juntos. Eres muy valiente y ni siquiera lo sabes.

—Bueno, entonces es que no soy valiente, ¿no? Simplemente no sé calcular los peligros.

Sonrío simulando bromear, pero en mi fuero interno me pregunto si no será verdad lo que digo.

—Sí, y también estás un poco nerviosa, ¿a que sí? Lo veo cada vez que cruje un árbol. Das un respingo.

—¡De eso nada!

—¡Pues claro que sí! —Ríe—. Así que eso te hace valiente. Estás asustada, pero sigues adelante.

Sonrío, encantada de darle la razón.

Al cabo de un par de horas encontramos un refugio escondido bajo un gran roble. Samuel está gimiendo, claramente hambriento. Lo cojo en brazos y le acerco el biberón a la boca. Lo chupa y a continuación aparta la cara y llora a pleno pulmón con la boca llena de leche.

—No le gusta.

—Déjame probar a mí.

Jean-Luc alarga los brazos y le doy al niño de mala gana. El llanto aumenta, pero, antes de ponerle el biberón, Jean-Luc mece a Samuel y le besa la cara. Eso parece calmarlo. Miro fascinada cómo Jean-Luc se vierte gotas de leche en la yema del dedo antes de dárselo a chupar a Samuel. Solo entonces le acerca el biberón y le mete con cuidado la tetina en la boca. ¿Cómo sabe hacer todo eso?

—¿Tienes hermanos y hermanas? Pareces experto en dar el biberón.

—No. —Sonríe—. Debe de ser instinto.

Siento una punzada de celos y de inquietud. Hasta ahora yo ni siquiera había cogido a un niño en brazos. No es que no me interesara; es que no conozco a nadie que tenga uno. Solo a Micheline Deschamps, nuestra vecina de arriba, pero a los suyos únicamente los he visto de lejos.

Cuando Samuel se termina el biberón, Jean-Luc se lo pone contra el hombro y le masajea la espalda. De pronto, un enorme eructo me sobresalta. Los dos reímos.

—¿Y eso dónde lo has aprendido? —pregunto—. A mí nunca se me habría ocurrido.

—Mi madre cuidaba a veces de la niña de la vecina y recuerdo que siempre esperaba pacientemente a que eructara después de darle de comer. Pero por lo general tardan más.

Acuesta a Samuel en la hierba y le deja patalear con sus piernecitas. A continuación saca el pan que hemos comprado esta mañana y el *saucisson* curado que hemos traído de París y lo corta con su navaja. Está duro y gomoso, pero me lo como con apetito junto con una porción generosa de cremoso queso brie.

Me entra un poco de sueño, así que me tumbo en la hierba y cierro los ojos. Jean-Luc apoya la cabeza con suavidad en mi estómago.

—Esto sí que es una maravilla —dice—. Tiempo fuera del tiempo. Estamos huyendo para salvar la vida y, sin embargo, aquí estamos, tumbados en la hierba como en un almuerzo campestre.

Le entiendo perfectamente. Aquí con él y con Samuel me siento segura, como si el mundo, con todos sus problemas, hubiera acordado darnos una tregua. Es una sensación de seguridad falsa, me digo, y no debemos demorarnos mucho, solo unos minutos. Paso los dedos por el pelo de Jean-Luc y me pregunto cómo es posible sentir tanta felicidad. Me emociona y me asombra al mismo tiempo pensar en cómo se hacen realidad los deseos; basta querer algo mucho y estar dispuesta a sacrificarlo todo por ello. Me doy cuenta de que eso es lo que he hecho yo. He dejado atrás a mi familia y mis amigos. Es probable que mi padre no vuelva a dirigirme la palabra y, en cuanto a mi madre..., es difícil saberlo. Sabía que no podía hacer nada por detenerme, así que me ayudó. Pero me di cuenta de que estaba enfadada conmigo por haberla puesto en una situación tan difícil. No hubo besos de despedida, solo consejos prácticos, como siempre con ella, por otra parte.

—Charlotte. —Jean-Luc pronuncia mi nombre con suavidad e interrumpe mis pensamientos. Se vuelve hacia mí—. No hay reglas, ¿verdad?

Mi mano recorre despacio los contornos de su nariz.

—¿Qué quieres decir?

—Pues que las reglas las hacemos nosotros. No vamos a seguir el camino que teníamos destinado. Hemos tomado las riendas de nuestro futuro.

—¿Las reglas las hacemos nosotros? De acuerdo, pero creo que no debemos renunciar a los principios con los que nos han educado.

—¿Principios? ¿Qué es eso? Mi único principio es no dejar que los principios me impidan vivir.

Mi dedo se detiene en su frente. No estoy segura de comprender lo que quiere decirme.

—Pero necesitamos algo, algo que sea más fuerte que nosotros; valores que se transmiten de generación en generación. ¿No crees?

Me coge el dedo, se lo lleva a la boca y lo besa.

—¿Me estás hablando de religión? —Hace una pausa—. ¿De verdad crees en Dios? ¿Después de..., después de todo?

—Ahora mismo sí. —Se me escapa una risita—. La verdad es que sí. —Levanto el dedo de su boca—. Le pedí algo a Dios y me lo concedió.

—¿Atendió tu plegaria?

—Sí.

—¿Qué le pediste?

—Eso no te lo puedo contar. Es algo entre Dios y yo.

—Me están entrando celos.

—No digas eso. Suena a blasfemia.

—Perdón, pero es que tengo curiosidad. ¿Le pediste que te raptara un hombre apuesto?

Le pellizco con suavidad la mejilla.

—De haber pedido eso, aún estaría esperando.

Ríe con una risa ligera y burbujeante que me llega al corazón.

—Ojalá pudiéramos quedarnos aquí para siempre.

Le beso la mejilla.

40

El sur, 31 de mayo de 1944

Jean-Luc

Cuando llegan a San Juan de Luz, el sol empieza a ponerse entre jirones de nubes bajas con un resplandor rosado y las olas rompen en la orilla a un ritmo inmemorial. Casas altas y ornadas se alinean en el calle frente al mar y pequeños puentes conectan sus puertas principales con el paseo marítimo. Es todo tan pintoresco que Jean-Luc empieza a imaginar vacaciones en la playa; juegos en la arena, empapados de sol en paz y seguridad. Menea la cabeza y cierra los ojos con fuerza mientras se pregunta si un sueño así se hará realidad algún día.

Necesitan llegar al pueblecito al otro lado del río, Ciboure. El puente es fácil de localizar, pero Ciboure resulta ser un laberinto de calles estrechas y serpenteantes. Tienen la sensación de caminar en círculos. Pero no se ve un soldado, reina un silencio inquietante y Jean-Luc no puede evitar preguntarse si no los estarán espiando por resquicios en las paredes.

—Falta poco para el toque de queda.

La voz de Charlotte es una octava demasiado alta. Se pone los zapatos y Jean-Luc se da cuenta de cuánto sufre con cada paso, pero no dice nada.

Cuando doblan la esquina reconoce enseguida el nombre

de la calle: Avenue de l'Océan. Samuel gimotea y se revuelve contra su pecho. Llama con suavidad a la puerta del número 24, pero de la casa no sale sonido alguno. Esta vez golpea fuertemente la madera con los nudillos y acerca la oreja a la puerta, atento al más mínimo indicio de movimiento.

—*Oui?*

La puerta se entorna un poco, pero con una cadena aún puesta.

Jean-Luc retrocede y deja que sea Charlotte quien pegue la boca a la abertura.

—Venimos por las gallinas. Una de ellas está enferma.

Es el santo y seña que le dio su madre.

Jean-Luc contiene la respiración y escucha la cadena deslizarse por la ranura, acto seguido se abre la puerta. Entran deprisa mientras la mujer inspecciona la calle antes de cerrar la puerta.

Por un pasillo largo y oscuro llega olor a repollo hervido. Samuel está inquieto y gimotea suavemente.

En la puerta que conduce al pasillo aparece un hombre corpulento.

—¿Quiénes son, mujer? —grita mientras camina hacia ellos.

La mujer los mira de arriba abajo, a continuación retrocede, se encoge de hombros y los deja pasar.

—¿A quién tenemos aquí?

El hombre los mira hostil, con ojos azules enmarcados en un rostro cuadrado y lleno de arrugas.

—Soy Charlotte de la Ville; usted debe de ser mi tío abuelo Albert.

Charlotte se inclina y hace ademán de besar al hombre en la mejilla, pero este se aparta.

—*Quoi?* —Se dispone a añadir alguna cosa, pero un ataque de tos se traga sus palabras. La mujer le da palmadas en la espalda.

—*Ça va! Ça va!*

El hombre le aparta la mano. Cuando recupera la compostura, sus ojos van de Charlotte a Jean-Luc y de nuevo a Charlotte, pero no dice una palabra y el aire se puede cortar con un cuchillo.

—*Alors?* —dice por fin.

—Mi abuela es hermana suya. Nos envía mi madre.

De pronto el hombre le coge el mentón con el dedo pulgar a Charlotte y la obliga a girar la cabeza. Jean-Luc la ve ponerse tensa y se le acelera el corazón, le preocupa haberse equivocado de persona, de dirección.

Entonces el hombre suelta a Charlotte con brusquedad.

—Sí, reconocería esos ojos en cualquier parte. Te pareces mucho a ella. ¿Tienes algún objeto personal suyo?

—¿De quién?

—De tu abuela. Mi hermana.

—No. —Charlotte frunce el ceño.

Por un momento todos callan y el olor a repollo se hace más intenso. Entonces Charlotte tose.

—Me regaló un broche… cuando cumplí dieciocho años.

—Enséñamelo. —El hombre se rasca la barba y estudia a Charlotte con ojos entornados.

Con mano trémula, Charlotte se desabotona el abrigo y se quita el broche que lleva sujeto en la blusa. El hombre lo coge en sus manos encallecidas y pasa los dedos por la superficie suave de la gema color verde.

—Lo recuerdo. ¿Quién se lo regaló?

—Su padre, cuando cumplió veintiún años.

Por un instante silencioso miran al hombre examinar el broche. Acto seguido lo coloca en su mano abierta y cierra con cuidado los dedos alrededor de él.

—Será mejor que no lo pierdas. —Calla y sus labios casi esbozan una sonrisa. Entonces coge bruscamente a Charlotte por los hombros, la acerca a él y le da dos sonoros besos en cada mejilla. Cuando la suelta, se vuelve a Jean-Luc—. Y este ¿quién es?

Jean-Luc le tiende la mano.

—Jean-Luc Beauchamps, encantado de conocerlo, monsieur.

Los ojos de Albert se entrecierran de nuevo mientras mira a Jean-Luc de arriba abajo.

—Me gusta conocer a un hombre antes de estrecharle la mano —dice hosco.

Jean-Luc baja el brazo. Como si notara su rechazo, los gimoteos de Samuel se transforman en llanto. Jean-Luc se inclina hacia delante, desdobla el pañuelo y lo saca.

—Y este es Samuel.

—¿Vuestro hijo?

—No —se apresura a decir Charlotte.

La cara de Albert cambia y sus ojos desconfiados se suavizan.

—Será mejor que nos sentemos.

Recorren el largo pasillo hasta la cocina. Albert se sienta a la cabecera de una larga mesa igual que un rey presidiendo su corte. Jean-Luc repara en las marcas de quemaduras de platos calientes y cigarrillos olvidados. Le da el niño a Charlotte y saca la petaca de su mochila. Cuando la agita, el sonido que hace el escaso líquido que queda parece reverberar en la habitación.

—¿Tienen leche?

—Podemos conseguirla. —Albert se vuelve hacia la mujer—: Marie, ve a pedirle a Pierre.

La mujer sale sin decir palabra.

Jean-Luc llena el biberón con la leche que queda y se lo da a Charlotte. Esta tarda un minuto en lograr que Samuel lo tome y Jean-Luc contiene el aliento mientras espera a que el niño empiece a comer.

—¿Qué tiempo tiene? —Albert frunce el ceño—. Parece muy pequeño.

Jean-Luc se encoge de hombros.

—No lo sabemos con seguridad. Probablemente unas pocas semanas.

—¿Venís desde París con un niño pequeño que ni siquiera es vuestro?

Por un instante nadie dice nada, entonces Charlotte levanta la cabeza.

—Es muy bueno. Y ha sido una suerte que no nos hayan parado.

Jean-Luc detecta el orgullo en su voz.

—¿Y bien? —Albert enarca una poblada ceja—. ¿Por qué habéis venido aquí? ¿Qué queréis de mí?

—Confiábamos en que pudiera ayudarnos. —Charlotte lo mira—. *Maman* dijo que ha ayudado a personas a cruzar a España.

Albert se rasca la barba mientras mira alternativamente a Charlotte y a Jean-Luc.

—Pero ¿por qué necesitáis escapar? ¿Qué habéis hecho? ¿Es Jean-Luc judío?

—No —dice Charlotte.

Jean-Luc toma la palabra.

—Soy trabajador del ferrocarril. Trabajaba en la estación de Bobigny..., en Drancy.

—Entiendo. —Las pobladas cejas de Albert se juntan y dibujan profundas arrugas en su frente.

—Sabía que tenía que irme. Estaba esperando el momento propicio. Primero intenté sabotear las vías, pero solo conseguí terminar en el hospital. Luego, cuando salía un tren, una mujer me suplicó que cogiera a su hijo... para salvarlo.

—¿Este niño?

—Sí.

—De modo que es cierto. Están deportando a los judíos desde Drancy.

—Sí, por miles.

—Es lo que tenía entendido. Pero ¿adónde los llevan?

—No estoy seguro, pero debe de ser a algún lugar lejano, al este de Europa. Cambian de conductor en la frontera. Solo los boches saben realmente adónde van.

La arrugas de la frente de Albert se hacen más profundas.

—Solo los boches. Menudos malnacidos.

Charlotte se pone de pie. Jean-Luc sabe que intenta tranquilizar a Samuel, que ya llora a moco tendido. Todos levantan la vista cuando vuelve Marie con una jarra de metal.

—Me ha costado dos cajetillas de Gitanes.

—Tenemos tabaco.

Jean-Luc se mete la mano en el bolsillo de la camisa y saca dos cajetillas arrugadas. Las deja en la mesa.

—¿Entonces? —Albert se anima—. ¿Esa mujer te pidió que te quedaras con su hijo?

Le ofrece la cajetilla a Jean-Luc.

—Sí. —Jean-Luc rechaza el cigarrillo moviendo la cabeza—. Me lo suplicó. Sabía lo que le ocurriría si se lo llevaba en aquel tren.

—Pero ¿por qué no lo dejasteis con alguien que lo mantuviera a salvo?

—No teníamos a nadie. Y..., bueno... Había prisa por abandonar París. Para salir de la estación necesité un uniforme de boche.

Albert asiente con la cabeza y una sonrisa asoma a sus labios.

—Tuve que meterle un tiro en la pierna a un boche para conseguirlo. Entonces supe que irían a por mí y no tenía un lugar seguro donde dejar al niño. —Se queda callado un momento—. Fui a casa de Charlotte. No se me ocurría otro sitio y su madre nos ayudó. Nos habló de usted y nos dio dinero.

—¡Mira por dónde! —Albert tose y es como si expulsara años de flemas.

Marie se levanta y le da palmadas en la espalda.

—¿Cuántas veces te he dicho que debes dejar de fumar?

—Me negarías todos los placeres que tengo, ¿verdad, mujer?

La mujer chasquea la lengua, pero continúa frotándole la espalda.

—Me sorprende que tu madre permitiera a su única hija irse así. Conoce los peligros.

—No podía detenerme. —Charlotte levanta la barbilla.

—Gracias a Dios yo no tengo hijas. —Albert suelta una carcajada gutural—. Siempre he dicho que no dan más que problemas. ¿Habéis pensado adónde iréis una vez lleguéis a España?

—A Estados Unidos. —Jean-Luc mira a Charlotte—. La tierra de la libertad.

—No es mala idea. Francia va a ser un infierno durante unos cuantos años todavía. Cuando se termine esta maldita guerra habrá represalias. No quiero pensar en lo feo que se va a poner todo. —Albert mira a la pareja como si hiciera cálculos—. Es complicado con una criatura de pecho. A los *passeurs* no les gusta llevar niños.

Charlotte mira a Jean-Luc.

—Los niños pequeños son impredecibles. Lloran. Pueden costar vidas. —Albert echa la ceniza en un gran cenicero metálico—. Es peligroso. Si llora os descubrirán. Y no quieren tener que matar a una criatura. —Se queda pensativo—. A veces es la única solución. Sacrificar una vida para salvar otras. —Mira a Charlotte con ojos vidriosos—. Nadie quiere matar a un recién nacido.

—Excepto los nazis —dice Marie con voz llena de asco.

—Pero... No podemos irnos sin él.

Charlotte traga saliva y mira a Marie y a Albert.

—Tiene que haber una manera —dice Jean-Luc—. Podemos darle algo para dormir. En el tren nos funcionó.

—Es posible. —Albert vuelve a rascarse la barba—. Quizá. Pero tendréis más posibilidades de cruzar los Pirineos solos. Tal vez encontremos una familia que quiera quedárselo...

—¿Está circuncidado? —le interrumpe Marie.

—No —se apresura a contestar Jean-Luc.

—Eso facilitará las cosas.

—No lo vamos a dejar. —La voz de Charlotte es alta y clara.

A Jean-Luc lo sorprende su seguridad, pero calla y sopesa las opciones.

—Bien. —Albert da una larga calada a su Gitane y expulsa el humo despacio paladeándolo—. Yo ya os he advertido. Y será difícil encontrar un *passeur*. Florentino es el único que podría acceder.

—Es un niño muy bueno. Casi no llora. Está casi siempre dormido —se apresura a decir Charlotte.

Jean-Luc mira a Albert.

—¿Se le ocurre alguien con quien podríamos dejarlo?

—Ahora mismo no. Tendría que pensar. Pero una cosa sí os digo. Esos boches malnacidos son de lo más tenaz. Los he visto llevarse a niños antes. A niños arrancados de sus padres, llorando y pataleando. Quieren cazar hasta el último judío de Francia, tenga la edad que tenga.

—¡No!

Todos se vuelven a mirar a Charlotte.

—He dicho que no —repite esta—. No vamos a irnos sin él.

Las arrugas de la frente de Albert se hacen un poco más profundas.

—Cruzar los Pirineos a pie es un infierno. No todos lo consiguen. Y menos con un niño de pecho.

—¡No lo vamos a dejar aquí! —Charlotte levanta la voz.

Jean-Luc ve cómo se le llenan los ojos de lágrimas. La mira tragarse el nudo que tiene en la garganta. Entiende cómo se siente, la ha visto coger cariño al pequeño con cada día que pasa, pero es más pragmático que ella. Sopesará con cuidado los peligros antes de tomar una decisión.

¿O no? Lo cierto es que se quedó con el niño llevado por un impulso. Por un momento se pregunta si las mejores decisiones no son las que se toman con el corazón. Y lo que siente su corazón es un amor creciente por Samuel, una necesidad de protegerlo, de ir hasta el final sin importar los peligros.

—Nos lo llevamos. Lo conseguiremos. Estoy convencido.

Mira a Charlotte con el corazón desbocado.

41

El sur, 31 de mayo de 1944

Charlotte

—Os he puesto en esta habitación —anuncia Marie cuando la seguimos escaleras arriba con Samuel todavía dormido en mis brazos.

Paseo la vista por el cuarto, miro la cama de matrimonio con un colchón lleno de nudos y me pregunto si es para Samuel y para mí, para Jean-Luc y para mí o para los tres.

—Solo tenemos esta habitación. —Marie parece leerme el pensamiento—. Así que tendréis que acomodaros los tres.

—Por supuesto. Gracias. Samuel puede dormir entre los dos. —Jean-Luc sonríe a Marie.

—Eso como lo veáis —gruñe esta.

No estoy muy segura de qué otra cosa espera que hagamos.

—Bueno —continúa—, entonces os dejo para que os instaléis. Buenas noches.

—Buenas noches. Gracias por todo. Ha sido muy amable.

Sin decir otra palabra, se va y nos deja allí. Empiezan a dolerme los brazos por el peso de Samuel, así que lo dejo en la cama. Está quedándose dormido y no hace un solo ruido.

Jean-Luc coge una almohada y la deja en el suelo.

—Quizá sea mejor que duerma aquí. No quiero cambiar de postura durante la noche y aplastarlo. —Coge a Samuel, lo deposita con cuidado en la almohada y lo tapa con su abrigo, encajando las mangas debajo de la almohada. Lo miro besarlo con ternura en la frente. Luego se vuelve hacia mí y susurra—: Deberíamos intentar dormir un poco. Seguramente se despertará dentro de unas pocas horas.

Digo que sí con la cabeza y me siento en la cama mientras me pregunto qué pasará ahora. El corazón me late con fuerza, aunque no sé muy bien si es de emoción o de nervios.

Jean-Luc me da la espalda y se suelta el cinturón, deja que sus pantalones caigan al suelo y a continuación se agacha y se los saca junto con los calcetines. Los faldones de la camisa le cuelgan y lo miro desabotonarla y sacársela por la cabeza. Tiene hombros anchos y cuadrados y su espalda forma un triángulo perfecto cuyo vértice inferior desaparece dentro del calzoncillo. Reprimo la tentación de levantarme y recorrer su espalda con mis dedos.

De pronto se da la vuelta.

—¿Te parece que apague la luz?

—Como quieras.

Le da a un interruptor de la pared y nos quedamos a oscuras. Se mete en la cama y yo me desvisto también, quedándome solo en ropa interior, como ha hecho él. Me doy cuenta de que he estado conteniendo la respiración e intento soltarla en silencio, pero hago un ruido que resuena en toda la habitación.

—¿Estás bien? —pregunta.

—Sí, muy bien.

Confío en que no detecte el temblor en mi voz. Se vuelve hacia mí y me besa la frente. Al principio creo que es porque no ve bien en la oscuridad, y en realidad buscaba mi boca, pero entonces dice:

—Buenas noches, Charlotte. Mañana puede ser un día largo.

¡Mañana! ¿Cuántos mañanas nos quedan? ¿Y si nos detienen? Nos enviarán a uno de esos campos de los que nadie regresa jamás. Cierro los ojos y trato de ahuyentar el pensamiento, intentando calmarme, pero mi cabeza sigue rumiando. Estoy desconcertada. ¿Por qué no me ha dado un beso de verdad?

—Jean-Luc… —murmuro en la oscuridad.

Pero mi murmullo obtiene silencio por toda respuesta. ¿Se ha quedado dormido? ¿Tan pronto? Me vuelvo para mirarlo y me preguntó en qué postura está. Le toco con cuidado y noto el bulto de su hombro. Está de costado con la cabeza vuelta hacia la pared. Mis dedos lo tocan con suavidad, buscando su columna vertebral, deteniéndose en cada vértebra mientras bajan. Cuando llego a la cintura dejo una mano ahí, en la depresión, y noto el ritmo de su respiración, me empapo del calor de su piel. Luego sigo bajando mientras no dejo de preguntarme cómo será tocarlo. Despacio, deslizo una mano dentro de su calzoncillo. Me viene a la cabeza la idea de que no me quiero morir sin conocerlo por completo.

Murmura alguna cosa. Mi mano se para en seco.

—Charlotte —susurra mientras se da la vuelta y su mano busca mi cara—, quiero que sea perfecto. Quiero casarme contigo en una iglesia con Dios como testigo. Luego quiero traerte champán mientras tú me esperas en un lecho de pétalos de rosa…

Sonrío en la oscuridad.

—No tiene por qué ser así. Quiero decir que no me importa si no nos casamos en una iglesia. De hecho, me da igual si nos casamos o no.

—Pero pensaba…

—No creo que Dios viva solo en las iglesias y, además, me parece que ya tenemos su bendición.

Me acaricia la cara.

—Pareces muy segura.

—Lo estoy. Lo he pensado bastante.

—Me alegra oírlo. —Me besa con suavidad en la boca y a continuación sigue besándome hasta llegar a mi oreja—. ¿Y qué me dices de los pétalos de rosa y el champán? —Su aliento es caliente.

—Mmm —murmuro—. Eso otro día. Ahora solo te quiero a ti.

42

El sur, 1 de junio de 1944

Charlotte

La noche siguiente, cuando nos sentamos a cenar, tres golpes muy seguidos en la puerta resuenan en la habitación igual que disparos. Estrecho más a Samuel y Jean-Luc se pone en pie de un salto.

—Tranquilos. —dice Albert mientras sale de la habitación—. Es nuestra señal.

Pronto vuelve con un hombre grande y fornido.

—Nuestro *passeur*, Florentino.

Miro a este hombre enorme quitarse la boina. Cuando me levanto para saludarlo no logro apartar la vista de las profundas arrugas de su cara. En cambio tiene ojos alegres, como de un hombre más joven. Sujeto a Samuel contra mi pecho con una mano y le tiendo la otra. Le da un apretón firme con su manaza envolviendo la mía. Me hace sentir pequeña y frágil, casi insignificante.

Retiro la mano y Marie le da un vaso de vino. Lo agradece con una inclinación de cabeza antes de bebérselo como si fuera agua y a continuación se vuelve hacia Albert.

—El niño no.

Sujeto más fuerte a Samuel.

—Lo sé, lo sé. —Albert menea la cabeza—. Pero es necesario. Pueden pagar más.

—El niño no.

Florentino sostiene el vaso para que le sirvan más vino.

Miro a Jean-Luc. ¿Qué vamos a hacer ahora? Me ve y saca unos billetes que ha preparado de su bolsillo trasero. Mientras los cuenta mira al *passeur*.

—¿Cuánto más?

—¡No! ¡Niño no!

Florentino deja el vaso vacío en la mesa con brusquedad. Albert le da una palmada en el hombro y se inclina para susurrarle algo al oído.

Miro las arrugas de la frente de Florentino hacerse más profundas. Entonces, se vuelve con brusquedad y extiende los brazos.

—Niño.

—¿Qué? —De forma instintiva alejo a Samuel de él.

—Charlotte, quiere verlo. —Jean-Luc me toca el hombro.

Muy nerviosa, dejo al niño dormido en las manazas del hombre. Este mira a Samuel, lo levanta con una sola mano y se lo apoya en el hombro.

«Por favor, no te despiertes ahora».

Con un movimiento repentino y ágil, se lo cambia de hombro. Samuel se rebulle, pero no llora. No puedo evitar sentirme orgullosa. Entonces Florentino gruñe y mira a Albert con sus ojos azul brillante.

—Ya sabes qué pasa si llora.

Albert asiente con la cabeza y me mira. Aparto la vista de la intensidad de su mirada. Eso no ocurrirá. No puede ocurrir.

Jean-Luc tose.

—No dejaremos que llore. —Se acerca a mí y me pasa un brazo por los hombros—. Sabemos cómo conseguir que esté callado.

Florentino lo mira con una espesa ceja ligeramente arqueada, como si intentara deducir cómo exactamente sabe mantener a un bebé callado. Acto seguido le da bruscamente a Samuel a Jean-Luc y alarga una mano para coger su vaso lleno de vino.

Después de dar un par de tragos, ladra una serie de instrucciones.

—Mañana a las diez de la noche, granja, Urrugne. Trabajo difícil. Mil quinientas pesetas ahora, mil quinientas la próxima vez.

Jean-Luc cuenta los billetes que nos dio mi madre.

—Gracias.

Florentino gruñe y mira a Albert.

—Da coñac para bebé.

Albert asiente y se me encoge el estómago, pero me muerdo la lengua. Necesitamos sacar a Samuel de Francia.

Florentino se sienta y Marie le trae un plato con paté y hortalizas encurtidas. Lo miro meterse trozos de pimiento rojo viscoso en la boca. Estamos dejando nuestras vidas en manos de este hombre y no parece tenernos demasiada simpatía. El peligro de cruzar los Pirineos acecha ya. Cierro los ojos y ahuyento el miedo. Confía, me susurro. Todo saldrá bien.

43

El sur, 2 de junio de 1944

Charlotte

La noche siguiente, amparados por la oscuridad, partimos. Marie nos ha dado a cada uno un par de alpargatas de suela de esparto que al parecer son el calzado más indicado para cruzar los Pirineos. Yo doy gracias de que no sean botas de cuero gruesas y duras y, además, puedo ponérmelas a modo de chancla porque todavía tengo sensible la piel de los talones. Jean-Luc carga con un pequeño morral con ropa, leche, coñac y agua y yo llevo a Samuel atado con la funda de almohada y pegado al pecho.

En silencio, seguimos el camino que nos habían descrito, pero el paso rápido pronto me hace sentir acalorada y pegajosa. Me separo a Samuel del cuerpo para que circule un poco el aire, pero el movimiento lo despierta y noto sus dedos aferrarse a mi abrigo ligero. «Chis», susurro mientras me lo acerco otra vez y le cubro la cabeza con la mano. Se tranquiliza y decido que puedo soportar el calor añadido que emana su cuerpo. Dentro de unos días, si todo va bien, estaremos a salvo y listos para empezar nuestra nueva vida. Busco la mano de Jean-Luc y aflojo el paso.

—Tranquila, Charlotte. Lo vamos a conseguir.

—Lo sé.

Le aprieto la mano pero no volvemos a hablar, solo se oyen las suaves pisadas de nuestros pies en la tierra abrupta y el ulular de las lechuzas.

No llevamos demasiado trecho andado cuando de la oscuridad sale Florentino. Sin mediar palabra lo seguimos a través de un bosquecillo de pinos; los numerosos árboles y el suelo alfombrado de suaves agujas de pino amortiguan cualquier sonido. Me siento más segura aquí con Florentino que en el sendero, pero camina muy deprisa, esquivando los árboles altos y delgados. Me oigo jadear y tengo sudor en el arranque del pelo. Me lo enjugo enseguida y soplo para refrescarme el acalorado rostro. Me preocupa Jean-Luc con su bastón, pero lo cierto es que no afloja el paso en ningún momento.

Al cabo de unas horas llegamos a una granja. Florentino empuja con firmeza la gruesa puerta de madera y nos hace entrar. Dentro está oscuro, a excepción del resplandor tenue de dos velas. Suspiro de alivio, impaciente por sentarme y soltar a Samuel. Me duele el cuello por su peso y un reguero de sudor me baja por el pecho. Sale a recibirnos una anciana que me ayuda a quitarme el fino abrigo y me desanuda la funda de almohada. Saco a Samuel y lo miro arrugar los ojos, probablemente notando el cambio de entorno. Tiene la cara roja y caigo en la cuenta de que también él ha debido de pasar calor. Levanta un puño diminuto y llora.

Al momento Jean-Luc está a mi lado con el biberón preparado. Me coge a Samuel y lo apacigua con sonidos calmantes mientras lo acuna. Miro el sofá raído y me dejo caer en él, agradecida, mientras Florentino y la mujer hablan en susurros y ella calienta algo en el fuego. Huele a nuez moscada y ajo y me ruge audiblemente el estómago.

La mujer se vuelve y me ofrece un tazón de caldo. Está delicioso y lo sorbo con avidez mientras por el rabillo del ojo miro a Jean-Luc susurrarle cosas a Samuel y darle el biberón. Sé que Samuel lo estará mirando con sus inocentes ojos castaños.

Jean-Luc se está enamorando de este niño y yo me estoy enamorando de Jean-Luc. Nunca he visto tanta ternura en un hombre, pero lo que más me sorprende es su naturalidad y absoluta falta de sentido del ridículo. No parece importarle lo que piensen los demás. Resulta refrescante.

Cierro los ojos, feliz pero agotada.

Me parece que me acabo de dormir cuando Florentino me despierta con un tazón de leche caliente y un trozo de baguette. Alguien debió de quitarme las alpargatas y me ha tapado con una manta. Me incorporo, bebo un sorbo de leche y veo que Jean-Luc está usando la suya para preparar un biberón a Samuel. Florentino está de pie junto a la estufa y su exasperación es evidente en sus respiraciones, profundas y regulares, como si las estuviera contando, llenándose de paciencia. En cuanto el bebé ha comido, nos da unos monos de trabajo azules como el que lleva él. Nos los ponemos enseguida y Jean-Luc me ayuda a atarme la funda de almohada a la espalda para llevar a Samuel.

Una vez fuera de la cabaña, Florentino me da un palo grueso para que lo use de bastón. Mira el bastón de Jean-Luc.

—Bien, tienes un bastón, pero si nos retrasas...

—Con este bastón puedo hasta correr. —Jean-Luc ríe nervioso.

Florentino no contesta, se limita a señalar con un dedo hacia delante y echa a andar a grandes y silenciosas zancadas.

Sujeto a Samuel con una mano por el trasero y así aligero un poco la carga en el cuello. Delante de mí solo veo la silueta oscura de Florentino. La tierra huele a madera nueva y me recuerda a Navidades pasadas. Me pregunto cómo serán mis Navidades a partir de ahora. ¿Formaremos los tres una familia feliz? ¿Tendremos hijos propios algún día? Pero estos pensamientos sobre el futuro no parecen reales, sino más bien una fantasía. Lo único que importa ahora es poner a Samuel a salvo. El resto ya llegará.

Es como si el mundo entero durmiera a excepción de los pájaros llamándose los unos a los otros. Un repentino chasquido me sobresalta. Me quedo paralizada con la rodilla izquierda en el aire. Ahora solo veo a Florentino, que se aleja de nosotros.

—¡Deprisa! —susurra Jean-Luc.

Corremos para alcanzarlo. Cuando estamos detrás de él, Florentino se vuelve.

—Rama rota —gruñe—. Yo os diré cuándo hay que asustarse.

Su tono es seco.

No hay tiempo para admirar la belleza del nuevo día; tenemos que mantener la vista en el suelo en busca de raíces retorcidas, piedras sueltas o charcos. Pronto el terreno se vuelve empinado y jadeo intentando no quedarme atrás. El blando suelo empieza a dar paso a rocas de pizarra. Resbalo. De forma instintiva, con una mano sujeto a Samuel y pongo la otra en el suelo para frenar mi caída. Samuel llora.

—No pasa nada. Todo va a salir bien —le murmuro al oído. Hablo más para mí que para él. Pero mis palabras parecen calmarlo y deja de llorar.

Florentino se vuelve a mirarme y en la media luz veo el destello de dureza en sus ojos. No nos ve capaces de hacer este viaje y estoy convencida de que no tendría reparos en abandonarnos si fuera necesario. Se va a enterar, susurro para mis adentros.

De pronto se detiene y señala unos árboles. Pero antes de que entendamos en qué dirección va, desaparece. Con el corazón acelerado sigo a Jean-Luc por entre la espesura, intentando adivinar por dónde ha ido. Por suerte, enseguida vemos su abultada figura abriéndose paso entre los delgados árboles hasta un claro, donde nos damos de bruces con una pared de roca. Una grieta poco más ancha que un cuerpo humano la atraviesa en vertical. Florentino está dentro, con las piernas y los brazos apoyados en las paredes. No hay tiempo para pensar. No hay tiempo para sentir miedo. Jean-Luc me da un empujón.

—Vamos.

Me calzo deprisa las alpargatas para que no se me salgan. Con toda la fuerza de mis piernas consigo subir hasta la boca del agujero y alargo una mano para agarrarme al primer saliente de la roca; con la otra sujeto a Samuel.

—Necesitas las dos manos —me grita Jean-Luc y me empuja el trasero para ayudarme a seguir. Pero me da demasiado miedo quitar la mano de debajo de Samuel. ¿Y si la funda de almohada no es lo bastante resistente? ¿Y si se me sale? Retiro la mano y la apoyo en el segundo saliente. No obstante, enseguida la quito. No puedo soltar a Samuel. Tendré que usar la otra mano para pasar al saliente siguiente. Sin embargo, queda demasiado lejos. Estoy atascada. Paralizada por la indecisión, cometo el terrible error de mirar hacia arriba. Nunca lo conseguiré.

Aparece la cara roja de Florentino. Noto su enfado, que me paraliza aún más. Sus enormes pies empiezan a bajar por el túnel de roca. Pronto está encima de mí.

—Dame al niño —susurra furioso con una mano extendida. Pero no consigo mover un músculo. Aterriza a mi lado, mete la mano en la funda de almohada y saca a Samuel. A continuación, igual que un oso ágil, trepa por la roca con una sola mano.

No mires abajo ni arriba, me susurro. Me concentro en el siguiente agarre y subo despacio por la grieta, ganando seguridad a cada paso. Oigo la respiración jadeante de Jean-Luc mientras sube detrás de mí. Por un instante me pregunto cómo consigue subir con la pierna herida, pero ahuyento el pensamiento. Lo importante es que lo está haciendo.

—*Allez* —nos apremia Florentino desde arriba.

Levanto la cabeza y lo miro tumbado en el suelo y asomado a la roca con una mano tendida hacia mí. De pronto me doy cuenta de lo mucho que hemos subido. De qué pasaría si me caigo.

—*Allez* —susurra, esta vez un poco más alto.

Cierro los ojos y extiendo un brazo. Coge mi mano frágil con su manaza y tira. Uso las piernas para impulsarme hacia él. Aterrizo de costado, a su lado. «Gracias, Dios mío». No me atrevo a mirar mientras ayuda a Jean-Luc.

Florentino me devuelve a Samuel con brusquedad y me hace sentir como una mala madre. ¡Pero si no soy su madre! ¿Cómo es posible entonces que el miedo por él me haya paralizado?

Confío en que podamos descansar un poco después del esfuerzo del ascenso, pero no, Florentino ya se ha puesto en marcha. Y Samuel ahora no deja de gimotear y revolverse. Quizá percibe mi miedo y mi cansancio. Entonces, cuando me parece que no voy a ser capaz de seguir, Florentino nos hace un gesto para que nos detengamos. Nos dejamos caer debajo de un gran árbol, las piernas se me doblan antes de que me dé tiempo a sentarme. Samuel gime.

—Chis —murmuro y le acaricio la cabeza.

—Voy a darle de comer —me susurra Jean-Luc al oído.

Me pregunto si añadirá el coñac a la leche, tal y como nos aconsejaron, pero no lo hace y Florentino no parece darse cuenta. En lugar de eso cierra los ojos y se recuesta contra el árbol. Los músculos me pesan y me duelen. Lo imito. Con los párpados caídos entreveo a Jean-Luc sacar un paño limpio del morral y doblarlo para hacer un pañal. Entonces, justo cuando me estoy quedando dormida, Florentino me da un empujón con la mano.

—*Allez.*

—¡No! Por favor, ¿podemos descansar?

—Ya descansarás cuando estés muerta. —Me tiende una mano para ayudarme a ponerme de pie.

«Puedo hacerlo. Puedo hacerlo», me susurro a mí misma mientras me obligo a ponerme de pie con las piernas doloridas.

—¿Estás lo bastante bien para llevar a Samuel? —Jean-Luc me mira con preocupación.

Asiento con la cabeza.

Seguimos avanzando, ya sin la protección de los árboles, y el terreno asciende cada vez más y nuestros pies resbalan con láminas sueltas de pizarra. Me agarro a matas de hierba para no perder el equilibrio.

Llevamos trepando lo que parecen horas cuando Florentino se detiene y se agacha detrás de unas rocas. Enseguida reaparece y con un resoplido saca una botella de un líquido claro. Da un largo trago y se la pasa a Jean-Luc. Este la olisquea.

—*Eau de vie.*

Da un sorbo y se le llenan los ojos de lágrimas. Tose antes de beber otra vez y me pasa la botella.

El líquido me quema la garganta, pero calma mis nervios de punta. Veo que Florentino sonríe mientras reprimo la tos. Extiende las manos y simula que le tiemblan incontrolablemente.

—¿Eh? ¿Eh?

—Sí.

Lo reconozco, estoy aterrorizada. Pero seguimos vivos y el alcohol ha mitigado un poco mi miedo.

Busca en sus bolsillos y saca una bolsita, que me ofrece. Orejones. Me meto dos en la boca, agradecida, y le paso la bolsa a Jean-Luc.

Florentino se toca la muñeca y levanta cinco dedos. Cinco minutos.

—*Allez! Allez!* —nos apremia.

Tiene que ser la hora de comer. Sigo hambrienta y muy sedienta. Llevamos horas caminando y necesito algo que me ayude a seguir adelante. Me he quedado sin reservas de energía. Pienso en *maman* y en todo lo que hizo para evitar que me marchara. Ahora comprendo que podría morir aquí en las montañas, pero entonces no me paré a pensar en ello. ¿Fue valentía o estupidez?

Estoy acalorada y pegajosa de llevar encima a Samuel, la funda de almohada me tira del cuello dolorido. Florentino me mira ajustarla, tratando de acomodármela mejor. Me alarga una manaza, pero niego con la cabeza. En parte por orgullo y en parte porque me gusta sentir el cuerpecito del niño pegado al corazón.

Después de todo el día caminando con solo pequeños descansos, empieza a oscurecer. Florentino encuentra un rincón resguardado detrás de una gran roca y nos dejamos caer al suelo. Jean-Luc y yo nos apretamos el uno junto al otro para darnos calor; es impensable encender un fuego para calentar nuestras articulaciones rígidas y cansadas. Florentino nos da un poco de jamón curado y un puñado de pasas. A continuación, como por arte de magia, saca un camembert entero que corta en tres trozos de los que se escapa su interior espeso y cremoso. Se apresura a pasarnos los nuestros antes de que le baje por los dedos. Le doy un mordisco al mío por el centro y saboreo la tersa y espesa suavidad de un placer casi olvidado. Florentino hace mucho ruido mientras se lame el queso pegajoso de los dedos, demasiado para un hombre que tanto nos ha insistido en el silencio. Pasa de nuevo el aguardiente de frutas y lo tragamos como si fuéramos bebedores empedernidos.

Exhaustos y obligados a guardar silencio, enseguida nos dormimos. Cuando me despierto de pronto solo veo a unos pocos centímetros delante de mí, pero noto que algo va muy mal. Toco la mejilla de Samuel, está sorprendentemente caliente. Me inclino sobre Jean-Luc; respira acompasadamente con la boca entreabierta. Entonces miro a Florentino y se me pone el corazón en la garganta. El lugar donde estaba tumbado está vacío.

Un chasquido repentino rompe el silencio. Reprimo un grito. Suena un disparo. Gritos. Más disparos.

Jean-Luc se incorpora sobresaltado y me coge a Samuel. Nos encogemos detrás de la roca. El niño deja escapar un sollozo. Jean-Luc se inclina sobre él para amortiguar el ruido.

Entonces vemos a Florentino correr hacia nosotros jadeante.

—*Allez! Allez!* ¡Ya!

Cogemos nuestros bultos y echamos a correr, tropezando con rocas, resbalando en la pizarra. Gracias a Dios, Florentino nos dijo que durmiéramos calzados. Jean-Luc jadea a mi lado. Me da vueltas la cabeza, el suelo gira bajo mis pies. Necesito sacar fuerzas de flaqueza para seguir adelante.

—¡Alto! —susurra Florentino y señala un grueso árbol.

Luego se inclina y se señala la espalda. Quiere que nos apoyemos en él para subir al árbol.

Le quito a Samuel a Jean-Luc.

—Ve tú primero y te lo paso.

«No pienses —me digo a mí misma—. Hazlo y ya».

Jean-Luc se apoya en la ancha espalda de Florentino y se da impulso hasta la rama más baja. Yo hago lo mismo. Florentino se pone casi de pie para que pueda pasarle el niño a Jean-Luc. Luego me agarro a la misma rama y me subo al árbol. Un instante después Florentino se ha reunido con nosotros. No entiendo cómo ha podido hacerlo con todo el peso que acarrea.

Samuel gimotea y Jean-Luc enseguida le da un dedo para que lo chupe. Gracias a Dios, se calla. No tengo ninguna duda de lo que podría hacer Florentino de verse obligado.

Oigo pisadas a lo lejos haciendo crujir la tierra. Contengo la respiración y me quedo inmóvil, como si fuera parte del árbol.

Las pisadas pierden intensidad. ¿Será posible que se estén alejando?

Esperamos media hora más. Tengo las articulaciones rígidas y entumecidas, pero no pienso moverme hasta que Florentino no me lo ordene.

—¡Abajo! *Allez!* —susurra por entre las ramas—. Van detrás de otra expedición.

Bajo como puedo del árbol. Tropiezo con un tocón y me caigo de espaldas. Cuando doy en el suelo con la cabeza, me quedo sin respiración. Me pongo de costado y vomito. Apoyo la cara en el suelo, solo quiero olvidar.

Noto los brazos de Jean-Luc rodearme y tirar de mí, pero tengo las piernas de gelatina. Tropiezo y me dejo caer sobre él.

—Charlotte —lo oigo susurrar, pero su voz parece llegarme desde muy lejos—. Charlotte, tienes que levantarte.

—Seguid vosotros —me oigo contestar mientras me fallan las rodillas—. Llévate a Samuel. Dejadme aquí.

Pero sus brazos me sostienen con fuerza.

—No voy a dejarte en ningún sitio. —Entierra la cabeza en mi pelo—. No pienso ir a ninguna parte sin ti.

Sus palabras me da ganas de llorar. Mi cuerpo exhausto solo quiere rendirse, pero tengo que seguir. Debo hacerlo. No puedo darme por vencida. Con piernas temblorosas, me obligo a ponerme recta y, ayudada por el brazo de Jean-Luc, camino en la oscuridad. Pronto caigo en la cuenta de que ninguno de los dos tenemos a Samuel. Va en brazos de Florentino, cinco pasos por delante de nosotros. El *passeur* está a sus anchas en estas montañas. Son ásperas, despiadadas y resistentes, lo mismo que él. En cambio a nosotros no nos conocen. Para ellas somos intrusos.

Por fin llegamos a un arroyo, donde nos detenemos unos minutos a descansar y a beber. El sol asoma detrás de los árboles. Samuel, presintiendo quizá el nuevo día, llora. Sí, es la hora de desayunar.

—¿Podemos darle un biberón? —le pregunto a Florentino.

Asiente con la cabeza.

—No olvides el coñac.

Miro a Jean-Luc añadir un chorro de coñac a la leche antes de coger a Samuel de brazos de Florentino. Yo también querría un trago. Aún tengo los nervios de punta.

Cuando reanudamos la marcha, con Florentino llevando de nuevo a Samuel, oigo el río antes de verlo. Entonces, por entre los árboles, atisbo remolinos de color azul. Es caudaloso. Me trago el miedo que me sube por la garganta. Quizá podamos cruzar por el puente, aunque nos han dicho que suele estar vigilado; solo debe usarse como último recurso, en caso de que el río esté muy crecido.

Caminamos por la orilla buscando un buen lugar para cruzar; yo no dejo de resbalarme en la tierra empapada en mi intento por no quedarme atrás.

Al cabo de unos veinte minutos, Florentino hace un alto.

—No —susurra.

Lo miramos sin comprender.

—Es demasiado peligroso. Hoy no cruzamos.

—¿Qué? —La palabra me sale de la boca como una acusación.

—Demasiado peligroso —repite.

¿Qué vamos a hacer ahora? ¿Retroceder? Lo hemos contratado porque sabe enfrentarse a los peligros, ¡y ahora tiene miedo! Debemos seguir. La idea de dar la vuelta me asusta más que el río.

—Por favor.

Le toco el brazo y lo miro suplicante.

—Hoy no. —Calla un momento—. Cuando oscurezca. De noche. Esperaremos a la noche.

44

El sur, 3 de junio de 1944

Charlotte

Quizá Florentino tenga razón después de todo y sea mejor esperar a cruzar el río. Es la parte más peligrosa del viaje y ahora tendremos tiempo de recuperarnos antes de enfrentarnos a ella.

Caminamos cerca de una hora más, hasta que nos señala una gran roca algo alejada de la orilla y nos instalamos detrás de ella. Suspiro de alivio, agradecida de poder descansar un rato, aunque debemos turnarnos para mantenernos despiertos y vigilar. Me aterra quedarme dormida cuando me toque a mí; estoy tan agotada que casi me duermo de pie. Así que, cuando me toca, me aseguro de que sea hora de dar de comer a Samuel. Ya le he cogido el tranquillo y disfruto de verlo tomar el biberón, de cómo se le entornan los párpados de sueño mientras abre y cierra los puñitos como si buscara algo que agarrar. Le doy mi dedo índice y enseguida lo coge, se aferra a mí como si temiera que pudiera desaparecer. Su dependencia de mí me conmueve y siento la necesidad de tranquilizarlo.

—No te preocupes —susurro—. No te voy a dejar.

Patalea mientras toma el biberón. Le cojo un pie y se lo beso.

Por la tarde bajamos al río, atentos a posibles patrullas de soldados. No me atrevo a mirar el agua que fluye caudalosa y el miedo me aguijonea. El pulso se me acelera, luego se normaliza, se acelera de nuevo. Ya no tenemos que hablar en susurros porque el río ahoga cualquier otro sonido.

Después de una cena ligera a base de queso y nueces, esperamos a que oscurezca. Nos quitamos las alpargatas y las guardamos en el morral de Jean-Luc. Cojo a Samuel, que se ha despertado y mira sin enfocar, como si presintiera el peligro.

—Cuidado con dónde pisas. La corriente es fuerte —me dice Florentino.

Estoy tentada de poner los ojos en blanco, pero me contengo y me vuelvo hacia Jean-Luc.

—¿Puedes comprobar que tengo la tela bien anudada?

Por tercera vez, Jean-Luc comprueba que la funda de almohada está bien atada a mi alrededor y que llevo a Samuel firmemente sujeto contra el pecho.

—Sí. No se puede caer.

Florentino se remanga los pantalones y entra en el agua. Cuando encuentra un punto de apoyo, me tiende la mano, que apenas distingo en la luz declinante. Respiro hondo y meto un pie mientras con una mano sujeto a Samuel y con la otra me agarro a Florentino. El agua helada me hace dar un respingo y la corriente me tira de las piernas. Estrecho a Samuel contra mi pecho, tengo el estómago encogido por el miedo, me aterra que la funda de almohada se suelte. Pero mi brazo no es lo bastante largo. No alcanzo a Florentino.

—*Allez!*

Encajo un pie detrás de una roca pequeña y meto el otro en el río con las piernas trémulas por el esfuerzo. Estiro más el brazo. Sigo sin llegar.

—Dame a Samuel.

De pronto Jean-Luc está a mi lado y me ha puesto una mano en el hombro. Hemos acordado que yo llevaría a Samuel debido a la pierna herida de Jean-Luc. Y, en cualquier caso, no me arriesgaría a dárselo con los dos pies en la corriente del río.

—¡Puedo hacerlo!

Intento coger de nuevo a Florentino, pero está demasiado lejos. Es inútil. Estoy atascada. Si levanto el pie para acercarme a Florentino, la corriente me arrastrará. Y sin embargo no tengo elección.

Saco el pie. Me caigo hacia delante, totalmente desequilibrada. Me agarro a la primera roca que encuentro. Samuel da un grito. Luego otro.

—¡Levántate! —grita Florentino.

Con una mano sujetando a Samuel y haciendo caso omiso de sus chillidos, me levanto y hundo los pies en el lecho del río. Las piernas me tiemblan muchísimo. De nuevo busco a Florentino. Esta vez toco sus dedos. De inmediato me sujeta la muñeca con su manaza y tira de mí hacia él.

—¡Haz que se calle el niño! ¡Da la mano a Jean-Luc!

Samuel chilla cada vez más, pero el río ahoga sus gritos. Cuando comprendo lo que me pide Florentino es como un puñetazo en el estómago. Tengo que dejar de sujetar a Samuel para tirar de Jean-Luc hacia mí. Sé que la funda de almohada está bien atada, pero ¿y si se ha aflojado con el esfuerzo que acabo de hacer? ¿Por qué, Dios mío, me ha puesto Florentino en el medio, con el bebé? Debería haber cogido él a Samuel. Odio a nuestro guía con todas mis fuerzas. Cierro los ojos.

—¡Ahora! ¡Hazlo! —grita Florentino por encima del estruendo del río.

—Charlotte —me dice Jean-Luc—. ¡Samuel está a salvo! Dame la mano.

Pero mi mano se niega a soltar al niño.

Jean-Luc clava su bastón en el lecho del río y avanza. Paralizada, veo cómo le tiemblan los brazos y las piernas por el esfuerzo. Da un paso grande y alarga la mano para coger la mía. Por un instante mi mano abandona a Samuel para agarrar la de Jean-Luc, que sujeto con fuerza.

Con violencia y sin avisar, Florentino tira de mi otro brazo. Piso las rocas resbaladizas y de nuevo caigo hacia delante. Samuel salta dentro de la funda. Grito.

—¡Dame el niño! —grita Florentino—. ¡Dámelo!

No puedo. Su ira me aterra. Habla como si quisiera tirar a Samuel al río. Pero su manaza ya lo coge.

—¡Dámelo!

Antes de que me dé tiempo a desanudar la funda de almohada, lo saca tirando de su brazo con brusquedad, igual que si estuviera sacando un conejo por las orejas.

Grito. A continuación me trago las lágrimas y sigo avanzando de lado por el río. Florentino tira de mí y yo tiro de Jean-Luc. Cuando por fin llegamos a la orilla contraria me desplomo, tiritando y temblando incontrolablemente.

Florentino me pone a Samuel en brazos.

—Hemos tenido mucha suerte. Dije que niño no.

Entierro la cabeza en Samuel en un intento por ahogar su llanto. Está empapado y grita de terror. Lo abrazo con firmeza y lo mezo en mis rodillas. ¡Vamos a morir todos en este condenado río! Entonces noto una mano en el hombro.

—¡Estamos en España, Charlotte! —Oigo la voz de Jean-Luc quebrarse por el llanto—. ¡Estamos en España!

Se deja caer al suelo y nos abraza a Samuel y a mí. Así, muy juntos, lloramos. A continuación reímos, con una risa desquiciada, histérica.

Noto que Florentino tira de mí y me obliga a ponerme de pie. Me coge a Samuel, no con brusquedad, como antes, sino con cuidado, sujetándolo por el cuerpo. Mientras lo miro me parece oír a Jean-Luc revolver en el morral en busca de ropa seca. Florentino le quita al niño las ropas empapadas, se abre la chaqueta y, a la luz de la luna, lo veo colocar a Samuel contra su ancho pecho peludo antes de abotonarse de nuevo. El llanto de Samuel queda amortiguado, pero me doy cuenta de que es más débil.

—¡Prepara el biberón! —le digo a Jean-Luc, que ya está añadiendo una dosis de coñac a la leche.

Florentino le coge el biberón y se lo mete en la chaqueta, directo a la boca de Samuel. Al momento siguiente nos levantamos y echamos a correr entre los árboles. Florentino, aún con Samuel encima, tira de mí y yo tiro de Jean-Luc.

Pierdo la noción del tiempo mientras avanzamos a ciegas por la oscuridad. Cada chasquido de una rama, cada animal que corretea me sobresaltan. Entonces empezamos a descender, y avanzar se vuelve más sencillo. Por fin Florentino se detiene.

—Muy bien. ¿Veis la luz?

Miro hacia lo oscuridad sin distinguir nada. Entonces atisbo un resplandor que parece hacerse más grande cuanto más lo miro.

La risa se escapa de mi boca y no puedo controlarla.

—Charlotte, chis.

Jean-Luc me aprieta la mano pero sigo riendo cuando nos dirigimos, medio corriendo, medio cojeando, a la casa.

Me desplomo en los brazos de la mujer que nos abre la puerta. No recuerdo gran cosa de lo que ocurre después. Solo sé que me tapan con una manta. Luego nada. Qué felicidad.

CUARTA PARTE

45

Santa Cruz, 10 de julio de 1953

Jean-Luc

—Señor Bouchamps, tenemos motivos para creer que Samuel no es en realidad su hijo.

Jean-Luc no puede moverse, no puede respirar.

—¿Está viva? —murmura más para sí que para los demás. No puede ser. Nadie sobrevivió.

Lo miran. Bradley asiente con la cabeza, pero ninguno dice nada.

—¿Cómo la…? ¿Cómo es posible? ¿Están seguros de que es ella?

—¿Lo reconoce entonces? Que Samuel no es en realidad hijo suyo.

—¿Qué? Sí. No.

—Queda usted detenido por secuestro. Cualquier cosa que…

Debe de haber oído mal. Le da vueltas la cabeza.

—¿Secuestro?

—Sí. —El agente más alto lo mira con frialdad—. Tiene derecho a guardar silencio, pero cualquier cosa que diga podrá usarse en los tribunales.

—¿Secuestro? —Jean-Luc se agarra a los brazos de la silla.

Ninguno de los agentes contesta. Siguen mirándolo.

—¡Pero yo no lo secuestré! Están equivocados. Habría muerto si yo no me lo hubiera llevado.

«¿Secuestro?». La palabra gira dentro de su cabeza. Tiene que hacerles entender que no fue eso lo que sucedió.

—Quiero un abogado —suelta de pronto.

—Ah, ¿sí? —El agente sonríe con suficiencia—. ¿Qué más nos está ocultando, señor Bouchamps?

—Nada. —Se da cuenta de que, por primera vez, es así. No tiene nada más que ocultar. Por un momento se siente liberado—. No tengo nada que ocultar. —Se sienta más recto—. Solo quería proteger a Sam.

—No me diga. —La ironía ha vuelto a los ojos del agente. Espirales de humo suben hacia el techo—. ¿Protegerlo de su propia madre? La única información que tenía de usted era la cicatriz de la cara y la mano deforme. Pero nunca se rindió. Lleva nueve años buscándolo.

¿Cómo es posible? Cuando vio las aterradoras fotografías que llegaban de los campos, de inmediato descartó que hubiera sobrevivido. De las decenas de miles de personas que fueron enviadas allí, solo regresaron dos mil quinientas. No, es imposible. Auschwitz era un campo de exterminio, y nadie sobrevivía en él más allá de unos pocos meses. Si no los asesinaban al llegar, terminaban por morir de agotamiento y de hambre. ¿Cómo había sobrevivido aquella mujer de aspecto frágil que le puso a su hijo en brazos?

—¿Buscó usted a la madre de Samuel después de la guerra? —Bradley expulsa una nube de humo.

De manera casi imperceptible, Jean-Luc niega con la cabeza. Mira las paredes grises, el fluorescente que zumba en el techo.

—Eso me parecía. ¿Y por qué no?

—Jamás imaginé que estuviera viva. —Su voz es monótona. Se ha quedado sin energías.

—Aun así, podría haberla buscado. Después de todo lo que pasó, era su obligación.

Jean-Luc aparta la vista, sin comprender todavía cómo pudo sobrevivir esa mujer. Como si le leyera el pensamiento, Bradley continúa.

—Salieron en uno de los últimos trenes a Auschwitz, en mayo, una semana antes del desembarco del día D.

Por un momento el silencio flota entre ellos. Jean-Luc sabe que cualquier cosa que diga ahora sonará horriblemente frívola.

—Sobrevivieron, el padre y la madre, a siete meses de infierno en Auschwitz. Después caminaron dieciocho días por el hielo y la nieve hasta estar medianamente a salvo. Dieciocho días sin nada que comer, excepto nieve. Por supuesto muchos murieron por el camino, pero no el señor y la señora Laffitte. ¿Sabe qué fue lo que los mantuvo vivos?

Jean-Luc lo mira con ojos muy abiertos. Lo sabe.

—Sí, la ilusión de reunirse con su hijo.

Bradley apaga su cigarrillo aplastándolo en el cenicero de aluminio.

—¿Ha hablado con ellos?

—Sí, he hablado con ellos.

Jean-Luc quiere preguntarle en qué idioma. ¿Cómo puede estar seguro de que son quienes dicen ser?

Como si le leyera el pensamiento, Bradley sigue hablando:

—Hablé con la señora Laffitte por teléfono, en francés.

Una arruga surca la frente de Jean-Luc.

—Usted no es el único que habla francés, señor Bouchamps. Soy judío francés por parte de madre. Nos fuimos en el 39 para empezar de cero.

Los agentes de pie detrás de Bradley se cruzan miradas.

—¿Cómo están? —pregunta Jean-Luc.

Suena trivial, pero no lo es. Quiere saberlo.

—¿Los padres de Samuel? Ahora mucho mejor. —Bradley golpea la mesa con el bolígrafo. A continuación se saca otro cigarrillo del bolsillo de la chaqueta, lo enciende y da una calada profunda. Para sorpresa de Jean-Luc, le ofrece la cajetilla abierta.

Jean-Luc la rechaza con un gesto de cabeza mientras se pregunta por qué le ofrece ahora un cigarrillo. Lo pone nervioso.

—Sí —continúa Bradley—. La señora Laffitte lloró de alegría cuando le di la buena noticia. Dijo que siempre había sabido que su hijo estaba vivo, que lo sentía en la sangre.

Jean-Luc se arrepiente de no haber aceptado el cigarrillo. No fuma, pero ahora tendría las manos ocupadas. Se le ha acelerado la respiración y nota sudor en el arranque del pelo. Sabe lo que viene a continuación. Lo presiente.

—Dijo que sabía que algún día se reuniría con su hijo. Supongo que no imaginó que tardaría tanto. —Bradley expulsa el humo y lo mira subir en círculos—. Pero ese día ha llegado.

«¡Por favor, no!». El pozo de miedo en el estómago de Jean-Luc se hace más grande.

—Quieren recuperar a su hijo.

Se traga la bilis que le sube por la garganta. Tiene que mantener la calma. No puede permitir que hagan algo así.

—Pero... Sam ahora vive aquí. Este es su hogar.

—Entraron ustedes en Estados Unidos ilegalmente con un bebé robado a sus padres en Francia.

—No fue así. Yo no lo robé. Me lo dio ella.

—¿Se lo dio? —Bradley levanta una ceja—. ¿O se lo confió para que lo cuidara hasta que terminara la guerra?

—¿Qué va a pasar con Sam?

Es lo único que importa.

—Los franceses quieren extraditarlo. Ellos decidirán qué hacen con usted y con el niño. Desoyendo nuestros consejos, la señora Laffitte ha pedido que Samuel continúe con su mujer hasta que se tome una decisión. No quiere que el niño resulte traumatizado más de lo necesario. Está aconsejada por un psicólogo, o un psiquiatra. Solo busca lo mejor para su hijo.

46

Santa Cruz, 10 de julio de 1953

Charlotte

El timbre interrumpe mi sueño, lo corta en dos y la imagen de mis padres se desvanece cuando recuerdo que estoy en América. Es curioso cómo los sueños siempre me hacen retroceder en el tiempo, a cuando era niña. Me despierto desorientada y tardo un momento en adaptarme a la realidad. Toco el otro lado de la cama. Jean-Luc no está. Ha debido de madrugar otra vez.

—¡Mamá! —grita Sam—. Llaman al timbre.

—¿Puedes abrir? No estoy vestida todavía. —Quizá es más tarde de lo que pensaba. Miro el reloj y veo que son las siete y media. Puede que sea el cartero.

La voz de Marge resuena en la casa.

—Hola, Sam, ¿está tu madre?

¿Qué querrá a estas horas de la mañana? Retiro las sábanas, me pongo la bata y bajo.

—Hola, Marge —la saludo desde la escalera.

Parece acalorada, como si hubiera estado corriendo. Lleva su vestido naranja intenso, contrasta con sus mejillas enrojecidas. Me doy cuenta de que está esperando a que Sam vuelva al piso de arriba.

—Charlie —suena preocupada—, ¿va todo bien? Vimos el coche patrulla.

—¿Qué? —Se me para el corazón.

—El coche patrulla, esta mañana.

Me agarro al pasamanos. Tengo la sensación de estar precipitándome desde una gran altura. Me aprieto el cinturón de la bata y me obligo a seguir erguida.

—Charlie, ¿va todo bien? —Marge da un paso hacia mí.

—Es que me he levantado muy deprisa, nada más.

Hago un gesto con la mano. «No te acerques más». Tengo la sensación de que mis piernas se están desintegrando. Me siento en la escalera.

La cara de Marge me mira desde arriba. Toma asiento a mi lado, pero la escalera es estrecha y noto su piel a través de la tela de la bata. Su perfume dulzón me entra hasta el fondo de la nariz. Tengo náuseas.

—¿Qué está pasando, Charlie?

No consigo formar palabras. En mi cabeza hay una presa a punto de desbordarse.

—No..., no sé qué hacía ahí el coche patrulla, Marge. No lo sé. Tengo que vestirme.

Pero Marge no se mueve.

—Sabes que puedes contármelo. Somos amigas.

—Estoy bien —susurro con los dientes apretados—. Luego te llamo.

Me pone una mano en el hombro.

—Charlie, llevas unas semanas distante. Sé que hay algo que te preocupa.

Meneo la cabeza y simulo despreocupación.

—Va todo bien.

—Venga ya, no me lo creo. Sabes que los problemas compartidos son menos problemas.

Necesito que se vaya. Necesito pensar. Me pongo de pie, voy hacia la puerta y la abro.

Me mira con los ojos muy abiertos, atónita.

—Bueno, ya sabes dónde estoy si me necesitas.

Antes de irse me mira otra vez con elocuencia.

A través del cristal ahumado veo alejarse su silueta distorsionada. Luego me vuelvo y me apoyo en el pasamanos de la escalera. La policía se lo ha llevado. Lo saben.

El timbre del teléfono me taladra los oídos. «Por favor, Dios mío, que sea Jean-Luc para decirme que está de camino, que todo ha sido una confusión».

Descuelgo.

—¿Sí?

—Charlotte.

—Jean-Luc, ¿dónde estás?

Lo oigo farfullar, tratar de formar palabras.

—¿Jean-Luc?

—Los padres de Sam están vivos.

—¿Qué? ¿Qué estás diciendo? —Me pego el teléfono a la oreja, incapaz de encontrar sentido a lo que acabo de oír.

—Charlotte..., los dos sobrevivieron.

—¿Qué? Pero... ¿cómo?

Suelto el teléfono. Me tiemblan las manos, me tiembla todo el cuerpo violentamente. Oigo la voz de Jean-Luc en el auricular, pero soy incapaz de cogerlo.

47

París, 30 de mayo de 1944

Sarah

—¡No, por favor, Dios mío! ¡No, por favor!

Sarah se tapó los oídos y, con los ojos cerrados, movió la cabeza de un lado a otro mientras hablaba en sollozos. ¿Qué había hecho? No era posible. ¿Qué clase de madre haría algo así? ¿Se había vuelto loca? No había pensado con claridad. Había visto al hombre, que los miraba con espanto, y había sabido que no formaba parte del horror, pero tampoco era un prisionero. Era un trabajador del ferrocarril. Un hombre decente, le pareció. De otro modo, jamás le habría entregado a su hijo. No, no se lo habría dado a cualquiera. Le había mirado a los ojos y había sabido que era un buen hombre. David lo entendería. No había tenido elección. Ahora necesitaba encontrar a David. Los habían separado en Drancy y no había sido capaz de localizarlo en los autobuses atestados, tampoco en la estación. Necesitaba contárselo. David daría gracias por que su hijo no viajara en aquel vagón para ganado.

El tren avanzó bruscamente. Alguien le clavó el codo en las costillas. Los gritos aumentaron de volumen.

—*Fermez vos gueules!* ¡Cerrad el pico! —gritó alguien—. ¡Ya es demasiado tarde!

Era demasiado tarde. Estaba hecho. Samuel ya no estaba. Con los brazos vacíos, no era más que un cuerpo hueco. Insensible. Se volvería insensible. La insensibilidad la escudaría. La carcasa de su cuerpo viajaba en aquel vagón de ganado, pero su corazón y su alma estarían siempre con Samuel. Y encontraría la forma de volver con él, se prometió.

—Sarah, ¿eres tú? —Una mano le tiró de la manga.

Se volvió de mala gana y se encontró con una cara conocida pero que no lograba ubicar.

—Soy yo, Madeleine. De la escuela.

—Madeleine Goldman.

Pronunciar el nombre de la mujer la sacó de su ensoñación y la devolvió al presente.

Madeleine le cogió la mano con lágrimas en los ojos.

—¿Adónde nos llevan?

—No lo sé.

—A mi marido ya se lo habían llevado. —Madeleine buscó la otra mano de Sarah y la apretó con fuerza—. Espero que nos lleven al mismo sitio. —Miró a Sarah a los ojos—. Gracias a Dios no tenemos hijos.

El corazón de Sarah dejó de latir y se le llenó la boca de palabras no pronunciadas. ¿Cómo podía Madeleine decir algo así? ¿Cómo podía saberlo?

Se soltó de las manos de Madeleine y el corazón se le encogió igual que un puño cerrado. No podía respirar. Se le cerraba la garganta. Entonces, de pronto, recuperó el aliento y dejó escapar un sollozo, después otro, como si se los arrancaran del vientre. Madeleine la rodeó con sus brazos y la estrechó contra su pecho.

Estuvieron horas abrazadas de pie mientras el tren traqueteaba por las vías. Madeleine no dejó de hablar. De la guerra, de la desaparición de familiares y amigos, de los posibles lugares a los que se dirigían. Pero Sarah solo podía pensar en Samuel. ¿Dónde estaba ahora? ¿Le habían alimentado? ¿Lloraba porque echaba de menos a su madre? Su propio miedo, su hambre, su sed abrasadora eran cosas insignificantes. Podía soportarlas y lo haría. Pero Samuel..., tan pequeño, tan inocente. La idea de que estuviera sufriendo le desgarraba el corazón.

Una mujer cerca de ellas gemía suavemente con su hijo aferrado a la falda. Un hombre rezaba, otros lloraban y había quienes guardaban silencio. La gente había empezado a aliviarse en un cubo de una esquina del vagón y este ya derramaba su contenido, que la paja del suelo no bastaba para empapar. El olor a orines, a mierda y a sudor rancio se agarró a la garganta de Sarah. Enterró la cara en el hombro de Madeleine, estaba desesperada por hacer también sus necesidades, pero a la vista de todos se sentía incapaz.

—¿Cuándo nos dejarán salir? —le susurró Madeleine al oído.

Solo había espacio para que se sentaran unas pocas personas, y al cabo de varias horas a Sarah le daba vueltas la cabeza y tenía la sensación de que las rodillas se le estaban paralizando. Entonces alguien le dio un empujón.

—Te toca sentarte. —Entendió que había turnos: en cada uno podían sentarse diez personas; se dejó caer despacio al suelo y dobló con cuidado las extremidades entumecidas. Tenía los pechos dolorosamente duros y aprovechó la oportunidad para masajeárselos y que saliera la leche. La leche de Samuel. Cerró con fuerza los ojos negándose a llorar mientras rezaba en silencio por que alguien estuviera alimentando a su hijo.

Cuando los abrió, comprobó que Madeleine miraba fijamente las manchas de humedad en su blusa de lino. Resultaban apenas visibles en la penumbra del vagón de ganado.

—Cuánto lo siento —dijo Madeleine con voz temblorosa—. ¿Tienes un hijo?

Sarah agradeció que usara el presente. Le daba esperanza. Habló lenta, deliberadamente, cada palabra le resultaba dolorosa.

—Samuel. Tiene un mes.

Madeleine le apretó la mano.

—Se lo di a alguien. Para que lo mantuviera a salvo.

—Hiciste bien. ¿Imaginas tratar de amamantar a un niño aquí? ¡Si estamos deshidratadas!

—Necesito hablar con mi marido. David. Está aquí, en alguna parte.

—Le escribiremos un mensaje y se lo daremos a uno de los hombres para que lo pase. —Madeleine calló un momento—. No dejarán que hombres y mujeres estemos juntos, ¿verdad?

Sarah negó con la cabeza, segura de que los iban a separar.

—A los hombres les darán un trabajo distinto —continuó Madeleine—. Para ellos será más duro. —Hizo una pausa—. Lo más seguro es que nosotras vayamos a las cocinas. Probablemente será un campo de trabajo enorme, quizá una mina.

Sarah asintió con la cabeza.

Del bolsillo del pecho, Madeleine sacó una libreta y una pluma.

—Escribe en letra pequeña, para que sea fácil esconderlo. Nunca se sabe.

Pero sí sabían. Sabían que estaban siendo conducidas a un lugar terrible, que las tratarían con crueldad, que incluso podían morir. Lo sabían, pero aun así se aferraban a una pequeña brizna de esperanza.

Sarah escribió con letra cuidada y menuda: «Nuestro hijo está a salvo. Se lo di a un trabajador del ferrocarril francés. Sé que lo cuidará. Mantente con vida para que podamos recuperarlo. Tu esposa, que te quiere». Nada de nombres. Así era más seguro. Dobló el papel en un cuadrado pequeño y se lo guardó en el bolsillo del pantalón hasta que decidiera a quién podía confiarlo.

El vagón se había quedado en silencio, se habían apagado los gemidos, los llantos y las preguntas sin respuesta. Con la boca seca y el estómago vacío, los prisioneros callaban. Madeleine y Sarah iban muy juntas. Una muchacha a la que le castañeteaban los dientes hizo ademán de acercarse y, sin mediar palabra, Madeleine la atrajo hacia ellas.

—¿Cómo te llamas?

—Cécile —susurró la joven.

—¿Dónde está tu madre?

—Se la llevaron el año pasado.

A Sarah se le encogió el corazón al ver a aquella niña huérfana. Le cogió la mano.

—Nosotras te cuidaremos.

Cada vez que el tren se detenía, gritaban, pedían agua, pero no recibían nada. Por fin, al segundo día, les dieron agua tibia y oyeron voces hablando en polaco. Cuando el tren reanudó la marcha, atisbaron un paisaje llano y desolado por los resquicios entre los tablones.

La tercera noche el tren se detuvo y no volvió a moverse. Los prisioneros esperaron en silencio, aterrorizados, muertos de hambre y exhaustos. Entonces se abrieron las puertas.

—*Schnell! Schnell!* ¡Sucios animales! ¡Bajad!

Salieron a trompicones del vagón apoyándose los unos en los otros. Se encendieron unos focos que los deslumbraron. Varios perros gruñían y enseñaban sus colmillos como dagas y tiraban de sus correas intentando abalanzarse contra los prisioneros. Los soldados de las SS blandían porras y látigos, y entre ellos había algunas mujeres con largas capas negras con capucha y botas altas de cuero negro.

—¡Hombres a la izquierda, mujeres a la derecha!

Sarah sujetó con fuerza la nota y buscó a alguien a quien dársela. Escogió al hombre que tenía más cerca y se la metió en el puño.

—Por favor, dele esto a David Laffitte.

—¡Filas de a cinco, ya!

Una porra aterrizó en la cabeza de una mujer al lado de Sarah. De forma instintiva, esta la sujetó para que no cayera al suelo.

Exhaustos, rígidos por el miedo y entumecidos después de tres días hacinados en un vagón para ganado, los prisioneros formaron filas de cinco, uno detrás de otro. Sarah inspeccionó el grupo de los hombres en busca de David, pero no lo vio.

—*Schnell! Schnell!*

Sonó un disparo y el golpe seco de un cuerpo contra el suelo reverberó dentro de la cabeza de Sarah. Se aferró a Madeleine y a Cécile, las tres unidas ya por toda aquella locura.

—Oye, ¿cuántos años tienes?

El hombre que señalaba a Cécile con un palo era un prisionero vestido con pantalones y chaqueta de rayas.

—Trece.

—¡De eso nada! ¡Tienes dieciocho!

—¡Pero si tengo trece!

—Morirás si tienes trece. —En voz más queda, añadió—: Di que tienes dieciocho. —Pasó a la fila siguiente.

Otro prisionero ocupó su lugar y les gritó:

—¿No lo sabíais? ¿Estamos en 1944 y no lo sabíais? ¿Por qué habéis venido? Deberíais haberos quitado la vida antes de venir aquí. —Señaló unas columnas de humo negro contra un cielo solo un tono más claro—. Ahí es donde vais a terminar. En el crematorio.

Madeleine se dio la vuelta y vomitó. Sarah comprendió de pronto de dónde procedía el hedor. Ahora no tenía ninguna duda. Había hecho lo correcto cuando entregó a su hijo.

Habían llegado al infierno.

48

Auschwitz, noviembre de 1944

Sarah

Solo la esperanza de encontrar a su hijo mantenía viva a Sarah en Auschwitz, aunque sin su estrecho grupo de amigas difícilmente habría sobrevivido.

En la tercera semana, mientras hacían cola para la sopa aguada del almuerzo, una mujer que no conocía la abordó.

—Coge esto —susurró y le puso un mendrugo en la mano—. Hay algo dentro.

Aterrada de que la descubrieran, Sarah se salió de la cola y miró a su alrededor para comprobar que nadie la veía. Solo Madeleine, algo más atrás, se había dado cuenta de lo sucedido y Sarah notó sus ojos taladrándole la nuca mientras se escabullía. Los secretos era mejor guardarlos dentro del corazón. En el campo eran especialistas en extraer información. Gritos terribles a menudo interrumpían la negra desolación de las noches.

Tuvo un escalofrío cuando miró de cerca el trozo de pan. De él asomaba la esquina de un trozo de papel. Para no desperdiciar un preciado alimento, chupó con cuidado el pan rancio hasta que pudo sacar el papel. Luego entornó los ojos y leyó: «Amor de mi vida, hiciste lo correcto. Eres valiente y leal. Sigue con vida. Encontraremos a nuestro hijo».

Las lágrimas de Sarah mojaron la nota y emborronaron las palabras. Se preguntó que habría tenido que hacer David a cambio de tan peligroso favor. Metió de nuevo el papel mojado en el pan y se lo comió despacio. Ahora llevaba dentro a David. Lo llevaría siempre y la alimentaría más que cualquier plato de comida. Sobreviviré a esto, murmuró para sí.

De pronto apareció Madeleine.

—¿Qué haces? —Frunció el ceño—. ¿No quieres la sopa? —Levantó su cuchara y dejó que el líquido pálido y acuoso cayera de nuevo en el tazón—. Es *crème* de col otra vez. —La sonrisa irónica no alcanzó sus ojos—. ¿No habrás perdido la cuchara?

—No.

Sarah se levantó la camisa y enseñó la cuchara que llevaba atada con un trozo de cuerda gastada. Había tenido que guardar el pan de dos días para conseguir el endeble utensilio metálico, pero había merecido la pena. Sin cuchara no podías comer.

—¿Estás enferma? —Madeleine le tocó la frente.

—No, ahora me pongo a la cola.

Sarah se alejó antes de que le entraran tentaciones de hablar a Madeleine del mensaje. No es que no confiara en su amiga. Lo hacía. Pero sabía que allí podían obligarte a traicionar a las personas más cercanas.

El sol brilló abrasador durante los largos días de verano, como burlándose de su sufrimiento. La sed era insoportable. Sarah sentía la mandíbula encajada y las muelas pegadas a los carrillos. La sed podía volverte loca y se obsesionó con ella. Soñaba con agua, la anhelaba noche y día y habría pagado lo que fuera por un poco. Un día especialmente caluroso, logró cambiar un trozo de pan que había guardado por un cubo de agua. Metió la cabeza en él y se lo bebió entero. Después se sintió mejor y la obsesión se mitigó.

No se podía sobrevivir sola, no cuando algo tan normal como perder los zapatos significaba ir directa a la cámara de gas;

después de todo, era más fácil reemplazar a mujeres que a zapatos. Sarah tenía un grupo estrecho de amigas: Madeleine, Simone —una antigua vecina de Madeleine— y la muchacha del tren, Cécile. Se apoyaban entre ellas y las de más edad cuidaban de Cécile, sobre todo durante los interminables recuentos. A menudo las despertaban a las tres de la mañana y las obligaban a salir, pero luego no hacían el recuento hasta que amanecía. Cuando alguna estaba demasiado débil para mantenerse de pie, las otras mujeres la rodeaban y sostenían. Cuando por fin se dispersaban, siempre había mujeres tendidas en el suelo. Si no estaban ya muertas, les pegarían un tiro. Sarah cerraba los ojos al oír los disparos, pero nunca se volvía a mirar a las mujeres caídas.

Después del recuento las obligaban a caminar dos horas por campos encharcados, a continuación les daban palas y cestos, carretillas sin ruedas que había que acarrear hasta una zanja y volver. Pasaban el día entero, con un descanso para tomar la sopa aguada a mediodía, cavando, cargando y acarreando. Era extenuante, pero, si hacían un alto, los guardias enviaban a los perros para que les ladraran y les mordieran los tobillos o iban ellos mismos a repartir golpes. Mientras trabajaban tenían que oír gritos y aullidos de dolor y a los guardias charlando en corrillos, riendo incluso. Cuando terminaban la jornada estaban febriles y algunas se habían desplomado sin remedio. Pero Sarah y sus amigas siempre se buscaban, se apoyaban unas a otras durante la larga marcha de vuelta, la que se encontraba más fuerte cantaba *La marsellesa* y las otras se unían si se lo permitían sus fuerzas. Algunos días no cantaban en absoluto.

Una tarde en el camino de vuelta se cruzaron con los prisioneros. Sarah buscó a David desesperada. Pero no estaba allí. Un miedo intenso se apoderó de ella. ¿Y si había muerto? ¿Cómo sobreviviría ella?

Entonces, uno de los prisioneros que pasó a su lado dejó caer algo a sus pies. Unos calcetines de lana. Sarah los cogió y se los guardó bajo el uniforme de rayas. Ya en el barracón, los sacó y cayó de ellos un trozo de papel. En él solo había escritas tres palabras: «No te rindas». Parecía la letra de David, pero no podía estar segura. «Te lo ruego, Dios mío —rezó—, mantenlo con vida».

Desde el principio fue evidente que muchas de las mujeres morirían. Era una experiencia demasiado degradante, demasiado traumática. Una acción tan cotidiana como ir a las letrinas significaba poner tu vida en peligro, pues implicaba vadear excrementos y acuclillarse en una cloaca abierta procurando no caer dentro de ella. Algunas mujeres no tenían ni las fuerzas ni la voluntad de adaptarse a aquel infierno, pero Sarah sí. Aunque su cuerpo menguaba como si se estuviera devorando a sí mismo y los pechos le habían desaparecido, su determinación de encontrar a Samuel le daba fuerzas para seguir adelante cuando otras desistían.

Y así, mientras trabajaban y luchaban cada día por seguir vivas, llegó el invierno. Ahora, desmayarse durante el recuento, aunque alguien las recogiera, significaba la muerte, porque después no podrían quitarse las ropas mojadas y llenas de barro que se les congelaban y pegaban a la espalda. La suerte de cada una dependía de quienes la rodeaban y desapareció el individualismo. Eso era lo que las ayudaba a seguir. Al filo de la muerte, se sorprendían haciendo cosas de las que no se habían sentido capaces. Ya no se trataba de una cuestión de amistad. Vivir requería solidaridad.

Sarah se debilitaba. Se le habían infectado unas llagas en la espalda. Simone trabajaba de dentista para los guardias de las SS y conseguía ropa e incluso alguna medicina de un lugar que llamaban «Canadá» porque imaginaban este país como una tierra de inimaginable riqueza. Lavaba las heridas de Sarah con desinfectante cuando lo conseguía, pero no se le cerraban. Hasta que un día apareció con buenas noticias. Le había conseguido a Sarah un trabajo en la enfermería, espantando las ratas que rondaban a los pacientes y sacando a los muertos. Las ratas campaban por sus respetos en Auschwitz y algunas eran del tamaño de gatos. Incluso se atrevían a enseñar los dientes a Sarah cuando levantaba la pala para ahuyentarlas. Al principio no soportaba mirarlas y se limitaba a agitar la pala sin ton ni son en un intento por dispersarlas, pero pronto reunió valor y al cabo de dos semanas incluso mató a una, le aplastó la cabeza cuando se levantó sobre las patas traseras y la miró desafiante. Aquello le hizo sentirse orgullosa, poderosa en aquel mundo donde su vida no valía más que la de una rata. Era la rata o ella y había ganado ella.

Cuando sacaba los cadáveres, contenía la respiración y cerraba los ojos, pero aun así tenía arcadas. Habría ayudado poder taparlos con sábanas u otra cosa, pero aquellos cuerpos esqueléticos estaban desnudos cuando los llevaba al depósito. ¿Cómo podía hacer algo así? ¿No debería haberse negado? ¿Dejar que la enviaran a la cámara de gas antes que tratar a los muertos con semejante falta de respeto? De no haber sido por Samuel, es posible que lo hubiera hecho, pero ahora tenía el deber de sobrevivir.

El trabajo en la enfermería la salvó de pasar los meses más duros del invierno a la intemperie y también le dio la oportunidad de robar medicinas. Que la descubrieran significaba la muerte instantánea, pero, cuando Cécile enfermó, no tuvo elección. La pobre muchacha ardía de fiebre y ya no conseguía mantenerse en pie durante el recuento. Tenían que ponerse muy cerca de ella y sostenerla. Probablemente era tifus, y solo podrían salvarla los antibióticos. Sarah sabía que se guardaban en una vitrina de la barraca que hacía las veces de quirófano. Solía estar vacía durante las comidas; solo tenía que entrar a hurtadillas y coger un par de píldoras. Pero, el día que tenía pensado hacerlo, los guardias no salieron a comer. Siempre había alguien allí.

Cuando volvió al barracón aquella noche, Cécile deliraba de fiebre, imaginaba que estaba de nuevo en casa, con su familia. Se agarraba a Simone.

—*Maman!* —gritaba—. Creía que me habías abandonado.

—Tienes que conseguirlos mañana. —Simone miró a Sarah por encima de la cabeza de la niña.

Sarah asintió, decidida a encontrar la manera.

Pero el día siguiente llegó y se fue sin que la habitación se quedara vacía. No podía coger las medicinas. ¿Cómo iba a hacerlo?

Volvió consternada al barracón. Simone la vio llegar y abrió los brazos.

—Es demasiado tarde —susurró—. Ha muerto.

La muerte de Cécile las afectó profundamente. No habían conseguido proteger a la joven. Sentían una inmensa culpa por haberla sobrevivido. Dejaron de cantar y, en lugar de contarse historias, como solían hacer por las noches, se acercaban a otros grupos de mujeres, pero sin integrarse en ellos, siempre fuera.

No podían seguir así. Sarah comprendió que no debían ceder a la apatía; no podían terminar como los *Muselmänner*, esas pobres criaturas de mirada vacía, más muertas que vivas.

Todo formaba parte del plan nazi de arrancarles su humanidad. Sarah se preguntaba si los ayudaría no ver a sus prisioneros como seres humanos. ¿Cómo si no podían tratarlos así? ¿Y a semejante escala? Pegándolos, torturándolos, asesinándolos. ¿Cómo se había llegado a esa situación? Estas preguntas no se le iban de la cabeza. Nadie en el mundo normal podría imaginar lo bajo que podía caer un ser humano. Se preguntó si, en caso de que milagrosamente lograran sobrevivir, alguien les creería.

49

Auschwitz, enero de 1945

Sarah

Sarah llevaba siete meses y medio en Auschwitz. Tenía la sensación de haber envejecido setenta años. No era la misma persona. Caminaba como un reo, con la cabeza y los hombros encorvados tirando de su cuerpo emaciado, con las piernas amorfas e hinchadas, los labios rojos de las encías siempre sangrando. Por supuesto no había espejos, pero sabía cuál era su aspecto porque era el de todas.

La nieve caía ya desde hacía semanas, quizá meses. Desde siempre, parecía. La aterrorizaba que David enfermara de neumonía y lo enviaran a las cámaras, pero parecía tener buenos contactos. Se las arreglaba para enviarle mensajes cada pocas semanas y ella hacía lo mismo cuando conseguía coger algo de Canadá con lo que pagar al mensajero.

Durante todo el invierno corrieron incesantes rumores de que los Aliados estaban a punto de llegar, de que la Cruz Roja estaba negociando su liberación, de que los rusos estaban en camino, pero nunca se hacían realidad. Entonces, una noche de enero, sonaron disparos de artillería a lo lejos. Sarah y sus amigas se incorporaron en sus literas y se abrazaron con fuerza. ¿Podían atreverse a tener esperanza? Aquella noche no durmieron, tal era la agitación que corría por sus extenuadas venas.

Al día siguiente Sarah fue a la enfermería como de costumbre. Encontró al médico hablando a las pacientes.

—Mañana por la noche evacuaremos el campo. Los enfermos se quedarán aquí.

Se le cayó el alma a los pies; antes de liberarlos los mandarían a otro sitio. Miró a algunas de las enfermas tratar de salir de la cama, desesperadas por no quedarse allí y que las SS les pegaran un tiro. Otras, demasiado débiles o demasiado trastornadas para que les importara, no se movían ni decían palabra. Sarah cogió todas las mantas que pudo y volvió corriendo a su barracón para advertir a las otras mujeres.

—Pegarán un tiro a los que se queden. —Madeleine cogió a Sarah por los hombros—. No quieren testigos. ¿Y adónde nos van a llevar? ¿Lo sabes?

—No, pero he traído mantas. Claro que también necesitamos ropa de abrigo, si no moriremos de frío. ¡Y zapatos! ¡Tenemos que llevar zapatos!

Los guardias pasaron el día quemando documentos, luego ordenaron a los prisioneros limpiar los barracones.

—¡No queremos que piensen que vivís como cerdos! —gritaron.

A la mañana siguiente, temprano, mucho antes de que amaneciera, miles de prisioneros desfilaron hacia las puertas. Poco más que esqueletos, se habían envuelto en capa tras capa de ropa o mantas y caminaban encorvados bajo su peso igual que asnos. Se encendieron los reflectores. Cientos de miembros de las SS y sus perros los rodeaban. La nieve seguía cayendo.

—*Schnell!* ¡Deprisa! ¡Formad filas!

Se abrieron las puertas del campo.

Los barracones se fueron vaciando uno a uno. El grupo de Sarah tuvo que esperar a que lo hicieran los cuarenta delante del suyo antes de salir. Tocó el pan que guardaba en el bolsillo. «No, más tarde —se dijo—. Lo necesitarás más adelante». ¿Qué les importaba a los guardias si morían en la nieve? Seguramente les vendría bien, les ahorraría el trabajo de matarlas.

—¡Más deprisa! ¡Más deprisa! Sucias perras piojosas.

Todas echaron a correr. La sangre bombeaba en las venas de Sarah, la hacía entrar en calor, insuflaba energía a sus órganos cansados. El corazón le latía con fuerza. ¡Estaba viva! ¡Abandonaban Auschwitz y había sobrevivido!

Caminaban como autómatas. Quedarse atrás significaba la muerte. Durante la larga marcha sonaron muchos disparos; se mataba a cualquiera que intentara huir al bosque, también a las que se rezagaban y a las que se caían, aunque estas últimas también morían pisoteadas. Poner un pie delante del otro, era todo lo que Sarah debía hacer. Seguir. Pero tenía tanta sed, tanta hambre, estaba tan cansada. Una muchacha cerca de ella cogió un puñado de nieve del abrigo de la mujer que caminaba delante y se lo metió en la boca sin detenerse. Sarah la imitó y retuvo la nieve en la boca hasta que se derritió. A continuación tocó de nuevo el pan que llevaba en el bolsillo, pero era posible que lo necesitara más tarde, al día siguiente incluso. No tenían ni idea de cuánto tiempo pasarían sin comer.

Cada vez se desplomaban más mujeres en la nieve, abandonándose a la liberación de la muerte. El resto las rodeaban y seguían caminando. No tenían elección, era una cuestión de supervivencia. Sarah se preguntó qué clase de persona sería si seguía con vida. «No pienses. Solo camina —se susurró en la oscuridad—. Tienes que vivir». Pero el pensamiento la rondaba. Dejar de existir. Dejar de ser. Dejar atrás el dolor. El frío. El agotamiento. Todo. Estaba cerca de rendirse, pero sabía que David estaba ahí fuera, en alguna parte. Oía su voz susurrarle en la cabeza. «Sarah, Sarah. Amor de mi vida. Ven a buscarme. Encuéntrame».

Sin pensar, se separó de su grupo y trató de avanzar más deprisa. Tenía que reunirse con él.

Un golpe en la cabeza la hizo tambalearse. Cerró los ojos y se desplomó en la nieve. La suave blancura era como una manta que la recibía, acogedora. Por fin podría dormir. Enterró la cara en su frescor, segura de que encontraría a David en sueños.

Entonces unas manos tiraron de ella.

—¡Sarah, levanta! —Apareció la cara de Simone.

—Déjame dormir. —La cabeza le resultaba demasiado pesada para su cuerpo. Solo quería olvidar. Pero ¿dónde estaba David? ¿Lo había encontrado?—. David. ¿Dónde está David?

—Está aquí, en alguna parte. ¡Levántate! Tienes que encontrarlo.

Sarah notó otro par de manos que la sujetaban por las axilas y la levantaban. Sonó un disparo, otro. El sonido le reverberó en todo el cuerpo. No había muerto. Tenía que seguir en este mundo. Pasara lo que pasara, tenía que seguir, tenía que olvidarse de su débil cuerpo y dejar que su espíritu la sostuviera. «Dios mío, ayúdame a sobrellevar esto», rezó. Con ayuda de las mujeres a ambos lados de ella, sacó fuerzas de flaqueza, hizo caso omiso del dolor de cabeza y se levantó de la nieve. Besó a sus amigas en los fríos labios y murmuró:

—Viviréis. ¡Prometedme que viviréis!

Por toda respuesta, las mujeres tiraron de ella. Juntas avanzaron a trompicones, intentaron correr. Por fin salió el sol, pero no trajo calor alguno. Un viento gélido les traspasaba las capas de ropa, les cortaba la piel y les llegaba hasta los débiles y extenuados huesos. Cayeron muchas mujeres más.

—¡Habéis recorrido veinte kilómetros! —gritó el Kommandant. Habían llegado a una aldea abandonada en la que no se veía un alma—. Es hora de descansar.

Se apiñaron dentro de un edificio grande que tenía el tejado hundido. Dentro había mucha nieve, pero al menos estaba guarecido del viento cruel. Las prisioneras se dejaban caer amontonadas y se dormían antes de tocar el suelo. Pero Sarah necesitaba encontrar a David. Si se quedaba dormida, moriría. De modo que se alejó de su grupo, trepó por encima de los cuerpos y recorrió habitaciones de paredes rotas.

—¡David! ¡David! —llamó. Si no lo encontraba ahora, no podría seguir. No le quedaban fuerzas—. ¡David! —Su voz se hacía más débil mientras lo buscaba en una marea de rostros.

—¡Sarah!

¡Era él! La sangre volvió a circular por sus venas. ¡Lo había encontrado! La voz salía de un montón de cuerpos pegados a una pared. Corrió hacia ellos.

Lo primero que vio fueron sus ojos. Sus ojos castaño oscuro, que brillaban en un mar de nieve. Se abalanzó sobre él, lo cubrió con su cuerpo y sus manos buscaron su cara. La cogió con dedos huesudos y lo miró a los ojos.

—¿Eres tú? ¿De verdad eres tú?

—Sarah, me has encontrado.

50

Santa Cruz, 10 de julio de 1953

Jean-Luc

Después de que le permitieran telefonear a Charlotte, Bradley y los dos agentes uniformados salieron de la sala de interrogatorios y cerraron la puerta con llave. Jean-Luc tiene la impresión de llevar horas allí sentado, pero cuando mira el reloj comprueba que solo han sido cincuenta minutos. Está desesperado por ver a Charlotte. No debería haberle dado la noticia así, por teléfono. ¿En qué estaba pensando? Ha debido de ser la conmoción. La culpa.

Entra un agente que no ha visto antes.

—Sale usted en un vuelo mañana por la mañana. Puede ir a su casa, hacer una maleta y volver aquí directamente.

—Pero no he visto a un abogado. Quiero ver a un abogado.

—Un abogado no va a servirle de nada. Va a ser usted extraditado. Puede contactar con uno cuando esté en Francia.

—Pero... ¿qué hay de mis derechos?

Una sonrisa cruza el rostro del agente.

—Señor Bouchamps, me parece que no comprende usted la seriedad de su delito. El secuestro es, junto con el asesinato, motivo de extradición inmediata. Y no tenemos ni motivos ni deseos de colaborar con los franceses. A ellos corresponderá decidir si ha sido secuestro u... otra cosa. Es algo que queda fuera de nuestra jurisdicción. Ahora lo vamos a llevar a casa; tendrá diez minutos para hacer el equipaje.

—¡Diez minutos! Pero necesito hablar con Charlotte y Sam. No puedo irme sin más.

—He dicho diez minutos. Y ahora deje de quejarse o se los reduciré a cinco.

—Por favor...

El agente se cruza de brazos y consulta su reloj de pulsera.

Sin decir una palabra más, Jean-Luc se levanta y lo sigue al coche que espera fuera. Gracias a Dios no le ponen esposas. Se sube al asiento trasero con el agente. Van a su casa.

—Lo esperamos aquí —dice el agente cuando se detienen detrás del roble.

Jean-Luc sale del coche y le parece ver moverse las cortinas de Marge. Cruza el jardín y empuja la puerta principal. Entra con cautela, preguntándose dónde estarán Charlotte y Sam. Las paredes emanan un silencio inquietante.

Oye ruidos procedentes de la cocina. Entra con el pulso acelerado.

Charlotte está en el centro de la habitación con una maleta pequeña en la mano. Abre la boca cuando lo ve y palidece.

Jean-Luc sabe lo que está haciendo. El dolor de Charlotte le pesa en el corazón.

—Charlotte.

Hace ademán de abrazarla.

—¡Tenemos que irnos ahora mismo! —le grita Charlotte.

Jean-Luc le toca un hombro y la atrae con dulzura hacia él. Nota cómo se disipa toda la energía del cuerpo de Charlotte.

Esta se abandona a sus brazos.

—Chis, chis..., *mon ange*. —Charlotte se deja caer despacio al suelo. Jean-Luc hace lo mismo, se agacha y la acaricia mientras murmura—: Charlotte, Charlotte.

Alguien tose. Jean-Luc se da la vuelta y ve a Sam en la puerta con la carita muy pálida.

Con una mano alrededor de los hombros de Charlotte, Jean-Luc tiende la otra. Sam se acerca sin decir palabra. Le pasa los bracitos a Jean-Luc por el cuello y le susurra al oído:

—Papá, por favor, no te vayas otra vez. Tengo miedo.

51

Santa Cruz, 13 de julio de 1953

Charlotte

—¿Por qué no puedo ir a Francia con papá?

Sam entra corriendo en la habitación y se sube a la cama de un salto. Quiero abrazarlo y tenerlo así para siempre, a salvo. Es como si el mundo en toda su fealdad irrumpiera de nuevo en nuestras vidas y esta vez no podré protegerlo de él.

—Sam, tu padre ha tenido que ir a ayudar en una investigación policial. —Le acaricio el sedoso pelo—. No de vacaciones.

Saca el labio inferior.

—Pero yo quiero ir de acampada en Francia.

—Ya lo sé. Quizá algún día.

Se levanta, descorre las cortinas y mira por la ventana.

—Mamá, ¿por qué está ahí el policía?

—Está cuidando de nosotros.

—¿Por qué? —Se gira y arruga el ceño—. ¿Por qué necesitamos que nos cuiden?

Un escalofrío me recorre la nuca. ¿Qué puedo decir?

—Por si acaso.

—¿Por si acaso qué?

—Por si acaso viene el ogro. Venga, es hora de irse a la cama.

—Pero ¿quién es el ogro?

—No existe. Es una forma de hablar.

—Entonces ¿por qué lo has dicho?

—Venga, Sam. A la cama. Con ogro o sin él.

Me mira con ojos redondos y atentos.

—No me puedo ir a acostar.

Me inclino y le beso en la frente.

—Claro que puedes.

—No. Tengo miedo. ¿Puedo dormir en tu cama? Papá no está.

Me tienta que se quede cerca. Yo también tengo miedo.

—De acuerdo, pero solo esta noche.

Después de acostarlo en nuestra cama, bajo a la cocina y descorro los visillos para mirar el coche patrulla. Piensan que puedo intentar huir con Sam; no lo han dicho, pero está ahí, en su forma de mirarme con desconfianza mezclada con algo parecido a la lástima. No sé qué hacer. El tiempo pasa mientras otras personas deciden lo que ocurrirá en nuestras vidas. Marge no ha vuelto por aquí. De hecho no ha venido nadie. Imagino que la noticia no tardó en saberse. Eso les dará algo de que hablar durante el café matutino.

Sin que fuera esa mi intención, me sorprendo yendo al cuarto de estar y sirviéndome un vaso de Southern Comfort. Me lo bebo deprisa y noto que aplaca mis nervios de punta. Estoy cansada y confusa. Quizá debería acostarme pronto; tal vez por la mañana lo vea todo más claro. Subo la escalera sin hacer ruido, contenta de que Sam esté en mi cama. Lo necesito cerca.

Sin encender la luz, me desvisto y me pongo el camisón. Cuando me meto en la cama oigo su respiración, ligera pero regular. Ya debe de estar dormido. Me tumbo de espaldas y me concentro en respirar desde el abdomen, intentando tranquilizarme.

Sam suspira y cambia de postura. Luego se gira y se vuelve hacia mí. Me pongo rígida, como una barra de metal. Noto cómo se acerca a mí, cómo su pelo sedoso me roza el brazo. Me pongo de costado y le acaricio la cabeza.

—Mamá —susurra—, ¿en qué investigación está ayudando papá a la policía?

—Es complicado, Sam. —Quizá sea más fácil explicárselo a oscuras. He estado retrasando el momento, segura de que, una vez lo sepa, todo será distinto—. Sam…

—Sí.

—Tengo que contarte una cosa.

—¿El qué, mamá?

—Algo sobre ti. Tu historia.

—¿Qué historia?

Le beso la coronilla en la oscuridad.

—¿Te acuerdas de que te hablamos de la guerra, de cuando naciste en París y cómo luego escapamos por las montañas y por el mar hasta llegar aquí?

—Sí.

—Teníamos que irnos. Había mucha violencia, caían bombas. Nos daba miedo que los nazis volaran París.

—Sí, ya lo sé.

—Cuando tú naciste era todo muy distinto. Ahora es difícil imaginarlo. Todos los días detenían y mataban a personas. —Continúo acariciándole la cabeza—. Lo que te voy a contar ahora es difícil de entender, así que, por favor, escucha atentamente y déjame terminar. ¿De acuerdo?

—De acuerdo, mamá.

—Tú naciste en plena guerra, y, aunque no eras más que un bebé pequeñito, te detuvieron y te llevaron a una prisión horrible.

—Pero ¿por qué metían en la cárcel a un bebé?

—Naciste en el lugar equivocado, Sam. Estaban deteniendo a todos los judíos de París y llevándolos a una cárcel espantosa. Muchos murieron. Pero alguien te rescató.

—¿Qué es un judío?

Me preguntó cómo voy a explicárselo. Ni yo misma sé con seguridad si es una raza o una religión.

—Es... alguien cuyos padres son judíos. Se hereda de generación en generación.

—¿Eh? ¿Como ser daltónico? Eso se hereda, igual que el color de ojos, ¿no?

—Sí, pero no tiene nada que ver. Tiene más que ver con tu historia... Con de dónde vienes, con tu religión.

—¿Nosotros somos judíos?

—No.

No acostumbramos a hablar de religión, aunque Sam conoce muchas historias de la Biblia. Nos casamos en una iglesia católica al llegar a Estados Unidos, pero tanto Jean-Luc como yo nos sentimos un poco incómodos con el adoctrinamiento y las reglas de la religión. Quizá porque hemos desobedecido muchas de ellas.

—Entonces ¿por qué estuvimos en la cárcel?

No estoy segura de cómo continuar. ¿Cómo le digo que no es hijo nuestro? Me siento incapaz.

Respiro hondo y lo abrazo, lo acerco a mí. Inspiro su olor, a champú con aroma de limón y también un poco almizclado. El nudo en mi garganta crece. Le beso la coronilla y la tierna mejilla. A continuación le pellizco suavemente la nariz, como cuando era pequeño.

Es cálido y blando y noto cómo absorbe todo mi amor. Durante un minuto seguimos así abrazados. Seguros. Juntos.

Entonces empieza a rebullirse. No puedo retrasarlo más. Tengo que contárselo.

—Sam, fuiste a la cárcel porque eres judío.

—Pero si has dicho que no lo somos.

—Nosotros no, pero tú sí. —Le cojo la cara con las dos manos—. Escúchame con atención y no me interrumpas, ¿de acuerdo? La persona que te salvó de esa cárcel fue tu padre.

—¿Papá?

—Sí. Te sacó a escondidas cuando nadie miraba. Tú eras pequeñísimo, solo tenías un mes.

—¿Dónde estabas tú?

—Yo no estaba. Escucha, Sam. Tu padre trabajaba en la estación de tren de la cárcel.

—Ah, ¿sí?

—Cuando te cogió tuvo que esconderte, pero eras tan pequeño que no fue difícil. Te guardó dentro de su abrigo. —Callo un momento para ordenar mis pensamientos, consciente del impacto que tendrán mis palabras cuando las pronuncie—. Sam, no podía sacar también a tu madre y a tu padre. No podía esconderlos como te escondió a ti.

—¿Qué?… No entiendo. ¿Hablas de ti?

—No, tus verdaderos padres son judíos. Estaban prisioneros, como tú, pero papá no podía salvarlos. Solo a ti.

—Pero no lo entiendo. ¡Mis padres sois vosotros!

Se sienta en la cama y palpa la pared en busca del interruptor. La luz inunda la habitación.

Cierro los ojos. Pero necesito ver a Sam, de manera que abro los ojos en la luz cegadora.

—¿Por qué dices esas cosas?

Se tapa los oídos con las manos como si así pudiera bloquear la verdad.

Pongo mis manos encima de las suyas.

—Sam, *mon coeur*. Lo siento muchísimo. No…, no somos tus verdaderos padres. A tus verdaderos padres se los llevaron durante la guerra.

—¡No! —Se pone de pie de un salto—. ¡No!

—Sam, por favor, escúchame.

—No.

Sale corriendo de la habitación. Oigo la puerta de su dormitorio cerrarse de golpe. No puede quedarse solo intentando comprender esta pesadilla. Me pongo la bata y le doy unos minutos para calmarse. Cuando abro la puerta de su cuarto, está tumbado en la cama con la cabeza enterrada en la almohada.

—Sam —susurro.

Finge no oírme. Entro y me siento en su cama.

—Sam, te queremos mucho.

—Entonces ¿por qué has dicho esas cosas?

La voz le sale ahogada porque tiene la cara hundida en la almohada. Se da la vuelta y me mira furioso. Su furia me llega al alma. Quiere que seamos sus verdaderos padres tanto como queremos serlo nosotros.

—Sam, sé lo difícil que es esto para ti.

Le saco la mano de donde la tiene escondida dentro de la manga del pijama y se la aprieto con fuerza.

—No me queréis, ¿verdad? Ya no me queréis.

—¡No! ¡No! ¡Eso no es verdad! ¿Cómo puedes pensar algo así? Te queremos muchísimo. Te trajimos aquí porque queríamos que estuvieras con nosotros y nunca dejaremos de quererte.

Tiene que entender que mi amor por él es puro e incondicional; que nadie puede quererlo más que yo.

Veo lágrimas asomar a sus ojos, rodar por sus mejillas, y lo observo sacar la lengua para atraparlas. Imagino su sabor salado, reconfortante, como el mar.

Se ha puesto a mirar al techo con los grandes ojos castaños todavía llenos de lágrimas.

—Hay una telaraña —anuncia de repente.

Sobresaltada por este cambio de tema, miro también al techo.

—¡Odio las arañas! —Se seca la cara con la manga—. Te suben por la nariz y te salen por la boca mientras estás dormido. Casi nadie lo sabe. Yo lo leí y lo aprendí y entonces ya no podía no saberlo. Lo odio… que pasen todas esas cosas sin que te enteres.

—Sam, lo siento mucho. No queríamos que te enteraras de esta manera. Todavía eres muy pequeño. Para un niño es difícil…

Salta de la cama y empieza a recorrer la habitación con la vista hasta detenerse en el fuerte que le hizo Jean-Luc. Sé lo que va a hacer. Lo veo como si estuviera dentro de su cabeza. Coge el fuerte y lo sostiene delante de él. A continuación lo tira al suelo. Se rompe por los costados hasta abrirse. Sam levanta el pie y le da una patada, lo hace añicos.

Doy un respingo y me acuerdo de cómo construyó Jean-Luc el fuerte con trozos de madera y palillos, encajando cada pieza con precisión. Todas esas horas, todo ese amor para nada.

Sam se tira al suelo delante del fuerte roto. Se hace un ovillo y llora con grandes sacudidas. Me tumbo a su lado, pero sin tocarlo. El momento es demasiado frágil.

—Sam, te queremos mucho. Queríamos salvarte. En nuestros corazones somos tus verdaderos padres. Siempre lo seremos.

52

Santa Cruz, 15 de julio de 1953

Charlotte

La policía me vigila todo el tiempo. Lo llaman protección, pero más parece un arresto domiciliario. Y no son los únicos, a veces veo a Marge fisgar por entre las cortinas de la ventana de su cocina. A la puerta de mi casa hay un agente de policía en un coche azul y blanco, a la vista de todos. Es algo más joven que yo, está recién casado y acaba de tener un hijo; de ahí las bolsas grises debajo de los ojos. Cortés y discreto, mantiene una distancia respetuosa, como si lo incomodara tener que vigilarme de esta manera. Solo hace su trabajo.

Decido invitarle a tomar un café. Quiero que sepa que soy una madre normal y corriente y no otra cara anónima. Además, tal vez así le sonsaque algo sobre el juicio. Voy hasta el coche patrulla con la espalda recta y la cabeza alta.

Cuando me ve acercarme, sale del coche, se alisa los arrugados pantalones y se coloca bien la gorra.

—Buenos días, señora.

—Buenos días…

—John —termina la frase.

—Buenos días, John. Me preguntaba si le apetecería entrar a tomar un café.

—No sé si sería apropiado.

—Ya veo. —Lo miro y me doy cuenta de que le tiemblan un poco las manos cuando se pone la gorra—. ¿Qué cree que voy a hacer? ¿Encerrarlo en mi casa y salir corriendo?

Ríe. Es una risa aguda, nerviosa, que disimula poniéndose a toser y tapándose la boca con el puño, en un gesto muy masculino.

—También tengo galletas caseras —digo antes de dar media vuelta.

Tal y como imaginaba, no quiere parece maleducado, de modo que me sigue. Al entrar se quita la gorra y empieza a darle vueltas y más vueltas en las manos.

—Vamos a la cocina.

Me mira llenar el molinillo de café y girar la manivela.

—¡Hala! —dice—. Café de verdad.

—Sí. En esta casa no nos gusta el café soluble.

Hay un minuto de silencio y, a continuación, vuelve a toser.

—No se sienta mal por tener que vigilarme. —Quiero que esté cómodo—. Está haciendo su trabajo.

—Sí, y no es nada interesante. Me gusta más la acción. —Se toca el estómago como si ya hubiera engordado después de tres días de estar sentado en el coche.

—¿Se sabe algo del juicio? —Trato de aparentar naturalidad.

—No, pero no se preocupe. Será rápido, puesto que concierne al bienestar de un menor.

—¿Un menor? —Frunzo el ceño. Sam es mucho más que un simple menor.

—Sí. Dado que está en juego el bienestar de un niño, se le dará máxima prioridad.

—Pero cuando entiendan que Jean-Luc no lo secuestró, sino que lo salvó, declararán juicio nulo, ¿no? No pueden acusarlo de secuestro, ¿verdad?

—Señora Beauchamps, no puedo contarle nada. No sé nada.

Le he hecho sentir incómodo. Se ha puesto a sorber su café a pesar de que está demasiado caliente. Seguro que está deseando volver al coche.

—Sí, claro, perdón. Por supuesto que no. —Respiro hondo—. ¿Qué tal está su hijo?

—Fenómeno. Es un hombrecito maravilloso. Aunque no duerme gran cosa.

—Vaya por Dios. Nosotros con Sam nunca tuvimos ningún problema. Siempre ha dormido bien.

—Tuvieron suerte.

—Sí —continúo—. Le encantaba dormir y comer. Era lo que en Francia llamamos un *bon vivant*. Un bebé tranquilo y feliz. Fuimos verdaderamente afortunados.

—Gracias por el café, señora Beauchamps.

Deja la taza con gesto decidido y se levanta. Cuando lo acompaño al coche veo al cartero alejarse en su bicicleta. Rezo en silencio por que haya una carta de Jean-Luc en el buzón. Esta espera me está matando. No puedo dormir, ni comer. Todo se me hace cuesta arriba. Miro la casa de Marge, al otro lado de la calle. He pensado en ir a verla y contarle la verdad, pero no sé por qué intuyo que ahora mismo no está preparada para escuchar. Es curioso cómo todas las caras amigas del vecindario se han evaporado. Había esperado que alguna de las que se decían amigas mías viniera a preguntarme por mi versión de la historia. Tener la oportunidad de explicarme, aunque no me entendieran, habría sido de ayuda. Pero las cortinas de las ventanas de las cocinas están echadas y estos días nadie sale al jardín.

Cuando abro la puerta del buzón veo un sobre delgado. Lo saco enseguida y compruebo el matasellos. Francia. La rasgo.

Mi queridísimo Sam, mi amada Charlotte:

Los dos lo sois todo para mí: mi hogar, mi amor, mi vida. Cada día doy gracias a las estrellas del cielo por teneros. Los últimos nueve años han sido más de lo que me habría atrevido a desear y me han traído más felicidad de la que merezco.

Sam, a través de tus ojos he visto el mundo con sus colores más alegres y hermosos. Me has enseñado muchas cosas: que se nace siendo bueno, que la vida merece la pena, que hay que luchar por ella. Que siempre tenemos elección. La mejor elección de mi vida has sido tú. Quedarme contigo es lo mejor que he hecho nunca.

A estas alturas, tu madre te habrá explicado ya tu historia. Es una historia especial para un niño muy especial. Posees valentía y coraje y, aunque nos esperan momentos difíciles, tengo fe en ti. Eres más fuerte de lo que crees.

Cuando escapamos a Estados Unidos, tu madre y yo nos enamoramos de ti y no buscamos a tus verdaderos padres. Por favor, perdónanos.

Charlotte, me hiciste creer en mí, soy mejor persona gracias a ti. Ahora debes tener claro que todo esto fue cosa mía, mi culpa. Tú no tuviste nada que ver. Recuerda que no te dejé hablar, te prohibí sacar el pasado a relucir. Dije que era algo que habíamos dejado atrás, que construiría una nueva vida para nosotros en Estados Unidos. Tú querías contar la verdad de nuestra historia y yo no te lo permití. Recuerda que, en todo esto, tú siempre has sido inocente.

Cuídate, por Sam.

Todo mi amor, para siempre,

JEAN-LUC

¡El muy idiota! Quiere asumir toda la culpa, cuando en realidad fue mía. Cuando fui yo la que se negó a ir a la policía. Me había enamorado de Sam y me preocupaba que una de esas organizaciones judías se lo llevara para «repatriarlo». Tenía pesadillas en las que lo adoptaba una familia judía en Israel. Sabía que así había ocurrido con niños escondidos durante la guerra cuyos padres habían sido asesinados. Persuadí a Jean-Luc de que corriéramos el riesgo, de que Sam estaba mejor con nosotros. Me convencí de que nos pertenecía porque no podía vivir sin él.

53

Santa Cruz, 16 de julio de 1953

Sam

Echo de menos a mis amigos. Hay un silencio siniestro. Nadie nos llama y no he visto a Jimmy salir a su jardín. Por fin la he entendido, mi historia. Ahora solo quiero que papá vuelva a casa y todo vuelva a ser normal. Mamá me ha dicho que no salga y que no llame la atención en una temporada. Pero es un aburrimiento. Es un aburrimiento horrible. Podría ir a casa de Jimmy, supongo; mamá no tiene por qué enterarse si me doy prisa, a no ser que se lo cuente el poli, pero puedo agacharme y rodear el coche. Lo he visto dormido un montón de veces.

Me pongo de pie de un salto, corro a la puerta, salgo del jardín por detrás del coche del poli y cruzo la calle. Las cortinas de la ventana de la cocina se mueven y veo a Marge mirándome. Saludo con la mano y, cuando no me devuelve el saludo, me siento tonto. También un poco triste por dentro. Se aparta de la ventana y yo me quedo en la puerta esperando.

La puerta se abre despacio.

—Ah, Sam. Hola.

No sé por qué finge sorprenderse de verme.

—Hola —digo—. ¿Puede salir Jimmy a jugar?

Antes de que le dé tiempo a contestar, oigo unos pies que bajan corriendo las escaleras y aparece Jimmy. Ya me siento mejor.

Pero entonces, al llegar al último escalón, se para.

—Hola, Sam.

—Hola, Jimmy.

—Deberías oír todo lo que están diciendo de ti.

—Chis, Jimmy —dice Marge.

—¿Puede subir a mi habitación, mamá?

Antes Jimmy nunca pedía permiso.

—Ven, Sam.

Al menos Jimmy no espera respuesta, sino que va derecho a las escaleras.

Sin mirar a Marge, echo a correr detrás de él.

—Enseguida te a va a tocar poner la mesa, Jimmy —nos dice Marge desde abajo—. Sam no puede quedarse mucho rato.

No le hacemos ni caso y despejamos un trozo de suelo entre piezas de Meccano para sentarnos en él.

—¿Qué estás construyendo? —pregunto.

Jimmy me mira.

—Poca cosa.

Hay un silencio y me siento mal.

—Todos dicen que tu padre es un nazi.

Me mira con los ojos entornados.

—¿Qué?

—Sí. Y que te secuestró. Porque eras un bebé.

—¿Qué es un nazi?

Me acuerdo de la carta de papá e intento ser valiente.

—Pues una cosa muy mala. Eran alemanes que torturaban y disparaban a personas en la guerra. Llevaban abrigos negros y botas negras altas e iban por los sitios matando a todo el mundo. —Se interrumpe para coger aire—. ¿En serio tu padre era un nazi?

—¡No! —No puedo evitarlo, se me llenan los ojos de lágrimas. Me las seco con el dorso de la mano y el resto me las trago.

Luego miro fijamente a Jimmy durante un rato—. Nunca fue un nazi. Luchaba contra ellos, en secreto. Me salvó de ellos. Me iban a matar, así que me cogió. Jamás me secuestró. Luego se escapó y vino aquí con mi madre.

—¡Hala! Eso es horrible. —Jimmy me mira y me doy cuenta de que está decidiendo si creerme o no—. ¿Tu madre es tu madre de verdad?

Niego con la cabeza y me acuerdo de cuando Jimmy y yo reíamos, tanto que nos dolía el costado y cuando parábamos nunca sabíamos lo que nos había hecho reír, así que empezábamos otra vez. Jimmy siempre ha sido mi mejor amigo.

—Pero ¿por qué te iban a matar?

—Porque nací en el sitio equivocado y durante la guerra hacían cosas malas a los niños, incluso a los bebés.

—Claro. —Jimmy baja la vista y sé que está pensando sobre lo que le he dicho. Entonces me mira y sus ojos son más amables que antes—. Entonces ¿quiénes son tus verdaderos padres?

—No lo sé. Eran prisioneros también, y casi se mueren. Pero al final se salvaron.

—¿Los vas a conocer?

—Puede. No lo sé.

—¿Por qué siempre hay un poli delante de tu casa? ¿Dónde está tu padre?

—Está en Francia, ayudando a la policía con la investigación. Ahora nos cuida el poli.

—Bárbaro.

Jimmy frunce el ceño. Me doy cuenta de que la historia no lo convence del todo. A mí tampoco. No entiendo por qué necesitamos al poli. Hay niños que no tienen padre y no los cuida un policía.

Me pincha entre las costillas.

—¿Me ayudas a hacer un coche?

54

Santa Cruz, 16 de julio de 1953

Charlotte

La televisión está apagada y la casa está en silencio.

—¡Sam! —le llamo.

Debe de estar en su cuarto. Estoy a punto de ir a comprobarlo cuando suena el timbre. Es el joven agente, John. Se quita la gorra y se limpia los pies en el felpudo antes de entrar.

—Señora Beauchamps, tengo noticias.

Calla y se mira los pies. Por la forma en que pronuncia la última palabra, casi en un susurro, sé lo que me va a decir.

—Pase. —Me hago a un lado.

—Con permiso, señora.

Sujeta la gorra delante de la entrepierna.

—¿Quiere beber algo? —Pongo mi voz de amable anfitriona, cumplo con las formalidades, retraso el momento de la verdad.

—Sí, por favor, gracias.

Por favor y gracias en la misma frase. Debe de estar muy incómodo.

—¿Café? ¿Zumo?

Me sigue hasta la cocina.

—Un zumo está muy bien. Gracias.

Me mira servir zumo de naranja en un vaso.

—¿Sam sabe ya lo de sus padres? —pregunta de repente.

—Sí.

—¿Qué tal está?

—Desconcertado. Y echando mucho de menos a su padre. Como yo.

John asiente con la cabeza como si comprendiera y nos sentamos a la mesa de la cocina. Lo observo mientras se bebe el zumo. Tiene cara de buena persona y ojos azul brillante. Pelo rubio oscuro, nariz pequeña, delicada incluso, y mentón redondeado. Qué joven parece. Mientras pienso estas cosas doy un sorbo a mi vaso de agua. Distraída, no me acerco bien el vaso a los labios y cae agua en la mesa. Antes de que me dé tiempo a reaccionar, John se ha puesto de pie y ha cogido el paño de la puerta del horno. Le dejo secar el agua.

—¿Lo ha bordado usted? —Mira el dibujo bordado del Pont Neuf en el paño—. Qué bonito.

—Lo bordó mi abuela.

«¿A qué viene hablar del dichoso paño?».

—¿Lo llevó con usted cuando se escapó? ¿Hasta aquí?

—Sí, tengo tres. Sam dormía envuelto en ellos.

Noto cómo el tiempo retrocede, cómo los relojes van hacia atrás. Es como si estuviera allí de nuevo, resbalando, cayéndome, desesperada por escapar.

—¿Tiene contacto con su familia de Francia desde que vive aquí?

—En realidad no. Les costó trabajo perdonarme por lo que les hice pasar. —Callo un instante y pienso en lo egoísta de mi decisión—. Me fui sin pensar en ellos.

Asiente con la cabeza, como si intentara comprender.

—Yo era muy joven.

—Sí. Todos cometemos errores de juventud.

—¿Errores? ¿Eso cree que fue? ¿Una estúpida equivocación? Se pone colorado. Pobre muchacho. No tiene culpa de nada.

—¿Qué noticias tiene? —pregunto. Ya me siento preparada para oírlas—. ¿Son sobre el juicio?

—Sí, fue muy rápido para ser un juicio. Estaban hablando de ello en la comisaría, justo cuando salía. Van a enviar a alguien para que la informe de manera oficial.

Lo miro fijamente. Debe de ser algo muy malo.

—Usted está aquí ahora, John. Cuéntemelo.

Estoy dispuesta a zarandearlo hasta que hable si es necesario.

Lo miro tragar saliva. Apuesto a que se arrepiente de no haberse quedado en el coche.

—El jurado fue unánime, señora Beauchamps.

—¿Unánime?

—Sí, lo siento. No sé cómo decírselo.

Se me cae el alma a los pies. Cojo el paño para secarme los ojos y rezo: «Por favor, Dios mío, que no sea tan malo».

—Dígamelo, por favor.

—Han declarado a su marido culpable de secuestro, pero como hay atenuantes solo lo han condenado a dos años. En realidad es una condena simbólica.

—Pero ¡si no es un secuestrador! ¡No lo es!

Me pongo de pie y vuelco el vaso. A mi alrededor todo empieza a estar borroso.

—Señora Beauchamps, tenían que condenarlo o de lo contrario la gente habría protestado.

—¿Cómo que la gente? ¿Qué gente? No es ningún secuestrador. ¡Salvó a Sam!

—Siéntese, señora Beauchamps, por favor. Hay más.

Un dolor agudo me apuñala el pecho. Estoy sin respiración. No puedo hablar. La habitación empieza a dar vueltas y más vueltas. Me falta el aire. Todo está negro.

John me está sujetando la cabeza, que tengo apoyada en su rodilla. Me baja agua por la cara y tengo la camisa mojada y pegada al cuerpo.

—Lo siento —dice—. Le he echado un poco de agua en la cara. No reaccionaba. —Me sujeta por las axilas e intenta ponerme de pie, pero no tengo tono muscular—. Siento haberla mojado. ¿Quiere un poco de agua?

Lo miro y me río. ¿Más agua? Una horrible risa histérica me sale por la boca. No puedo evitarlo. Intento formar palabras, pero me sobreviene otra vez la risa.

—Por favor, señora Beauchamps, déjeme ayudarla.

Lo intenta de nuevo. Me obligo a contener la risa y esta vez consigo ponerme de pie. Le dejo que me siente en la silla.

—Quizá debería tomar algo dulce. Está usted muy pálida.

Coge una caja de galletas y me la ofrece. El olor me da náuseas. Niego con la cabeza.

Tapa la caja y me mira con sus ojos azul intenso.

—¿Sabe? Mi padre murió en Francia.

No quiero saberlo. Solo quiero que se vaya. ¡Dos años! ¿Cómo es posible?

—Estaba en la Marina. El día del desembarco de Normandía. Era oficial. Después de la guerra fuimos allí a un funeral. En el sitio donde lo enterraron, que ahora es territorio americano.

Me pregunto por qué me cuenta esto. No me interesa.

—¿Dos años? ¿Está seguro?

—Sí, normalmente las condenas por secuestro son mucho más largas.

—Pero ¿cómo pueden acusarlo de secuestro? No es un secuestrador. ¿Verdad que no lo es?

Tarda en contestar.

—Lo siento, señora Beauchamps. No me corresponde a mí decidir eso.

—Pero es que están equivocados. ¿A qué sí?

—No puedo dar mi opinión. Sería poco profesional por mi parte.

—¿Poco profesional?

—Sí. Pero además no me corresponde.

—Pero ¿cuál es su opinión?

—Deberían haber devuelto al niño después de la guerra.

Me sostiene la mirada. Hay comprensión en sus ojos, pero también dura obstinación.

—¿Qué más hay? Me ha dicho que había más cosas... ¿Dónde está Sam?

El miedo se apodera de mí.

—Ha ido a casa de su amigo.

—¿Cómo? Si no me ha pedido permiso.

—No se preocupe. Sigue allí. —Me toca el hombro—. Señora Beauchamps, por si sirve de algo, creo que ha sido una gran madre para Sam. Me doy cuenta de que es un niño feliz y querido. Entiendo que quisieran quedárselo y olvidar la guerra, pero, a fin de cuentas, no es su hijo, ¿verdad? Mire, voy a darle un poco de tiempo para que hable con él, para que le explique.

Lo miro aterrada por lo que viene a continuación.

—Han tomado una decisión. Respecto a Sam.

Cierro fuerte los ojos como si así pudiera no oír. No quiero saber.

—Van a devolver a Sam a sus padres naturales, en Francia.

—¡No! ¡No!

La habitación empieza a dar vueltas otra vez. Noto las manos de John en los hombros. Me abandono a él mientras lloro en silencio y entre espasmos.

—Señora Beauchamps, por favor. Tiene que sobreponerse. Por el bien de Sam.

Calmarme... Tengo que calmarme. No puedo perder el control. Cierro los ojos y respiro hondo y espero a que el aire me llegue hasta el último músculo del cuerpo. Tiene razón. Lo único que importa ahora es Sam. Tengo que ser fuerte para poder salvarlo.

Abro los ojos, me separo de John y me pongo de pie.

—Gracias por contármelo, John. Se lo agradezco. —Me seco la cara y lo miro. Necesito pensar—. Voy un momento al cuarto de baño —digo—. ¿Me espera aquí? Por favor, no quiero estar sola.

Se le arruga la frente por la preocupación.

—Por supuesto. La espero aquí.

Subo sin hacer ruido a la habitación de Sam. Cojo su mochila, que está tirada en el suelo, le doy la vuelta y vuelco los libros del colegio en la cama. Meto su pijama, un jersey, unos pantalones, una muda de ropa interior, su cepillo de dientes y el pingüino de peluche. Estoy siendo práctica, incluso me siento calmada. Tengo todas mis energías centradas en salvar a Sam. Es lo único que importa ahora mismo.

Salgo con cuidado al pasillo y voy al cuarto de baño. Tiro de la cadena. Luego dejo correr el agua del grifo. Voy a mi habitación y guardo un par de cosas en una bolsa de fin de semana. Me acuerdo de volver al cuarto de baño para cerrar el grifo, luego bajo a esconder las dos pequeñas bolsas detrás del perchero de la entrada.

—John —digo cuando vuelvo a la cocina—, gracias por su compañía.

—No tiene importancia, de verdad. ¿Qué tal se encuentra?

—Intento sobreponerme por el bien de Sam.

Asiente con la cabeza, la arruga de preocupación no se le ha borrado de la frente. Necesito sacarlo de la cocina, desde donde puede ver la calle.

—John, ¿le importa si nos sentamos en el cuarto de estar unos minutos mientras pienso en qué decirle a Sam? No sé cómo contárselo.

Consulta su reloj.

—Claro —dice—. Mi turno termina dentro de un par de horas.

Lo miro.

—¿Quiere decir que va a venir otro compañero?

—Sí.

—¿Qué van a hacer? Ay, Dios mío, van a querer llevarse a Sam. Lo sé.

—No lo sé. Lo siento. No sé si se lo van a llevar directamente o van a esperar.

¡Podrían llevárselo dentro de dos horas! Tengo que sacarlo de aquí. Inmediatamente. Dentro de dos horas tengo que estar lo bastante lejos. El pánico me sube desde el estómago. Siento ganas de vomitar, pero lo que hago es ir al fregadero, llenar un vaso de agua y obligarme a respirar despacio y desde el abdomen. Tengo que sobreponerme. Por Sam.

Miro hacia la casa de Marge. No hay rastro de los niños. Deben de estar jugando dentro. Nuestro coche está en la entrada. Menos mal que no lo metí en el garaje esta mañana al volver de la compra.

Me vuelvo a mirar a John y pongo mi voz de falsa anfitriona.

—¿Vamos entonces al cuarto de estar?

Me sigue. Me siento en el sofá y doblo las piernas debajo del cuerpo mientras él se instala en una butaca. Me echo a llorar.

—Perdóneme, John —digo entre gimoteos—. Le estoy haciendo pasar un mal rato.

—No tiene importancia. —Tose a su manera masculina y se tapa la boca con el puño.

—Voy a lavarme la cara —digo con voz de «voy a ser valiente»—. Deme diez minutos para recomponerme. ¿Cree que podrá ayudarme a decidir lo que le voy a decir a Sam?

—Sí, por supuesto.

Lo halaga que le haya pedido ayuda. Me doy cuenta por cómo frunce los labios, como si ya estuviera reflexionando sobre el tema.

—Gracias, John. Cómo me alegra que sea usted el encargado de cuidarnos.

Ahora no puedo evitar sonreír. Me siento manipuladora. Me doy cuenta de que haría cualquier cosa por Sam. Lo que sea, con tal de mantenerlo a salvo.

Cierro la puerta del cuarto de estar al salir. Cojo las bolsas de detrás del perchero y, sin hacer ruido, salgo por la puerta principal y la cierro con llave.

55

Santa Cruz, 16 de julio de 1953

Sam

—Sam, Sam —oigo a mi madre llamarme.

Jimmy me mira.

—Me parece que tu madre te está buscando.

—Sí.

Trato de hacer como si no pasara nada, pero me pregunto si me he buscado un castigo. O igual es que ha vuelto papá a casa. Eso sería bárbaro.

Bajo las escaleras de dos en dos. Mamá está en la puerta.

—No puedes entrar —oigo decir a Marge—. Sam sí puede, pero tú no.

Mamá no contesta, solo me coge la mano y me saca de allí.

—He venido a ver a Jimmy, mamá. No te lo he dicho, perdona.

Se para y me mira a los ojos. Espero el sermón, pero me dice:

—Tenemos que marcharnos, Sam. Ahora. No hay tiempo para hacer el equipaje. Sube al coche.

—¿Qué? ¿Adónde vamos?

—Te lo cuento por el camino. Tú sube al coche.

Hago lo que me dice. Entiendo que es algo importante.

Salimos por el camino de entrada con un chirrido de frenos. Vuelvo la cabeza y veo a Marge mirándonos con la boca abierta. Mamá conduce como en una persecución de coches. Me da miedo. Está portándose como si estuviera loca.

—¿Dónde está el poli, mamá? ¿Qué pasa? ¿Adónde vamos?

No me mira.

—Déjame concentrarme en conducir, Sam.

Tengo ganas de llorar y me seco los ojos con la manga, intentando ser valiente. Miro por la ventana.

Cuando llegamos a la carretera me pone una mano en la rodilla.

—Todo va a salir bien, Sam.

—Pero ¿adónde vamos, mamá?

—Tenemos que escapar.

—¿Qué?

—¿Te acuerdas de lo que te conté sobre tus padres naturales, los Laffitte?

—Sí.

—Bueno, pues ha pasado algo más.

—Pero papá va a volver, ¿a que sí?

—Ahora no estoy hablando de papá, sino de ti, Sam. Los Laffitte quieren que vuelvas con ellos. Quieren que te vayas a vivir con ellos, a Francia.

—Pero si no puedo.

—Ya sé que no puedes. Pero quieren que vayas de todas formas. Quieren que aprendas francés y seas su hijo.

—No te preocupes, mamá. No voy a ir. No quiero.

—Yo tampoco quiero, pero te pueden obligar.

—No pueden. No pienso ir.

—Me temo que sí pueden. Por eso tenemos que irnos. Para que no nos encuentren.

—Tú diles que no quiero ir.

—No me hacen caso, Sam. Siguen muy enfadados con nosotros por no intentar localizarlos después de la guerra. Te han estado buscando.

—Pero yo quiero quedarme aquí. Quiero que vuelva papá.

De pronto da un volantazo, cambia de carril y adelanta a tres coches. Uno de ellos le toca el claxon.

—¡Cállate! —grita mamá.

Doy un respingo, el corazón me late muy deprisa. No sé muy bien si mi madre le habla al conductor del coche del claxon o a mí. Miro el velocímetro. Vamos tan rápido que la aguja ha sobrepasado todos los números.

—Mamá —digo—, vas a reventar el velocímetro.

—Ya lo sé.

Se ríe, pero es una risa chillona, como de loca, y no me gusta.

—¿Y qué pasa con papá?

Ojalá estuviera aquí.

—Podrá reunirse con nosotros más adelante, cuando estemos instalados.

Me recuesto en el asiento y me esfuerzo por no llorar. No quiero escaparme.

—Pero ¿adónde vamos? ¿Dónde vamos a vivir?

—A México, Sam. Vamos a México.

—¿A México? ¡Pero si eso no está ni en Estados Unidos!

—No te preocupes, no queda lejos. ¿Por qué no pones un poco de música?

Muevo el dial de la radio y enseguida reconozco la canción. *Oh, my pa-pa, to me he was so wonderful…* Mi papá, qué maravilloso era conmigo.

—Es Eddie Fisher —dice mamá.

La letra de la canción me da ganas de llorar. Papá sabría lo que hay que hacer ahora. Sabría explicar a esos señores que no me quiero ir a vivir a Francia. Cómo me gustaría que estuviera aquí.

—¿Cuándo viene papá?

—No lo sé todavía, habrá que verlo. Pero sí sé que piensa en ti cada minuto del día.

Eso me hace sentir algo mejor. Cierro los ojos. Los tengo secos e irritados y me pesan los párpados. Se me cae la cabeza hacia un lado y me apoyo en la ventanilla.

Cuando me despierto es de noche y seguimos en el coche. Tengo muchas ganas de hacer pis.

—¿Podemos parar, mamá? Necesito ir al baño.

—De acuerdo, pero tienes que darte prisa.

Paramos en una gasolinera y me da veinticinco centavos para comprarme algo de comer mientras ella llena el depósito. El letrero del baño señala la parte de atrás de la tienda, pero no hay luz y está muy oscuro. Intento ser valiente y sigo la pared con las manos, buscando la puerta. Chilla un pájaro y doy un respingo.

—¡Mamá! —grito.

No hay respuesta.

—¡Mamá! —grito más alto—. ¡Mamá!

—Deberías dar la luz —dice una voz de señora en la oscuridad.

De pronto un resplandor me deslumbra. Cierro los ojos.

—Creo que tu madre está echando gasolina.

—Vale —digo y abro la puerta del baño, que ahora tengo delante. Me encierro en el cubículo sintiéndome un poco tonto. El sonido de mi pis en el agua del váter resuena en el baño vacío. Me pregunto si la señora lo oirá desde fuera.

Cuando salgo, la señora se ha ido. Veo a mamá entrando en la tienda, así que me reúno con ella como si no hubiera pasado nada. Oigo a la señora contárselo.

—Me lo he encontrado asustado ahí solo, en la parte de atrás. ¡La verdad es que sin luz está muy oscuro! —Ríe.

—Sam —dice mamá—, elige algo de comer, rápido.

Cojo una chocolatina Hershey del estante más cercano y le doy los veinticinco centavos a la señora.

—Es tarde para estar en la carretera. —Coge el dinero y me sonríe con ojos amables. Le devuelvo la sonrisa.

—Nos queda mucho camino —contesta mamá.

—Vamos a México —añado.

Mamá me mira furiosa. Ojalá hubiera cerrado la boca.

—¿A México? —repite la señora—. ¿Qué se os ha perdido en México?

—Familia —contesta mamá.

Sé que está mintiendo. Otra vez.

La señora marca el precio de la chocolatina Hershey en la caja registradora y me pone el cambio en la palma de la mano.

—Cinco centavos, quince, veinte, veinticinco.

La miro a ella en lugar de las monedas. Tiene la frente arrugada en el centro y las cejas apuntando hacia la nariz.

—¿Así está bien, cariño?

Digo que sí con la cabeza y doy media vuelta para salir por la puerta que mamá sostiene abierta.

Cuando volvemos al coche salimos de la gasolinera a toda velocidad. Abro la chocolatina deseando haber elegido algo más grande. De repente estoy muerto de hambre.

56

California, 16 de julio de 1953

Charlotte

Es casi medianoche cuando llegamos a la frontera. Sam ha dormido casi todo el camino con la cabeza en una mala postura. Se la enderezo, lo oigo murmurar en sueños. Está guapísimo y memorizo hasta su más pequeño detalle: las pestañas negras sedosas que se curvan hacia arriba, el pelo oscuro y liso, la tersa piel aceitunada. Sus ojos tienen la misma forma almendrada de los míos. La gente suele comentar lo mucho que nos parecemos. Es como si hubiera llegado a asemejarse a mí físicamente, como si, al crecer, su cuerpo se hubiera fijado en el mío y adoptado sus formas. No se parece demasiado a Jean-Luc, pero sí tiene su risa y su sonrisa ladeada.

Qué fácil ha sido quererlo. Cuando cruzamos a pie los Pirineos aprendí a amarlo como si fuera mi propio hijo. Un bebé cálido atado a mi cuerpo que de tanto en tanto levantaba los ojos y me miraba. En ocasiones me inclinaba hacia delante deliberadamente para darle la sensación de que se iba a caer, solo para que extendiera sus deditos y se agarrara más fuerte a mí. Me necesitaba y yo atendí esa necesidad de manera natural, sin esfuerzo.

¿Por qué no nos dejan en paz? ¿Cómo esperan construir un futuro de paz si no dejan de sacar a relucir el pasado? La idea de que Sam lo pase mal hace que se me forme un nudo en la garganta. Es mucho más doloroso ver sufrir a un hijo que sufrir en carne propia. Daría cualquier cosa por protegerlo. Cualquier cosa.

Hay caravana. Cuando nos acercamos veo agentes de policía comprobando pasaportes. Reprimo el impulso de dar la vuelta y conducir en dirección contraria. «Por favor, Dios mío —susurro para mis adentros—. Haz que todo salga bien».

Me sobresaltan unos golpes bruscos en la ventanilla. Hay un agente junto al coche. Bajo la ventanilla con mano trémula.

—Pasaportes, por favor, señora. —El agente mira a Sam, que acaba de abrir los ojos. Le doy los documentos—. Espere aquí, señora.

Noto latir la sangre en los oídos. «Por favor, por favor, Dios mío».

Vuelve acompañado de otro agente.

—Baje del coche, señora.

«¡No! ¡No pueden!». Pero abren la puerta, me cogen del codo y me sacan.

—Dese la vuelta.

Un agente me da un empujón. Me pongo mirando al coche y me cachea. Me muerdo el labio inferior, obligándome a mantener la calma. Por Sam.

Entonces noto el metal frío de las esposas, oigo el chasquido de la cerradura. Me trago un grito y miro a Sam. Un agente le ha pasado un brazo por los hombros y le dice algo al oído. Sam vuelve la cabeza para mirarme.

—Lo siento —digo en silencio, solo moviendo los labios.

Me muerdo el labio más fuerte y ahogo el grito animal que se me sube por las entrañas.

57

California, 17 de julio de 1953

Charlotte

El dolor en mi interior crece como un globo hinchado más allá de sus límites, casi hasta explotar. Intento contenerlo cuando me empuja las entrañas hacia la garganta, oprimiéndome el corazón. Pero es un esfuerzo demasiado grande y, cuando el coche patrulla se detiene delante de la comisaría y me ordenan bajar, apenas puedo moverme. Subo las escaleras doblada por el dolor y esposada. En el pasillo, las brillantes luces fluorescentes me hacen daño en los ojos. Nos detenemos a la puerta de un calabozo. A pesar de mi insoportable dolor, veo que hay alguien más en la habitación con barrotes, una mujer con churretes de rímel que le van desde los ojos a la boca y largas piernas desnudas que asoman debajo de una falda vaquera corta.

El agente me quita las esposas, liberándome los brazos agarrotados. De inmediato me abrazo a mí misma para contener el dolor. El tintineo de la llave en la cerradura reverbera en mis oídos. Entro trastabillando en la celda y me desplomo en el banco de cemento. El dolor ya no tiene adónde ir. El globo explota. Mi cuerpo se contrae y da sacudidas con cada sollozo salido de lo más hondo de mi ser.

—¡Cierra la puta boca! —grita la mujer.

Pero el dolor que atraviesa mi cuerpo es ya imparable y mi llanto va a más. Quiero que la mujer me pegue. El dolor físico será más soportable que esto. Entonces la noto a mi lado. Pega la cabeza a la mía y el olor a whisky en su aliento es como una bofetada. Espero su puño en mi cara.

—Como sigas así, te van a llevar al puto manicomio —me susurra al oído—. Y no podrás salir jamás.

Preferiría que me hubiera pegado. Sus palabras me asustan. Respiro hondo y me obligo a retener el aire en el estómago. Si lo consigo me tranquilizaré.

Vuelve a su sitio enfrente de mí. Subo las piernas al banco, me las acerco al cuerpo y me tumbo en posición fetal, tratando de no pensar en nada. Si pienso, perderé otra vez los nervios.

—A ver, ¿tan malo es lo que has hecho? ¿Qué ha sido? ¿Matar a tu marido?

Se ríe como si hubiera dicho algo divertido.

No tengo palabras para contarle lo que he hecho.

—¿Quieres saber por qué estoy yo aquí?

Me encojo más en el banco sin decir palabra.

—Pues por vender algo que es mío, joder. ¿Qué te parece? Apuesto a que tú has hecho algo mucho peor. A mí Dios no me dio mucho seso, pero sí me dio tetas, piernas y un buen culo. Cada uno debe aprovechar lo que tiene, ¿no te parece? No hay nadie que me cuide, así que ¿qué quieren? ¿Que me muera de asco?

La oigo ponerse de pie, acercarse otra vez a mí. Entonces noto su mano en mi cabeza.

—Estás fatal, ¿no?

Es como si me hubieran puesto encima una manta de plomo. Todo me pesa. Cierro los ojos y me sumo en el olvido.

Cuando me despierto alguien ha metido una llave en la cerradura. Entra el agente con una mujer vestida con bata blanca de laboratorio.

—Levántese, señora Bouchamps.

La voz del agente es áspera.

Miro a la mujer y de nuevo a él. Ninguno de los dos se inmuta. El terror se apodera de mí. ¿Me van a encerrar en un manicomio?

Sé que tengo que mantener la calma, que debo parecer en mi sano juicio. Estiro despacio las piernas, apoyo los pies en el suelo. Trastabillo cuando intento levantarme, así que me incorporo despacio. Veo que la prostituta duerme sentada, con la cabeza en una mala postura. Me gustaría movérsela, hacer que esté más cómoda, pero no me atrevo a tocarla. Lo que hago es seguir al agente y a la mujer al pasillo.

Nos detenemos a la puerta de un despacho pequeño que hay al final, a la izquierda.

—¿Dónde está Sam?

Me había prometido a mí misma que esperaría antes de preguntar, que haría todo lo posible por aparentar calma y control, pero necesito saber.

—Se lo explicaremos todo en la sala de interrogatorios, señora Bouchamps.

Cuando entramos, se sientan a uno de los lados de la mesa y me indican con un gesto que haga lo mismo en el otro. Me revuelvo en la silla de plástico, de pronto necesito desesperadamente ir al baño. No digo nada, sé que mi desesperación solo los hará más crueles.

—Señora Bouchamps —empieza a decir el agente.

Lo miro fijamente. Esperando.

—Lo que ha hecho usted es de lo más irresponsable y estúpido...

—¿Dónde está Sam? ¿Se encuentra bien?

Asiente con la cabeza.

—Perfectamente. Pronto saldrá en un vuelo a París.

—¿Qué? —La voz me sale de la garganta cerrada igual que un graznido.

—Sí. Hoy mismo.

Punzadas de dolor me atraviesan el estómago. Me abrazo a mí misma en un intento por protegerme de ellas.

—Por favor, por favor, no lo manden así. Por favor, déjenme verlo antes.

La mujer me da un vaso de plástico con agua. Quiero darle un manotazo, pero en lugar de ello bebo un poco.

—Como decía —prosigue el agente haciendo caso omiso de mis súplicas—, sus acciones de ayer pueden acarrear graves consecuencias.

Lo miro a los ojos.

—Lo siento... Estaba fuera de mí. No pensaba con claridad.

Las palabras de la prostituta sobre el manicomio resuenan en mi cabeza.

—Sin duda. —El agente saca una cajetilla de tabaco y se la ofrece a la mujer con bata blanca. Esta la rechaza con un gesto de cabeza—. Puede proceder a las preguntas.

Se reclina en su silla a fumar y a mirarnos como si fuéramos un condenado programa de televisión.

—Señora Bouchamps. —La mujer arquea las cejas—. ¿Por qué intentó usted cruzar la frontera con Samuel? Tenía instrucciones de no abandonar la casa sin informar al agente de la calle.

—Lo siento. Cuando supe que los padres de Sam querían recuperarlo, me entró el pánico. No quiero perderlo.

La garganta se me contrae dolorosamente. Me obligo a no pensar en Sam y respiro hondo. Concéntrate en respirar, me digo.

—Nos preocupa su salud mental, señora Bouchamps. Sabemos que su marido la presionó mucho, impidiéndole informar a las autoridades sobre Samuel cuando correspondía. Vivir durante tanto tiempo con una presión así puede ser perjudicial para la cordura. Queremos asegurarnos de que está usted lo bastante estable para volver a casa.

—¿A casa? —De pronto estoy confusa—. ¿Se refiere a París?

Pensar en París, en estar cerca de Sam y de Jean-Luc, hace que se me acelere el pulso.

—No. —La mujer tose y mira al agente—. No hablo de París, señora Bouchamps. Hablo de su casa de aquí.

Se me cae el alma a los pies.

El agente tira su colilla en el cenicero de metal que hay a un lado y me mira desde debajo de sus pobladas cejas.

—Tiene que permanecer en California y acceder a ver semanalmente a un psiquiatra.

—Me está diciendo que no puedo salir de este país...

—Este país —me interrumpe inclinándose hacia delante y mirándome furioso— que la acogió y ha sido su hogar durante los últimos nueve años. No.

—Quizá pueda volver a Francia algún día —dice la mujer con tono más amable—. No le estamos prohibiendo viajar indefinidamente. Solo hasta que tengamos constancia de que ha aceptado el hecho de que Samuel no es hijo suyo.

58

California, 17 de julio de 1953

Sam

La señora grande de brazos peludos me está hablando con su odiosa voz.

—Samuel, deberías comer algo. Puedes venir a la cantina y elegir lo que te apetezca.

Quiero abofetearle esas mejillas regordetas.

—¿Cuándo voy a ver a mi madre? —pregunto otra vez.

La señora suspira muy fuerte.

—Ya te lo hemos dicho. Es mejor que no la veas antes de irte.

Cierro y abro los puños debajo de la mesa intentando no llorar.

—No pienso ir a ninguna parte. ¡Quiero ver a mi madre!

—Samuel, por favor, sé razonable.

Se acabó. No lo soporto más. Salto de la silla y mi puño sale disparado, directo a su boca fofa. Estoy jadeando, como si acabara de echar una carrera. He pegado a una agente del orden. ¿Voy a ir a la cárcel?

Me quedo de pie. Esperando.

El hombre se acerca y me coge del brazo. Tengo demasiado miedo para intentar soltarme. Me lleva por el pasillo. El corazón se me acelera. ¿Qué me van a hacer?

Me lleva a un cuartito. Hay una mesa blanca y dos sillas grises.

—Te vas a quedar aquí hasta que te tranquilices.

Me suelta el brazo y cierra la puerta al salir. Luego echa la llave.

No hago ni caso de las sillas y me siento en el suelo, en un rincón, con el mentón apoyado en las rodillas. No pienso llorar, no pienso. Ya no. Cuando se llevaron a mamá lloré y chillé. Recuerdo haber gritado: «¡Pero si no ha hecho nada!». Me dijeron que lo entendería más adelante, pero no es verdad.

El estómago se me retuerce y ruge. No he comido nada desde la chocolatina Hershey de anoche. No quise el tazón de copos de maíz que me han dado esta mañana, pero tenía sed, así que me bebí el vaso de leche. Ojalá hubiéramos conseguido llegar a México. Ahora estoy cansadísimo; me da vueltas la cabeza. Cierro los ojos y apoyo la cara en las rodillas y noto cómo las pestañas me rozan la piel. Es agradable y no dejo de pestañear.

Me despierta un ruido. Es la llave girando en la cerradura. Entran los agentes. El hombre parece todavía enfadado; la mujer, triste.

—Samuel, entendemos lo enfadado que debes de estar. —Su voz es horriblemente empalagosa—. Te perdono por haberme pegado. Sé que era toda la ira y el desconcierto que…

—Aun así —la interrumpe el hombre—, como vuelvas a hacer algo parecido, habrá consecuencias.

—Vamos a comer algo. —La mujer habla con alegría falsa.

—Venga, chico —añade el hombre cuando no me muevo.

—¿Cuándo voy a ver a mi madre? —pregunto otra vez.

Se miran y el hombre levanta una ceja. Luego me coge por el codo.

Me llevan a una cantina donde la gente hace cola para elegir comida.

—Coge lo que quieras —dice la señora.

Cuando llego a la caja, mi bandeja sigue vacía. No pienso comer y eso que noto el estómago hueco. Encuentran una mesa libre y nos sentamos. Me doy cuenta de que todos nos miran. Les devuelvo la mirada y apartan los ojos.

—Aquí haciendo de niñera —susurra el hombre a la señora—. Estoy en medio de un caso y no tengo tiempo para esta mierda.

—Chis. —La mujer lo mira por el rabillo del ojo.

Pero yo estoy seguro de que el hombre quería que lo oyera. Me odia. Lo noto.

La señora me pone delante un plato de patatas fritas, abre una lata de Coca-Cola, le mete una pajita y me la acerca. Cojo una patata. La señora sonríe y la devuelvo al plato. No toco la Coca-Cola. La señora coge su perrito caliente y le da un mordisco. El kétchup se sale por los lados.

—Samuel, vamos a intentarlo otra vez. —Se traga el bocado de perrito caliente y me mira—. Hemos empezado con mal pie. Sé que esto es difícil para ti. Podemos llamar a la psicóloga que habló antes contigo y pedirle que te vea otra vez. ¿Te gustaría? —Me sonríe como si acabara de hacerme un regalo.

Me pregunto cómo puede ser tan tonta.

Pero no cierra la bocaza.

—Tu madre de aquí, y estoy segura de que también tu padre, hicieron lo correcto al traerte a Estados Unidos. Pero debieron informar a las autoridades a vuestra llegada. Entonces habríamos localizado a tus verdaderos padres y ahorrado mucho dolor a muchas personas.

—¡Me da igual! Me alegro de que no lo hicieran. Quiero irme con mi madre. —Me paso las manos por el pelo por miedo a pegarla otra vez—. Quiero irme a casa.

—Samuel, tienes que entender que tu hogar no está donde tú creías.

Me tapo las orejas para no oír.

Pero es imposible. El hombre habla muy alto.

—Samuel, tus verdaderos padres tienen derecho a verte. Eres su hijo y tu madre te entregó porque no podía hacer otra cosa. ¿No quieres conocerla?

—¡No! ¡No es mi madre! La odio.

Lo miro furioso.

—Samueeel. —Los ojos de la mujer se agrandan—. No debes decir eso. Ha sufrido mucho.

—Me alegro. La odio. Ojalá estuviera muerta.

Las personas de las otras mesas se vuelven a mirarnos.

—No sabes lo que dices. —Las mejillas de la señora se han puesto muy rojas—. Estás disgustado.

No lo puedo evitar. Estoy llorando. Cuando intento contener las lágrimas me arde el pecho. Me falta el aire.

—Será mejor que nos vayamos.

El hombre se pone de pie y me pasa un brazo por los hombros. Me hace sentir atrapado. No me puedo separar de él y mi pecho sube y baja muy deprisa, como si me estuviera ahogando.

59

París, 17 de julio de 1953

Sarah

En el fondo de su alma, siempre ha sabido que su hijo estaba vivo en alguna parte. Una madre siempre percibe esas cosas.

El momento en el que puso a su hijo en brazos de aquel trabajador del ferrocarril ha permanecido grabado en su memoria. Lo ha revivido en su imaginación una y otra vez, guardando en el recuerdo la forma exacta de la cicatriz que le atravesaba uno de los lados de la cara. Y cuando el hombre cogió a Samuel en sus brazos, Sarah vio que en la mano izquierda solo tenía otro dedo además del pulgar. Entonces supo que aquel hombre cuidaría de Samuel, tal y como había dicho el rabino del Métro, que Dios lo mantendría a salvo. Supo que algún día encontraría al hombre del ferrocarril. Claro que nunca pensó que tardaría tanto.

Da media vuelta buscando una manera más cómoda de apoyar la cabeza en la almohada, pero en realidad está demasiado excitada para dormir. Mañana es el día que casi no se atrevía a esperar. Por las venas le corre felicidad pura, una emoción que apenas reconoce. Le hace darse cuenta de lo insensibilizada que ha estado, de que ha vivido los últimos nueve años sin sentir ni padecer. Por primera vez desde que entregó a su hijo, se siente viva. Agradecida de que sea así. «Gracias, Dios mío», susurra a la almohada.

Por supuesto ya no es un recién nacido. Tiene nueve años y, a juzgar por las fotografías que les han enseñado, es guapo. Sarah ha escrutado esas imágenes, ha estudiado sus ojos y ha reconocido a su familia. La mirada de su padre brilla en los ojos oscuros e inteligentes de Samuel, chispeantes de curiosidad, y tiene la hermosa nariz de su madre. David está también presente en su gesto, en ese mentón orgullosamente adelantado. El único parecido que no ha encontrado es con ella.

Sabe que no será fácil. Él no habla francés y tendrán que encontrar la manera de comunicarse, pero su vínculo será más profundo que el lenguaje. Esto la lleva a preguntarse, una vez más, por los lazos de los Beauchamps con su hijo. No le gusta recrearse en estos pensamientos, porque reflexionar sobre la relación que ha establecido su hijo con las personas que considera sus padres le produce inquietud. Lo peor de todo es pensar que Samuel quiera como una madre a otra mujer. La fortaleza de ese vínculo la aterra.

Le gusta imaginar que está más unido al hombre que a la mujer. Esto tiene sentido para ella, ya que fue él quien se llevó a Samuel. Quizá la mujer ni siquiera quería quedarse con el hijo de otra. Eso explicaría por qué nunca habló a Samuel en francés, su lengua materna. ¿Cómo pudo no cantarle las canciones que había aprendido ella en brazos de su madre?

Basta. Tiene que dejar de remover el pasado. Eso se terminó. Ahora debe concentrarse en la siguiente fase. El psicólogo les ha dicho que Samuel debería hablar francés con fluidez en unos seis meses, siempre que pongan en práctica el método de inmersión, que implica exposición plena, sin interferencias ni traducción de su primera lengua; no es capaz de referirse a ella como lengua materna. Así que no deben recurrir nunca al inglés —no podrían aunque quisieran— y tampoco debe tener contacto con los padres que lo criaron, ni siquiera por carta.

Lleva nerviosa todo el día, preparándole su habitación, comprando la comida que imagina gustará a un niño de nueve años. Primero horneó un pan *challah*, añadiéndole pasas para celebrar lo especial de la ocasión. Después compró un gran saco de patatas porque una amiga le dijo que en Estados Unidos comen muchas patatas, con todo, incluso el desayuno. ¡Qué cosa tan rara! Podría hacer *latkes* de patata de primer plato y después *gratin dauphinois* para acompañar al *kibbeh* de cordero. ¿O será demasiado? De postre hará tarta de manzana con miel. Por lo general solo prepara esta receta en Año Nuevo, pero quiere hacerla ahora para señalar un nuevo comienzo, en el que el arrepentimiento y el perdón vayan de la mano. Está impaciente por que madre, padre e hijo se sienten juntos a comer, a partir el pan. Es lo único que desea y solo de imaginar el momento se le acelera el corazón.

David le da la espalda en la cama. Sarah lo abraza y entierra la cabeza en su cuello.

—¿Estás despierto? —susurra.

—No —murmura él.

Sarah está inquieta. David se vuelve hacia ella y busca su mano debajo de las sábanas.

—Todo va a salir bien, ¿verdad, David?

—Nuestro hijo regresa a casa, Sarah. Podremos volver a vivir.

—De todas maneras, me gustaría... Me gustaría que no hubieran sentenciado a Beauchamps a dos años de cárcel. Me parece demasiado duro. Al fin y al cabo le salvó la vida a Samuel.

—Lo sé, lo sé. Pero la decisión no dependía de nosotros. Y no hay que olvidar que nos lo ha ocultado todos estos años.

Sarah le aprieta la mano.

—Sí, es verdad. ¿Te acuerdas de cuando nació?

—¿Cómo podría olvidarlo?

—Qué valiente fuiste, trayéndolo al mundo sin ayuda.

—Me parece que la valiente fuiste tú.

Sarah sonríe en la oscuridad.

—Confié en ti y sabía que sabías lo que hacías.

—Pues sí. Ser biólogo investigador tiene su parte útil, ¿a que sí?

—Me alegré de que naciera en casa, pero salir al poco de dar a luz fue duro.

Sarah se acurruca contra David recordando la huida a la casa-refugio.

Lo dejan ahí. Ninguno quiere hablar de la noche siguiente, aunque los dos están pensando en ella. Sarah sabe que David se culpa de lo ocurrido. No pudo protegerlos a ella y a su hijo, tal y como había prometido. Mientras viajaban en el camión del ejército que los llevaba a gran velocidad por las calles desiertas y oscuras de París, David los había abrazado a los dos, ella con el niño en el regazo.

«Lo siento, Sarah. Lo siento mucho», decía. Le había puesto su chaqueta por encima y Sarah supo que querría habérselo dado todo. Le habría dado su camisa y se habría quedado desnudo de pensar que serviría de algo.

Cuando llegaron a Drancy y separaron a los hombres de las mujeres, David se había aferrado a ella y soportado los golpes de los guardias. Al final Sarah tuvo que rogarle que lo dejara. «Vive —le dijo—. Mantente con vida por Samuel y por mí».

Y supo que lo haría.

60

California, 17 de julio de 1953

Sam

—No puedo ir a Francia. Soy americano y no hablo francés —le repito a la señora cuando volvemos al cuartito después de comer.

—Un chico tan listo como tú lo aprenderá enseguida. Por lo menos tienen el mismo alfabeto.

Me quedo mirándola.

—El chino sería mucho más difícil —añade—. Siéntate. Voy a buscarte unos tebeos.

Hago lo que me dicen porque el hombre me vigila. Me da miedo quedarme solo con él y cuando sale la señora me pongo a mirar la mesa para no tener que verle esos ojos tan fríos. Pero entonces lo oigo acercarse. Escondo la cabeza en las manos deseando que vuelva la señora.

—Escucha, chico. —Me pone una mano en el hombro—. Vas a tener que ser fuerte. Se acabó tanto llorar. Aquí estamos trabajando y nos lo estás poniendo difícil.

Me aprieta fuerte el hombro. Me hace daño. Contengo la respiración para no hacer ruido.

Se abre la puerta. Respiro y levanto la vista. Hasta cierto punto es un alivio ver otra vez a la señora, toda sonriente, con un montón de tebeos. Despliega una colección de *Capitán América* y *Batman y Robin*. Quiero darle las gracias, pero las palabras no me salen.

—Ya me quedo yo con él. —Se vuelve a mirar al hombre—. Así puedes seguir con tu trabajo.

Finjo leer *Capitán América* mientras espero a que salga el hombre.

—Recuerda lo que te he dicho, chico —señala al cerrar la puerta.

La señora se sienta a mi lado y saca unos papeles.

—¿Qué te ha dicho? —pregunta sin levantar la vista.

—No sé. —Otra vez finjo leer el tebeo.

—No soy psicóloga, Samuel, pero puedes hablar conmigo. Igual te ayuda.

Niego con la cabeza y miro cómo cae un lagrimón en el tebeo y emborrona la letra.

—Solo quiero ver a mi madre.

—Samuel. —Suspira despacio—. Vas a estar bien. Ahora tienes a tu madre y a tu padre de verdad. Seguro que te hace ilusión estar a punto de conocerlos.

—No quiero conocerlos. Quiero ver a mi madre. ¿Va a volver pronto?

—Por favor, Samuel, deja de decir eso.

—¡No me llamo Samuel! ¡Me llamo Sam!

—Aquí en Estados Unidos eres Sam, pero me parece que en Francia te van a llamar Samuel.

Me quedo mirándola. ¿De qué habla?

—Samuel es tu verdadero nombre y en Francia no acortan los nombres. Me lo ha dicho la psicóloga. Ha estado investigando. Parece que vas a tener que acostumbrarte a unas cuantas diferencias.

—¡Pero es que no pienso ir! ¡Ya se lo he dicho!

—Muy bien, muy bien. —Me pregunto si por fin lo ha entendido, pero entonces dice—: En Francia hay muy buenos colegios, pronto harás amigos.

—No quiero amigos nuevos. Quiero los que ya tengo.

Me pone una mano en el hombro.

—Samuel, esta noche te quedas aquí y mañana el señor Jackson te va a llevar a Francia.

—¡No! ¡Por favor! ¡Me voy a portar bien, lo prometo! —Me pongo en pie de un salto—. Por favor, no me obliguen ir a ningún sitio. Por favor.

—Chis, chis.

Se pone de pie y me rodea con los brazos. No puedo evitarlo. Me recuesto contra su pecho grande y blando y escondo la cabeza en él. Las lágrimas llegan enseguida. Esta vez no intento contenerlas. Me duele mucho por dentro. Noto que le estoy llenando la ropa de mocos.

—Chis, cariño —susurra y me pone una mano detrás de la cabeza—. Tú suéltalo todo. Es mejor que no te lo guardes.

Oigo abrirse la puerta y las pisadas de alguien que entra. Esta persona me toca el brazo un poco y luego me lo aprieta.

—No te va a doler. Es solo un pinchacito.

61

París, 18 de julio de 1953

Sam

No me entero del despegue. Tampoco me acuerdo del aterrizaje. El médico me puso una inyección, igual dos. Una en el cuartito, la otra antes de subir al avión. No me acuerdo de la noche entre los dos días, pero sé que hubo una porque ahora es otra vez por la mañana.

Tengo la cabeza apoyada en un cojín blando y me doy cuenta de que estoy sentado en una habitación azul, en una butaca blanca y grande. Me pesa la cabeza. Cuando miro a mi alrededor, veo a un hombre con pelo castaño y camisa rosa que me está mirando. Quiero dormirme otra vez y no enterarme de nada. Dejo que se me cierren los ojos.

Lo oigo hablar como en un sueño. Tiene un acento raro. Me recuerda un poco al de mamá; a veces las palabras suben cuando deberían bajar.

—Sabemos que esto es muy difícil para ti. Samuel. Samuel. —Abro los ojos y me da un vaso de zumo de naranja—. Bébete esto.

Doy un sorbo al zumo. Tengo tanta sed que me lo bebo todo. Me da una pasta. Le hinco el diente. Sabe a mantequilla, está riquísima y me doy cuenta de que tengo mucha hambre.

—¿Quieres otra? —dice.

Asiento con la cabeza y saca otra pasta de la bolsa de papel que tiene en la mano.

La muerdo y me la termino en tres bocados. Es agradable tener algo en la barriga. No quiero pensar en lo que me va a pasar ahora. Si lo hago, me sentiré otra vez mareado y con ganas de vomitar. Miro al hombre y me pregunto por qué lleva una camisa rosa. Es un color de chica.

Empieza a hablar otra vez.

—Tus padres verdaderos sufrieron mucho y ahora les hace mucha ilusión verte.

No solo lleva una camisa rosa, también una corbata morada.

—¿Estoy en París?

—*Mais oui.* Ha sido un largo viaje, pero estamos felices de tenerte aquí por fin.

Me sonríe.

—¿Cuándo voy a ver a mi madre?

—Samuel…

—Me llamo Sam.

—Perdona. Sam. —Acerca una silla—. Vamos a hacer todo lo que podamos por ayudarte. ¿Me dejas que te cuente una historia?

Me encojo de hombros.

Empieza a contar algo sobre un tigre que se pierde en la selva y lo adopta una familia de gorilas, pero cuando llega a la parte en que los gorilas tienen que subir al tigre a los árboles empiezo a perder la concentración. Su voz es suave y amable y sé perfectamente lo que está haciendo. Es penoso. Esa sí que es una buena palabra. Penoso. Es lo que es. Los agentes de policía eran simplemente tontos. Pero este hombre con camisa rosa de chica es penoso.

—Sam. —Me toca el hombro.

—Quiero seguir durmiendo.

Apoyo la cabeza en el cojín y cierro los ojos.

—Sam, han venido tus padres a verte.

—¿Mis padres? ¿Están aquí?

—Me refiero a tus padres franceses, los de verdad.

—Esos no son mis padres de verdad. ¡Ya se lo he dicho!

Salto de la butaca, pero tengo las piernas como si fueran de gelatina. Me siento otra vez. Me duele mucho la cabeza. Me la sujeto para que pare el martilleo.

Me pone las manos en los hombros. Intento apartarlo pero no puedo. Estoy muy débil.

—Sam, por favor, tienes que tranquilizarte.

—Déjeme en paz.

—Tenemos que esforzarnos todos para que esto salga bien, incluido tú. Sam, por favor, para.

—¿Me van a dejar volver a casa?

—Vamos...

Unos golpes en la puerta lo interrumpen.

Entran dos personas.

62

París, 18 de julio de 1953

Sarah

—Samuel... Samuel.

Se le llenan los ojos de lágrimas cuando lo mira. Se da cuenta de que ha llorado, pero es guapísimo, tal y como lo había imaginado, con el pelo oscuro sedoso, la piel suave y aceitunada, nariz bonita y ojos marrón oscuro. Quiere bebérselo, como si fuera un viajero perdido en el desierto que lleva días sin agua.

Nota cómo David le aprieta la mano, casi le hace daño.

—Es Samuel, ¿verdad? Es él.

Se le quiebra la voz y, cuando Sarah aparta los ojos de su hijo para mirar a su marido, ve una lágrima silenciosa bajándole por la mejilla.

—Sí, David. Es Samuel.

Se vuelve hacia su hijo. Le cuesta creer que sea de verdad.

—Samuel —murmura—, te hemos encontrado.

David extiende los brazos y se acerca a él. Sarah ve a Samuel ponerse rígido y retroceder hacia la pared que hay detrás de él.

Alarga la mano y detiene a su marido.

—Espera.

La psicóloga que ha entrado detrás de ellos tose.

—Necesitará un poco de tiempo para acostumbrarse. Permítanme que les presente a la intérprete, madame Demur.

Por un momento Sarah y David apartan la vista de Samuel para mirar a una mujer delgada con un traje de chaqueta azul pálido de pie junto a la psicóloga. Le estrechan la mano.

—Voy a traducirles a ustedes al francés y a su hijo al inglés.

«Su hijo». Sí, es cierto. Ahora tienen un hijo. Pero está lo más lejos que puede de ellos, con las palmas apoyadas en la pared y los ojos muy abiertos por el miedo, igual que un animal acorralado.

—Buenos días. —Un hombre con camisa rosa y traje gris oscuro les tiende la mano—. Señor y señora Laffitte, es un placer conocerlos.

Sarah cae en la cuenta de que debe de ser el vicealcalde.

—Por favor, siéntense. —Saca unas sillas. Todos obedecen y forman un pequeño semicírculo. El hombre toca una silla vacía a su lado—. Ven a sentarte, Samuel.

Su voz es suave y amable, pero Samuel lo mira con desdén, sin moverse de la pared.

David se toca la barba con desesperación. Sarah nota la garganta en carne viva, tantas son las palabras atrapadas en ella.

Samuel dice algo en inglés. Esperan a que hable la intérprete.

—Dice que no se encuentra bien.

—Dígale que nos podemos ir a casa.

David se da un tirón a la barba. Sarah sabe que quiere salir de allí y llevarse a su hijo a casa.

La intérprete se vuelve a Samuel y le traduce al inglés.

Samuel niega vigorosamente con la cabeza. El pelo sedoso le baila de un lado a otro.

Sarah entiende que va a tener que ofrecerle alguna distracción. Abre su bolso y rebusca con manos temblorosas las fotos que ha llevado. Las saca.

—Samuel, ¿quieres ver fotografías de tu familia?

La intérprete traduce y Samuel vuelve a menear la cabeza.

—Quiero irme a casa. Me encuentro mal.

Sarah no necesita que le traduzcan eso, lo entiende más o menos, pero la intérprete lo traduce de todas maneras.

—Dígale que su casa ahora está aquí. —David deja de tocarse la barba.

Mientras la mujer traduce, Sarah ve a su hijo ponerse aún más pálido. Saca deprisa una foto.

—Mira, Samuel. —Se pone de pie y da un paso hacia él. Siente alivio cuando Samuel mira la fotografía de sus padres—. Son tus abuelos. Tu abuelo era muy guapo, igual que tú.

Acerca un dedo trémulo a la imagen de su padre. Se le quiebra la voz al recordar la última vez que vio a sus progenitores.

Samuel mira a otro lado.

David toma la palabra y sus largos dedos juguetean con su barba mientras habla.

—Dígale a Samuel que ahora tiene que ir a su nueva casa. —Espera a que la mujer de azul traduzca, y continúa—: Sabemos que va a ser difícil para él. No es más que un niño, pero no por esa razón debemos tenerle lástima. Nuestro deber como adultos y como padres es ayudarlo a fortalecer su carácter, a descubrir quién es y cuál es su verdadero lugar en el mundo. —Se interrumpe de nuevo para dar tiempo a que lo traduzcan—. Agradecemos lo que hizo Jean-Luc Beauchamps salvando a nuestro hijo de una muerte segura en Auschwitz, y también entendemos que diera por hecho que habíamos muerto allí. Pero ahora tenemos que concentrarnos en Samuel y en hacer esta transición lo más fácil posible. Somos sus padres y lo queremos.

Sarah no sabe muy bien a quién va dirigido este discurso. Se pregunta si es la manera que tiene David de hacer saber a Samuel lo que piensa. Por supuesto ella era consciente de que este primer encuentro sería difícil, que era probable que Samuel los rechazara. Se han preparado para eso, han acordado ser pacientes, darle tiempo.

De pronto Samuel hace un ruido extraño, se dobla hacia delante con las manos en el estómago.

Sarah y David van hacia él, pero es el vicealcalde quien coge a Samuel del brazo y lo saca de la habitación. Por desgracia no llega a tiempo y Samuel vomita por todas partes. Grumos color naranja salen de su boca en dirección a la alfombra azul oscuro. A continuación se desploma en los brazos del hombre de la camisa rosa.

63

París, 18 de julio de 1953

Sarah

El médico dijo que el desmayo de Samuel se debió al desfase horario y a que su cuerpo había perdido sus ritmos naturales; que se recuperaría en veinticuatro horas, en cuanto su reloj interno se restableciera. Sarah no se cree ni una palabra. Sabe que es el trauma de haber sido separado de quienes considera sus padres, sus seres queridos. Tuvo que apartar la vista cuando el médico lo abofeteó para hacerle volver en sí. Bajó la vista mientras le daba unas pastillas con un vaso de agua y la levantó a tiempo para ver a Samuel dejar caer la cabeza otra vez. La culpa inundó su corazón y borró toda la felicidad que había sentido antes.

Ahora David lo está llevando en brazos al coche y lo tumba en el asiento trasero. Sarah se sube por la otra puerta y se coloca la cabeza de Samuel en el regazo. Le acaricia el pelo, maravillada de su ligereza y suavidad. El amor por él le llena el corazón herido y quiere, necesita absorber cada una de sus facciones. Aferrarse a él y no soltarlo jamás.

Mientras el chófer conduce por las estrechas calles hacia su casa en el Marais, David se vuelve a mirarla desde el asiento delantero. Sarah no sabe qué decirle. No era así como habían planeado llevarse a su hijo a casa, drogado e inconsciente.

—David, estará bien, ¿verdad?

David se limita a mirarla; sus pupilas son negros charcos de dolor y tiene la cara pálida como la luna.

—Quizá deberíamos haber ido nosotros a Estados Unidos a recogerlo. Esto es demasiado traumático para él.

David se gira completamente para poder hablar con ella.

—Sarah, sabíamos que no iba a ser fácil. Vamos a tener que ser muy fuertes. Recuerda lo que nos dijo la psicóloga sobre la gran capacidad de adaptación de los niños. Solo necesita tiempo. Volveremos a ser una familia.

«Familia». ¿Qué significa realmente eso? Se ha perdido los años más importantes de la vida de Samuel: su primera sonrisa, sus primeros pasos, su primer día de escuela, cuando aprendió a leer, a hacer amigos, su curiosidad. No ha estado allí para contestar a sus preguntas cuando intentaba entender el mundo. Esas son las cosas que lo convierten a uno en padre. Es una desconocida para Samuel y él también lo es para ella. Desconocida y también extranjera.

No se quita de la cabeza la angustiosa idea de que han cometido una terrible equivocación trayéndolo a París de esta manera. Nadie se paró a pensar si era lo correcto. Para todos era evidente: el niño debía ser devuelto a sus verdaderos padres. De nuevo esa palabra: padres. No está segura de sentirse como una madre. Un sentimiento horrible le atenaza el corazón, le dice que ni siquiera conoce a este niño.

Cuando llegan al apartamento, David sube a Sam por las escaleras hasta el cuarto piso, donde viven, y hasta la habitación. Lo deja en la cama, le quita los zapatos y la chaqueta y lo tapa con una manta. Sarah mira desde la puerta mientras David se arrodilla junto a la cama, se inclina hacia su hijo y le retira el pelo de la frente para besarlo. Luego busca en el bolsillo de su chaqueta y saca una cajita de madera. Sarah entra en la habitación y se coloca detrás de él. Contempla cómo besa la cajita antes de colocarla sobre la almohada junto a la cabeza de Samuel. Sabe que David está a punto de llorar, presiente sus lágrimas como si fueran suyas. Luego las ve rodar despacio por las mejillas de David.

David, que ha sido su ancla todos estos años. David, que entiende el dolor pero se niega a dejarla ahogarse en él. David, que siempre la ha sostenido, la ha mantenido a flote cuando lo único que quería ella era cerrar los ojos y hundirse. Solo lo ha visto llorar una vez, cuando lo encontró después de que los evacuaran de Auschwitz. Se derrumbó en la nieve y se aferró a ella, repitiendo su nombre una y otra vez, como una plegaria, con la cara bañada en lágrimas.

Es un hombre con gran capacidad de superación y su fe es sólida como una roca. Pero Sarah no está segura de que esa capacidad de superación sea lo que se necesita ahora. Es una cualidad demasiado rígida, demasiado severa. En lugar de aferrarse a sus principios y sus derechos, quizá deberían considerar otras posibilidades. El problema es que no sabe cuáles. Está perdida y nada es lo que parecía.

64

París, 25 de julio de 1953

Sam

La semana pasada, en mi primer día aquí, me desperté en una cama desconocida y encontré una cajita de madera en mi almohada. Parecía un cofre del tesoro en miniatura. Tenía partes talladas y un ganchito para abrirlo. Tiré del gancho: por dentro el cofre estaba forrado de terciopelo rojo y resultó que dentro había un tesoro pequeñito. Unas monedas, una chocolatina envuelta en papel dorado, piedras de colores brillantes y un trozo de papel enrollado y sellado con lacre, como un pergamino. Lo abrí y leí el mensaje. Estaba en inglés: «Samuel, hijo, eres el tesoro que jamás dejamos de buscar». Arrugué el papel y lo metí en la caja.

Desde entonces ha pasado una semana horrible. Casi siempre estoy durmiendo y a veces, si tengo suerte, sueño cosas bonitas de mi casa.

Pero esta mañana me han despertado unos ruidos de la cocina. Intento no hacer caso y seguir durmiendo. En mi sueño hacía sol y estaba a punto de hincarle el diente a una bola de helado de chocolate. No siempre sueño cosas bonitas, así que quiero aprovechar esta. Casi lo he conseguido cuando oigo mi nombre. Seguro que están hablando de mí, diciendo lo horrible que soy.

Aquí todo es muy distinto. Distinto para peor. Todo es viejo. No está hecho para los niños. Incluso los olores son raros, como a abrillantador de muebles, a humo de cigarro y a queso apestoso. Echo de menos los olores de casa: dónuts recién hechos, algodón de azúcar, el humo aceitoso del parque de atracciones.

También las personas son distintas. Son más puntiagudas, más rasposas. Te besan en la mejilla, pero no es un beso de verdad. Lo dan al aire. Siempre me quedo tieso como un palo e imagino que estoy en otro sitio. Echo de menos los abrazos de casa, cálidos y blandos. Aquí las personas tampoco sonríen cuando te conocen. Dicen *bonjour* con la boca apretada, no como en casa, donde la gente está siempre sonriendo. En Estados Unidos todo es más grande y mejor.

La única cosa que me gusta de aquí es el *goûter*, la merienda: una baguette caliente recién salida de la *boulangerie*, rellena de onzas de chocolate negro. El resto de la comida es un poco rara y se sirve por separado. Primero verduras, por ejemplo zanahorias ralladas, luego un trozo de carne o de pescado y, después de eso, a veces ensalada. Suele haber postre, pero casi siempre es fruta cortada. Y no te dejan comer nada directamente de la despensa ni del frigorífico. Hay que servirlo como es debido. ¡Y ni siquiera saben lo que es un perrito caliente! Tampoco tienen refrescos, solo un sirope morado rojizo que mezclan con agua y se llama granadina. No sabe a nada.

Pero lo más raro de todo quizá sean los cuartos de baño. El váter es un agujero en el suelo y tienes que apoyar los pies en unos salientes y agacharte para hacer pis o caca. Yo me suelo salpicar los zapatos. Y ni siquiera está en el apartamento, sino fuera, en el pasillo.

Lo único bueno es que ya no lloro, por lo menos durante el día. De noche a veces me despierto llorando si tengo la pesadilla de siempre. Una en la que atravieso corriendo bosques en la oscuridad, saltando anchos ríos, cayendo por cráteres escondidos, corriendo y corriendo hasta que me dejan de funcionar las piernas. Entonces me rindo y espero aterrorizado a que venga un monstruo a comerme. Cuando está a punto de morderme un pie, grito. El grito me despierta. En mi pesadilla es un grito fuerte, pero cuando me despierto el verdadero sonido es muy pequeño. Quiero dar la luz, pero me preocupa que el monstruo esté escondido en la habitación, preparado para morderme la mano. Quiero llamar para que venga alguien, pero mi propia voz me da demasiado miedo. Y, de todas maneras, aquí no hay nadie que pueda ayudarme. Así que intento pensar en cosas bonitas, imagino la playa, el mar, el patio del colegio lleno de juegos y gritos. A veces eso me ayuda a quedarme dormido otra vez.

Hay un vacío dentro de mí. Está ahí cada mañana, cuando me despierto. Nunca se va. El recuerdo de la policía llevándose a mi madre lo hace más grande, así que intento no pensar en eso. Gritaba mi nombre sin parar y creo que incluso pegó a un policía. ¿O ese fui yo? Se me mezclan los recuerdos.

Todos no hacen más que repetirme: «¡No es culpa tuya!». No sé qué quieren decir. ¿Por qué iba a ser culpa mía? El problema es que nací en el lugar equivocado, como dijo mi madre. Pero yo no elegí dónde nacer. De haber podido, jamás habría elegido Francia, eso seguro. Odio este sitio.

Me duele la barriga y las piernas me tiemblan otra vez como locas.

—*Samuel, le petit déjeuner est prêt.* —La voz de Señor Barbudo se cuela por la puerta.

Me pongo a mirar la pared.

—Déjame en paz, déjame en paz. Me llamo Sam —susurro a la almohada.

De pronto está en mi cuarto, abriendo las ventanas para empujar los postigos de metal. Entra la luz a raudales.

—*Qu'est-ce qu'il fait beau.* —Su voz es falsamente cantarina y feliz. Se inclina y me alborota el pelo—. *As-tu bien dormi?*

Me obligo a levantarme, me pongo las zapatillas y la bata y me siento en el borde de la cama. No tengo prisa. Estudio la habitación, el avión de madera que cuelga del techo mediante una espiral de alambre, suspendido sobre la mesa. La fotografía enmarcada en la pared de unas personas vestidas de negro. ¿O es que la fotografía es en blanco y negro? Igual visten de color morado fuerte, o verde. El caso es que ninguna sonríe. En la misma pared hay un busto de arcilla de un marinero, con pelo rubio chillón y camisa de rayas azules y blancas. Me da dentera.

—*Allez, Samuel.* —Señor Barbudo va hacia la puerta.

No me queda otra que seguirlo.

El desayuno es baguette cortada en un cestillo y un tazón de chocolate caliente. Se sirve en un mantel de plástico amarillo. No usan platos, sino que después recogen las migas con la mano y las tiran por la ventana. Mojan el pan en sus tazones de café, pero yo no mojo el mío en el chocolate. Me unto mucha mantequilla y mermelada de albaricoque en el pan. ¡Qué asco me dan todas esas migas flotando en tu bebida! ¿Y a quién se le ocurre beber en tazones? En esta casa no hay tazas como Dios manda, solo unas pequeñas de café que parecen de juguete.

Hablan, pero yo no entiendo ni jota. Solo he aprendido a decir *oui*, para sí, y *non*, para no.

Después de desayunar voy a mi cuarto a vestirme. Mi ropa está toda doblada en un armario de madera brillante que huele como si tuviera cien años. En la puerta hay una llave grande de metal; la he probado y funciona. Podrías encerrar a alguien dentro. Casi toda mi ropa es de mi casa. Ha llegado aquí de manera misteriosa, igual que yo.

Cojo unos tejanos de la balda y mi camiseta amarilla. Mientras me visto me pregunto adónde me llevarán hoy. Ya he subido a la torre Eiffel. Se veía todo París como si estuvieras en un avión.

Señor Barbudo abre la puerta y entra directamente.

—*Allez, Samuel. Nous allons sortir, toi et moi.*

He conseguido entender que vamos a salir. No sé cómo, pero así es. Me levanto y lo sigo a la puerta, por las escaleras y hasta la calle.

La acera es tan estrecha que no podemos caminar juntos. Me alegro, porque tengo el horrible presentimiento de que me cogería la mano si pudiera. Pero camina detrás de mí con una mano en mi hombro que es como un peso muerto. A veces me aprieta para que vaya más despacio, entonces señala alguna cosa sin dejar de parlotear en francés.

En París no hay ni casas ni jardines. Son todo apartamentos y tiendecitas raras. Hay *patisseries*, que son pastelerías, pero con pasteles distintos de los de casa. Hay pan brillante con forma de trenza y galletas de medialuna cubiertas de azúcar glas. Yo preferiría un dónut relleno de mermelada. Mientras caminamos, miro las ventanitas que sobresalen de los tejados. Intento imaginar a los nazis subiendo a todo correr las estrechas escaleras, gritando y pegando tiros.

Señor Barbudo me lleva a una tienda. Cuando entramos suena una campanilla y otro señor barbudo sale de detrás de una cortina que hay a uno de los lados. Le da la mano a Señor Barbudo y también dos besos en las mejillas. Ahora me toca a mí. Me preparo para que me pinche con la barba, pero el hombre solo me da la mano, con firmeza, mientras me mira con ojos castaño oscuro. Aparto la vista. Veo relojes de pulsera y cadenas de oro brillando en vitrinas. El hombre va detrás del mostrador y saca una bandeja de anillos de oro sobre una tela de terciopelo rojo.

Señor Barbudo los estudia. Después señala uno y el hombre lo saca y lo hace girar entre sus largos dedos. Guarda la bandeja debajo del mostrador y saca varios aros de metal unidos por una anilla de alambre.

Señor Barbudo me coge la mano y la pone sobre el mostrador. Intento quitarla, pero me la sujeta con firmeza.

—Allez, Samuel. C'est un cadeau pour toi.

Creo que *cadeau* significa regalo. Dejo la mano flácida.

El hombre me encaja aros de metal en el dedo corazón hasta que uno me queda bien.

—*Bien, très bien. Je fais ça toute de suite.*

—*Merci, mettez «S. L. 1944» à l'intérieur, s'il vous plaît.*

Después vamos a la Maison de la Presse. Miro las hojas de papel apiladas en los estantes y me quedo admirado de todos los colores que hay con sus sobres a juego. Me imagino escribiendo una carta a mamá en papel malva, es su color preferido. En casa tiene un jabón de ese color y dice que es de lavanda. «Es para mí», dijo una vez que lo cogí. «Los niños no se perfuman de lavanda». Este recuerdo inesperado es como un puñetazo en el estómago.

Señor Barbudo está ocupado hablando con el hombre de detrás del mostrador. Lo veo sacar una caja de cristal llena de plumas estilográficas.

—*Voilà, les stylos plumes* —dice con voz orgullosa.

—*Viens, Samuel.* —Señor Barbudo extiende un brazo.

Doy un paso tímido hacia delante con cuidado de esquivar el brazo.

—*C'est pour l'école. Tous les enfants doivent utiliser un stylo plume à partir de six ans. Tu peux en choisir un.* —Señor Barbudo me mira.

Supongo que dice que puedo elegir una pluma. Aunque lo entiendo, hago como si no.

—*Samuel, s'il te plaît.* —Mueve la mano sobre las plumas dejando claro que tengo que elegir una.

Las miro. La que más me gusta es la azul claro. Me saco la mano del bolsillo y la cojo. Cuando le quito la tapa, veo una punta afilada. La empujo con el pulgar para comprobar lo afilada que está.

—*Faîtes attention!* —exclama el hombre detrás del mostrador.

Me asusto y suelto la pluma.

Señor Barbudo la coge y se la devuelve.

—*Oui, celui-ci. Merci.*

El hombre asiente con la cabeza, pero sé que está enfadado por como aprieta los labios mientras guarda la pluma en una caja de madera. Me la da despacio.

—*Merci, monsieur* —me susurra el Hombre Barbudo al oído.

No digo una palabra. No hablo francés. Las palabras se niegan a formarse. Pero quiero el papel color lavanda, y también un sobre. Intento pensar qué decir; luego, como si fuera un niño pequeño, señalo el papel.

—*Mais oui, bien sûr, du papier aussi.* —Señor Barbudo sonríe—. *De quelle couleur?*

Esta pregunta es fácil de entender.

—Lavanda —digo.

—*Lavande?*

—*Oui*, lavanda.

Con el ceño un poco fruncido, Señor Barbudo saca una hoja de papel lavanda. Señalo los sobres. Me doy cuenta de que está desconcertado. Se pregunta para qué quiere un niño papel malva. Quizá ha adivinado para qué lo quiero y no me lo va a comprar, pero entonces coge un sobre.

Después de pagar salimos de la tienda y vuelve a ponerme la mano en el hombro, guiándome. Regresamos a la joyería y el hombre nos da una cajita. Yo vuelvo la cabeza, pero por el rabillo del ojo lo veo sacar un anillo de oro. Señor Barbudo se gira para enseñármelo y señala lo que hay grabado en la parte de dentro: «S. L. 1944». Lo levanta y sé que está esperando a que le dé la mano para ponérmelo en el dedo.

Pero yo no lo quiero. Los anillos son de chicas. Así que me rasco la pierna.

Se agacha y me quita la mano de la pierna.

—*S'il te plaît, Samuel.*

Me quedo muy quieto mientras me pone el anillo. Me siento como un perro con collar nuevo. Entonces Señor Barbudo me da un beso, me sujeta por los hombros y me mira a los ojos.

—*Je t'aime, mon fils.*

Me muero por llegar a casa para poder rascarme las piernas a gusto. Me pican muchísimo.

Cuando llegamos al apartamento, Madre de Mentira no está. Me voy a mi cuarto, me siento en la cama y me subo las perneras de los tejanos. Las ronchas rojas se están haciendo más grandes. Las rasco, hundiendo bien las uñas. Ahora están calientes y las noto dormidas. Sé que después me dolerán.

Me siento delante de la mesa y me miro la mano, el dedo, el anillo. Me pregunto cuánto costará. Apuesto a que es oro de verdad.

Señor Barbudo entra en mi cuarto y me sonríe como si todo fuera bien. Aparto la mirada, mis ojos inexpresivos. Me pone una mano en el hombro y saca un libro del estante sobre la mesa.

—*Est-ce que tu connais Tintin?*

Sé que es una pregunta sobre el libro, pero no la he entendido, así que sigo mirando a la pared y sin hacerle caso.

—*Samuel, Tintin est un garçon qui vie des grandes aventures. Je vais te lire une histoire.*

Algo sobre aventuras, supongo. Sigo mirando a la pared.

Entonces empieza a leer y le cambia la voz. No puedo evitar mirarlo cuando pone la voz del malo y luego gruñe como un perrito. Se vuelve hacia mí y señala los dibujos. Veo el perro blanco y el malo que tiene la cara cubierta de pelo.

—Milou —dice señalando el perro.

Yo señalo la barba del dibujo y a continuación la suya.

Ríe.

—*Oui, oui, barbe. J'ai une barbe aussi!*

Ajá, así que barba se dice *barbe*. Ahora le puedo llamar Señor Barbe.

Señala el perro.

—*Chien.*

Pero no quiero aprender más palabras. Aparto la vista del libro.

Él sigue, paseando por la habitación, poniendo voces raras, intentando enseñarme los dibujos. Pero yo sigo mirando la pared. Ojalá se fuera, así podría escribir a mamá.

Por fin cierra el libro y lo devuelve a la estantería. De pronto la habitación está en silencio y noto que me está mirando. Finjo que soy una estatua y no muevo un músculo. Si me vuelvo invisible, igual se rinde y se va.

Pero lo que hace es soltar una retahíla de palabras en francés. Entierro la cabeza en las manos y noto su mano en mi nuca, solo descansando allí. Espero a que se vaya.

Al fin sale de la habitación. Ya puedo escribir a mamá. Me lo han prohibido, así que tengo que hacerlo a escondidas y luego encontrar la manera de echar la carta al correo. Apoyo la pluma en el papel, aprieto y la subo para hacer la letra eme, pero no sale nada. Aprieto más fuerte. Ahora la pluma araña el papel. ¿Qué le pasa a esta pluma estúpida? La despego del papel y aprieto la punta con los dedos. De repente salen chorros de tinta por todas partes. ¡Menuda porquería de pluma! La tiro a un lado de la mesa. No pienso llorar. No lo haré.

Oigo que entra alguien en la habitación pero no miro. Entonces noto una mano que me acaricia la espalda, alguien que coge la pluma y suspira. El olor a flores me dice que es Madre de Mentira. Miro de reojo y la veo sacudir la pluma y apoyar la punta en un trocito de papel blanco. Su escritura empieza a salir de la pluma. Levanto un poco la cabeza para ver lo que está escribiendo.

> Cher Sam
> Te queremos — nous t'aimons
> Por favor — s'il te plaît

Danos — donnes nous
Una oportunidad — une chance

Deja la pluma delante de mí.

Dibujo un círculo para probarla. Ahora también a mí me funciona.

Escribo: «Quiero irme a casa». Entonces la pluma se atasca otra vez y la tinta sale a goterones. El nudo de mi garganta se hace más grande. Pero no pienso llorar. Lo que hago es clavar la punta fina en el papel una y otra vez.

Me coge la mano y me la sujeta. Ya no la puedo mover. Se arrodilla a mi lado y me coge la otra mano. Intenta tirar de mí hacia ella.

Me quedo muy quieto, con todo el cuerpo rígido. Tira de mí con más fuerza. Me resisto. Es como una pelea. Me doy cuenta de que estoy jadeando.

Entonces veo a Señor Barbudo en la puerta.

—¡Sarah! —dice con la cara roja—, ¿qué estás haciendo?

65

París, 20 de agosto de 1953

Sarah

No sabe ser su madre. No ha tenido tiempo de aprender. Es demasiado difícil que te den de pronto un niño, un niño con la personalidad ya formada. Con una angustiosa sensación de fracaso, se pregunta si no es demasiado tarde. Ha perdido a su bebé para siempre y este niño desconocido lo ha sustituido. Intenta llevar las rutinas de una vida normal, pero nada es normal. Aunque está exhausta, tanto física como mentalmente, le resulta imposible dormir por las noches.

—Estate quieta, Sarah, por favor. No haces más que despertarme.

—¡No sé cómo puedes dormir!

—Tenemos que hacerlo. Necesitamos estar fuertes para tratar con Samuel.

—Pero ¿es que no lo oyes llorar?

—Enseguida parará. Solo necesita tiempo para adaptarse a su nueva vida. Sé que es duro para él, pero lo superará y saldrá fortalecido.

—¿Fortalecido? Pero ¿a qué precio?

—Sarah, ¿qué quieres que haga?

Percibe la exasperación en su voz cansada.

—Es que no entiendo cómo puedes dormir cuando está llorando. Yo no soy capaz.

—Por eso los niños necesitan padres además de madres. Naturalmente tú eres más blanda que yo, pero tenemos que mantenernos firmes y no ceder a la compasión. Eso no lo ayudará a crecer y a aprender quién es en realidad.

—¿Quién es en realidad? Es un niño de nueve años en un país extranjero al que acaban de arrancar de la única familia que ha conocido.

—Sarah, por favor. Hablaremos por la mañana. Ahora tenemos que dormir.

Sarah le da la espalda, llorando, pero en silencio. David tiene razón, por supuesto: necesitan ahorrar fuerzas para enfrentarse al niño desplazado y furioso que les han dado. David siempre ha sido el fuerte de los dos, pero sabe que también sufre; lo que pasa es que se niega a admitir sus dudas. Hace como que no existen, finge estar seguro de que todo saldrá bien en cuanto Samuel se acostumbre a su nueva vida, de que, si se muestran constantes y pacientes, lo recuperarán. Suspira con suavidad y retira las mantas, saca las piernas y se sienta en la cama.

—Voy a por un poco de agua —susurra, con la voz quebrada.

—No entres a verlo —murmura David—. Solo empeorarás las cosas.

«¿Empeorar? —piensa Sarah—. ¿Cómo es eso posible?».

Va a tientas hasta la puerta y sale al pasillo. Tiene que pasar delante de su cuarto de camino a la cocina y pega la oreja a la puerta. Hay silencio. ¿La habrá oído acercarse? Probablemente no quiere que entre. La odia. Siente su odio igual que un campo magnético rodeándolo.

Pero necesita verlo, tocarlo, saber que es real. Aún no puede creer del todo que su hijo haya vuelto. Baja con cuidado el picaporte y abre la puerta en silencio. Va hasta la cama de puntillas. Presta atención a su respiración, pero no oye nada. Se agacha para comprobar si está de verdad allí. Apoya la mano en la manta y palpa su superficie hasta que nota la forma de su cuerpo. Sabe que está despierto, conteniendo la respiración, esperando a que se vaya.

—Sam —susurra—. *Je t'aime de tout mon coeur.*

Todavía nada. Entonces Sam deja escapar un largo suspiro y Sarah nota que se estremece. Le acaricia el cuerpo a través de la manta, mientras tararea en voz queda. Luego empieza a cantar.

Dodo, l'enfant do
L'enfant dormira bientôt.

Sam vuelve la cabeza y Sarah nota su aliento caliente en la cara.

—¿Te puedes ir ya? —Se vuelve hacia la pared—. Déjame en paz.

66

París, 2 de septiembre de 1953

Sarah

Hoy es un gran día para los niños de toda Francia: *la rentrée*. La vida vuelve a la normalidad después de dos meses de vacaciones de verano. Quienes se lo pueden permitir —e incluso quienes no pueden— suelen dejar París en agosto, y quienes se quedan disfrutan de calles más vacías. A Sarah y a David les encanta París en agosto y nunca se van; en lugar de ello aprovechan la ausencia de automóviles para recorrer la ciudad en bicicleta; atraviesan el Jardin du Luxembourg y continúan por la orilla del Sena hasta Canal Saint-Martin, donde dejan las bicicletas y toman un vaso de vino en alguno de los cafés.

Sarah recuerda tanto la emoción como el terror de *la rentrée* cuando era niña. Las listas de alumnos en la pared del patio, con padres y niños apiñados alrededor, ansiosos de saber quiénes serán sus profesores y sus compañeros del curso. Da gracias por poder hacer esto con su propio hijo al fin. David también irá y Sarah sabe que le hace tanta ilusión como a ella. Los ayudará a instalarse en una forma de normalidad. Rutina es lo que necesitan ahora mismo. Ha sido difícil mantener a Sam entretenido: no le interesa nada, ni siquiera la torre Eiffel. Se limitó a asomarse a la barandilla y se negó a dejarse impresionar.

—¿Despierto a Samuel?

David entra en la cocina, donde Sarah está poniendo la mesa para el desayuno. Se vuelve a mirarlo.

—No estoy segura de si entiende muy bien lo que va a pasar hoy.

—Ya lo sé. Hablé anoche con él y le leí el cuento sobre el niño que va a la escuela por primera vez; le señalé los dibujos y después a él, pero nunca sé lo que está pensando.

—No. Todavía no nos cuenta nada.

—Dale tiempo. Sé que ya ha aprendido unas cuantas palabras en francés, contra su voluntad, por supuesto. —Se tira de la barba—. Le va a venir bien empezar la escuela. No tendrá más remedio que aprender la lengua. La necesitará para sobrevivir.

—Espero que no le resulte demasiado duro. Ya sabemos que los niños pueden ser muy crueles con los que vienen de fuera. Espero que no lo consideren uno.

—No te preocupes. He hablado con el director y ha prometido estar pendiente. —Le pone una mano en el hombro a Sarah—. En cuanto Samuel se acostumbre a una rutina, en cuanto esté con niños de su misma edad, todo se irá normalizando poco a poco. Algún día entenderá que hacemos esto porque lo queremos.

Sarah asiente con la cabeza.

—Sí, vamos a despertarlo. Ya está el desayuno.

David llama a la puerta de Sam y la abre sin esperar.

—Samuel, *c'est l'heure*.

La forma en la cama no se mueve. Sarah mira desde el umbral cómo David se acerca y toca las mantas.

—Samuel, *c'est l'heure aujourd'hui*. Escuela.

—¿Qué?

Samuel se vuelve a mirarlo y Sarah sabe por su expresión de terror que ha entendido. Entra en la habitación y abre el armario. Saca unos pantalones oscuros planchados y una camisa gris y los deja en la cama, cerca de él. Samuel se sienta y menea la cabeza.

—¡No! Al colegio no. ¡No quiero ir! No hablo francés.

Sarah lo mira, entiende lo que ha dicho pero no sabe qué responder. Señala la ropa encima de la cama y sale de la habitación. David la sigue.

Se toman el café en la cocina mientras esperan a que aparezca su hijo. Pasan diez minutos, quince. No va a venir.

—Voy a buscarlo.

Sarah deja a David en la cocina untándose mantequilla en el pan. Cuando entra en el cuarto de Sam, se le para el corazón. Cierra los ojos deseando no tener que ver aquello. Sam está debajo de la cama y el hedor a orina impregna la estancia. Sin decir una palabra, va hasta la cama. Toca la ropa para ir al colegio recién planchada. Está empapada.

Quiere gritar a Samuel, decirle que es un crío repugnante, pero contiene la respiración y se traga su ira, luego mete una mano debajo de la cama y lo saca tirándole del codo.

No lleva puesto el pantalón del pijama. Sarah le mira las piernas horrorizada. Están todas cubiertas de ronchas. Sam se las mira como si se hubiera olvidado de ellas y a continuación mira a Sarah con ojos abiertos de terror. Salta a la vista que ha estado escondiéndolas.

Sarah las toca. Están húmedas y secas al mismo tiempo.

—Ay, Sam.

Tendrá que llamar al médico. Así no puede ir al colegio.

Cuando vuelve a la cocina, David sigue sentado a la mesa esperando pacientemente a que su pequeña familia se reúna con él.

—David, tenemos un problema. —Sarah espera a que David la mire—. Samuel tiene un sarpullido horrible en las piernas. Voy a tener que llamar al médico.

—¿Qué? Espera. Déjame verlo primero.

Sarah lo sigue por el pasillo hasta el cuarto de Sam. Este se ha sentado en la cama y tapado las piernas con una manta. David arruga la nariz y se vuelve hacia Sarah.

—¿Por qué huele tan mal aquí?

—No te preocupes por eso ahora. Mírale las piernas.

David hace ademán de retirar la manta, pero Sam la sujeta. David se aparta un poco con el ceño fruncido.

—¿Ha mojado la cama? ¿Qué le pasa en las piernas?

—Tiene la piel en carne viva. Debes verlo.

David se arrodilla delante de Sam.

—Déjame echar un vistazo. —Retira la manta con suavidad.

A Sarah se le parte el corazón al mirar al pobre niño, tan vulnerable.

De pronto Sam da un salto y sale corriendo de la habitación. La puerta se cierra con un golpe. Debe de haber ido a encerrarse en el retrete.

David se ha sentado en el suelo, está muy pálido y tiene la mirada perdida.

—¿Qué vamos a hacer, Sarah? ¿Qué vamos a hacer?

—No lo sé. Voy a llamar al médico. Necesitamos ayuda.

—Llama al polaco. El que habla inglés. Samuel necesita hablar con alguien. Voy a asegurarme de que está en el retrete y a esperar a que salga.

Pero no sale y, una hora más tarde, llega el médico. Le explican la situación y lo dejan hablando con Sam a través de la puerta cerrada.

Al cabo de quince larguísimos minutos, Sam sale. Sarah y David dejan que el médico lo examine en privado, sabedores de que su presencia solo empeorará las cosas. Esperan en la cocina. El chocolate de Sam se ha quedado frío y Sarah se siente totalmente rechazada.

David tiene aspecto de sentirse tan rechazado y desesperanzado como ella.

—Lo quiero tanto —dice—. Haga lo que haga, nunca dejaré de quererlo.

Sarah lo mira, se fija en las arrugas grises alrededor de los ojos, en el rictus de tristeza.

—Lo sé. En eso consiste ser padre.

—¿De verdad? Pues es muy doloroso.

—Sí que lo es. —Sarah se deja caer en una silla.

—No sé qué más podemos hacer por él. De verdad que no.

—Sé cómo te sientes. Lo único que quiere es volver a su casa. —Sarah llora en silencio.

David se sienta a su lado y le pasa un brazo por los hombros.

—Su casa es esta. Somos sus padres.

—Pero a sus ojos no lo somos, ¿verdad?

—Todavía no. Pero algún día aceptará la verdad. Tenemos que demostrarle que no vamos a renunciar a él. —David calla y frunce el ceño—. Hemos pasado por cosas peores que esta y las hemos superado. Cuando a mí me faltaban las fuerzas, tú las tenías. Y ahora yo voy a ser fuerte por ti. —Le coge la mano.

Sarah no sabe cómo puede David ayudarla.

—Es eczema —les dice el médico cuando sale—. Probablemente agudizado por el estrés.

Les da una receta para distintas pastillas y pomadas. Cuando lo acompañan a la puerta, se vuelve y les dice:

—Es una situación muy difícil. Tienen que ser ustedes extremadamente pacientes y cariñosos.

67

París, 3 de septiembre de 1953

Sarah

Al día siguiente, Sarah decide dar clase a Sam en casa. La escuela puede esperar. La psicóloga dijo que con total inmersión aprendería francés en seis meses; que lo asimilaría de forma natural, igual que aprende un niño pequeño sus primeras palabras. Pero Sarah nota la renuencia de Sam rodeándolo igual que una muralla. Los bebés no muestran esa resistencia a la hora de adquirir el lenguaje. Son situaciones muy distintas.

Decide tomar la iniciativa, conseguir que Sam participe en lugar de andar por ahí como alma en pena.

Tiene el juego de memoria que compró antes de que él llegara. Pueden jugar en francés. Consiste en formar parejas de crías de animales con sus madres. Así podrá enseñarle nombres de animales.

Lo coge de la mano y lo lleva al cuarto de estar. Sam se deja hacer. Sarah lo sienta en la butaca verde mullida que era de su abuela. Luego va hasta el mueble de madera donde guardan fotografías, tarjetas postales y los juegos nuevos. Deja las cartas en la mesa baja de cristal y las baraja boca abajo. Luego levanta la primera. Es una cría de canguro.

—*Kangourou.* —Levanta la siguiente. Es una cría de león—. *Lion.*

Samuel la mira como si estuviera loca, pero Sarah se limita a sonreír.

—Te toca.

Por un momento Samuel no hace nada y se limita a mirar al vacío. A continuación, despacio, le da la vuelta a una carta. Es un gatito. Le da la vuelta a otra. Es un gato.

—¡Has ganado!

Con una oleada de placer, Sarah lo ve coger otra carta. ¡Está participando! No debe hacerse ilusiones, esto no es más que el principio, pero por primera vez atisba una lucecita al final del túnel. Entonces, sin decir una palabra, Sam se va a su habitación.

Almuerzan *croque monsieur*. Es el único plato que parece gustar a Sam. Después de comer, Sarah decide llevarlo al Jardin de Luxembourg. Está algo lejos y cogen el Métro. Sabe que a Sam le gustan los trenes. La carita se le ilumina cada vez que llega uno por los túneles a gran velocidad.

Ya en el parque, le deja curiosear a su antojo, en ocasiones le señala alguna cosa y dice el nombre en francés, despacio. Samuel la mira, pero no repite la palabra. Sarah no lo presiona. Poco a poco. Rodean el lago y se detienen a mirar los veleros en miniatura en el agua. Sam les da la espalda. Hay niños sujetando palos largos preparados para devolver sus barcos al agua cuando se acercan a la orilla.

Sarah señala los barcos.

—¿Te gustaría probar?

Samuel niega con la cabeza y Sarah ve que ha entendido la pregunta. Un camión de helados se detiene junto al lago. Sarah decide no preguntarle lo que quiere y mete la cabeza por la ventanilla.

—Vainilla, por favor —dice y mira a Sam.

—¿Y para el muchacho? —pregunta el vendedor de helado siguiendo su mirada—: ¿Chocolate? ¿Fresa?

Sarah mira atentamente a Sam y por un momento se pregunta si se va a negar a responder.

—Chocolate —dice Sam por fin.

El vendedor de helados sonríe.

—¿Inglés o americano? —pregunta.

—Americano —dice Sam y se le nota el orgullo en la voz.

—*Oh là là, 'ot dog!*

—¿Tiene perritos calientes? —Sam parece ilusionado por primera vez desde que llegó.

—*Mais non!* ¡No! ¡Esto es Francia! ¡Nada de *hot dog*!

El hombre ríe y se gira para servir los helados. Cuando se vuelve tiene una bola perfecta de helado oscuro que brilla encima de un cono en el sol de finales de verano.

Sam da un paso adelante para cogerlo.

—Gracias.

—*Merci!* —El hombre le guiña un ojo.

Samuel hace caso omiso y Sarah se ruboriza de vergüenza.

Mientras se comen los helados, caminan hasta el parque infantil. Está lleno de niños pequeños rebozados en la arena y tirándose por los toboganes. Las madres están sentadas en los bancos charlando entre ellas. Sarah no puede evitar pensar con dolor en todos los años que se ha perdido con Samuel. Este está muy quieto, con la tristeza a flor de piel. Sarah sabe perfectamente que añora su hogar. Es un sufrimiento demasiado grande para un niño tan pequeño. Se siente cruel, cruel por querer recuperar a su hijo.

Esa tarde David vuelve a casa del trabajo con un gran paquete rectangular envuelto en papel marrón. Sarah sabe enseguida de qué se trata. Lo mira desafiante. Le había dicho que no volvería a tocar y ahora se presenta con un violín debajo del brazo.

—No, David.

Tiene ganas de llorar, de gritar, de salir corriendo. ¿Cómo ha podido? Sabe cómo se siente.

—Sarah, por favor. —David la mira impertérrito—. ¿No te parece que ya nos han quitado bastantes cosas?

Se va al cuarto de estar. Sarah se queda en la puerta escuchando cómo quita el papel y abre la caja. Cuando David pellizca una cuerda, se le para el corazón. No puede respirar. Le viene todo a la cabeza: la afinación antes de un concierto, la emoción de tocar en público, la belleza pura de la música. Pensaba que todo eso pertenecía ya a otro mundo, uno que dejó atrás. Da un paso hacia el cuarto de estar y ve a David encorvado sobre el violín, pellizcando las cuerdas con suavidad. Entonces ve las lágrimas silenciosas que le bajan por las mejillas y caen en la madera barnizada.

Se sienta a su lado y le coge el instrumento. Ahora es ella quien pellizca las cuerdas y cierra los ojos mientras ajusta las clavijas hasta dar con la nota que busca. El calor de la mirada de David le quema la piel. Quiere recuperar a la Sarah de antes. Se da cuenta. Su anhelo por la mujer que conoció una vez es palpable.

Cuando termina de afinar, Sarah se pone de pie y se encaja el violín debajo del mentón. Con la otra mano coge el arco y lo separa mucho, como si fuera a disparar una flecha. Así se siente, como si estuviera a punto de entrar en una batalla. Es tiempo otra vez de luchar por la vida que tenían. Reúne todo su valor y toca las primeras notas de *Eine kleine Nachtmusik*, de Mozart, la pieza preferida de David.

Mientras toca lo mira. «Esto es para ti —le está diciendo sin palabras—. Para ti».

Están tan absortos el uno en el otro que no reparan en el niñito que está en la puerta observando, escuchando con expresión maravillada. Cuando Sarah por fin descubre su presencia y dirige la vista hacia él, Sam no le da la espalda como suele, sino que la mira a los ojos. Sarah recuerda al recién nacido que la miraba mientras le daba el pecho. Por fin ha atisbado al hijo que dejó atrás. Sosteniéndole la mirada, sigue tocando sin saltarse una sola nota y el corazón se le llena de música.

68

París, 14 de septiembre de 1953

Sam

Me mandan al colegio. Por mucho que lo odie, no pienso llorar. Me acuerdo de la carta de papá. Soy más valiente de lo que creo. Madre de Mentira y yo caminamos casi juntos, pero ella va con un pie en la calzada por lo estrechas que son las aceras. El corazón me late deprisa, como si acabara de correr los cien metros, pero no es así. Solo estoy caminando.

Cuando llegamos a la escuela, veo entrar a un montón de niños. Me paro y leo el letrero: *L'École des Hospitalières-Saint-Gervais*. Suena más a hospital que a escuela. Igual es una escuela para niños enfermos. Igual ahora soy un niño enfermo.

Todos entran solos, pero «ella» me acompaña y vamos por un pasillo con moqueta gris que lo vuelve todo tranquilo y silencioso. No sé si vamos al despacho del director. Supongo que querrá conocerme porque soy nuevo y, probablemente, un caso especial. Eso dice la gente cuando habla de niños que se portan mal.

Nos paramos delante de una puerta donde dice «Monsieur Leplane». Madre de Mentira me mira y me doy cuenta de que está casi tan asustada como yo. Le devuelvo la mirada como si me importara un bledo, pero en realidad me duele la barriga y las piernas me pican muchísimo.

Llama a la puerta y la abre un hombrecito con pelo negro rizado.

—*Entrez, entrez* —dice como si tuviera prisa. Cuando estamos dentro se queda de pie detrás de su mesa, de la que asoman libros por todos lados, como si fueran a caerse al suelo. Se baja las gafas y me mira por encima de ellas—. *Bonjour, Samuel.*

Sé que está esperando que yo diga algo, para comprobar si hablo francés, pero las palabras francesas siguen sin salirme. Ni siquiera cuando quiero que me salgan. Como ahora.

—Hola —balbuceo.

Frunce el ceño y le dice algo en francés a Madre de Mentira. Esta se inclina para mirarme a los ojos y susurra:

—*Au revoir*, Sam.

No contesto. Pero entonces se marcha y de pronto no quiero estar allí solo. Monsieur Leplane vuelve a su lado de la atestada mesa y se sienta.

—Samuel, *assis-toi.* —Señala una silla.

Obedezco y me siento encima de las manos. Si las dejo libres sé que empezaré a rascarme. Fotografías de fila tras fila de escolares con expresión seria me miran desde la pared detrás del director.

—Tu padre me ha explicado tu historia.

¡Habla inglés!

Se quita las gafas para verme mejor.

—Samuel, sabemos que esto es duro para ti, pero este es tu sitio. Este es tu verdadero hogar. —Se pone las gafas—. Y vamos a hacer todo lo posible para ayudarte a adaptarte a tu nueva vida aquí. No va a ser fácil, no al principio, pero cuando empieces a relacionarte con otros niños las cosas comenzarán a… ser más fáciles.

No me puedo contener; me rasco la pierna a través del pantalón. Parece amable y habla muy bien inglés, pero me doy cuenta de que está de parte de «ellos». No de la mía. De la mía no hay nadie. Este pensamiento hace que se me forme un nudo en la garganta. Pestañeo para ahuyentar las lágrimas. No pienso llorar. No lo haré.

—Déjame contarte algo sobre la historia de esta escuela —dice con voz queda—. Tiene que ver con tu historia, pero la tuya termina mejor.

«¡Es una estupidez de historia!», quiero gritar. Pero no lo hago y sigo rascándome las piernas.

—La mañana del 16 de julio de 1942, dos años antes de que nacieras, casi todos los niños de esta escuela fueron detenidos. En septiembre solo quedaban cuatro. ¿Te lo imaginas? ¿Detener a niños? ¿Sabías qué delito habían cometido?

Creo que conozco la respuesta, pero no digo nada.

Me mira, esperando.

—¿Nacieron en el lugar equivocado? —mascullo.

—Sí, podría decirse así. Eran judíos cuando ser judío era un delito.

Sigo sin saber muy bien qué significa ser judío; creo que tiene algo que ver con la religión. Sé que Hitler odiaba a los judíos; quería matarlos a todos, incluso a los bebés.

—Los nazis convirtieron ser judío en un delito.

—¡Mi padre no era un nazi! ¡Usted ni siquiera lo conoce!

—Sé que no lo era, Samuel. No he dicho eso. —Viene hasta mi lado de la mesa y me pone una mano en el hombro—. Tu padre, Jean-Luc, hizo una cosa muy valiente. Te salvó de los nazis. No estaba hablando de él. Quienes detenían a los niños y los entregaban a los nazis eran los gendarmes. Creo que muchas personas hicieron cosas de las que después se arrepintieron. La guerra tiene ese efecto en las personas.

—Yo quiero a mi padre, es el mejor padre del mundo entero. —Me trago el enorme nudo que tengo en la garganta.

—Haces bien en quererlo, Samuel. Nadie te está pidiendo que dejes de hacerlo. Pero has de saber que tu madre de aquí también hizo una cosa muy valiente, algo que pocas madres tendrían la fortaleza de hacer. A pesar de que solo tenías un mes, renunció a ti porque sabía que era tu única oportunidad de sobrevivir. Ha perdido todos estos años sin ti y ahora quiere recuperarte. ¿Lo entiendes?

Me encojo de hombros. No quiero pensar en ella.

El director me mira, esperando a que diga algo.

—No soy de su propiedad —susurro.

—Por supuesto que no. Nadie es propiedad de nadie, pero el lugar de los niños es con sus padres.

—Mis padres están en América.

—Eso creías tú. Pero ahora sabemos que están aquí, en Francia.

—¡No! Mi madre y mi padre de verdad están en América.

—Y algún día serás lo bastante mayor para ir a visitarlos tú solo, pero de momento tienes que dar una oportunidad a tu nueva vida. Tiene muchas ventajas; puedes aprender francés, descubrir tu historia, conocer otra cultura...

—No quiero. Odio estar aquí.

Se rasca la cabeza y me mira como si intentara entender alguna cosa. Quizá está meditando sobre mi problema. Tengo la sensación de que me entiende mejor que los agentes y esa señora psicóloga con la que hablé. De esos ninguno entendía que soy americano y no francés.

—Basta de historia por hoy. —Mira su reloj—. Ahora pensemos en el futuro. Para que el futuro sea mejor, necesitamos educar a los jóvenes, ¿verdad? Así que vamos a ello.

Es como los demás. No quiere ayudarme. Me seco la cara y me digo que algún día volveré a casa, a América. Juro que algún día lo haré.

—Vamos a conocer a tu clase —dice.

Cuando llegamos al aula, los niños están sentados en pupitres de madera individuales. Todos se ponen de pie. «*Bonjour*, monsieur Leplane», dicen a la vez antes de volver a sentarse.

La profesora es una señora con pelo largo rizado y piel morena. Cuando me sonríe con amables ojos castaños, me recuerda a mamá. Me pone una mano en el hombro y me conduce a la parte delantera de la clase. No sé muy bien lo que dice para presentarme, pero oigo *les États-Unis*, que es América. Los niños me miran, estudiándome. No sonríen y yo tampoco.

Me sientan al lado de un niño que se llama Zack. Para mi alivio, me sonríe cuando tomo asiento. Tiene pinta de divertido, con su ancha sonrisa y un hueco entre los dos dientes delanteros.

—Soy medio americano —me dice—. Podemos ser amigos.

Por fin alguien con quien hablar.

La profesora encuentra la *stylo plume* en mi plumier y me la pone en la mano. Zack me deja copiar, pero hay que escribir mucho y empieza a dolerme la mano. Noto que me está saliendo una ampolla en la parte de dentro del dedo corazón.

Cuando suena la campana del recreo, sigo a Zack al patio.

—Mi padre es americano —me explica mientras salimos—. Conoció a mi madre cuando los soldados americanos vinieron a liberar París. Saltó del camión cuando la vio entre la gente y le dio un beso. Todos los soldados americanos estaban dando besos a las chicas francesas. —Ríe—. Mi madre me dijo que estaban tan contentas de haberse librado de los nazis que por eso se dejaban besar.

No sé qué decir, así que me limito a sonreírle.

—Eso fue en 1944 y yo nací en 1945 —dice con orgullo.

Así que es un año más pequeño que yo. Supongo que me han puesto en un curso más bajo porque no hablo francés. Me muero de ganas de hacer pis y me pican otra vez las piernas.

—Tengo que ir al baño.

Me mira un momento antes de contestar.

—Están allí. —Señala un pequeño edificio de cemento.

Salgo corriendo. Cuando llego hay un grupito de chicos. Me van a poner a prueba, lo sé. Levanto la cabeza y evito sus frías miradas al pasar. Las puertas están abiertas y veo que los váteres son agujeros de esos en el suelo. No pasa nada, me digo. Tengo muchísimas ganas; llevo aguantándolas toda la mañana. Y también quiero rascarme las piernas. Entro en un cubículo, pero no hay pestillo y apesta a caca. Se me revuelve el estómago y de repente se me han quitado las ganas de hacer pis. Solo quiero salir, pero para eso tengo que pasar por entre el grupo de chicos. Cometo la equivocación de mirarlos.

Empiezan a silbar bajito. No sé qué hacer.

Uno de ellos me empuja fuerte dentro de un cubículo. Mis pies tropiezan y resbalan. Me agarro a la pared con las manos. Está viscosa. Me dan ganas de vomitar y oigo risas a mi espalda.

Entonces suena la campana y los oigo salir corriendo. Me trago la arcada. Me bajo deprisa los pantalones, un momento antes de que el pis me caiga por las piernas.

Cuando consigo encontrar mi clase, todos están escribiendo en silencio. La profesora me sonríe y me señala mi silla.

—¿Te has perdido? —susurra Zack cuando me siento.

Digo que sí con la cabeza. No pienso llorar. No lo haré.

Tenemos que copiar más palabras y es tan aburrido que pierdo la noción del tiempo. Al cabo de un rato suena otra vez la campana.

—Hasta después de comer —me dice Zack al salir.

—¿Qué?

—Después de comer —repite.

—¿Vamos a comer a casa?

Madre de Mentira está con las madres de verdad a la puerta. La veo buscarme y las venas de su largo cuello sobresalen. Bajo la cabeza y me pierdo entre los otros niños. ¡Podría agacharme y salir corriendo! Me guardo esta información importante para más tarde y me dejo arrastrar por la marea de niños.

De camino a casa, paramos en la *boulangerie* para comprar una baguette. Se la cojo a la señora y, mientras andamos, voy arrancando trocitos y metiéndomelos en la boca.

Espero a que Madre de Mentira se enfade, pero solo me toca el hombro.

—*Tu as faim après l'école, n'est-ce pas?*

Se cree que tengo hambre, pero se equivoca. Solo quiero enfadarla. Cuando llegamos al apartamento, voy derecho al baño del pasillo y me agacho sobre el agujero del suelo. Después me lavo las manos y doy vueltas y vueltas a la pastilla de jabón hasta que solo veo espuma. Noto cómo el jabón se hace más y más pequeño.

—Sam —me llama Madre de Mentira—. *Ça va?*

Junto las manos y aprieto para que el jabón salga disparado y caiga al suelo y lo aplasto con el zapato, lo froto contra el suelo hasta que está todo resbaladizo. Salgo con el jabón pegado a la suela del zapato, aplastándolo de camino a la cocina. Hago estas cosas tan malas porque me hacen sentir un poco mejor. Antes nunca hacía cosas así; ni siquiera se me ocurrían.

La veo mirar el suelo y sé que ha visto la que he montado. Confío en que me grite. No sé por qué, pero quiero que se enfade.

—*Enlève tes chaussures, Sam.*

Se agacha y me suelta los cordones. Le miro la nuca y me pregunto cuántos años se cree que tengo. ¿Cuatro?

La dejo que me quite los zapatos. Está fingiendo que no ha visto el jabón pegajoso. Entonces me mira y veo que tiene los ojos verdes brillantes de lágrimas. Parpadea e intenta sonreír, pero sé que en realidad tiene ganas de llorar. Me hace sentir mal por dentro. Muy mal. La miro cortar lo que queda de la baguette y ponerla en el cestillo del pan. Luego saca un cuenco de zanahorias ralladas y lo pone también en la mesa.

—*Assis-toi.*

Obedezco y me siento. Ella se sienta a mi lado y comemos pan y zanahorias. Rebaño el plato con pan, igual que ella. Ya no tengo ganas de portarme mal. Entonces sirve carne y patatas en los platos vacíos. De postre hay tarta de manzana y los gajos de manzana son finos y perfectos.

—*Viens* —dice cuando terminamos.

La sigo hasta el cuarto de estar, la habitación más fea de todo el apartamento, con su sofá de dos plazas color dorado en el centro y grandes sillas de madera a los dos lados. No hay televisor, solo libros en una vitrina.

Saca uno, se sienta en el sofá y me hace señas para que me siente a su lado.

Lo hago, pero solo porque me da pena. Aunque no demasiada… Si quisiera, podría dejarme volver a América. Abre el libro y empieza a leer en voz alta. No entiendo una sola palabra y me pongo a pensar en que igual podría darle a Zack una carta para mi madre y pedirle que la eche al correo.

69

París, 14 de septiembre de 1953

Sarah

¿Cómo es posible que un niño de nueve años se quede dormido a la una de la tarde? Sarah mira cómo le pesan los párpados a Sam mientras le lee en voz alta. Tiene que despertarlo para llevarlo de vuelta al colegio.

Es porque no duerme bien de noche. Lo oye llorar, y a veces grita en sueños; palabras americanas afiladas y furiosas que no entiende. Durante el día a menudo está letárgico; se lo encuentra hecho un ovillo en la cama, dormido en pleno día. Otras veces es silenciosamente agresivo e idea planes para sacarlos de quicio. Y luego está lo de las piernas. Todas las palabras que no dice le salen por esa piel irritada, llorosa.

¿Cuánto tiempo puede permitir esta situación? David le dice que sea fuerte, que resista, pero a ella le da la impresión de que están siendo crueles, no fuertes.

Cuando vuelven al colegio después de comer, Sam arrastrando los pies dos pasos por detrás de Sarah, esta no puede evitar maldecir a Charlotte Beauchamps. ¿Por qué motivo no le habló en francés al pobre niño? ¿Por qué quiso privarlo de su lengua materna? Sarah no le encuentra sentido; la única explicación es que Charlotte sea una mujer de escasos principios que estaba feliz de escapar de Francia y olvidar su pasado, a su familia incluso.

—¡Hola, Sam!

Un niño con una mata de pelo rizado se acerca corriendo con una sonrisa de oreja a oreja.

—Hola, Zack.

Sarah se vuelve a mirar a su hijo, sorprendida por su tono de voz. Es el de un niño feliz, normal, como cualquier otro. Zack saluda a Sarah con dos besos en las mejillas. Sarah le sonríe. Qué niño tan agradable y educado.

—*J'aide Sam en français* —anuncia orgulloso—. *Mon père est Américain.*

¡Adiós al método inmersivo! Aunque la verdad es que le importa un comino; simplemente se alegra de ver que Sam ha hecho un amigo.

Los dos niños se marchan juntos hacia la clase sin dignarse a echar una mirada hacia atrás. Por primera vez, Sarah tiene la impresión de que a su hijo le sucede algo normal. No puede reprimir el sentimiento de esperanza que se apodera de ella. Vuelve a casa más animada, pensando en lo importantes que son los amigos a estas edades y que ahora, con ayuda de Zack, Sam pronto se sentirá más aclimatado.

Cuando llega a casa entra con su llave y la sorprende oír voces procedentes del cuarto de estar. Desconcertada por que David esté en casa a esta hora de la tarde, va a su encuentro.

—*Bonjour.*

Mira al desconocido que está bebiendo té en una taza de su mejor juego de porcelana.

—Sarah, es Jacob Levi. Nos hemos conocido en la sinagoga. —David se levanta del sofá.

—Encantado de conocerla. —El desconocido se levanta y besa a Sarah en ambas mejillas—. David me ha estado hablando de su asombrosa historia.

Asombrosa no es la palabra que usaría Sarah. Trágica, quizá, escalofriante, terrible, inimaginable, pero asombrosa no. No sabe qué decir, de manera que se sienta en el sofá. Los hombres hacen lo mismo. Un silencio incómodo se instala en la habitación y Sarah se pregunta de qué estarían hablando antes de que llegara ella.

David tose.

—Queda un poco de café si te apetece, Sarah.

—No, gracias.

—Estábamos hablando de París durante la guerra, del miedo. —Jacob mira a Sarah con ojos sombríos y serios—. Yo me fui en 1939, antes de que las cosas se pusieran... imposibles. Teníamos familia en Nueva York. Nos acogieron.

Sarah se pregunta por qué siente la necesidad de dar estas explicaciones.

—De haberlo sabido, también nosotros nos habríamos marchado —dice David con la vista fija en su taza.

—Pues claro. Por entonces nadie imaginaba..., nadie podía imaginar... —Jacob no termina la frase.

—No —toma la palabra David—. Una cosa era deportar a inmigrantes, pero que deportaran también a ciudadanos franceses fue algo que nadie esperaba. Cuando nos dimos cuenta de que teníamos que irnos, era demasiado tarde.

—Desde luego. —Jacob deja su taza en el plato. Parece pensativo y Sarah se pregunta por qué está allí realmente—. Aunque yo ya lo había visto. —Hace una pausa—. Empieza siempre con medidas insignificantes, cosas con las que se puede vivir, como por ejemplo que te prohíban tener una bicicleta o un aparato de radio. Te sientes incómodo, aislado, pero la vida sigue. Entonces, nuevas restricciones hacen más incómoda la situación: limitan los lugares a los que puedes ir, las tiendas en las que puedes comprar. Ya no se te permite relacionarte con gentiles. —Coge la taza—. Y por último te quitan tu medio de vida. Entonces se vuelve prácticamente imposible mantener a tu familia; tus hijos pasan hambre y empiezas a pensar: «Están intentando matarnos». Pero para entonces es demasiado tarde. Ya no tienes ni el dinero ni los contactos para salir. En otras palabras, eres una presa fácil.

Sarah ha oído este argumento antes y siempre se avergüenza de su ingenuidad durante la ocupación de París, de cómo pudieron David y ella pensar que, por ser ciudadanos franceses con un nombre francés, de tercera generación y residentes del elegante *arrondissement* 16 estarían a salvo. Habían sido testigos de la gran redada del 42, y aun así no habían hecho planes de huida. No habían querido escapar. ¿Fue por orgullo o no habían querido ver la realidad?

Sabe que David va a intentar defender su falta de iniciativa.

—¿Presa fácil? Sí. Primero tuvimos que cosernos la estrella amarilla, después solo podíamos viajar en el último vagón del Métro. ¡Pero como los boches viajaban en los de delante nos parecía bien! Luego se nos prohibió cruzar les Champs-Élysées, entrar en teatros o restaurantes. Lo siguiente fue permitirnos comprar solo en determinadas tiendas. —Tose y se tira de la barba—. Sarah y yo nos conocimos en el verano de 1940. Celebramos una boda íntima pocos meses después y nos mudamos a un pequeño apartamento que tenían mis padres en el distrito 16.

—¿Trabajaba?

—Sí, era uno de los pocos judíos que aún tenía un empleo y lo conservé hasta 1943.

—Eso dice mucho de usted.

—La investigación sobre el cáncer que estaba haciendo era importante; me necesitaban. Pensé que estábamos a salvo. No comprendíamos lo peligroso de nuestra situación, no hasta que nos estalló en la cara.

—Desde luego. Fue algo inaudito. Imposible de imaginar. Pero los dos demostraron mucha inteligencia al sobrevivir tanto tiempo en París.

—Sobrevivir es la palabra, sí. —David se suelta la barba—. Cuando me quedé sin trabajo, comprendimos que era todo a lo que podíamos aspirar: a sobrevivir.

—Debieron de contar con la ayuda de buenos amigos.

—Así fue, pero no nos escondimos, solo intentamos no salir del apartamento. Los amigos nos traían comida cuando podían y, si Sarah necesitaba salir, usaba un abrigo sin la estrella amarilla. —Se queda pensando—. Era un dilema constante, llevar o no la estrella. Si la llevabas te exponías a una detención aleatoria, pero si no la llevabas... y te pedían los papeles se terminaba todo. Tampoco podías llevarla unos días sí y otros no. La gente empezó a saber quién era o no judío. Y siempre había alguien dispuesto a denunciarte.

—Eso es lo que me cuesta más trabajo comprender... Todas esas denuncias.

—El caso es que antes de la guerra casi nadie sabía que éramos judíos. Nuestro nombre no revelaba nada; mi padre no era judío, solo mi madre. —David calla y se tira otra vez de la barba—. Se los llevaron un año antes que a nosotros. No quisieron irse a un refugio la noche en que les avisamos.

—Lo siento. —Jacob hace una inclinación de cabeza.

El silencio llena la habitación.

Al cabo de unos minutos, David toma la palabra de nuevo.

—En un sentido estricto, Sarah es más judía que yo, su padre y su madre lo eran.

Los dos miran a Sarah, pero esta no quiere pensar en sus padres. Se traga el nudo que tiene en la garganta y se obliga a hablar.

—Para mí era menos peligroso salir. Era más fácil que pararan a David. Se habían llevado a casi todos los hombres de París, así que un varón llamaba la atención. En cambio casi nadie se fijaba en una mujer escuálida como yo. Éramos muchas, haciendo cola durante horas para conseguir comida. Casi siempre nos dejaban en paz.

—Después de la guerra... —Jacob vacila—, ¿cómo es que no volvieron a su apartamento en el distrito 16?

—Demasiados recuerdos —se apresura a decir Sarah.

—Queríamos estar con los nuestros. —David asiente con la cabeza—. No queríamos volver a la vida de antes; además había alguien en nuestro apartamento.

Jacob menea la cabeza.

—Fue algo habitual. Todavía hay muchas personas luchando por recuperar sus casas. —Tose y deja su taza en el plato—. Es un milagro que sobrevivieran a Auschwitz. —Se vuelve a mirar a Sarah—. Los dos.

—Ciento noventa días —susurra Sarah.

—Éramos jóvenes —dice David— y más fuertes que los prisioneros que llevaban tiempo allí. Fuimos en uno de los últimos trenes. ¿Cuándo salió, Sarah?

Tiene la fecha grabada en la memoria: 30 de mayo de 1944. El día que entregó a su hijo. Sabe que también David la recuerda; solo ha hecho la pregunta para incluirla en la conversación.

—Una semana antes del día D —dice—. Una semana justa.

Nunca ha sido capaz de pronunciar la fecha en voz alta.

—Sabíamos que la guerra no podía durar mucho más —continúa David—. Teníamos que resistir. Saber que Samuel estaba vivo nos hacía seguir adelante. Era nuestra fortaleza secreta, la luz que nos guiaba.

—David se las arregló para pasarme mensajes. —Sarah habla con voz queda, más y más ensimismada a medida que le vienen recuerdos a la cabeza.

—Éramos jóvenes y teníamos un corazón fuerte. —David se levanta y se sienta al lado de Sarah. Le pasa un brazo por los hombros—. Teníamos razones para luchar por nuestras vidas. Y lo hicimos.

El silencio llena la habitación mientras los tres piensan en aquellos que no volvieron. A Sarah le gustaría que Jacob se marchara para ir a echarse un rato. Le pesa el corazón y su cuerpo se ha quedado sin energía, lánguido.

Como si le leyera el pensamiento, Jacob se pone de pie.

—Bueno, ya les he robado demasiado tiempo. Tengo ganas de conocer a Samuel, pero no hay prisa. Dios siempre estará dispuesto a acogerlo en su seno. Cuando ustedes lo consideren oportuno.

Sarah asiente con la cabeza y deja que David lo acompañe a la puerta. A continuación, sin decir palabra, va al dormitorio y se acuesta en la oscuridad, con las contraventanas aún cerradas de la noche anterior.

70

París, 17 de septiembre de 1953

Sam

—¿Quieres jugar a las canicas? —me pregunta Zack en el recreo. Nos unimos a un grupo de niños arrodillados en el suelo y Zack saca un saquito verde—. Te dejo las mías hoy. —Me da tres. Son de las transparentes, con colores que parecen plumas en el centro. Miro de cerca la azul; no es azul liso, sino que tiene dos tonos, igual que mi canica favorita de casa. Me la guardo en el puño y me duele la barriga de lo mucho que echo de menos mi hogar.

Miro a los otros niños hacer triángulos con las manos y guiñar los ojos para tirar sus canicas. Me siento en el suelo con ellos. El olor a asfalto caliente me recuerda a la pasarela de la playa y a cuando me quemaba los pies en verano. El recuerdo es como un puñetazo en el estómago y se me saltan las lágrimas. Pero las ahuyento y me obligo a concentrarme en el juego. Siempre se me han dado muy bien las canicas. Me tumbo y coloco mi canica sin prisa. Con un ojo cerrado, la tiro con la fuerza justa. Si le doy demasiado fuerte se pasará; si le doy flojo, se quedará corta.

«¡Sí!».

—*Pas mal* —dice uno de los niños mayores. Quiere decir que no está mal, lo que en realidad significa muy bien. Es como cuando un profesor te dice que has trabajado muy bien, pero mejor.

Miro al niño.

—*Merci.*

Me hace una inclinación de cabeza. Seguro que un gesto así es señal de respeto.

Otro niño me empuja.

—*Mais dépêche-toi. La cloche va sonner.*

Entiendo lo que ha dicho: va a sonar la campana. Las palabras francesas se cuelan dentro de mi cabeza igual que fantasmas que atraviesan paredes. No me importa mucho, pero lo que no pienso hacer es hablar en ese idioma.

Después del recreo toca música. Zack me dice que al profesor lo llaman Tonton Marius porque es del sur. Debo de poner cara de no entender nada, porque añade—: Es por Marcel Pagnol.

—¿Quién es ese?

—*Mon Dieu!* Desde luego no sabes nada. Es un escritor famoso y el protagonista de sus novelas se llama Marius y es del sur. ¿No has visto *Manon des Sources*? La estrenaron el año pasado.

Digo que no con la cabeza y me pongo colorado. No estoy acostumbrado a ser el que no entiende las cosas.

—Yo he estado una vez en América —dice Zack en tono más amable—, pero no me acuerdo; tenía solo un año. Dice mi padre que hay que llevarme otra vez cuando sea mayor. ¿Es verdad que allí todo el mundo tiene un televisor?

—Supongo. Todas las personas que conozco lo tienen, pero no estoy seguro de si eso quiere decir que todos los que viven en América lo tienen.

—¡Hala! ¿Y son todos ricos?

—No creo.

Me acuerdo del barrendero; no parecía rico. Nunca había pensado en esas cosas.

Después de clase de música con Tonton Marius, toca matemáticas. Siempre se me han dado bien y no hay palabras, solo una lista larguísima de sumas. Las hago enseguida.

La profesora camina entre las filas de pupitres y cuando encuentra un error da un golpecito en el tablero con la regla. Se coloca detrás de mí.

—*Bien, Samuel, ça se voit que tu as déjà fait des mathématiques.* —Tiene voz suave, como una canción. La miro y sonríe. Supongo que me ha dicho que lo estoy haciendo bien—. *Maintenant, il faut travailler ton français.*

Más tarde me dice Zack:

—¿Quieres venir a mi casa a jugar después de clase?

—¡Desde luego! —Cualquier cosa es mejor que volver a ese apartamento deprimente—. ¿Puedes decirle a tu madre que se lo pregunte a Sarah?

—¿Quién es Sarah?

—La señora que me viene a buscar.

—¿Cómo? Creía que era tu madre.

—No, mi madre está en Estados Unidos.

—Pero si dijo monsieur Leplane que habías venido a París a vivir con tus padres. Dijo que te habían mandado a otro país, que te habían «desplazado», por la guerra.

—Ah, ¿sí? Pues no se sabe la historia entera. Es secreta.

—¿Cómo que secreta?

—Se supone que no lo puedo contar.

—Pero a mí se me da muy bien guardar secretos. Te lo juro por mi vida.

Se lleva una mano al corazón y me mira tan serio que tengo ganas de reír.

—Te lo contaré en cuanto pueda, Zack. Te lo prometo. Pero todavía no.

—De acuerdo.

Nos damos un apretón de manos y me siento muy mayor.

—Pero estoy seguro de que Sarah me dejará ir a tu casa.

Así que, siguiendo lo planeado, Zack le dice a su madre que le pregunte a mi Madre de Mentira si puedo ir a jugar a su casa.

Parece gustarle la idea y me sonríe como si fuera la mejor noticia que le han dado en su vida.

—Vamos, ha dicho que sí.

Zack tira de mí. Vuelvo la cabeza y veo a Madre de Mentira siguiéndonos mientras habla con la madre de Zack.

—¿Viene también ella? —pregunto.

Zack se vuelve a mirarlas.

—Sí, supongo. ¿Por qué?

—Nada, por saberlo.

¡Porras! Seguro que le está contando todo a la madre de Zack. Ahora Zack se va a enterar y sabrá que le he mentido y será el fin de nuestra amistad. ¿Qué puedo hacer?

—Zack —digo—. Tengo que contarte un secreto. Cuando estemos solos.

71

París, 17 de septiembre de 1953

Sarah

Sam tiene un amigo. Es la llamita de esperanza por la que ha estado rezando. Ha pasado una tarde de lo más agradable charlando con la madre de Zack y su nueva amiga ha resultado ser una interlocutora comprensiva, deseosa de escuchar y de ayudar si está en su mano. Una oleada de optimismo la envuelve mientras imagina un futuro en el que Sam juega con sus nuevos amigos mientras David y ella conversan con los padres; salidas en grupo los fines de semana, almuerzos campestres en verano, visitas al zoo, a parques y a museos.

—¿Más té? —ofrece la madre de Zack.

—Gracias, no. Debe de ser tarde; tenemos que irnos. Lo he pasado muy bien. —Mira su reloj: ¡las seis y media! David estará a punto de volver del trabajo. Se preocupará al ver que no están—. Lo siento muchísimo. —Se pone de pie—. No sabía que fuera tan tarde. Muchas gracias por invitarnos.

Sam arrastra los pies durante el camino de vuelta. Lo hace adrede porque sabe que ella tiene prisa. Cuando se para a mirar un escaparate, Sarah le coge de la mano y tira de él.

—*Allez*, Sam. Es tarde.

La fuerza con la que se resiste el delgado brazo la deja atónita. Lo suelta. No tiene sentido pelearse con él, solo empeorará las cosas, así que finge mirar el escaparate ella también. Sabe que Sam no tardará en aburrirse y seguir andando.

Dos minutos más tarde así lo hace y esta vez Sarah se comporta como si no tuvieran ninguna prisa.

Cuando entran en el apartamento, se encuentran a David detrás de la puerta.

—¿Dónde estabais?

Sarah nota cómo Sam se pone rígido.

—Samuel ha hecho un amigo en el colegio. He conocido a su madre y hemos merendado juntos.

Ve como David deja de contener la respiración.

—Estaba preocupado.

Sarah le toca el brazo.

—Perdona, se me ha pasado el tiempo volando.

—No, me alegra que lo hayáis pasado bien. ¿Qué habéis hecho?

—Tomar el té y charlar.

Sam se escabulle a su habitación.

—Voy a ir a saludarlo como es debido —dice David.

Sarah lo sigue por el pasillo hasta el cuarto de Sam. Cuando llaman a la puerta y entran, Sam levanta la cabeza de la mesa y guarda un trozo de papel malva en el cajón.

—*Bonsoir, Samuel.* —David parece fingir que no ha visto nada, pero Sarah no puede evitar preguntarse qué habrá en ese papel—. *Alors, c'était comment, l'école?*

David entra más en la habitación. Sam los mira a los dos alternativamente.

—Bien —dice por fin.

—*Bien, bien.* —David sonríe—. *C'est une bonne nouvelle. Je suis content.*

Sarah se va a hacer la cena. A los pocos minutos David se reúne con ella en la cocina.

—Parece más contento ahora que ha empezado el colegio.

Sabía que estar con niños de su edad ayudaría. —Saca dos copas de vino y echa un chorrito de zumo de grosella negra antes de añadir vino blanco—. ¿Qué tal es su amigo?

—¿Zack? Estupendo, muy cortés y bien educado. Su madre también es encantadora.

—¿Cómo se comunican los niños?

—Ya sabes cómo son. Siempre encuentran la manera.

Sarah tose para disimular su incomodidad por haber dicho una mentirijilla. No quiere ver la decepción en la cara de David cuando le explique que el amigo de Sam es anglófono.

—Sí, claro. —David calla un momento—. Todo va a salir bien, ¿a que sí, Sarah?

Esta coge su copa y espera a que David tenga la suya. Brindan mirándose a los ojos, pero Sarah no contesta a la pregunta. Sigue sin estar segura de que todo vaya a salir bien.

Da un sorbo de su *kir royale*.

—Es difícil llegar a él. Muy difícil. Como si tuviéramos que escalar una montaña altísima y ni siquiera estuviéramos seguros de qué paisaje nos encontraremos al llegar a la cima.

—¿Qué quieres decir?

—Bueno, pues que se adaptará. No le quedará otra. Pero no sé si será capaz de querernos algún día.

72

París, 17 de septiembre de 1953

Sam

Conseguí por los pelos esconder la carta en el cajón cuando entraron en mi habitación. No es que fueran a entender lo que ponía, pero habrían visto que estaba en inglés y averiguado a quién estaba escribiendo.

La saco. Esta vez pongo un libro cerca por si de repente tengo que taparla. Leo lo que he escrito.

> Querida mamá:
>
> Te quiero. Te echo tanto de menos que me duele por dentro. Eres la mejor madre del mundo y papá el mejor padre. Me da igual lo que digan los demás. No lo entienden. Mis padres de mentira son muy raros. A él lo llamo Señor Barbudo porque tiene una barba que raspa un montón. Papá y tú sois mis verdaderos padres y voy a encontrar la manera de volver a casa. Así que no te preocupes. Ojalá hubiéramos conseguido llegar a México. Odio estar aquí. Te quiero.

Me concentro mucho en hacer buena letra, con cuidado de no levantar la pluma del papel excepto entre palabras. No sé qué más contarle. Todavía no tengo un plan, pero quiero que sepa que lo voy a intentar.

Se abre la puerta. Se me pone el corazón en la garganta. Escondo enseguida la carta debajo del libro, lo abro y finjo leer.

Señor Barbudo viene hasta la mesa.

—*Ça va, Samuel?* —Se inclina sobre mi hombro—. *Qu'est-ce que tu lis?*

Sé que quiere saber lo que estoy leyendo.

—*Tintin.*

—*Laisse-moi le lire pour toi.*

Quiere coger el libro, pero yo soy más rápido y pongo los codos encima para mantener oculta la carta. Señalo la estantería.

—Ese —digo.

Saca un libro.

—*Les Trois Mousquetaires! Bien, très bien!*

Es *Los tres mosqueteros*, el libro preferido de papá.

Señor Barbudo lo abre y empieza a leer.

Dejo *Tintin* abierto en la mesa con la carta escondida debajo y finjo escuchar, pero en realidad estoy pensando en qué más puedo poner en la carta e imaginando la cara de mi madre cuando me presente en casa.

Me doy cuenta de que Señor Barbudo ha dejado de leer y me está mirando. Tiene el ceño muy fruncido, como si intentara entender alguna cosa. Entonces dice:

—*Samuel, je sais que c'est difficile pour toi, même très difficile. Mais on t'aime et on va faire tout pour que ça marche.*

Significa que es difícil para mí, pero que tenemos que seguir adelante. Bueno, por lo menos creo que ha dicho eso.

¡Ay, no! Viene a la mesa otra vez. Veo que va a coger *Tintin* y a descubrir la carta. La saco corriendo de debajo del libro y dejo que caiga al suelo. La tapo con el pie.

—*Essayons* Tintin *maintenant. C'est plus amusant.*

¡Lo sabía! Menos mal que he quitado la carta.

Coge el libro de la mesa y empieza a leer otra vez, poniendo voces distintas para cada uno de los personajes. Chillona e infantil para Tintin y malvada y rastrera para los malos. Pero lo que mejor hace es el perro. Casi me hace reír. Mientras da voces, se mueve por la habitación agitando los brazos e interpretando los papeles. Me quedo mirándolo. La verdad es que hace muy bien las voces. Sé que quiere hacerme sonreír y estoy a punto. Está intentando ser divertido y simpático, pero eso no cambia nada. No quiero que sea mi padre. Nunca querré.

73

París, 18 de septiembre de 1953

Sarah

Anoche Sarah se asomó al cuarto de Sam y lo que vio hizo que se le formara un nudo en la garganta. David le leía en voz alta y Sam daba la impresión de estar escuchando de verdad, con los ojos fijos en su padre y no en un horizonte invisible, como de costumbre. Volvió de puntillas a la cocina y rezó una plegaria silenciosa de agradecimiento.

Hoy es viernes y el *sabbat* empieza cuando se pone el sol. Después de dejar a Sam en el colegio, Sarah vuelve a casa a preparar el *challah*, el pan dulce que parten antes de empezar a comer. Puesto que no está permitido trabajar entre la noche de hoy y la del sábado, tiene que asegurarse de dejarlo todo preparado. Eso significa comprar los ingredientes y cocinar también para el día siguiente. Disfruta de los preparativos casi tanto como del *sabbat*. El ritual la reconforta. Cuenta las velas y las coloca en los candelabros.

Decide limpiar la casa antes de comprar y cocinar. Primero recoge la cocina, después el cuarto de estar y por fin los dormitorios. Mientras hace su cama recuerda todas las noches que David y ella pasaron rezando por encontrar a Samuel, intentando pensar en cómo localizar al trabajador del ferrocarril de Drancy, el que tenía una gran cicatriz que le llegaba casi al ojo en uno de los lados de la cara. Los nazis llevaban registros minuciosos, así que no fue difícil averiguar su nombre. El Servicio de Rastreo Internacional se ocupó del caso, pero les dijeron que el proceso podía tardar años. Y así fue.

La espera y las falsas esperanzas eran difíciles de sobrellevar y, después de cinco largos años, David le dijo que tenían que rendirse y aceptar su pérdida. Sarah no parecía ser capaz de mirar hacia delante. En ocasiones, cuando cerraba los ojos, aún podía sentir la suavidad sedosa de la cabeza de su hijo en los labios, su olor a leche y a inocencia. Estaba convencida de que no estaría completa hasta que no lo encontrara y en el fondo de su ser sabía que seguía vivo. Lo sentía, igual que había sentido latir su corazón cuando lo llevaba dentro. David era de la opinión de que debían intentar tener otro hijo, pero Sarah no sabía cómo explicarle que su cuerpo se había convertido en algo extraño que le inspiraba repulsión. La primera vez que se miró en el espejo después de Auschwitz, creyó estar ante el fantasma de la Sarah que murió en el campo. Estaba irreconocible. Los huesos le sobresalían en extraños ángulos, de la cabeza le brotaban ralos mechones grises y sus ojos eran como las cuencas de una calavera. Esta imagen permaneció con ella mucho tiempo y tardó casi un año en reunir valor para mirarse otra vez en un espejo. Necesitaba volver a conocerse. A ella y a David. Ambos habían cambiado.

Pero el tiempo pasaba. Despiadado e indiferente. Las semanas se convirtieron en meses, los meses en años. Años durante los cuales su hijo aprendía a querer a otra mujer como su madre, a otro hombre como su padre. Habría vendido su alma con tal de recuperar los nueve años sin Samuel.

Intenta no recrearse en la sensación de pérdida, intenta recordar lo afortunados que han sido comparados con muchos otros. Están vivos y su hijo también. Es mucho más de lo que esperaban cuando se los llevaron a Drancy aquella sombría mañana, solo dos días después de que diera a luz.

Entra en el cuarto de Sam, ordena los libros de la mesa, le dobla la ropa desperdigada por el suelo, la guarda en cajones y armarios. Coge su almohada con la intención de ahuecarla, pero lo que hace es aspirar su olor, ese aroma infantil a sudor dulzón.

Deja la almohada y se ordena a sí misma dejar de remolonear. Hay mucho por hacer hoy, pero está agotada. Descansará solo cinco minutos; eso le dará energías para seguir adelante. Se tumba en la cama de Samuel, cierra los ojos, aspira su olor. La invade una sensación de paz que la hace sentirse más cerca de su hijo de lo que se ha sentido desde que este llegó.

Cuando abre los ojos, se siente preparada para enfrentarse a las tareas del día. Se levanta y saca las sábanas y la manta para hacer la cama como es debido. Repara en una hoja de papel malva. Sin pensar, la saca y la mira. Es una carta.

La suelta como si quemara. Aunque no entiende todo lo que dice, sí comprende lo bastante. Acuclillada en el suelo, se lleva las manos al estómago para intentar calmar el dolor que le brota desde muy dentro. Es la misma sensación de cuando rompió aguas antes de dar a luz a Samuel.

74

París, 18 de septiembre de 1953

Sam

Es viernes, pero me gustaría que fuera lunes. No conseguí sacar la carta de debajo de la cama antes del colegio. Ahora tendré que esperar a que pase el fin de semana. Prefiero ir al colegio a estar con Madre de Mentira y Señor Barbudo. Ojalá hagamos otro *goûter* en casa de Zack. Igual puedo pedir que me dejen quedar con él durante el fin de semana.

Me siento decepcionado cuando todos van derechos a casa después de clase. Nadie queda para jugar. Y, cuando entro en mi cuarto, veo que hay ropa elegante encima de la cama, pantalones negros y una camisa blanca, igual que el viernes pasado.

Oigo la puerta de entrada y al poco aparece en mi habitación Señor Barbudo.

—*C'est Shabbat, Samuel.*

Se inclina y me da un beso en la frente. De pronto me duele el estómago al acordarme de cuando mi padre llegaba a casa del trabajo, de cómo me abrazaba y de su olor a jabón de limón. «¿Cómo está hoy mi hombrecito?», preguntaba. El agujero que tengo dentro se vuelve a abrir.

—Vete, vete —susurro. Pero noto que sigue ahí, lo oigo respirar, rascarse la barba. Entonces escucho sus pisadas que se alejan y la puerta. Se ha ido. Ahora podré sacar la carta y terminarla.

Me tumbo en la cama y meto la mano por uno de los lados del colchón. Pero no está ahí. Saco las sábanas. ¡Menos mal, sale volando! Está toda arrugada, así que la aliso, luego saco la pluma de mi cartera y me siento en la mesa a terminarla: «Volveré pronto, mamá. No puedo quedarme mucho más tiempo aquí. Encontraré la manera de volver». El lunes se la daré a Zack.

Estoy guardándola otra vez en uno de los lados de la cama cuando entra Madre de Mentira. Al principio se queda quieta, muy pálida, con esos ojos verdes brillantes como los de un gato. Luego señala la ropa que está encima de la cama.

—*Ce soir on fête Shabbat. Il faut que tu t'habilles avec ces vêtements.*

Quiere que me ponga otra vez esa ropa tan fina. Sale de la habitación porque sabe que no me pienso vestir delante de ella. Seguro que le preocupa que haga pis encima de las prendas, pero no quiero hacer la misma cosa mala dos veces. Sería aburrido. Además sus ojos brillantes me hacen sentir mal, un poco como cuando echo de menos mi casa.

Cuando salgo de mi habitación vestido con la ropa elegante, veo que ha encendido las velas, igual que el viernes pasado. Hacen más acogedor este apartamento tan deprimente, pero también son un poco siniestras. Madre de Mentira se ha puesto un vestido negro largo y se ha recogido el pelo. Tiene aros de oro en las orejas y sus ojos verdes parecen muy tristes en la luz parpadeante. La miro; la verdad es que es bastante guapa. Por un segundo me pregunto cómo serían las cosas si ella fuera mi verdadera madre. Igual me caería bien. Supongo que sí, y Señor Barbudo lo mismo. A los niños siempre les caen bien sus padres. Qué pensamiento tan raro.

Me sonríe y abre los brazos. Yo paso de largo.

Baja las manos. Señor Barbudo la besa en la mejilla y ocupa

su lugar en la mesa. Señala la silla a su lado. Tengo las piernas como si me ardieran y me duele mucho el estómago.

—Voy al baño.

Salgo corriendo antes de que le dé tiempo a decir: «*Toilettes, Samuel*».

Salgo al oscuro pasillo. Por suerte no hay nadie en el retrete. Echo el pestillo y me bajo los pantalones para mirarme las vendas. Me rasco por encima, pero no es suficiente. Así que meto la mano por debajo e hinco las uñas. Esto está mejor. La venda se suelta y empieza a desenrollarse. Al menos así podré rascarme a gusto.

—*Samuel?* —oigo a Señor Barbudo detrás de la puerta—. *Tout va bien?*

Me sobresalta.

—*Oui* —grito e intento vendarme otra vez las piernas. Casi se me olvida tirar de la cadena.

Me sonríen cuando vuelvo al comedor. Me gustaría preguntarles qué es todo esto; por qué los viernes hacen una cena especial, pero no invitan a nadie. Señor Barbudo recita una oración y corta un pan alargado brillante. Pone las rebanadas en un cestillo y me lo pasa. Me meto un trozo en la boca. Estoy muerto de hambre. Sabe rico, como el brioche que tomamos a veces de *goûter*. Después hay una especie de estofado de carne con muchas guarniciones. Madre de Mentira y Señor Barbudo hablan. Oigo mi nombre todo el rato y a veces me miran como si esperaran que dijera algo, pero yo no levanto la vista del plato.

Después de cenar recogemos la mesa, pero nadie lava los platos. La cocina está hecha un desastre, con cacharros sucios apilados en el fregadero. Me sorprende que no recojan. Pero se van al cuarto de estar. Señor Barbudo me sujeta del hombro con una mano, así que no me puedo escapar a mi habitación para estar tranquilo. Bueno, supongo que podría, pero no me molesto en intentarlo.

Madre de Mentira le da a Señor Barbudo un libro grande y él lo coge con cuidado, como si se fuera a romper. Supongo que es la Biblia. Se sienta en una de las sillas de madera y pasa las páginas. Yo me siento en el sofá dorado con Madre de Mentira. Hay un silencio mientras Señor Barbudo elige la historia que va a leer. La reconozco enseguida por la lista de parejas de animales que no se acaba nunca. Algunos de los nombres son iguales en francés e inglés. Como *lion*, *tigre*, *léopard*. Entiendo que *crotale* es serpiente de cascabel por el siseo que emite Señor Barbudo después de decir la palabra. Me pregunto cómo se dice diluvio en francés. Pero me está entrando sueño y las palabras se confunden unas con otras como en una canción que no me sé. Apoyo la cabeza en el brazo del sofá.

75

París, 19 de septiembre de 1953

Sarah

Sarah se despierta temprano, como suele estos días. David ronca suavemente a su lado. Se inclina sobre él e intenta leer la hora en el reloj, pero en la penumbra no distingue las manillas. Decide levantarse de todas maneras; será agradable tomarse un café a solas, ordenar sus pensamientos antes de empezar el día. Sale de la cama sin hacer ruido y se pone las zapatillas.

En la cocina, llena el molinillo de granos de café y gira la manivela. Preparar café lleva tiempo, pero el olor la reconforta y el proceso la tranquiliza. Desde que volvieron de Auschwitz, las tareas cotidianas le proporcionan un placer que no sentía antes. Ahora, cuando friega los platos, limpia concienzudamente cada uno y después los seca hasta que brillan. Antes los habría dejado a remojo. Pero estos rituales la ayudan a controlar los nervios.

—¿Ya estás despierta? —David entra en la cocina—. ¿Qué hora es?

—No lo sé. Deben de ser las siete.

—¿Qué te apetece hacer hoy?

—No lo sé.

Sus sábados solían tener una rutina: sinagoga por la mañana, seguida de un almuerzo sencillo en casa y un paseo por Le Marais a última hora de la tarde. Pero ahora necesitan encontrar cosas que hacer, cosas que puedan gustarle a un niño de nueve años. Sarah echa de menos ir al templo y sabe que David también.

—David, ¿por qué no vas tú a la sinagoga y yo me llevo a Samuel a dar un paseo? Quizá hasta las Tuileries.

—Me gustaría que fuéramos los tres al templo, como una familia. No me apetece ir solo.

—Ya lo sé. —Sarah le da la espalda para poner el café molido en el filtro—. Pero pasará un tiempo antes de que pueda ir. Ahora solo se disgustaría y es posible que luego no quiera volver.

Mira a David, que tiene el ceño fruncido.

—Entiende mejor el francés de lo que nos quiere hacer creer.

—Ya lo sé. —Sarah sonríe al pensar en lo mucho que se ha obstinado Sam en no aprender francés cuando es evidente que su cerebro lo absorbe como si fuera una esponja—. Pero en Estados Unidos ni siquiera iba a la iglesia... Bueno, solo en Navidad y Pascua.

—Qué extraño debe de ser educar a un hijo sin religión. ¿Cómo puedes enseñarle valores y principios sin un referente?

Sarah lo mira y por un instante se pregunta si tiene razón, si esto significa que Sam no tiene ni valores ni principios. Pero le cuesta creer algo así. A pesar de su ira y de su necesidad de demostrarles que no quiere estar con ellos, Sarah ve que tiene buenos modales y una sensibilidad hacia los demás que intenta ocultar. En realidad no quiere hacerles daño; solo quiere irse a casa.

—Por lo menos tiene nociones de religión —continúa David—. Sabe quién es Dios. Ha estado en una iglesia. —Frunce el ceño y Sarah se da cuenta de que está decidiendo algo. Entonces añade—: Creo que es importante enfatizar que se trata del mismo Dios. Necesitamos encontrar, siempre que sea posible, cosas que tengamos en común.

—¿Y qué me dices de la Navidad?

David le sonríe.

—¿Navidad? Me parece que te estás adelantando.

—Sí, pero ya sabes que en Estados Unidos es todo un acontecimiento. Todo el país lo celebra.

—Supongo que siempre podemos hacerle regalos y fingir que los ha traído un hombre gordo y bonachón con abrigo rojo y barba blanca. —Sonríe—. No hacemos daño a nadie, ¿no te parece?

Sarah sabe que está siendo irónico y no se encuentra de humor. David siempre se ha negado en redondo a celebrar la Navidad. Absorta en sus pensamientos, añade agua hirviendo al café del filtro.

—¿Está todo preparado para hoy? —David le pone una mano en el hombro.

—Sí. La comida está hecha y ayer limpié.

—Bien. —David le coge la cafetera—. Ahora, siéntate. Hoy es un día para el descanso y la oración. Sé que te gusta mantenerte ocupada, pero recordemos a Dios en este día especial.

¿Cómo va a decirle que esto es lo que más la inquieta? ¿De qué manera puede explicarle que se ha olvidado de cómo se reza? Su cabeza rebosa desconcierto y dudas; ya no sabe distinguir entre el bien y el mal. ¿Es malo querer recuperar a su hijo? ¿Es malo castigar al hombre que lo salvó? Ella no había querido que lo castigaran. Cada vez que piensa en ello, se le encoge el corazón por el sentimiento de culpa. Al parecer era algo que no dependía de ellos, ¿pero pena de cárcel? Le parece muy injusto. Todos han sido castigados, demasiado y durante demasiado tiempo. Sarah solo quiere que el sufrimiento se termine. A veces tiene la sensación de ser la receptora del dolor de todos, de absorberlo hasta notar el corazón lleno a reventar. Se siente sobrepasada. Ha rogado a Dios que la guíe, que le dé fuerzas, pero le parece que Dios ya no la escucha.

Atendió sus plegarias cuando le rogó que mantuviera a su hijo con vida. Eso debería haber bastado. Pero no. Sarah quería más. En su avaricia y su egoísmo, quería recuperar a su hijo no solo para amarlo, también para poseerlo.

76

París, 21 de septiembre de 1953

Sam

Lunes por fin. Yupi. Qué contento estoy de perderlos de vista.

Saco la carta terminada para mi madre de debajo del colchón y me la guardo en la cartera. Tengo muchas ganas de dársela a Zack para que la eche al correo. Incluso tengo cincuenta céntimos para el sello. Los he robado del monedero de Madre de Mentira.

En cuanto llego a clase y me siento, se la doy.

—Zack, necesito que me hagas un favor. ¿Me puedes echar esta carta al correo?

Zack le da la vuelta a la carta.

—¿Por qué no la mandas tú?

—No me dejan.

—Ah, ya. Bueno, de acuerdo, entonces.

Se guarda la carta y el dinero en el bolsillo.

—¿Vas a poder mandarla hoy?

—Claro. Le diré a mi madre que debo mandar una carta a un amigo por correspondencia que tengo en Estados Unidos. Nunca le escribo, pero él a veces a mí sí.

—Gracias, Zack, eres un buen amigo.

Zack me da una palmadita en la espalda. Me siento muy mayor, como si fuéramos dos hombres tramando un plan.

—No olvides mandarla por correo aéreo —añado.

—Pues claro.

El resto del día es igual que el lunes pasado. Redacción por la mañana, recitar poesía, gimnasia, luego a casa a almorzar y vuelta al colegio para clase de matemáticas y tal vez música o dibujo. En cierta manera, ir a comer a casa no está tan mal. Puedo descansar de los otros niños y comerme una baguette calentita y riquísima recién salida de la *boulangerie*.

Solemos jugar a las canicas, pero ahora he enseñado a Zack el backgammon y a veces jugamos después de clase. Se le da muy bien, pero no tanto como a mí. Sigo teniendo la sensación de vacío, pero cuando estoy con Zack me imagino que estoy en casa jugando con Jimmy y me olvido de ella un rato. Lo peor es cuando estoy solo en el apartamento con Madre de Mentira y Señor Barbudo. Las piernas siempre me pican más por las noches. Igual soy alérgico a algo que hay en el apartamento. Papá es alérgico a los plátanos; si los come, le sale un sarpullido. Quizá mi sarpullido es así. Las piernas me pican como locas en cuanto llego a casa después de clase y normalmente voy directo al baño a rascarme.

El jueves me doy cuenta de que se me olvidó poner el remite a la carta. ¿Cómo va a poder escribirme mi madre? ¡Qué tonto soy!

77

París, 28 de septiembre de 1953

Sarah

Sam sigue manteniendo la barrera que se ha construido alrededor, se empeña en no aprender francés. Pero, a pesar de sus esfuerzos, Sarah se da cuenta de que cada día lo entiende mejor. Sin darse cuenta, ha empezado a seguir instrucciones en lugar de poner cara de no comprender nada, como hacía al llegar. Sarah le lee todos los días después de comer y David todas las noches antes de dormir. A veces Sam ni la mira a los ojos, y Sarah siente que está a mil kilómetros de allí, pero otras ve reconocimiento en su mirada, cuando la historia o un personaje le resultan familiares. Es fácil leer los ojos de Sam, pasa como con los de David. Ninguno de los dos puede evitar mostrar sus emociones en ellos. Sarah ha visto el odio y la rebelión en los de Sam, el desconcierto y la decepción en los de David. Ambos son orgullosos, obstinados.

Cuando entra en el cuarto de Sam se siente pequeña e indefensa. Sam está en su mesa, haciendo garabatos en un trozo de papel. Cuando Sarah mira por encima de su hombro, se apresura a tapar el papel con el brazo.

—*Sam, est-ce que tu veux jouer au backgammon?*

—*Non, merci* —contesta él de inmediato.

—*On pourrait lire une histoire ensemble?*

—*Non*.

No sabe qué más decir. Es evidente que Sam no la quiere allí.

—*Viens m'aider à la cuisine.* —El último intento.

Sam empuja la silla ruidosamente y el chirrido de las patas en la vieja tarima de madera de roble sobresalta a Sarah. Sam se pone de pie y se vuelve a mirarla. Sus ojos castaños están apagados y fríos.

—Quiero volver a Estados Unidos.

A Sarah le pesa demasiado el corazón dentro del cuerpo. Hace ademán de tocar a Sam y, por primera vez, este no da un respingo, sino que la mira a los ojos.

—Ay, Sam. —Intenta tirar de él hacia ella. Sam se abandona levemente y los ojos de ambos están a un palmo de distancia. Sarah sabe que nunca lo tendrá más cerca—. *Sam, chéri, est-ce que tu peux me donner une petite chance?*

Los ojos de Sam se llenan de lágrimas.

—Solo quiero irme a mi casa.

78

París, 24 de octubre de 1953

Sam

Creo que Madre de Mentira está empezando a rendirse. A veces la sorprendo mirándome con esos ojos verdes de gata. Parecen tan tristes que no puedo evitarlo, me da pena. Pero ella me obligó a venir aquí, así que es su culpa. ¿No podían haberme dejado en paz?

A veces me río con Zack, pero cuando está «ella» tengo cuidado. No debe pillarme nunca riendo, ni siquiera sonriendo. Con Señor Barbudo no hay peligro de eso, excepto quizá cuando lee *Tintin* y pone voz de perro o de niña pequeña para el malo.

Pero pasa el tiempo y puede que pronto todos empiecen a pensar que me he acostumbrado a vivir en París. Las palabras francesas comienzan a tener sentido; son palabras que se me han metido en la cabeza aunque he intentado bloquearlas. Pero nunca jamás seré francés. Aunque viva aquí cien años.

Tengo que escaparme. Igual podría ir a la cárcel en la que han metido a papá. Se llama La Santé y está aquí, en París. Se creen que no sé dónde está mi padre, pero no soy tan tonto como les hago creer. Los he oído hablar de ello y, aunque era en francés, entendí algunas cosas y oí el nombre. Me acuerdo porque *santé* significa «salud» y pensé que sonaba más a hospital que a cárcel.

Pero es una idea absurda. Papá no puede ayudarme; está prisionero, como yo. Y, de todas maneras, no me dejarían entrar. Apuesto a que me traerían directamente de vuelta aquí. No creo ni que dejen entrar a los niños en las cárceles.

Hoy es sábado y los dos van a salir sin mí. Creo que han dicho que iban de compras, o igual a la sinagoga, no estoy seguro. Lo que sí sé es que estarán fuera un rato porque me han dejado un plato con albóndigas, pan y una manzana en la mesa de la cocina.

Estoy tan emocionado que tengo el corazón aceleradísimo, como si fuera a hacer una carrera. ¡Es mi oportunidad! Me obligo a esperar diez minutos para asegurarme de que se han ido de verdad antes de coger mi cartera y meter la comida en el bolsillo delantero. Seguramente solo me durará un día, así que abro el armario, cojo una caja de galletas y la meto también. Ahora tengo que darme prisa. Siempre puedo comprar más comida si lo necesito. Estoy preparado. No. Espera. ¡Dinero!

Voy al recibidor y veo que Madre de Mentira se ha dejado el monedero encima de la mesa. En el compartimento delantero hay un billete de cinco francos. Es mucho dinero, y sumado al que me den por el anillo, puede ser suficiente. Vuelvo corriendo a mi cuarto y cojo un jersey, pero justo cuando voy a salir me fijo en el cofrecito de los tesoros encima de la mesa. Lo guardo en la cartera.

Ahora el pasaporte. Vuelvo al recibidor y abro el cajón del buró, saco todos los papeles y documentos y los palpo en busca del librito delgado con una fotografía en la parte delantera. Pero no hay nada parecido. Solo papeles.

Podría irme sin él. Además, si me cuelo en el barco no lo necesitaré. En cambio, si consigo comprar un billete, tendré que enseñar el pasaporte. Voy al cuarto de estar, pero allí no hay armarios ni cajones, solo una estantería llena de libros. Paso los dedos por los lomos para ver si está encajado entre ellos. Pero no encuentro nada. ¿Dónde puede estar?

¿En su habitación? Nunca he entrado y no me apetece hacerlo, pero necesito ese pasaporte. Abro despacio la puerta y me asomo con cuidado, aunque sé que no están. Huele a polvo y a viejo y los postigos están cerrados. Cuando enciendo la luz, veo una cómoda de madera barnizada debajo de la ventana, pero no creo que el pasaporte esté ahí porque los cajones son demasiado grandes, como para ropa. Miro la cama; ni siquiera parece lo bastante ancha para dos personas. Hay mesillas a ambos lados. Deduzco que Señor Barbudo duerme en el izquierdo porque hay un periódico en la mesilla y siempre está leyendo periódicos.

Abro el primer cajón del otro lado. Está lleno de fotografías, la de encima es una mía en mi casa, en la playa. Me la guardo en el bolsillo y sigo buscando. Mis dedos chocan con el borde de un librito. Lo saco. ¡Es un pasaporte! Lo abro, pero no es mi foto. Es la de «ella». Lo dejo y busco otra vez. Hay otro pasaporte. Esta vez sí es el mío. Me lo guardo en el bolsillo y salgo corriendo.

79

París, 24 de octubre de 1953

Sam

Me cae un goterón de lluvia en la cara. Cuando levanto la cabeza, veo nubarrones grises cruzando el cielo. Pero es tarde para dar la vuelta y coger un abrigo; tengo que llegar a la estación Saint-Lazare. Por la profesora del colegio me he enterado de que los trenes que salen de Saint-Lazare van a El Havre y de que El Havre es un puerto enorme del que salen todos los barcos.

Pero primero tengo que vender el anillo. No quiero hacerlo aquí. Sería mejor encontrar un sitio lejos del apartamento, donde nadie me reconozca. La rue de Rivoli está llena de tiendas y puedo ir andando. La lluvia cae a mi alrededor y me mojo mientras corro entre la gente. Cuando llego a la calle principal, encuentro piernas que me engullen y codos y bolsos de esquinas afiladas se me clavan en los hombros. Me siento pequeño e invisible mientras me mezclo con la gente y me dejo arrastrar por su marea.

Pronto me doy cuenta de que estoy frente a unos grandes almacenes, La Samaritaine. No quiero entrar, así que ahora tengo que ir contracorriente. Me alegro cuando por fin consigo liberarme, aunque ahora la lluvia me está empapando.

Voy fijándome en los escaparates, pero no encuentro joyerías. Entonces veo a un hombre y una mujer que salen de una tienda llevando un paraguas y mirando algo que él lleva en la mano. Sé que tiene que ser un anillo.

Respiro hondo, entro en la tienda y voy directo al mostrador.

—*Bonjour, monsieur.* —Me pongo de puntillas y me saco el anillo del dedo para enseñárselo al hombre—. *Je veux vendre.*

El hombre me mira. Sus fríos ojos oscuros me hacen estremecer. Se pone a gritar en francés, enfadado. Las únicas palabras que entiendo son: «*Non! Non! Et non!*».

Me guardo el anillo en el bolsillo y salgo corriendo de la tienda.

¡Zas! Me choco con alguien. Cuando levanto la cabeza, veo un hombre alto con uniforme. ¡Un poli! Me grita en francés, pero no entiendo ni una palabra de lo que dice. Tengo las piernas de gelatina y el corazón fuera del pecho. ¿Y si me detiene? ¿Me llevará a la cárcel? Me quedo paralizado.

—*Allez! Allez!* —Me da un empujón en el pecho.

¡Menos mal! Solo quiere que me quite de en medio. Doy media vuelta y echo a correr. Tengo que salir de esta calle. Hay demasiada gente. Igual debería olvidarme de vender el anillo y buscar el tren a El Havre.

Me pregunto a qué hora volverán a casa Madre de Mentira y Señor Barbudo. ¿Cuánto tiempo tengo? Se pondrán como locos cuando vean que me he ido. Seguro que llaman a la policía. Pero París es una ciudad enorme y nunca me encontrarán entre tanta gente.

Justo delante de mí veo la M de Métro. En letras curvas sobre la escalera está escrito Hôtel de Ville. Bajo corriendo las escaleras y veo torniquetes, necesito sacarme un billete.

Hay personas detrás de ventanillas vendiendo billetes, voy hasta una y miro a la mujer. Parece muy severa. Me entra miedo e intento hablar con mi mejor francés.

—*Une ticket, s'il vous plaît, madame. Pour Saint-Layzare.*

Me mira con desprecio.

—*Pardon?*

—*Une ticket pour Saint-Layzare.*

—*Quoi?*

Ahora parece enfadada de verdad, pero estoy seguro de haberlo dicho bien.

—*Il veut dire un ticket pour Saint-Lazare* —dice una señora detrás de mí.

—*Ah, bon. J'ai rien compris avec son accent. Trente centimes alors.*

Treinta céntimos. Mientras me saco las monedas del bolsillo, me vuelvo para dar las gracias a la señora. Su sonrisa me alegra el corazón. Es igual que la de mamá y tiene los ojos del mismo color marrón chocolate.

—*Comment tu t'appelles?* —pregunta.

—Sam.

—*Sam? Pas Samuel?*

—*Non, je suis Américain.*

—*Américain? Dites donc. Quel âge as-tu?*

—*Douze ans* —miento y me pongo más erguido.

—*Douze ans?*

Me doy cuenta de que no me cree. Pone la misma cara que mamá cuando digo una mentira; esa sonrisa que me da a entender que no la engaño.

La señora simpática se saca su billete y la sigo hasta el Métro. En el tren, que circula muy deprisa por los túneles, observo a los otros pasajeros. Un hombre con una boina calada hasta los ojos me mira con expresión sombría. Aparto la vista. Se quita la boina y no puedo evitar quedarme mirando su calva reluciente.

—*Es-tu tout seul?* —Se inclina hacia delante y me toca la rodilla con la boina.

Me encojo en mi asiento y miro a otro lado.

Sigue observándome cuando el tren frena con un chirrido, así que me bajo, aunque solo he avanzado una parada. Cosa rara, la señora simpática también se baja y la sigo. Sé que se supone que tengo que ir a Saint-Lazare, pero me apetece quedarme cerca de ella. Y decido que puedo intentar vender el anillo otra vez y luego volver al Métro. Salimos a una plaza rodeada de cafés. Cuando la señora la cruza, yo hago lo mismo. Pasa junto a una iglesia grande que se parece un poco a Notre-Dame y luego sube por una calle. El letrero de la calle dice «Rue Montorgueil». Pasamos delante de una tienda que vende chocolate, otra que vende quesos y luego otra que vende pescados apestosos y viscosos.

Entra en una pastelería con la palabra «Stohrer» escrita en azul. En el escaparate hay filas ordenadas de *éclairs* de chocolate, tartaletas de limón con adornos de chocolate negro y bollos de los que asoman jugosas pasas. Me ruge el estómago y busco la comida que llevo en la bolsa. Me meto una albóndiga en la boca. Puaj, sabe a cuero, como la cartera. Preferiría un *éclair* de chocolate.

Pero no tengo tiempo. Quiero vender mi anillo. Paso corriendo delante de las tiendas que venden comida y de personas que gritan *Poisson frais de ce matin! Huitres d'Arcachon! Pommes de la ferme!* Entonces oigo pisadas detrás de mí, como de metal contra el empedrado, la clase de pisadas que darían un poli o un soldado. Rítmicas. Firmes. El sonido me asusta. Quiero volverme a ver quién es, pero si me reconocen…, bueno… ¿Y si resulta que ya me están buscando? Echo a correr y no me paro hasta que las pisadas desaparecen.

Ahora las tiendas parecen más sucias y grises. Miro a una mujer en un portal. Lleva medias como telarañas negras estiradas sobre la piel blanca y su falda parece de plástico rojo. Me hace una mueca con unos labios morados horribles.

—*Qu'est-ce que tu veux?*

No me gusta esta calle, es siniestra. Y estoy cansado, mojado y hambriento. Veo una sastrería con maniquís desnudos en el escaparate. Luego hay una tienda con las palabras *Prêteurs sur gages* escritas en un trozo de cartón pegado al escaparate. Tengo el presentimiento de que es un sitio donde puedes vender cosas usadas. Lo he visto en una tienda cerca del apartamento.

Estoy muy asustado, pero abro la puerta de todas maneras, enderezo la espalda, me estiro para parecer más alto, aparento ser más valiente y mayor. Voy hasta el mostrador. Un hombre delgado con cara brillante sale de una puerta que hay detrás. Apoya los codos en el mostrador y me mira.

—*Oui?*

Me saco el anillo del bolsillo y se lo enseño.

Lo coge sin decir palabra y le da la vuelta entre sus dedos huesudos. Tiene las uñas sucísimas. Intento parecer tranquilo, pero tengo escalofríos en la espalda.

Me mira. Se ha fijado en lo que hay grabado.

—*S. L. 1944. C'est toi?*

Asiento con la cabeza.

—*Cinq francs.*

No estoy seguro de que un anillo de oro cueste eso.

—*Dix francs* —digo armándome de valor.

Sonríe enseñando unos dientes amarillos y torcidos. Luego niega con la cabeza y deja un billete de cinco francos en el mostrador.

Lo cojo y me voy corriendo.

80

París, 24 de octubre de 1953

Sarah

David lleva las bolsas de la compra a la cocina.

—Ve a ver a Samuel —dice Sarah—. Yo coloco la compra.

Saca el pastel de frambuesa de la parte de arriba de la bolsa y lo deja con cuidado en la mesa. Es caro, pero lo han comprado porque es el favorito de Sam. Comida, piensa. Cómo fantaseaba sobre ella, cómo invadía sus sueños. Y ahora la tienen; en realidad, ahora pueden tener lo que quieran. Y sin embargo sigue sintiendo el vacío.

—Sarah. —David está en la puerta, muy pálido.

—¿Qué pasa?

—No está en su habitación.

—Mira en el cuarto de estar. Seguramente se ha quedado dormido en el sofá.

—Ya he mirado. No está ahí tampoco.

—Entonces ha debido de ir al retrete.

David niega con la cabeza y se mira los pies.

—Ve a ver. Tiene que estar allí.

Sarah sale corriendo al pasillo. El retrete está abierto. Empuja la puerta. Está vacío.

—¡Sam! ¡Sam! —Vuelve corriendo al apartamento y mira en todas las habitaciones. Esperando contra toda esperanza—.

¡No está! —Busca a David, las rodillas le flaquean, se le deshacen, el suelo cede bajo sus pies. David la sujeta por los hombros y la lleva hasta una silla de la cocina—. ¿Qué vamos a hacer? —Sarah traga aire a bocanadas. Siente que se ahoga—. Debemos llamar a la policía. ¡Deprisa! ¡Llámala! —El corazón le late en los oídos, tiene el pulso acelerado—. ¡David! ¡Por favor!

—Sarah, hay que pensar antes. ¿No se te ocurre dónde puede haber ido? ¿Con algún amigo?

—¿Qué? Sí. Con Zack. Vamos a preguntar.

Se levanta de un salto y se dirige a la puerta de entrada. David corre detrás de ella, la coge del codo y la retiene.

—Sarah, espera. Por favor.

—Tenemos que darnos prisa. Podría estar ya muy lejos. ¡Ay, Dios mío! ¿Adónde habrá ido?

—Tranquilízate un momento. Por favor.

Se lleva la mano a la garganta como para contenerse. Entonces corre de nuevo a la puerta. Están desperdiciando un tiempo precioso. Sabe que deben encontrarlo antes de que se aleje demasiado. Es muy pequeño, muy ingenuo, no entiende lo crueles que pueden ser las personas, no sabe que ahí fuera hay personas muy enfermas.

—Yo voy a esperar aquí por si vuelve —le grita David.

Sarah no se detiene y sigue corriendo hacia casa de Zack. Es este quien le abre la puerta.

—¿Has visto a Sam? —pregunta Sarah sin saludar siquiera.

Zack frunce el ceño y niega con la cabeza.

—Por favor, Zack. Podría estar en peligro. ¿No tienes ni idea de dónde puede haber ido?

Zack vuelve a negar con la cabeza. Sarah lo mira a los ojos en busca de alguna pista. Entonces sale la madre.

—¿Qué ha pasado? —Frunce el ceño igual que su hijo.

—Sam ha desaparecido. ¿Lo has visto?

—No.

—¿Estás seguro, Zack? Piensa despacio, por favor. ¿Sabes dónde puede haber ido?

Sarah cuenta los segundos mientras espera la respuesta.

—Puede que haya vuelto a Estados Unidos —susurra Zack por fin.

¡Pues claro! ¿Adónde va a ir si no? Solo de pensarlo a Sarah le entran ganas de reír, histérica. ¿Cómo se le ha ocurrido a Sam que puede viajar solo hasta allí? Tiene que ir ahora mismo a la policía. Vacila un instante, preguntándose si pasar antes por casa. Decide que no. El tiempo es oro.

Corre a la gendarmería. Llega jadeando, sin aliento. Es como si todo avanzara a cámara rápida, todo excepto el agente sentado detrás de una mesa de madera. Él va a cámara lenta. Se pone de pie y se rasca la barriga.

—Mi hijo... ¡ha desaparecido! ¡Ayúdeme!

El aliento le araña la garganta.

Demasiado despacio, el agente levanta un dedo gordezuelo y aprieta un timbre que hay en su mesa. El agudo timbrazo trae a otro agente, un hombre más alto y delgado.

—Por aquí, señora. —Sarah lo sigue hasta un cuartito—. Siéntese. —Saca una silla de plástico.

Pero Sarah no quiere sentarse. Quiere que el agente salga corriendo a buscar a su hijo.

—¿Nombre? —pregunta el agente sosteniendo una pluma sobre una libreta.

—Samuel Laffitte. Por favor, solo tiene nueve años. Necesitamos encontrarlo enseguida.

—Madame Laffitte, no podemos empezar a buscarlo hasta que no sepamos algunos detalles. Estoy seguro de que me comprende.

Sarah asiente con la cabeza y se le llenan los ojos de lágrimas de impaciencia. Se las traga y trata de responder a las preguntas despacio y con calma.

El agente toma notas y de tanto en tanto levanta la vista; cada vez tiene más arrugas alrededor de los ojos.

—Creo que debemos ir al apartamento —dice—. A ver si encontramos alguna pista y también para hablar con el padre.

Van al apartamento en un coche de la policía. El agente pone la sirena, algo que Sarah interpreta como una buena señal. Quiere decir que entiende la urgencia de la situación.

David abre la puerta antes de que les dé tiempo a llamar.

—¡Se ha llevado el pasaporte!

—¡No! ¡Por favor, no! —Sarah se recuesta en la pared con una mano en el estómago.

—Por favor, mantengan la calma. Lo vamos a encontrar, madame Laffitte. —El agente de policía se vuelve hacia David—. ¿Qué más se ha llevado? ¿Dinero?

—Es posible. No lo sé.

—¿Tienen idea de adónde puede ir si se ha llevado el pasaporte?

—A California —susurra Sarah.

—¿California?

—Allí vive su familia adoptiva. Solo lleva con nosotros desde mediados de julio. —La voz de David es inexpresiva, monótona.

—Sí, madame Laffitte me ha puesto al corriente de la situación. Muy desafortunada. —El agente carraspea—. Tenemos suerte de saber dónde quiere ir, porque sus opciones son limitadas. No podrá subirse a un avión, pero eso no significa que no lo intente; los niños carecen de esa capacidad de pensar por adelantado. Así que puede estar camino del aeropuerto, y en ese caso será bastante fácil dar con él. O tal vez vaya a un puerto. O a visitar a monsieur Beauchamps a la cárcel. Esa sería la opción más sencilla para nosotros. Vamos a telefonear a La Santé para comprobarlo.

—¡Pero si él no sabe en qué cárcel está!

—Tenemos que considerar todas las opciones. La mayoría de los niños vuelven a casa al cabo de veinticuatro horas, cuando les entra hambre. —Hace una pausa—. Enviaremos un par de hombres al aeropuerto.

Sarah desearía que lo hiciera ahora mismo. Están desperdiciando unos minutos preciosos. El agente sigue hablando.

—También vamos a telefonear a El Havre. Podrán registrar los trenes que lleguen y los barcos que salgan.

—Pero El Havre no es el único puerto. ¿Y si ha ido a Calais o a Dunkerque?

—Cierto. Los telefonearemos también y alertaremos a la policía de las estaciones.

—Pero ¿y si ya está allí y se ha bajado del tren? Nosotros hemos salido de casa a mediodía y ahora son las tres. Le ha dado tiempo a llegar.

Sarah se deja caer en una silla con la cabeza dándole vueltas, llena de posibilidades.

—Nuestros hombres inspeccionarán los barcos que salgan del puerto. No se preocupen. Lo encontraremos. ¿Tienen una fotografía reciente?

Sarah va a buscar las fotografías que le envió Charlotte Beauchamps antes de que llegara Sam. También tiene otra foto igual que la del pasaporte. Se las da todas al agente sin decir palabra.

Este las mira y se las guarda en su cartera de piel.

—Los mantendré informados. ¿Tienen ustedes teléfono?

—Sí —contesta David enseguida.

—Habrán de quedarse aquí, por si vuelve a casa. No se preocupen, lo encontraremos.

David lo acompaña a la puerta.

Sarah nota una nueva punzada de dolor agudo, como si hubiera una serpiente retorciéndose alrededor de sus intestinos. Se dobla en dos. Susurra mentalmente: «Por favor, Dios mío, por favor. Perdóname. Ya lo salvaste una vez. Sálvalo de nuevo. Nunca te pediré nada más. Mantenlo a salvo. Renunciaré a él. Por favor, tráelo de vuelta, te lo suplico».

81

París, 24 de octubre de 1953

Sam

Cuando se enciende el motor y el tren avanza no puedo evitar ponerme a temblar. *Au revoir, Paris.*

Me ruge el estómago. Supongo que debería comer algo; quizá me ayude a entrar en calor. Abro la bolsa y saco el pan. Pongo dentro las albóndigas y le doy un mordisco. Sabe a rancio y a cuero, y además me hace sentir mal comer algo que me preparó «ella». Seguro que a estas alturas ya saben que me he escapado. Apuesto a que ella está llorando. Me trago la comida que tengo en la boca y guardo el resto en la cartera. Quizá no estoy tan hambriento después de todo.

Revuelvo en la cartera para ver qué más he traído. Toco el cofrecito de madera. Lo saco, lo abro y miro las piedras de colores. Las sostengo una a una y me pregunto si serán piedras preciosas. No brillan, pero los colores son bonitos. Las guardo, cierro el cofre y me pongo a pensar en lo mucho que se alegrará mamá de verme. Encojo las piernas y me las abrazo en un intento por calentarme y miro los edificios grises contra el cielo también gris.

Debo de quedarme dormido, porque un hombre me está zarandeando. Al principio creo que estoy soñando y tardo unos instantes en recordar dónde estoy.

—*Billet.*

Quiere que le enseñe el billete. Lo saco enseguida del bolsillo y se lo muestro. Lo mira y me lo devuelve sin decir palabra. Me gustaría preguntarle qué hora es y cuánto dura el viaje. Fuera ya está muy oscuro.

El tren chirría. Debe de estar parándose. Miro por la ventana. A duras penas leo el letrero en la penumbra: «Le Havre». Cojo la cartera y me bajo del tren. Al final del andén hay un guardia revisando billetes, así que preparo el mío. Me pregunto cómo de lejos estará el puerto. Igual hay un autobús. La cola avanza despacio. Delante de mí va una familia de cinco que tardan siglos en encontrar los billetes. Ojalá se dieran prisa; quiero subirme a ese barco. Por fin pasan. Enseño mi billete.

—*Comment tu t'appelles?* —El guardia no parece interesado en mi billete.

—Samuel.

—*Passeport.*

—*Mais j'ai mon billet.*

—*Oui, et maintenant je demande ton passeport!*

Saco mi pasaporte de la cartera. Me late fortísimo el corazón. Pero es «mi» pasaporte y tengo derecho a coger un tren. Todo va a ir bien.

Enseño mi pasaporte.

Alguien me pone una mano en el hombro.

—Samuel Laffitte.

82

París, 29 de octubre de 1953

Sarah

El niño que les trajeron a casa aquella negra noche es una versión mermada de Samuel, más retraída y taciturna incluso que antes.

Ahora su arma contra ellos es el silencio, que usa igual que un cuchillo afilado. A Sarah le desgarra el alma, se la rompe en pedazos. Una vez más, David intenta leerle una historia antes de dormir y Sam se niega a escucharla, vuelve la cabeza hacia la pared. Después de acostarlo, los dos se van directos a la cama. Están completamente exhaustos, pero les cuesta conciliar el sueño.

—David —susurra Sarah en la oscuridad.

—Por favor, Sarah. Tenemos que dormir.

—Es que no puedo. Me siento fatal.

—Sarah, ya está bien de esa actitud. No hemos hecho nada malo. Querer a tu hijo, querer criarlo no tiene nada de malo. No debes sentirte culpable.

Las palabras que de verdad quiere decir Sarah están atrapadas en su garganta, igual que un cáncer invasor. De manera que da un rodeo.

—No soy lo bastante fuerte, David. No puedo hacerlo.

—Dale un poco más de tiempo.

—Le hemos dado tiempo. El tiempo no ayuda. Su resentimiento hacia nosotros crece con cada día que pasa.

—No va a poder resistirse indefinidamente. Llegará un momento en que se le acaben las fuerzas y nosotros estaremos ahí, para recogerlo cuando caiga. Volverá a nosotros. Solo hay que ser pacientes y tener fe.

—Fe —murmura Sarah.

David se vuelve a mirarla. Le coge la mano con un suspiro.

—Todos experimentamos momentos de duda, Sarah. Esto ha sido muy duro para nosotros, pero tú has sido muy valiente. Siempre lo has sido.

—No quería tener que ser tan valiente.

—Eso ya lo sé. —David le acaricia la mano debajo de la sábana.

—A veces me siento furiosa y otras, culpable. Es que no sé cómo... —Le bajan lágrimas por las mejillas.

—Todo saldrá bien, Sarah. Ya lo verás. Te lo prometo.

—¿Cómo pudo ocurrir? Auschwitz..., ¿cómo fue posible algo así?

David continúa acariciándole la mano.

—A veces los hombres son malvados.

—Pero ¿no los creó Dios a su imagen y semejanza? David, es...

—Chis, chis. Todo va a salir bien.

Pero Sarah no puede dormir, ni comer ni estarse quieta. Tiene los nervios a flor de piel, como si se le fueran a quebrar en cualquier momento. Le duele todo el cuerpo, desde los hombros hasta los dedos de los pies. Es como si los últimos dos meses la hubieran envejecido. No lo soporta más, no le ve sentido a recuperar a su hijo solo para ser testigo de su dolor. Le da la espalda a David en un intento por calmarse, pero el pánico le sube desde el vientre y amenaza con apoderarse de ella. Aparta las sábanas y se levanta de la cama.

Va a la cocina, abre la ventana y respira el aire fresco de la noche. Le gustaría rezar, pedir a Dios que la guíe, pero no se considera ya digna. Cuando busca las palabras, solo encuentra un vacío. Mira la noche.

—Dios mío —susurra—, si tienes algo que decirme, hazlo.

La respuesta es un frío silencio. Y Sarah entiende por qué es así. En dos ocasiones le ha suplicado a Dios que mantenga a salvo a su hijo y en las dos ha atendido sus plegarias. Pero la última vez Sarah ofreció algo a cambio. Y no se puede romper una promesa con Dios, ¿verdad?

Apoya las manos en el alféizar y se asoma a la ventana llena de pensamientos sombríos. ¿Y si hubieran muerto en Auschwitz? Sam habría seguido con vida e ignorando sus verdaderos orígenes. Habría crecido feliz y ajeno a todo ello. Sin religión. Sin el peso de la historia. Libre.

Ella también quiere ser libre. Libre de toda esta culpa, todo este dolor, esta angustia. Mira a la noche y entiende que solo existe un camino a la libertad y la serenidad.

Por primera vez en meses, duerme tranquila y se despierta preparada para enfrentarse a un nuevo día.

Mientras David y ella ponen la mesa del desayuno, aborda el tema.

—He estado pensando. Tengo una idea que tal vez ayude.

—¿Sí?

—Podría ir a visitar a Beauchamps a la cárcel. Podría preguntarle cosas de Samuel, saber más de cómo fue criado, de cómo era de pequeño. Quizá nos ayude a entenderlo mejor.

David deja de moler café.

—Déjame que lo piense.

Es a lo máximo que Sarah podía aspirar. Paciencia.

David la mira.

—Son las siete y media. Hora de despertar a Samuel.

A Sarah le irrita un poco el hecho de que esta tarea recaiga siempre en ella. No le gustar despertar a Samuel por las mañanas. Siempre está letárgico, como si se hubiera replegado en sí mismo durante la noche hasta alcanzar un estado de latencia o hibernación. Cada vez que Sarah retira las sábanas y le acaricia la espalda para que se levante, su cuerpecito huye del contacto. Hay que curarle el eczema que tiene en las piernas y los codos antes de que se vista. Sarah le aplica la pomada con cuidado, a continuación le da la ropa y lo deja vistiéndose mientras ella le prepara el chocolate caliente. Le lleva la taza a la habitación, es una excusa para asegurarse de que no se ha metido otra vez en la cama.

Hoy le habla con voz queda.

—Sam, no te preocupes tanto. Encontraremos la manera de que seas otra vez feliz. Daría mi alma por verte sonreír; también mi corazón con tal de oír tu risa.

Lo mira a los ojos, pero son inescrutables, no hay en ellos destello alguno de comprensión.

Cuando entran en la cocina, David se está terminando el café. Deja el tazón en la mesa con un pequeño golpe seco.

—Tengo que irme ya. Samuel debería madrugar más.

Se inclina, coge a Samuel por los brazos y le besa las mejillas.

Sarah ve como Sam se pone rígido, como si quisiera ser de piedra.

Después de desayunar lo lleva al colegio. Ya no intenta darle la mano, ni siquiera caminar a su lado. En cualquier caso, las aceras son demasiado estrechas. Así que ella va delante y Sam la sigue arrastrando los pies. El colegio está a la vuelta de la esquina y solo deberían tardar cinco minutos, pero Sarah siempre tiene que calcular quince.

83

París, 29 de octubre de 1953

Sarah

El golpe que da la puerta de entrada al cerrarse sobresalta a Sarah. David debe de haber vuelto del trabajo. Sale del cuarto de estar y se lo encuentra quitándose el abrigo y el sombrero. Sarah le coge el sombrero y le sacude el polvo con el dorso de la mano antes de dejarlo encima del perchero. Cuando se vuelve a mirar a David, su palidez la sorprende.

—Voy a ir a saludar a Samuel.

—Muy bien. ¿Te preparo algo de beber?

—Sí, un pastís, por favor. No me encuentro muy bien. —David siempre se toma un pastís cuando se siente enfermo. Dice que mata las bacterias mejor que cualquier medicina.

Sarah lo mira ir hacia la habitación de Sam.

—No está ahí —le dice—. Mira en el cuarto de estar.

Acaba de terminar de preparar la bebida cuando entra David en la cocina.

—Samuel duerme. —Se rasca la barba—. Se ha quedado dormido en el sofá. A veces creo que es su manera de escapar.

—¿No te preguntas nunca con qué soñará? —Sarah le da el vaso.

—Bueno, no podemos elegir con qué soñamos, pero él, si

pudiera, seguro que querría soñar con Estados Unidos. Su corazón sigue allí.

Sarah asiente con la cabeza y se apoya contra el fregadero.

—Ojalá..., ojalá pensara en esta casa como su hogar, pero es demasiado tarde, ¿no? El hogar es algo que se nos queda grabado a edad muy temprana y ya no se puede cambiar.

—No lo sé, Sarah. Ya no sé nada. —David saca una silla de debajo de la mesa y se deja caer en ella—. Solo sé que estoy cansado. No me encuentro bien.

Sarah se sienta a su lado.

—Yo estoy igual. Tengo la sensación de que me han derrotado desde dentro, que ya no me quedan fuerzas para seguir luchando.

David la mira.

—¿Te acuerdas, Sarah? ¿Te acuerdas de lo difícil que era seguir creyendo, seguir luchando? A veces solo quería cerrar los ojos y esperar la dulce liberación de la muerte.

—Lo sé.

Sarah le acaricia con suavidad el brazo, comprendiendo su necesidad de recordar el pasado. También ella en ocasiones siente ese impulso de revivirlo. Tal vez es un intento de su cabeza por encontrarle sentido a lo ocurrido. Aunque no hay sentido posible. Quizá es porque, cada vez que recuerda lo vivido, tiene la esperanza de que su filo sea menos letal. De que una vivencia evocada mil veces pierda algo de su ferocidad.

—Creo que habría muerto de no haber sabido que Samuel estaba vivo en alguna parte —dice David—. Me aferraba a la vida porque quería volverlo a ver.

—Entonces ¿tú también lo sabías? ¿Sabías que estaba vivo?

—No lo sabía, pero me agarraba a esa hebra de esperanza. Me obligaba a ser fuerte por él; quería que allí donde estuviera pudiera sentirse orgulloso de su padre.

—A mí también me daba fuerzas. —Sarah se queda pensativa—. Nuestro amor por Samuel fue lo que nos ayudó a seguir adelante, ¿verdad?

Ve una lágrima solitaria rodar por la mejilla de David y desaparecer en su barba. Sabe lo difícil que es para él hablar así. Le afecta demasiado. David necesita conservar la compostura, y estas emociones abrumadoras le hacen sentir que la está perdiendo. Sarah sabe todo esto, aunque David nunca se lo ha explicado. Ahora que han empezado a hablar, Sarah quiere proseguir la conversación. Los ayudará a los dos.

—Recuerdo un día en que estaba cavando una trinchera a la entrada del campo —continúa mientras le acaricia el brazo—. Hacía mucho calor y no teníamos agua. Recuerdo que me quité el sudor de la frente y lo lamí de mi mano. Entonces descubrí a un guardia mirándome. Me encogí, esperando una paliza. Pero lo que hizo fue preguntarme si tenía sed. —Calla un momento—. No me atreví a responder. Entonces sacó su cantimplora y me la ofreció. Yo no quería cogerla, pero me la puso en la mano. Di un trago e intenté devolvérsela. Pensaba que podía ser una trampa, que me pegarían un tiro por beber de la cantimplora de un guardia. Pero me dijo que me la terminara, así que me la bebí toda. —Deja de acariciar el brazo de David—. Ni siquiera le di las gracias.

David se sienta más recto.

—Lo que te salvó aquel día no fue el agua, ¿verdad? Fue ser testigo de un gesto amable en aquel infierno. Te dio esperanza.

—Sí, y me hizo convencerme de que alguien estaba cuidando a Samuel. Después, cuando te vi a través de la nieve en aquel edificio derruido, supe que algún día volveríamos a reunirnos los tres.

David le coge la mano.

—No entiendo cómo me reconociste. Todos teníamos el mismo aspecto; parecíamos esqueletos. Estaba a punto de darme por vencido, a pesar de saber que la guerra había terminado. Solo quería tumbarme y morir. Entonces te oí llamarme por mi nombre, como en un sueño, y de pronto estabas allí, abrazándome, diciendo mi nombre una y otra vez.

Sarah le aprieta la mano.

—Te estaba buscando. Supe que te encontrarías allí.

—Y yo supe que no era un sueño por el condenado frío que hacía. Entonces oí a Dios decirme que conservara la fe y fuera fuerte, que nuestro sufrimiento pronto terminaría.

—Pero no fue así, ¿verdad?

David da un trago de pastís y niega con la cabeza.

Guardan silencio, cada uno absorto en sus recuerdos. Sarah piensa en las historias que le contó David después. Son los recuerdos de él, pero a Sarah le gusta visitarlos, imaginar los ardides que inventaba para enviarle mensajes, para ayudarla a conservar la esperanza. Debido a su formación de investigador, lo habían puesto a trabajar en el laboratorio médico a las órdenes del infame doctor Mengele. Pasaba los días en el relativamente caldeado laboratorio estudiando células bajo el microscopio. A menudo lo dejaban solo y se las arreglaba para conseguir suministros médicos para otros prisioneros. Suponía un riesgo enorme, pero David era inteligente y escondía las medicinas en lugares insospechados. Se metía pequeñas cápsulas de antibiótico en los oídos y penicilina bajo la planta de los pies. Eran artículos muy apreciados y fáciles de intercambiar por un mensajero. Ahora se conocían los experimentos de Mengele, pero David había sido testigo de ellos mucho antes. Le contó a Sarah que saber lo que estaban haciendo le hizo sentirse cómplice en cierta manera. Era imposible salir indemne de algo así. Y el sentimiento de culpa no había desaparecido.

—¿Cómo se las arreglan los otros supervivientes? —se pregunta Sarah ahora. Quizá la única solución es bloquear los recuerdos—. A veces me pregunto si ocurrió de verdad.

—Es difícil para todos, pero en realidad a nadie le interesa. No quieren tener que imaginar por lo que pasamos. El problema es que, una vez has conocido el infierno, ya nada vuelve a ser lo mismo, ¿verdad?

Sarah se pega a él.

—No, nada vuelve a ser igual. —Calla un instante—. A veces me siento muy sola.

—Estoy aquí, Sarah. —David le coge la mano—. Sé que no se me da bien decir las cosas, expresar mis sentimientos. Pero estoy aquí.

Le brillan los ojos de lágrimas no derramadas.

—Sé que estás. —Sarah le aprieta la mano—. David, lo que hemos vivido no es de este mundo, ¿verdad? No del mundo de ahora. No puede ser.

—No lo es. —David enjuga las lágrimas silenciosas que derrama Sarah—. Hemos vuelto del infierno y ahora en cierto modo tenemos que aprender a olvidar lo que vimos allí.

—Aprender a olvidar. Si fuera posible...

—Quizá no podamos olvidar, pero sí perdonar.

Las palabras de David cogen a Sarah por sorpresa. Cae en la cuenta de que no es algo que haya considerado y que siempre daba por hecho que David tampoco. Perdonar.

—No creo que pueda. Ni siquiera creo que quiera.

David mira la mesa.

—Yo sí quiero. No voy a disculparlos, pero..., pero creo que..., que podría perdonar si fuera mejor persona.

—¡Eso sí que no! Eres una buena persona. Es pedir demasiado. ¡Siempre pides demasiado!

—¿A qué te refieres?

No había sido intención de Sarah decirlo, pero ya está hecho.

—Siempre esperas demasiado de todo el mundo: de Samuel, de mí, de ti. Pero somos humanos. A veces es demasiado difícil.

Empieza a llorar de nuevo y se saca un pañuelo del bolsillo para limpiarse la nariz. David le suelta la mano para rascarse la barba.

—Siento haber sido severo con los dos. No era mi intención.

Sarah le mira de soslayo, se fija en la nuez que sube y baja como si fuera un peso pesado. Nota su dolor, casi le parece oír las palabras atrapadas en su garganta. Le gustaría poder brindarle consuelo.

—David, deberíamos dar gracias por lo que tenemos. Es un milagro que Samuel sobreviviera. Y él nos salvó.

—Sí lo hizo.

—¿No es suficiente?

—¿Qué quieres decir?

—No lo sé. Quizá estamos pidiendo demasiado. ¿No es suficiente que estemos todos vivos?

David se agarra la barba como si su vida dependiera de ello.

—¿Qué me quieres decir?

Sarah cierra los ojos y pide a Dios que le dé valor.

—Ya lo sabes, David.

—¡No! No lo sé.

Sarah echa hacia atrás su silla y va hasta el fregadero, donde empieza a frotar superficies ya limpias mientras se traga las lágrimas.

Entonces nota a David detrás de ella.

—Sarah, tal vez deberías ir a ver a Beauchamps. Quizá te ayude.

—¿Me acompañarás? —Sarah se vuelve a mirarlo mientras se seca los ojos con el dorso de la mano.

—No, no soporto la idea de verlo.

84

París, 2 de noviembre de 1953

Sarah

Después de dejar a Sam en la puerta del colegio, Sarah no cesa de darle vueltas a la idea. ¿Debería ir a la cárcel? Si va, es posible que obtenga información, algo que la ayude a entender mejor a Sam. Algo que la ayude a dar el siguiente paso.

Sabe dónde está la cárcel, en el *arrondissement* 14, en Montparnasse. Llegar le llevará media hora. Media hora para ir y otra media para volver y tiene tres horas antes de recoger a Sam para comer. Le da tiempo. Aunque está asustada, le preocupa lo que pueda sentir en presencia de Beauchamps, y a la inversa. Probablemente la odia.

Pero quiere ver a su hijo a través de los ojos de Beauchamps. De las fotografías que les enseñaron se desprendía que Sam era un niño feliz y sano, lleno de alegría de vivir. Quiere atisbar a ese niño.

La psicóloga que les asignaron les había desaconsejado sacar el pasado a relucir. «Sé que la teoría freudiana aconseja revivirlo —había dicho—, pero ahora creemos que el cerebro humano suprime determinados recuerdos por una buena razón. Es una suerte de instinto de supervivencia; la vida avanza, nunca retrocede. Bueno, al menos de momento…, mientras no viajemos en el tiempo». Y había reído. Una risa hueca, horrible.

Sarah corre al Métro de Saint-Paul. Cuando sale en Montparnasse y se dirige a la rue de la Santé, cae en la cuenta de que nunca ha estado en esta zona de París. La cárcel es una mole imponente en la estrecha calle, alta y gris.

Llama a las puertas de madera con mano temblorosa.

Oye descorrerse un cerrojo y un hombre asoma la cabeza por un ventanillo cuadrado.

—¿Sí?

—Vengo a ver a un prisionero.

—El horario de visitas empieza a las diez. —Se la queda mirando fijamente.

Sarah consulta su reloj. Son las nueve y veinte.

—Puede entrar y esperar. Tendrá que dejar aquí su documento de identidad.

Sarah nota un sudor frío. Con mano trémula saca su documento de identidad y se recuerda a sí misma que ya no es delito ser judía. El guardia lo coge y apunta el número.

—¿A quién viene a visitar?

—A monsieur Beauchamps.

—Tiene hasta las once y media. Entre y espere.

Sarah corre a la entrada.

La recibe un guardia. Le registra el bolso y la envía a una sala de espera. Sarah se sienta en una gélida silla de metal y un escalofrío le recorre la nuca. La habitación rezuma humedad y está helada. De inmediato se siente transportada a Auschwitz. El frío insoportable, el hambre y las doce horas de trabajos forzados ya eran duros de por sí, pero lo verdaderamente espantoso y desmoralizante era el miedo a lo desconocido. Se estremece y trata de ahuyentar los recuerdos que tanto se ha esforzado por suprimir, se dice que esto no es lo mismo en absoluto. Y no lo es. En realidad no. Pero la privación de libertad, la pérdida del control sobre el propio cuerpo están presentes en aquella habitación gélida y fea, en su silencio antinatural, en el olor avinagrado a sudor rancio y al miedo que rezuman sus paredes.

Intenta ordenar sus pensamientos y decidir la mejor manera de abordar a Beauchamps. Quiere saber cómo era Sam cuando tenía un año, dos. ¿Cuáles fueron sus primeras palabras? ¿Qué le hacía feliz? ¿Qué le ponía triste? ¿Qué lo consolaba?

—Puede pasar.

Un guardia interrumpe sus pensamientos. Sarah respira hondo y entra en una habitación donde hay repartidas mesas y sillas. La conducen a una mesa pequeña con una silla a cada lado. Mientras se sienta entran más visitantes, que se reparten por las mesas arrastrando los pies.

Se abre una puerta. Sarah levanta la cabeza y ve una fila de prisioneros esposados y caminando despacio. El ruido de las botas de los guardias y las secas órdenes gritadas interrumpen el sonido amortiguado de las suelas de sus sandalias. ¿Lo reconocerá? ¿Sabrá él quién es ella? Casi está demasiado asustada para mirar.

—¡Beauchamps! —grita un guardia.

«¡No puede ser él!». Un hombre flaco y encorvado se dirige hacia ella. Lo había imaginado más alto, mucho más. Sarah contiene la respiración.

Entonces el hombre levanta la vista y las miradas de los dos se encuentran. «¡Es él!». Reconoce la cicatriz que le recorre la cara.

—¡Deprisa! —Un guardia le da un empujón—. ¡Tu visita espera!

Sarah da un respingo, como si el empujón se lo hubieran dado a ella. Se pone de pie, sin saber muy bien cómo saludar. Entonces Beauchamps le tiende las manos esposadas con los dedos extendidos. Sarah los roza. Ve que tiene un cardenal en la mejilla. Por un momento se pregunta cómo debe de ser para él estar encarcelado. No es lo que ella habría deseado. Ella solo quería recuperar a su hijo.

—¿Está bien Sam?

Beauchamps tiene la voz ronca y Sarah lo mira tragar.

—No —dice y el resto de las palabras se le pegan a la garganta. Aparta la vista y pestañea para ahuyentar las lágrimas.

—¿Qué pasa?

Sarah mira la nuez de Beauchamps subir y bajar cada vez que adelanta la barbilla. Reconoce a Sam en este gesto, lo hace cuando intenta ser valiente, no llorar.

—Lo han arrancado de la única familia que ha conocido.

Sarah se endereza e intenta controlar su emoción. No era así como quería empezar este encuentro.

Jean-Luc agacha la cabeza y mira la mesa.

—No nos conoce. Y nosotros no lo conocemos a él. ¡Por el amor de Dios, si ni siquiera hablamos el mismo idioma!

Jean-Luc sigue sin mirarla. Su silencio espolea a Sarah.

—Habría sido mejor que no hubiéramos sobrevivido, ¿verdad? Desde luego habría sido más fácil para Sam.

—¡No! —Ahora sí la mira—. ¡Yo no quería eso! Cuando vi las fotografías..., lo que ocurrió en los campos, era..., me... No pensé que nadie pudiera sobrevivir a algo así. Y pensé en usted, pensé...

—¡Que me habían mandado directamente a la cámara de gas!

A Sarah se le quiebra la voz. No es de esto de lo que quería hablar. La amargura de sus palabras la llena de malestar.

Un guardia se acerca a la mesa y la golpea con la porra.

Sarah da un respingo y rompe a sudar. El sudor le baja por el cuerpo desde la frente. Cierra los ojos en un intento por tomar distancia, por serenarse. Lo está haciendo muy mal.

—No se grita. —El guardia pega a Jean-Luc con la porra en el hombro. El sonido hace encogerse a Sarah. En cambio Jean-Luc no se inmuta, aunque un destello atraviesa su mirada.

—Por favor, no pasa nada. Ha sido culpa mía.

Sarah intenta reprimir el sentimiento de lástima que crece en su interior.

El guardia se aleja.

—¿Por qué no nos buscó cuando terminó la guerra? —susurra al espacio entre los dos.

—Me... Tenía miedo.

—¿Miedo? ¿De qué? Lo habrían considerado un héroe; salvó a un recién nacido de Auschwitz.

—No... Miedo de perder a Sam.

—¿Cómo puede decir algo así? ¿No pensó que yo también tenía miedo de perderlo? ¿No se hace cargo del valor que necesité para dárselo?

—Claro que sí. —Le sostiene la mirada.

—Hábleme de Sam cuando era pequeño. ¿Cómo era?

Beauchamps esboza una sonrisa ladeada y a Sarah le da otro vuelco el corazón. De nuevo ha visto a Sam.

—Fue un bebé muy tranquilo, casi no lloraba. Pero, una vez empezó a andar, no había quien lo parara. Quería explorarlo todo, siempre estaba metiendo los dedos en cosas, rompiéndolas. Me pasaba la vida arreglando juguetes mientras él me miraba, fascinado.

—Igual que mi padre. Necesitaba comprender cómo funcionaban las cosas. Cuénteme más.

—Es un excelente corredor. Iba... Iba a competir en el campeonato estatal.

—No lo sabía.

—Sí. Pues debería pedirle que le enseñe lo rápido que es. Tiene piernas de corredor.

Sarah menea la cabeza al pensar en las piernas de Sam, en ese terrible sarpullido.

—¿Había tenido eczema alguna vez?

—¿Cómo? —Beauchamps frunce el ceño.

—Eczema —repite Sarah—. Urticaria.

Beauchamps no responde enseguida, pero Sarah sabe lo que está pensando. El día que se lo entregó, Sam tenía rojeces en la cara interior de los muslos.

—Cuando era un niño de pecho, aquel día en la estación...

—Sí, lo sé. —Sarah traga saliva—. No teníamos ninguna pomada. Fue horrible. Pero no era más que un sarpullido del pañal.

Se calla, repentinamente abrumada por sentimientos de culpa y de nostalgia, por el anhelo de cuidar de su hijo.

—No sufra por eso. Enseguida se le curó. Tiene muy buena piel, nunca se quema al sol, a diferencia de mí. —Se pone colorado—. Aunque por supuesto no hay ninguna razón para que se parezca a mí. No era mi intención...

—Lo sé.

—Tiene sus ojos. Casi todos piensan que son castaños, pero, si uno se fija bien, tienen motas de verde. Depende de la luz y de su estado de ánimo.

A Sarah se le encoge el corazón. Nunca ha visto el verde en los ojos de Sam.

—¿Y qué me dice del sueño? ¿Cuándo empezó a dormir toda la noche de un tirón?

—Cuando llegamos a Estados Unidos nos mudamos varias veces. Tardamos un poco en establecer una rutina.

Sarah los imagina como refugiados, buscando dónde asentarse. No se está formando la idea de Sam que esperaba, una que le sirva para acercarse a él.

—¿Y caminar? —persiste—. ¿A qué edad empezó a caminar?

—No recuerdo muy bien las fechas. Lo siento, a Charlotte se le dan mejor esas cosas.

—Charlotte... —Sarah se interrumpe. La idea de que sea ella la madre de Sam es como una cuchillada—. ¿Qué tal madre era?

—Era... —Sarah oye cómo se le quiebra la voz—. Es..., era una buena madre. —Se le llenan los ojos de lágrimas. Luego vuelve a sacar el mentón.

—Siga. —No ha sido intención de Sarah ser tan brusca.

—No sé qué puedo añadir.

—No..., no sé cómo ser su madre. —Las palabras le salen a borbotones—. No puedes convertirte de la noche a la mañana en madre de un niño que no te conoce, que ni siquiera habla tu idioma.

Vuelve el guardia y tose exageradamente. Sarah le mira la espalda mientras se aleja. No es más que un empleado de prisión, pero lo odia. Son unos matones. Todos ellos.

—Ha de saber que es un niño extraordinario —dice de pronto Beauchamps.

Sarah lo mira y agradece que hable, que la devuelva al presente.

—Es un niño muy alegre, nació con un carácter afable. Encontrará la manera de llegar a él. Pero necesitará tiempo.

—Tiempo. Todo el mundo me habla del tiempo como si fuera un amigo. Pero en realidad no lo es. El tiempo ha sido nuestro enemigo. Si lo hubiéramos encontrado antes, cuando tenía dos, tres años incluso, todo habría sido distinto.

—Lo sé. Hice mal en apartarlo de ustedes. —Beauchamps se queda pensativo—. Por otra parte, ha sido un niño querido y con una infancia estable, equilibrada. Lo..., lo queremos como si fuera nuestro.

—¿Que lo quieren, dice? —La ira se apodera de Sarah como una ola furiosa—. ¡Yo también lo quería!

—¿Quería?

—Quiero decir «quiero». Lo quiero.

—Perdón, no era mi intención...

—Usted me robó la oportunidad de construir ese vínculo con mi hijo. Y ahora se atreve a cuestionar mi amor por él. —Le brotan lágrimas de furia—. Atravesaría el fuego por Samuel.

Beauchamps la mira como si estuviera sopesando esta afirmación.

—¿Pondría la felicidad de Samuel por delante de la suya?

—¡Sí! ¿Cómo se atreve siquiera a preguntarlo?

—¿Y qué me dice de su marido? ¿Lo haría él?

—¡Por supuesto que sí!

—Bien.

Sarah echa humo. ¡Qué desfachatez la de este hombre! Respira hondo y controla su indignación.

—Queremos más a Sam que a la vida misma. Y, si usted lo hubiera querido la mitad de eso, al terminar la guerra nos habría buscado.

Beauchamps se lleva el puño esposado a los ojos. A continuación lo baja y mueve la cabeza como si quisiera liberarse de la pena.

Sarah lo observa con atención, se fija en los hombros encorvados, en la profunda tristeza de su mirada, en cómo parpadea mientras intenta buscar un sentido a la situación. Sarah ha visto antes esa expresión. En su hijo. Esa mirada perpleja, como si el mundo fuera demasiado complicado para entenderlo. La compasión amenaza con apoderarse de ella, pero se recuerda que está ante un hombre, no un niño.

—¿Qué más puede contarme de mi hijo?

—¿Qué quiere saber?

—¿Cuál fue su primera palabra?

Beauchamps frunce el ceño.

—No estoy seguro. No me acuerdo.

Parece incómodo y Sarah se pregunta si tal vez lo avergüenza no recordar esos detalles.

Entonces de pronto lo sabe, como si él lo hubiera dicho en voz alta.

—Creo que fue «coche» —murmura Beauchamps—. Le encantan los coches, conoce todos los modelos. Me ayudó a elegir el nuestro; vino conmigo a verlos, comprobó la capacidad, el motor, todo.

Sarah lo mira a los ojos y Beauchamps intenta sostenerle la mirada, pero no lo consigue.

—No fue «coche», ¿verdad? —Sarah pestañea—. Su primera palabra fue «mamá».

85

París, 2 de noviembre de 1953

Sarah

La campana del colegio suena justo cuando dobla la esquina de la rue Hospitalières-Saint-Gervais. Salen los niños en tropel, algunos simulan ser aviones de guerra bajando en picado. Son ruidosos y están hambrientos, deseosos de llegar a casa. Todos excepto Sam. Algo alejada del enjambre de madres y niños, Sarah espera a que salga, encorvado, como siempre. Pero el patio se ha quedado inesperadamente vacío, silencioso.

¿Y si se ha escapado otra vez? Cruza corriendo la puerta, entra en el colegio y va hasta su aula. Entonces se para en seco. Sam está allí, al lado del director. Parece diminuto, con los hombros encorvados y cabizbajo. A Sarah se le rompe el corazón.

—Madame Laffitte. —El director la mira—. Me alegra que haya entrado. Tenemos que hablar. Vamos a mi despacho.

—Sí, monsieur.

Se siente igual que una niña que ha hecho una travesura. Mientras lo sigue por el pasillo hasta el despacho, el silencio es amenazador. Busca la mano de Sam y este, por primera vez, deja que se la coja sin oponer resistencia. Los dos están en un lío. Una vez en el despacho, el director se sienta detrás de su mesa. Sarah mira a Sam con la esperanza de establecer contacto visual con él, pero tiene la vista perdida.

—Madame Laffitte —empieza a decir el director—, sé que esto no es fácil para ninguno, menos aún para Samuel. Pero tenemos que pensar en todos nuestros alumnos. Mire, voy a ir al grano. No sabemos qué hacer con Samuel y no es solo un problema de idioma. No muestra ningún interés por aprender. Es algo insólito en un niño tan pequeño. Es hostil, poco colaborador y hoy lo han encontrado peleándose en el recreo y…

—Por favor, no siga. —Para su sorpresa tanto como para la del director, Sarah lo interrumpe—. Sé que no quiere estar aquí. Echa de menos su casa. —Acaricia un mechón de pelo de Sam—. Me lo llevo. No va a volver.

—Madame Laffitte, no era esa mi intención. No puede sacarlo del colegio así como así. Tiene que venir a clase.

—No se preocupe, irá a clase. Vamos, Sam.

Le tiende la mano y se pone de pie, preparada para irse. Sam le da la mano. Sarah tiene cuidado de no apretársela, se limita a sentir su calor. Juntos y en silencio, salen de la escuela, bajan por la calle, doblan la esquina y suben las escaleras hasta el apartamento. Sarah lo lleva al cuarto de estar y se sienta a su lado en el sofá. Sam entierra la cara en las manos y llora desconsolado. Sarah lo abraza.

—Todo va a salir bien. Todo se va a arreglar. Te lo prometo.

Coge el teléfono, se enrolla el cable de plástico alrededor del dedo. Marca despacio el número de la oficina de su marido. Este contesta enseguida.

—David, ¿puedes volver a casa un poco antes? Tenemos que hablar.

—¿Has ido a ver a Beauchamps?

—Sí, he ido a verlo. Por favor, David, ¿puedes venir a casa?

—¿Qué pasa? ¿Qué ha dicho?

—Tú ven.

Le prepara un bocadillo a Sam y, rompiendo la regla de la casa, se lo lleva al cuarto de estar. Se sienta en una butaca y lo mira mordisquearlo. Ha adelgazado mucho desde que llegó y está más pálido. Se pregunta si es posible que un niño muera de pena o si la naturaleza interviene, si el instinto de supervivencia termina por imponerse.

—Sam.

Este la mira, inexpresivo. Sarah tiene la sensación de estar viendo al hijo de Beauchamps, no al suyo.

—Sé lo difícil que ha sido esto para ti. También para nosotros ha sido duro verte sufrir, ver cuánto detestas estar aquí con nosotros. —La está mirando y Sarah tiene la impresión de que entiende lo que dice—. Sam, te queremos mucho. ¿Eso lo sabes?

Sam se encoge de un hombro y mira hacia otro lado.

—Queremos que seas feliz. Pero también queremos que sepas quién eres.

—Sé quién soy.

Sarah lo mira, asombrada. Sam ha hablado en un francés casi perfecto.

—Sé que lo sabes, Sam.

Qué ganas tiene de abrazarlo, de sentir su corazón orgulloso y vulnerable latir junto al suyo, de aspirar su olor. Es como si Sam estuviera mudando su cuerpo de niño, como si sus pensamientos y sus emociones fueran demasiado trascendentales para estar contenidos en una envergadura tan pequeña y ligera.

Sarah sale del cuarto de estar y va a la cocina a esperar a David. En cuanto oye abrirse la puerta, sale al pasillo.

—¿Qué pasa, Sarah? ¿Qué ha dicho Beauchamps?

David ni siquiera se ha quitado el abrigo.

—Ven a la cocina, por favor.

David la sigue.

—¿Qué ha dicho?

—Primero siéntate. ¿Quieres comer algo?

—Luego. Cuéntame lo que ha dicho.

—No dijo gran cosa. Fue más la manera en que me hizo sentir.

David la mira a los ojos, interrogante.

—Fue horrible. Verlo así… en la cárcel. No debería estar ahí. Me recordó a….

David le coge la mano y se la aprieta con suavidad.

—Ojala no te hubiera animado a ir.

Sarah lo ve fruncir el ceño y sigue hablando antes de perder el valor.

—Quiere a Samuel. Lo quiere de verdad.

—Eso no lo dudo, Sarah. Pues claro que lo quiere. ¿Qué esperabas?

—No lo sé. Alguien a quien poder odiar.

—Eso no es lo que habrías querido para Samuel. —David se tira de la barba—. ¿Qué te dijo?

—Me preguntó si pondría la felicidad de Samuel por delante de la mía.

—¡Indignante! ¿Cómo se atreve?

—Y también me preguntó si tú lo harías. —Sarah calla y mira a David a los ojos—. Le dije que por supuesto. No daba crédito a la pregunta. Ese hombre no sabe lo que significa renunciar a tu hijo. —Se le quiebra la voz.

—Quizá ahora sí lo sabe.

—Pero ¿es verdad?

David levanta una ceja como si presintiera lo que está por venir.

—¿De verdad nos importa más la felicidad de Sam que la nuestra?

—Sarah, no te tortures. Es nuestro hijo y lo queremos. Algún día corresponderá a ese amor. Solo necesita tiempo.

—Tiempo —repite Sarah—. Qué cosa tan cruel.

—¿Cómo?

—El tiempo nos robó a Sam.

—Y el tiempo nos lo devolverá.

—No. —Sarah tiene un nudo en la garganta. Le va a costar trabajo pronunciar las palabras que de verdad quiere decir—. David, no puedo hacerlo... No puedo seguir así. Cuando se escapó, recé a Dios. —Quiere cogerle la mano a David, pero nota cómo se está formando un muro entre los dos—. Le hice una promesa. Le prometí renunciar a Samuel si nos lo devolvía sano y salvo. Es todo lo que quiero ahora. Que esté sano y a salvo. Lo demás me da igual.

—¿Qué quieres decir?

—No puedo quedarme quieta viendo su desesperación, su infelicidad. Se comporta como un prisionero que no ve la salida. Se está quedando sin voluntad de vivir y no es más que un niño.

Coge un paño de cocina y se seca las lágrimas.

—Pero, Sarah, no podemos rendirnos ahora.

—¡David! —Se traga nuevas lágrimas—. Tenemos que..., tenemos que renunciar a él, ¿no te das cuenta?

—No, en absoluto.

David se acerca a Sarah y esta lo rechaza.

—No puedo seguir así. ¡No me obligues!

David la mira con ojos como platos. A continuación se da media vuelta.

—Voy a ir a ver a Beauchamps.

86

París, 3 de noviembre de 1953

Jean-Luc

Lo peor de la cárcel es la impotencia. Podía soportar la horrible comida, las noches frías, incluso la amenaza constante de violencia. Pero la impotencia, eso lo mata. Sam está creciendo sin él y Charlotte tiene que arreglárselas sola en Estados Unidos. Le escribe casi todos los días, de modo que sabe que ha tenido que vender la casa, que se ha mudado a un apartamento más pequeño, cerca de la ciudad, donde ha encontrado un trabajo de traductora. Su dolor fluye a raudales en cada página. En ocasiones Jean-Luc tiene que doblar la carta y dejarla para otro momento, cuando se sienta más fuerte. Hoy no es uno de esos días.

—¡Tiene visita! —grita el guardia golpeando los barrotes de la celda con su porra.

¡Dios mío! No tiene ganas de otro encuentro con Sarah Laffitte.

Sigue al guardia por el pasillo y cruza las dobles puertas de seguridad de la sala de espera. El guardia le señala con la porra un hombre de pelo oscuro que está sentado en una de las mesas, agarrado a ella con las dos manos, como si le diera miedo caerse. De pronto cae en la cuenta, sobresaltado. ¡Es él! Tiene que ser él. David Laffitte.

Se acerca a la mesa con el pulso acelerado. Extiende vacilante las manos esposadas, esperando un saludo de alguna clase, pero Laffitte ni siquiera se levanta y sus manos no se separan de la mesa.

—Monsieur Beauchamps. —Mira a Jean-Luc desde debajo de unas cejas pobladas y oscuras.

Jean-Luc se sienta y lo saluda con una inclinación de cabeza. Espera a que Laffitte diga algo, pero el hombre se limita a seguir taladrándolo con la mirada.

—No sé lo que quiere de mí. — Jean-Luc se frota las sienes en un intento por aliviar un incipiente dolor de cabeza.

—¿Qué quiero de usted? —La mirada de Laffitte es cada vez más penetrante—. Los nueve años de la vida de mi hijo.

Jean-Luc estira el cuello y cierra los ojos. Su dolor de cabeza va a peor.

—¿Sabe lo que es eso para un padre? —El tono de Laffitte es áspero y aumenta de volumen—. No saber si tu hijo está vivo o muerto. No sabíamos si llorarle o seguir buscándolo.

—Escuche, de no ser por mí no tendría usted un hijo. Y ahora lo ha recuperado. ¿Por qué no se va a su casa a estar con él? Ya ha conseguido su venganza.

—¡Venganza! ¿Cree que esto es una venganza? —Laffitte se ha puesto a chillar.

—¿Qué si no? ¿Qué quiere de mí? — Jean-Luc también grita.

Aparece el guardia y da un porrazo en la mesa.

—Ya te he dicho que no se chilla. —Coloca la porra debajo de la barbilla de Jean-Luc y lo obliga a inclinar la cabeza en un incómodo ángulo.

De pronto Laffitte se desploma sobre la mesa entre convulsiones, como si tuviera un ataque.

—¿Qué le pasa? —El guardia le levanta la cabeza. Laffitte tiene la cara gris y cubierta de gotas de sudor. En sus ojos brilla el terror en estado puro.

—Creo..., creo que le ha asustado.

—¿Yo? Si solo te estaba diciendo que bajaras la voz.

Laffitte está sentado en silencio, como aturdido. Jean-Luc apoya las manos encadenadas en la mesa y hace ademán de tocarlo. Laffitte lo mira con ojos desorbitados y le coge las muñecas, mientras su pecho sube y baja por el esfuerzo que le supone respirar.

El guardia se aleja chasqueando la lengua.

Durante un rato los dos guardan silencio y Jean-Luc espera a que Laffitte se tranquilice.

—Lo siento —dice este al fin—. Es que... la situación me ha hecho revivir muchas cosas.

—No se preocupe. Ya ha pasado.

Laffitte mira a Jean-Luc con expresión sombría.

—Ah, ¿sí? ¿Eso cree? Es algo que nunca se deja atrás.

Jean-Luc entiende a qué se refiere. Intenta cambiar de conversación.

—¿Cómo está su mujer?

—Le... Está muy afectada desde que vino a visitarlo.

—Lo siento. No era mi intención alterarla.

—Quería saber más cosas de Samuel, pero volvió sintiendo que no era digna de ser su madre.

—No fue mi intención hacerla sentir así. Quería que le contara detalles de Sam, pero no conseguí recordarlos todos, como, por ejemplo, cuándo empezó a andar o a dormir de un tirón por las noches. Esas cosas no son las que recuerdo.

—Entiendo. —Laffitte se frota otra vez los ojos, como si estuviera cansado de todo—. ¿Y cuáles recuerda entonces?

Jean-Luc piensa un instante en la carita seria de Sam.

—Su sonrisa. Las cosas tan divertidas que decía. Su costumbre de sacar la barbilla en señal de determinación o desafío. Sus brazos largos y delgados rodeándome. La suave presión que ejercía cuando me abrazaba. El olor dulzón de su sudor. Su forma de mirarme con los ojos muy abiertos cuando le leía un cuento...

Laffitte da una palmada en la mesa con las dos manos.

—No siga. —Se revuelve en la silla—. ¿Por qué no tuvieron sus propios hijos?

Jean-Luc frunce el ceño.

—Queríamos tenerlos. —Se calla y parece dudar—. Pero..., bueno, era complicado. Charlotte no podía. Dijeron que tal vez se debiera a las privaciones que sufrió durante la ocupación... a una edad tan delicada.

—Ah. —Laffitte está avergonzado y sus mejillas han recuperado algo de color.

—Los médicos dijeron que no podían hacer nada. —Las palabras le salen solas ya y suponen una liberación—. Dijeron que con una buena alimentación y vida sana las cosas se normalizarían, pero no fue así. —Mira a Laffitte y le sorprende ver rasgos de Sam en sus ojos oscuros e inteligentes y en su costumbre de frotárselos cada vez que se enfrenta a un dilema—. ¿Le importa si le pregunto por qué no tuvieron ustedes más hijos tampoco?

Laffitte mira la mesa y menea la cabeza. Cuando levanta la vista tiene los ojos húmedos y extraviados, como si se hubiera perdido en un recuerdo.

—Lo siento.

Jean-Luc no sabe hacia dónde dirigir la conversación ahora. Se han adentrado en terreno peligroso y se esfuerza por encontrar una salida.

Pero entonces Laffitte pestañea y empieza a hablar. Tiene la mirada fija en algún punto lejano.

—Cuando volvimos fue duro. El trabajo físico, el hambre, la brutalidad; todo ello nos dejó secuelas. Habíamos cambiado; ya no reconocíamos nuestros propios cuerpos. No éramos la joven pareja de antes. Creo que ambos sentíamos... —Mira a Jean-Luc con los ojos muy abiertos, como sorprendido de su confesión—. Tardamos mucho tiempo en volver a sentirnos humanos, en reconocernos. Y siempre sin dejar de buscar a Samuel. Yo quise que intentáramos tener otro hijo, pero a Sarah le faltaba el ánimo. Lloraba mucho... Quería recuperar a su bebé.

—Pues ahora lo ha hecho.

—Bueno, ya no es un bebé. Si... Si nos hubiera buscado después de la guerra, todo sería distinto. —Lanza un suspiro.

—¡Diez minutos! —grita el guardia.

—Cuénteme qué tal está Sam ahora —dice Jean-Luc—. Por favor. Su mujer me dijo que tenía un sarpullido... ¿Está mejor?

Laffitte tiene los ojos vidriosos, como perdido en sus pensamientos. Entonces contesta:

—No, no está mejor. —Mira a Jean-Luc a los ojos—. De acuerdo, ¿de verdad quiere saberlo? Pues se lo voy a contar. —Se mesa la barba mientras se inclina hacia delante—. El pobre niño está terriblemente afectado. Se niega a hablar francés, llora casi todas las noches y tiene una urticaria que se lo está comiendo vivo. Para rematar, la semana pasada se escapó. Lo encontraron en El Havre intentando subirse a un barco que iba a Estados Unidos.

—¡No! ¡Ay, Dios mío!

Jean-Luc se deja caer contra el respaldo de su silla y se lleva las manos encadenadas a la frente. ¿Qué le han hecho a Sam? El dolor que siente es como una cuchillada que lo desgarra por dentro. Apenas puede respirar.

El guardia se acerca.

—Cinco minutos.

—Sarah —murmura Laffitte—. Es muy duro para ella ver así a su hijo. Para mí también lo es, pero yo me obligo a pensar en el largo plazo, a mirarlo todo con perspectiva. En cambio Sarah solo ve el sufrimiento de su niñito. —Menea la cabeza—. Y eso la está matando.

87

París, 3 de noviembre de 1953

Sarah

Mientras David visita a Beauchamps y Sam está en su cuarto, Sarah saca un papel de cartas de un grosor especial que guarda en una caja de madera, con una rosa seca encima. Esta va a ser la carta más importante que escriba en su vida. Llena con cuidado la pluma de tinta mientras piensa en David, sabiendo que le va a ser imposible aceptar su decisión. Pero no podrá detenerla, no ahora que le ha hablado de su promesa a Dios. La fe de David es como una roca, inamovible, y no querrá que Sarah ponga en peligro la suya rompiendo una promesa así.

Estimada señora Beauchamps:

Le escribo esta carta con el corazón roto. Samuel no es feliz aquí. No sabemos qué hacer. La infelicidad que le causa haber sido arrancado de su hogar nos resulta insoportable. Recurro a usted porque estoy desesperada. Samuel la necesita. ¿Puede venir?

SARAH LAFFITTE

Se abre la puerta de entrada. Sarah levanta la cabeza y ve a David, encorvado, con el rostro gris. Se frota los ojos y la mira.

Sarah no se mueve de su silla, pero mira a David y se da cuenta de que está exhausto. Ni siquiera quiere preguntarle cómo ha ido su encuentro con Beauchamps, pues imagina que solo ha podido ser doloroso.

Una lágrima silenciosa rueda por la mejilla de David, seguida de otra. Sarah sigue sin moverse. ¿Cómo consolarlo? No tiene nada que decirle, excepto que se ha rendido. David quería que fuera tenaz, que se aferrara al hijo de ambos con todas sus fuerzas, costara lo que costara. Pero Sarah quiere demasiado a Sam para hacer algo así.

No sabe que también ella está llorando hasta que las lágrimas caen en el papel y emborronan la tinta. Está mirando las manchas azules cuando David se agacha a su lado y acerca su mejilla húmeda a la suya. Sarah sabe que está leyendo la carta. Contiene la respiración y se prepara para su dolor, para sus palabras de ira.

—Sarah —murmura David—. Sarah.

Entonces sus brazos la rodean y la estrechan contra él. Sarah se abandona a su abrazo.

—Sarah, no llores. Por favor, no llores.

—Pero si estás llorando tú.

David le coge la cara con las dos manos y le besa las lágrimas.

—Nuestro hijo está vivo. Eso es suficiente para mí. Es suficiente, Sarah.

88

Santa Cruz, 9 de noviembre de 1953

Charlotte

Otra mañana de lunes. Me obligo a salir de la cama y a ir a la cocina, echo dos cucharadas grandes de café en el filtro de papel y pongo agua a hervir. Mientras se calienta me enciendo un pitillo. Nunca he sido fumadora, pero el tabaco me tranquiliza y me ayuda a tener las manos ocupadas. También me gusta el acto físico: una larga y profunda inhalación. Retener el humo un segundo y luego soltarlo despacio. Puedo dejarlo cuando quiera y algún día probablemente lo haré.

Tengo cita en el psiquiatra a las nueve. Cada semana, cuando entro en ese despacho de alegres paredes blancas, siento la misma aprensión. Es difícil fingir ser alguien que no soy. Me siento en la silla de plástico redondeada enfrente de él y esbozo una gran sonrisa falsa.

—Buenos días, Charlotte. ¿Qué tal estamos hoy?

—Muy bien, gracias. ¿Y usted?

Lo miro a los ojos con la esperanza de parecer sincera. Él me devuelve la sonrisa.

—¿Qué ha hecho esta semana?

—El sábado fui a clase de cerámica.

Asiente con la cabeza como si hubiera dicho algo de lo más profundo.

—¡Las otras mujeres son divertidísimas! Hablamos de todo.

No le digo que me limito a oírlas hablar mientras trabajo la arcilla húmeda hasta darle forma de rostro infantil y después la aplasto para empezar de nuevo. No consigo reproducir las facciones de Sam. Me gusta oír la cháchara de las otras mujeres. Me resulta calmante. Quizá es la falta de presencia masculina lo que las hace sincerarse así. Hablan de todo: de los hijos, de la educación, de sus infancias, de hombres, de amor, de relaciones. No me insisten en que participe porque soy extranjera y creen que no sigo bien sus conversaciones. Pero las entiendo perfectamente. Acabo de descubrir que es una herramienta útil. Lo de ser extranjera. Impide a las personas acercarse demasiado.

—¿Ya ha visto a alguna de ellas fuera de clase?

Vaya por Dios, no es tan fácil de engañar como pensaba.

—Todavía no —contesto—. Pero estoy pensando en invitar a unas cuantas a casa el fin de semana que viene.

—Bien. Muy bien. Entonces ya me contará qué tal ha ido cuando volvamos a vernos.

—Por supuesto —digo con tono alegre mientras me maldigo interiormente por esta pequeña mentira. Ahora no tengo opción. ¿Y si se le ocurre comprobarlo?

—¿Y qué tal duerme?

—Sigo tomando las pastillas que me recetó.

—Sí, quizá es hora de empezar a quitárselas.

Asiento con la cabeza, pero no sé si estoy preparada. No puedo volver a esas semanas de locura que viví cuando se llevaron a Sam, en las que, mentalmente agotada, me quedaba traspuesta para despertarme a la media hora como si me hubiera caído un rayo y con una sensación de zozobra en cada célula de mi cuerpo.

—Empiece por tomar la mitad de la dosis esta semana y veremos qué tal.

Lo miro preguntándome si puedo pedirle más tiempo, pero enseguida decido que tengo que aparentar positividad si quiero que me dé el alta, así que vuelvo a asentir con la cabeza.

—¿Y sus pensamientos sobre Sam? ¿Cómo los sobrelleva?

—Intento no pensar en él. —Me preparo para la gran mentira—: Estoy haciéndome a la idea de que en realidad nunca fui su madre. Solo una sustituta.

—Bien. Muy bien.

¿Cómo va a imaginar que pienso en Sam cada minuto del día, que me pregunto cómo está a cada hora, cada día, cada semana que pasa? No he sabido nada de él, pero sé que tiene que odiar París. Le parecerá un sitio totalmente ajeno. ¿Estará aprendiendo francés? ¿Le leerá su padre por las noches igual que hacía Jean-Luc? ¿Sabrá su madre abrazarlo fuerte cuando hay tormenta? ¿Se dejará él abrazar? ¿Le dejan una luz encendida por la noche? ¿Sabrá él pedirlo? ¿Le preparará ella *crêpes* para desayunar? ¿Qué tal le irá en la escuela? ¿Son amables los otros niños con él? Me torturo con todas estas preguntas.

—¿Y su marido? ¿Qué tal está? —El psiquiatra interrumpe mis pensamientos.

Creo que se le ha olvidado su nombre.

—Jean-Luc. Se le hace duro estar en la cárcel.

Poco más puedo decir. La ironía de que Sam y Jean-Luc estén en París y yo aquí me resulta trágica. Los tres somos prisioneros, estamos separados irremediablemente.

—¿Se siente ya preparada para tener sus propios hijos?

Me quedo mirándolo. ¿Cómo puede preguntar algo así?

—Hablo de cuando su marido salga de la cárcel. —Consulta sus notas—. Veo que su condena es corta.

—Dos años. —Esto lo digo sin sonreír.

—Eso es. Pero todavía son lo bastante jóvenes para formar su propia familia.

—Yo no puedo. No puedo tener hijos.

—Hum. Bueno, la razón de eso nunca estuvo muy clara. Quizá cuando acepte que Sam ya no está se libere algo en su interior.

Sigo mirándolo. ¿Está este hombre en su sano juicio?

—Podría ser psicológico —añade.

—No lo creo.

Podría decirle que no he tenido la menstruación desde la guerra, pero me parece que le voy a ahorrar los detalles. Me recuerdo que estoy aquí solo para que me declare mentalmente estable y me devuelvan mi pasaporte. No me puedo permitir enemistarme con este imbécil.

Aprieto los dientes y digo que sí con la cabeza.

—Tal vez tenga razón —digo con dulzura—. Nunca se me había ocurrido.

—Bien, muy bien. ¿Y qué tal el trabajo?

—Estupendamente. Mis compañeros son amables y me gusta lo que hago.

Es un trabajo fácil y tranquilo: traducir documentos legales. El modesto salario me basta para pagar el alquiler de mi apartamento de un dormitorio y ahorrar una pequeña cantidad cada mes para el billete de avión a Francia. Para cuando recupere mi pasaporte.

Más tarde, de camino a casa desde el trabajo, abro distraída el buzón. Hay una carta en un sobre blanco. Lleva matasellos de Francia, pero no es de Jean-Luc. Rasgo el sobre con el corazón desbocado, imaginando que es de Sam.

Pero no. Empieza: «Estimada señora Beauchamps». Se me cae el alma a los pies. Sigo leyendo y el pulso se me acelera, furioso. ¡Quieren que vaya!

Aprieto la carta contra mi corazón. Voy a ver a mi hijo de nuevo. Releo las palabras una y otra vez. Sarah Laffitte quiere de verdad a Sam. Las lágrimas me nublan la vista. Siempre lo ha querido. Durante todos estos años ha seguido buscándolo. Nunca se rindió.

El sentimiento de culpa me taladra el alma. Deberíamos haberlos buscado. Podríamos haberlo hecho. Habría sido lo justo, lo decente. Pero no, elegimos el camino más fácil, nos convencimos de que habían muerto en Auschwitz. Después de todo por lo que pasaron, encuentran a su hijo al cabo de nueve años y se dan cuenta de que ya no es su niño, que ni siquiera habla su idioma. ¿Cómo van a conocerlo ahora? Se lo hemos puesto imposible.

Apesadumbrada, subo a mi apartamento aferrada a la carta, con cada palabra escrita en ella grabada a fuego. «Samuel no es feliz aquí». Este sencillo eufemismo me parte el alma. No es peor de lo que imaginaba, pero verlo en papel, escrito por su madre biológica, lo hace vívido. Es como un puñetazo en el estómago. Samuel es tan desgraciado que su madre no sabe qué hacer. Está dispuesta a cualquier cosa que lo haga feliz, incluso permitirme verlo. Doy gracias a Dios por que lo quiera tanto. Pero ¿ahora qué? ¿Piensa que me voy a mudar a París? ¿Que podemos criarlo juntas? Lo dudo. Ver como Sam quiere a otra mujer como madre le resultaría demasiado doloroso. ¿Está dispuesta a renunciar a él? ¿Puede una madre enfrentarse a perder a un hijo por segunda vez?

89

Santa Cruz, 17 de noviembre de 1953

Charlotte

En Santa Cruz el tiempo es aún caluroso, pero sé que en esta época del año hará frío en París. Llevo toda la semana preguntándome qué me voy a poner. A Sam le encanta mi vestido amarillo de verano, el de las cenefas de amapolas, pero no sirve para el invierno francés. Así que me pongo una falda beis recta y una blusa color crema y llevo la rebeca de lana y la chaqueta dobladas en el brazo.

Estoy en la cocina, impaciente y preparada, esperando el taxi. Miro las paredes blancas y me pregunto si volveré algún día a este apartamento. Espero que no; es un lugar solitario. A las siete en punto suena el timbre. Cojo la maleta y un fino pañuelo de cachemir del perchero.

—¿Al aeropuerto? —El taxista me mira por el espejo retrovisor.

—Sí, por favor.

—¿Adónde vuela?

—A Nueva York. Y de allí a París.

—¿Tiene familia allí?

—Sí.

—Me había parecido detectar un acento. ¿Es usted francesa?

—Sí.

Me mira por el espejo como si quisiera averiguar quién soy.

—No fue muy bombardeada, ¿verdad? Me refiero a París.

—No. —Vacilo. No quiero ser maleducada, pero tampoco me apetece conversar—. No mucho.

—No como Londres. Con Londres no tuvieron piedad, ¿verdad?

—No —respondo y decido decirle lo que quiere oír—. París fue ocupada.

—Exacto. No tuvieron que bombardearla para que se rindiera.

Giro la cabeza y me pongo a mirar por la ventana con la esperanza de dejar claro que no me interesa esta conversación. El taxista da golpecitos en el volante como si estuviera marcando el ritmo de una canción dentro de su cabeza. Miro discurrir las calles: casas con amplios céspedes delanteros, buzones sobre un poste de madera aguardando el correo del día. Tan distinto de París, pero tan familiar. Ya he empezado a sentirme en mi casa aquí y me pregunto si París no me resultará ahora un poco extraña.

—Entraron en París como si fuera su casa, ¿verdad?

Ojalá se callara. Suspiro exageradamente y confío en que capte la indirecta.

Vuelve a dar golpecitos al volante y hacemos el resto del camino en silencio. Al bajar le doy un dólar de propina, en agradecimiento por cerrar el pico.

Siento alivio al subir al avión, al saber que por fin vuelvo a Francia. Es la primera vez que vuelo y me pongo un poco nerviosa cuando aceleramos para despegar. Me sujeto a los bordes del asiento y me pregunto cómo se sentiría Sam durante el vuelo. ¿Tuvo miedo? ¿Le cogió alguien de la mano al embarcar? Pensar que tuvo que hacer esas cosas solo, sin Jean-Luc y sin mí, me llena de tristeza.

—¿Quiere beber algo? —La azafata se detiene delante de mí con un carrito lleno de botellas en miniatura.

—No, gracias.

El hombre sentado a mi lado levanta la vista del periódico.

—Una cerveza, por favor.

Se sirve la bebida en un vaso de plástico.

—¿Adónde va? —me pregunta.

—A Nueva York —contesto—. Y de ahí a París.

No quiero hablar, es demasiado complicado, así que cierro los ojos y finjo dormir. Pero estoy demasiado nerviosa. Sam. Sam. ¿Estará enfadado conmigo? ¿Pensará que lo he abandonado? ¿Habrá cambiado en estos cuatro meses? ¿Solo han pasado cuatro meses? Me han parecido siglos.

Después de cambiar de avión en Nueva York, aterrizamos en París y paso la aduana. Caigo en la cuenta de que no he traído regalos. Dudo, no estoy segura de si debería llevar algo, pero los regalos parecerán algo superfluo y frívolo, como si estuviera de visita. Corro a la cola de los taxis.

—*Rue des Rosiers, s'il vous plaît, dans Le Marais.*

Las palabras en francés salen de mi boca sin esfuerzo. Es un alivio hablar en mi lengua materna otra vez. Como volver a casa.

Mientras entramos en la ciudad miro por la ventana y reflexiono sobre el verdadero significado de la palabra «hogar». ¿Es un lugar? ¿Es un idioma? ¿O es donde está tu familia? Supongo que una combinación de todas esas cosas. Pero este no es un sitio que Sam pueda considerar su casa. Ojalá le hubiéramos hablado en francés cuando era pequeño; no teníamos derecho a negarle esa parte de su identidad. Me pregunto si nos guardará rencor cuando crezca, cuando se dé cuenta de lo que le robamos. Pero ahora mismo lo único que quiero es abrazar su cuerpecito y decirle que todo va a salir bien. Del resto ya me preocuparé más adelante.

El taxi me deja delante del edificio de apartamentos. Pasan dos hombres con largas barbas y sombreros negros que me recuerdan que estoy en el barrio judío. Estoy temblando y de pronto me doy cuenta de que hace frío. Dejo la maleta en el suelo y me pongo la rebeca y la chaqueta, pero no consigo dejar de tiritar. Me abrazo a mí misma con un nudo en el estómago. Ya estoy a pocos metros de él. Miro las ventanas y lo imagino dentro, sé que me está esperando.

Respiro hondo, la ilusión y la agitación me corren por las venas cuando empujo las gruesas puertas de madera que dan a un pequeño patio. El apartamento está en la cuarta planta, así que cojo la maleta y subo con ella por la escalera angosta y serpenteante con el corazón desbocado. Antes de llamar a la puerta, me tomo un momento para arreglarme el pelo y colocarme bien el pañuelo, intentando no temblar.

Entonces levanto la mano. Pero, antes de que me dé tiempo a tocar la puerta, esta se abre y Sam se abalanza sobre mí y casi me tira al suelo. Sus brazos me rodean el cuello y sus piernas la cintura, apretándome fuerte. Lo abrazo. Lo estrecho contra mí. Lo huelo, ese olor dulzón y almizclado. No necesitamos hablar. Siento la fuerza de su amor y sé que él siente la del mío.

Entonces oigo una tos. Entro en el apartamento con Sam todavía en brazos. Me suelta despacio y pone los pies en el suelo. Le cojo la cara con las manos y miro sus ojos castaños. Me abraza por la cintura y entierra la cara en mi pecho. Le acaricio el pelo.

—Tranquilo, Sam. Todo va a salir bien.

Oigo otra tos y miro por encima de la cabeza de Sam. El señor y la señora Laffitte están de pie, pálidos como fantasmas, mirándonos con lágrimas en los ojos. Veo como el señor Laffitte pasa un brazo a su mujer por los hombros y esta entierra la cara en su hombro. Con el brazo libre, el señor Laffitte me señala una puerta al final del pasillo. Con Sam todavía a remolque, los sigo hasta el cuarto de estar.

El señor Laffitte instala a su mujer en una butaca y se coloca detrás de ella con una mano en su hombro.

—*S'il vous plaît.* —Nos señala el sofá para que nos sentemos.

Sam se instala en mi regazo, aunque es demasiado mayor para eso.

—Mami —dice—, ¿podemos irnos ya a casa?

Le beso en la cabeza.

—Por favor, por favor. Prometo que voy a ser bueno. Solo quiero irme a casa.

—Lo sé. Lo sé. —Le doy otro beso.

El señor Laffitte vuelve a toser.

—*C'est très difficile pour nous.*

Lo miro.

—*Je suis désolée. Pardonnez nous.*

—¡Mami! —grita Sam cogiéndome la cara con las manos—. ¡No hables francés! —Entonces empieza a llorar—. ¡Mami, por favor!

—Sam, no pasa nada. Sigo siendo yo. No voy a dejarte otra vez.

Lleva sin comportarse así desde los cinco años.

El señor Laffitte coge a su mujer de la mano y los dos se ponen de pie.

—*Nous allons vous laisser.*

Nos van a dejar solos. Asiento con la cabeza. Antes de que podamos tener una conversación como es debido, necesito estar un rato con Sam.

Salen de la habitación y oigo cerrarse la puerta de entrada.

—¡Se han ido! —Sam me echa los brazos al cuello—. ¿Podemos irnos ya? ¿Eh? ¿Podemos irnos a casa?

—Espera, Sam. Espera, por favor.

Abre mucho los ojos y se le dilatan las pupilas.

—¿Entonces cuándo?

—Primero tengo que hablar con… —¿Cómo debo llamarlos?—. Con monsieur y madame Lafitte.

Me quita los brazos del cuello.

—Pero después nos vamos a casa, ¿a que sí? ¿Me lo prometes?

—Haré todo lo posible.

—¡No! ¡Me lo tienes que prometer!

Va a llorar otra vez. Le acaricio las mejillas húmedas.

—Lo prometo.

Ahora no me queda más remedio que hacerlo realidad.

Cuando vuelven los Laffitte, dos horas más tarde, Sam se ha quedado dormido con la cabeza en mi regazo, agotado de tantas emociones. El señor Laffitte lo coge con cuidado y lo sigo mientras lleva a Sam a su cuarto. Lo deja en la cama y lo tapa con la colcha con tal ternura que se me encoge el corazón. Se queda unos instantes mirándolo. Me gustaría pasarle un brazo por los hombros, brindarle algún consuelo. Se inclina y besa a Sam en la cabeza.

—Mami —murmura Sam.

El señor Laffitte retrocede y me arrodillo junto a la cama y acaricio la cabeza de Sam.

—No pasa nada. Estoy aquí.

Lo veo quedarse dormido otra vez. Cuando me pongo de pie, el señor Laffitte ya no está. La culpa me corroe mientras vuelvo al cuarto de estar. Me siento en la butaca y me miro los pies. No soporto ver el dolor en sus ojos. La señora Laffitte me ofrece una taza de café y la miro para darle las gracias. Tiene unos ojos verdes extraordinarios, como los de Sam, pero de un tono más intenso. Los de Sam solo son verdes dependiendo de la luz y de su estado de ánimo. «Ojos de gato» los llamó una vez una amiga.

—Queremos que se lleve a Samuel de vuelta a Estados Unidos —dice el señor Laffitte.

No es lo que me esperaba. Tan directo. Tan claro.

—Pero...

—Es demasiado difícil para todos. En especial para él.

—Es demasiado tarde —dice la señora Laffitte en una voz tan queda que apenas la oigo—. Este ya no es su sitio.

Dejo el café y me pongo de pie. Sin pensarlo, me acerco a ella. Me deja sitio en el sofá para que me siente a su lado y le pongo una mano en la rodilla.

—Por favor, perdónennos.

La señora Laffitte cubre mi mano con una de las suyas.

—Están perdonados. Salvaron la vida de nuestro hijo.

Sobre nuestras manos unidas caen lágrimas silenciosas. Me acerco a ella y la abrazo mientras llora, deseando poder absorber su dolor.

—Le enseñaré francés. Les escribirá. Hablaremos de ustedes. Esto no termina aquí. Por favor, no piensen que se ha terminado.

El señor Laffitte me pone una mano en el hombro.

—La creemos. Ha sido usted una buena madre para Sam. —Se queda pensando—. Y Jean-Luc ha sido un buen padre. Sam tuvo suerte de que lo salvara un hombre como él.

Ya no puedo evitar que las lágrimas rueden por mis mejillas. Sarah y David quieren a Sam más que a su vida; están poniendo su felicidad por delante de la suya. Es como si me clavaran una daga en el corazón. Son sus verdaderos padres. Siempre lo han sido. Ese pensamiento me llena de vergüenza y me prometo que Sam crecerá sabiendo lo que hicieron por él.

El papeleo queda resuelto en una semana y mientras el avión sobrevuela el Atlántico, rumbo a nuestro hogar, en California, miro a Sam dormir. Sus largas pestañas aletean contra sus pálidas mejillas y se aferra a mi brazo, como si temiera despertarse y ver que me he vuelto a ir.

Miro las nubes y pienso de nuevo en los Laffitte y en el sacrificio que han hecho. Pienso en mi marido, el hombre más valiente que conozco, que volverá a nosotros. Y pienso en Samuel.

Rezo una plegaria silenciosa en agradecimiento por esta segunda oportunidad.

Epílogo

Un año después, cuando se preparaban para irse a la cama, Sarah cogió la mano de David y se la puso en el vientre.

—David, tengo una noticia que darte. —Hizo una pausa y lo miró—. Estoy esperando un hijo. —Vio los ojos de David llenarse de lágrimas.

Seis meses más tarde dio a luz a un niño al que llamaron Jérémie.

Cuando Sam tenía trece años, David, Sarah y Jérémie fueron a visitarlos. Sam conoció a su hermano pequeño, pero, a decir verdad, fue una visita tensa. A Sam le daba vergüenza hablar en francés y les costó comunicarse. Aquella vez fue David quien consoló a Sarah.

—Tiene trece años, no es una edad fácil. Todo le da vergüenza y todavía no comprende. Algún día nos aceptará, ya verás.

Acordaron que Charlotte y Jean-Luc llevarían a Sam a París cuando cumpliera dieciocho años. Pero nunca llegó a ocurrir. Tenían que pagar la universidad y para eso necesitaban todos sus ahorros. Andaban justos de dinero y la universidad era lo primero, ¿no?

Por las cartas de Sam, Sarah y David supieron que había conocido a alguien especial. También que confiaba en que se alegraran por él.

Hoy, una soleada mañana de sábado del verano de 1968, David y Sarah están sentados en la cocina mojando *croissants* en el café. Jérémie y su hermanita, que tiene siete años, están en la escuela. Sarah empieza a tener canas y las huellas de sufrimiento alrededor de sus ojos se han hecho más profundas. David conserva su barba, que también está veteada de gris.

En cuanto terminen de desayunar irán a la sinagoga. David hojea el periódico.

—Han prohibido las manifestaciones estudiantiles —dice mirando a Sarah.

Esta se dispone a decir algo sobre la necesidad de que De Gaulle dimita; después de todo, casi tiene ochenta años. Es hora de que se haga a un lado. Entonces un timbrazo interrumpe sus pensamientos.

—¿Quién puede ser —pregunta— un sábado por la mañana?

—Voy yo —se ofrece David. Baja las escaleras hasta la *entrée*. Hay un hombre joven con pinta de estar perdido. David abre la puerta acristalada—. *Bonjour, monsieur.*

El hombre lo mira fijamente. Es alto y guapo, un flequillo liso le cae sobre la frente y tiene piel bronceada. David se fija en sus ojos; son marrón chocolate, pero cuando abre la boca aparecen en ellos motas de verde.

—*Bonjour.*

David se acerca más a él.

—Soy yo, soy...

—Samuel —susurra David. Decir el nombre es como tener perlas en la boca y no se resiste a repetirlo—. Samuel, Samuel.

El joven esboza una sonrisa ladeada.

—Sí, soy yo. —Se le escapa una risita—. Samuel.

Va hacia su padre con los brazos abiertos. David se encuentra rodeado por unos fuertes brazos. Se abandona a ellos y sus extremidades van perdiendo tensión. La energía se le escapa mientras se entrega al llanto.

El hombre joven lo abraza más fuerte.

—Lo siento. Lo siento.

A David le parece oír las pisadas de Sarah bajando las escaleras. Samuel lo suelta y se vuelve hacia su madre. David mira a Samuel coger la mano de Sarah y llevársela a los labios para besarla.

—¿Samuel? —murmura Sarah con voz queda—. ¿Eres tú? —Sus manos cubren su cara, la acarician, le rodean las mejillas—. ¿De verdad eres tú?

Samuel ríe y vuelve a besarla.

David se da cuenta de que Sam se ha convertido en un buen hombre, capaz de comprender el dolor de los demás. Se le llena el corazón de orgullo y lo invade una sensación de paz. Es todo lo que quería para él.

Suben las escaleras con Samuel cogido del brazo de los dos. Se sientan alrededor de la mesa de la cocina y David observa cómo su hijo lo mira todo y compara sus recuerdos de infancia con lo que ve ahora.

—Cómo me alegro de haber venido —dice en un francés impecable—. Tenía mis dudas, pero, ahora que estoy aquí, me alegro mucho.

—Siempre supe que volverías. —Sarah se seca los ojos—. Solo teníamos que esperar a que estuvieras preparado. —Le pone una mano en la mejilla, como si no acabara de creerse que es real.

—¿Ese dibujo es mío? —pregunta Samuel mirando la pared.

Todos miran el dibujo enmarcado.

—Sí —contesta David—. Nos gusta mirarlo e imaginarte en California.

—Es la montaña rusa. Se parece bastante. —Samuel esboza otra sonrisa ladeada y a continuación se pone serio—. Quiero daros las gracias a los dos por dejarme marchar. —Los mira alternativamente—. Sé lo difícil que tuvo que ser. Lo mucho que debíais quererme.

—Seguimos queriéndote. —Sarah sonríe.

—Sí, tu madre tiene razón. No dejamos de quererte solo porque no estuvieras.

—Y yo no os olvidé. —Sam se mete una mano en el bolsillo interior de la chaqueta y saca un cofrecito de madera.

David lo reconoce de inmediato. Suelta el pequeño cierre y mira dentro. Saca las piedrecitas de colores y las hace rodar con los dedos.

—¿Sabes de dónde las saqué? —Mira a Samuel—. Las desenterré en Auschwitz, un día mientras excavaba. —Calla para enjugarse una lágrima—. Fue una señal de Dios. Supe que si podía encontrar belleza como esa entre la tierra y la grava, entonces también encontraría a mi hijo.

—Tengo una noticia que daros. —Samuel apoya una mano en el centro de la mesa con la palma hacia arriba. Sarah y a continuación David ponen sus manos en la suya. Sam se las aprieta con fuerza—. Sé lo mucho que me queríais porque ahora conozco esa clase de amor. Sé lo que es ser padre. Tengo una hija. Tiene tres meses y está fuera, esperando en el coche con su madre, Lucy. ¿Os gustaría conocerlas?

—¿Que si nos gustaría conocerlas? ¡Pues claro que sí! Así que están fuera. ¡Que pasen! —David ya está saliendo por la puerta de la cocina.

Samuel sigue hablando mientras bajan las escaleras.

—No podía contároslo por carta. Tenía que veros.

—Gracias, Samuel. —David le pone una mano en el hombro.

—Tampoco estamos casados —continúa Samuel—. No podría casarme sin decíroslo antes.

—Pues entonces ya puedes. —Sarah ríe con el corazón rebosante de felicidad.

Lucy es rubia, su larga melena le cae sobre los hombros en ondas doradas, y tiene los ojos azul intenso. «Es muy americana —no puede evitar pensar Sarah—, como una estrella de Hollywood».

Con su hija en brazos, la joven madre se acerca a besar a Sarah y a continuación a David. El calor que desprende la niña le quema a Sarah cuando la roza, pero no la mira aún. Quiere reservar el momento para cuando estén arriba, en la intimidad del apartamento.

—Me alegro mucho de conocerlos. —Lucy es la primera en entablar conversación—. Sam habla todo el rato de sus padres franceses.

Sarah espera un momento antes de responder y mira los ojos azules de la joven madre, aliviada de ver calor en ellos.

—Hablas un francés excelente —interrumpe David.

—Bueno, así debe ser —dice Lucy—. ¿No se lo ha dicho Sam? Soy mitad francesa.

—¿Qué mitad? —pregunta David.

—La mejor. —Ríe—. Mi madre es francesa y mi padre, americano. Se conocieron cuando terminó la guerra, aquí en París. Pero yo nunca he vivido aquí. Crecí en San Francisco.

—Adelante, por favor.

David le pasa un brazo por los hombros a Sarah y conduce al grupo hacia el edificio de apartamentos.

La niña no se despierta cuando suben las escaleras. Entran en la cocina y se acomodan alrededor de la mesa. David, sentado al lado de Lucy, acaricia la mejilla a la niña.

—Tiene las pestañas tan largas como Samuel.

Sarah, sentada al otro lado de Lucy, está por fin preparada para mirar a su nieta. El corazón le late con fuerza cuando ve las pestañas curvas sobre unas suaves mejillas, el pelo oscuro y sedoso. Besa a la niña en la frente.

—No lo entendía —empieza a decir Samuel. Carraspea—. No sabía por lo que habíais pasado. Era muy pequeño y no lo entendía, o no escuchaba. Ya no me acuerdo. El caso es que no lo sabía.

Sarah y David levanta la vista de la niña.

—Eras muy pequeño. Era pedirte demasiado.

—Lo siento.

—Samuel, no tienes nada que sentir. Has vuelto.

—Bueno, es posible que nos quedemos. Nos gustaría pasar un tiempo aquí, ya sabéis, explorar nuestras dos culturas.

A David le brillan los ojos.

—Eso es más de lo que nunca me habría atrevido a soñar.

—Gracias. A los dos. —Sarah sonríe a la joven madre—. ¿Puedo?

Extiende los brazos y Lucy le da a la niña sin vacilar.

Ese gesto, el de darle el bebé, la devuelve al pasado y Sarah siente una abrumadora necesidad de proteger a esta pequeña. Tararea en voz baja mientras la acuna.

Samuel se inclina sobre su hija y le besa la cabecita sedosa. A continuación mira a su madre y susurra:

—Se llama Sarah.

Agradecimientos

Cuando llegué a París en 1993 no tenía ni idea de las consecuencias que eso tendría en mi vida. Durante los primeros meses, en mis paseos por la ciudad, me sorprendió y conmovió la gran cantidad de placas y monumentos en recuerdo a los muertos en la Segunda Guerra Mundial, con interminables listas de nombres y en ocasiones flores frescas depositadas a sus pies. A la puerta de un colegio en Le Marais (el barrio judío de París) hay una sencilla placa que recuerda a los doscientos sesenta alumnos detenidos durante la guerra. Ninguno sobrevivió.

Me conmocionó y me hizo querer saber más sobre este oscuro periodo de nuestra historia. Empecé a preguntar a todas la personas mayores de sesenta años que conocía por lo que había sido vivir durante la ocupación y también leí sobre el tema.

Una de las personas que conocí fue Dora Blaufoux, una señora maravillosa y llena de energía de ochenta y muchos años. Dora tenía trece años cuando fue deportada a Auschwitz. Al escribir los capítulos sobre el campo, usé algunos de sus recuerdos, así como testimonios personales tomados de libros. Debo reconocer que tuve cierta sensación de impostora mientras componía estos capítulos. Yo no viví, y a duras penas puedo imaginar, el horror de Auschwitz. Pero esta historia no trata de eso.

La elaboración de este libro ha sido un viaje emocionante y memorable, en el curso del cual he conocido a muchas personas interesantes, algunas extravagantes, a menudo maravillosas. Escribir es una ocupación bastante solitaria, pero he encontrado un valioso apoyo en varios grupos de escritura aquí, en París. Uno de ellos ha sido especialmente importante: Scriptorium, fundado por Hazel Manuel. Su crítica constructiva, amables consejos y entusiasmo me hicieron persistir cuando dudaba de mí misma. Por este grupo han pasado y pasan muchos escritores, y estoy agradecida a todos ellos, pero sobre todo a Rachel, Carol, Nancy, Kass, Cris, Shelley, Connie, Anne, Melissa y Deborah.

Siento un agradecimiento especial hacia mis amigos Marilyn Smith, Ian Hobbs y Hazel por acompañarme a Loira, los Alpes e India. Por aguantar el calor y el frío mientras les leía mis capítulos. ¡Gracias también por las risas! Asimismo quiero mostrar mi gratitud a mi amiga Lucy por prestarme su casa de la playa para corregir el manuscrito, y a Christian por corregir mi francés.

Mientras me documentaba para este libro, tuve la suerte de contar con el asesoramiento de Stefan Martens, vicedirector del Institut historique allemand en París. Su conocimiento y dedicación a la Segunda Guerra Mundial me proporcionaron abundante información y quiero agradecerle el tiempo que pasó conmigo ayudándome a pulir algunos detalles.

Por último, estoy muy agradecida a Abbie Greaves, de Curtis Brown, por elegir mi manuscrito de entre los muchos que debe de recibir y hacer esto posible. Y a mi maravillosa agente, Sheila Crowley, por creer en mí, comprender lo que intentaba hacer y ayudarme a conseguirlo. También quiero dar gracias al encantador equipo de Headline por hacer que la experiencia fuera maravillosa: Nathaniel Alcaraz-Stapleton, Rebecca Folland y Hannah Geranio, del departamento de traducción y derechos en el mercado extranjero; la correctora Jane Selley, por su atención al detalle, y mi editora Sherise Hobbs, que me ayudó a darle esos últimos toques tan importantes. Gracias también a Karen Kosztolnyik, editora jefe del Hachette Book Group en Estados Unidos, por trabajar tan duro para que todo fuera perfecto.

Para los lectores interesados en este periodo histórico, estos son algunos de los libros que leí para documentarme:

Berr, Hélène, *Journal 1942-1944*, Tallandier, 2008. [Hay trad. cast.: *Diario*, Barcelona, Anagrama, 2013].

Haffner, Sebastian, *Defying Hitler: A memoir*, Weidenfeld and Nicolson, 2002. [Hay trad. cast.: *Historia de un alemán*, Barcelona, Destino, 2001].

Humbert, Agnès, *Résistance: Memoirs of Occupied France*, Bloomsbury, 2008. [Hay trad. cast.: *La resistencia*, Barcelona, RBA, 2008].

Moorehead, Caroline, *A Train in Winter*, Chatto and Windus, 2011. [Hay trad. cast.: *Un tren en invierno*, Barcelona, Circe, 2013].

Ousby, Ian, *Occupation: The Ordeal of France*, Pimlico, 1999.

Sebba, Anne, *Les Parisiennes*, Weidenfeld and Nicolson, 2017.

Vinen, Richard, *The Unfree French: Life under the Occupation*, Penguin, 2007.

Wiesel, Elie, *Night*, Les Éditions de Minuit, 1958. [Hay trad. cast.: *Noche*, Barcelona, El Aleph, 2002].

Poema a un niño adoptado

No eres carne de mi carne
ni hueso de mis huesos,
pero sí
milagrosamente mío.
No olvides
por un solo segundo
que no creciste cerca de mi corazón
sino dentro de él.

Anónimo